POUR LA CONFIANCE DE MOLLY

SILVERSTONE, TOME 3

SUSAN STOKER

DU MÊME AUTEUR

Autres livres de Susan Stoker

Silverstone

Pour la confiance de Skylar

Pour la confiance de Taylor

Pour la confiance de Molly

Pour la confiance de Cassidy (1 Mars 2024)

Sauvetage à Eagle Point

Un sauveteur pour Lilly

Un sauveteur pour Elsie

Un sauveteur pour Bristol

Un sauveteur pour Caryn

Un sauveteur pour Finley

Un sauveteur pour Heather

Un sauveteur pour Khloe

Le Refuge

Un soutien pour Alaska

Un soutien pour Henley

Un soutien pour Reese

Un soutien pour Cora

Un soutien pour Lara

Un soutien pour Maisy

Un soutien pour Ryleigh

Delta Force Deux

Un refuge pour Gillian

Un refuge pour Kinley

Un refuge pour Aspen

Un refuge pour Jayme

Un refuge pour Riley

Un refuge pour Devyn

Un refuge pour Ember

Un refuge pour Sierra

Forces Très Spéciales : L'Héritage

Un Sanctuaire pour Caite

Un Sanctuaire pour Brenae

Un Sanctuaire pour Sidney

Un Sanctuaire pour Piper

Un Sanctuaire pour Zoey

Un Sanctuaire pour Avery

Un Sanctuaire pour Kalee

Un Sanctuaire pour Jane

Hawaï : Soldats d'élite

Un paradis pour Élodie

Un paradis pour Lexie

Un paradis pour Kenna

Un paradis pour Monica

Un paradis pour Carly

Un paradis pour Ashlyn

Un paradis pour Jodelle

Mercenaires Rebelles

Un Défenseur pour Allye

Un Défenseur pour Chloé

Un Défenseur pour Morgan

Un Défenseur pour Harlow

Un Défenseur pour Everly

Un Défenseur pour Zara

Un Défenseur pour Raven

Ace Sécurité

Au Secours de Grace

Au Secours d'Alexis

Au Secours de Bailey

Au Secours de Felicity

Au Secours de Sarah

Forces Très Spéciales Series

Un Protecteur Pour Caroline

Un Protecteur Pour Alabama

Un Protecteur Pour Fiona

Un Mari Pour Caroline

Un Protecteur Pour Summer

Un Protecteur Pour Cheyenne

Un Protecteur Pour Jessyka

Un Protecteur Pour Julie

Un Protecteur Pour Melody

Un Protecteur pour l'avenir

Un Protecteur Pour Les Enfants de Alabama

Un Protecteur Pour Kiera

Un Protecteur Pour Dakota

Delta Force Heroes Series

Un héros pour Rayne

Un héros pour Emily

Un héros pour Harley

Un mari pour Emily

Un héros pour Kassie

Un héros pour Bryn

Un héros pour Casey

Un héros pour Wendy

Un héros pour Mary

Un héros pour Macie

Un héros pour Sadie

Un héros pour Annie

Autre

Un moment suspendu : Recueil de nouvelles

AUDIO

Un paradis pour Élodie

1

Mark « Smoke » Chamberlin était fatigué de la jungle. Lui et ses coéquipiers de Silverstone étaient au Nigeria depuis des semaines, pour tenter de retrouver le groupe terroriste Boko Haram. Il y a quelques mois, ils avaient kidnappé soixante-douze filles et jeunes femmes dans une école locale. Ils avaient également enlevé une ingénieure en environnement qui se trouvait à l'école ce jour-là. Molly Smith.

Molly avait trente-cinq ans, mais à première vue, Smoke pensait que les terroristes auraient pu la prendre pour une adolescente. Elle était petite, presque trente centimètres de moins que son propre gabarit d'un mètre quatre-vingts. Sur les photos qu'il avait vues d'elle, elle avait de longs cheveux noirs et des yeux qui semblaient abriter trop d'angoisse pour quelqu'un de si jeune.

On avait signalé la réapparition de quelques-unes des écolières enlevées à divers endroits, mais la plupart étaient toujours portées disparues. Silverstone était arrivé au Nigeria il y a un mois et, à l'aide des informations recueillies auprès du FBI et des autorités locales, avait fouillé la jungle à la recherche de signes du groupe terroriste ou des filles restantes.

Et ils les avaient finalement trouvés.

Smoke, Bull, Eagle et Gramps étaient allongés dans l'épais feuillage, observant le campement sommaire. Il n'était pas étonnant que les hélicoptères n'aient pas été capables de repérer le groupe. Les tentes étaient camouflées, et la zone de la jungle où les terroristes avaient amené les filles était dense au niveau des arbres et presque inaccessible. Il n'y avait pas de route d'accès ou de sortie ; l'idée que les filles soient obligées de parcourir à pied les quelque vingt kilomètres qui les séparaient de la zone était détestable.

Ça avait été dur pour Smoke et ses coéquipiers, et ils étaient dans la fleur de l'âge. Ça n'avait pas dû être facile pour un groupe d'écolières terrifiées.

Il y avait un trio de grandes tentes installées au milieu du camp, dont un côté était ouvert à l'air chaud et humide de la jungle, et Smoke pouvait voir des filles à l'intérieur des trois. De plus petites tentes entouraient les grandes. Smoke supposait qu'elles étaient pour les hommes, une façon de protéger le camp et d'empêcher les filles de s'enfuir, bien que cela soit presque impossible. Il avait le sentiment qu'une fois dans la jungle, les filles n'auraient aucune idée de la direction à prendre pour se mettre en sécurité.

En regardant à travers ses jumelles, Smoke observa la plupart des filles allongées dans les tentes, comme si elles n'avaient pas l'énergie pour faire quoi que ce soit. Trois feux étaient allumés sur un côté, et quinze filles étaient rassemblées autour d'eux, cuisinant et préparant manifestement la nourriture.

Quant aux kidnappeurs... ils étaient plus nombreux que Smoke ne l'aurait cru. Il en compta au moins deux douzaines. Tous armés jusqu'aux dents. Ils avaient des machettes attachées à leurs poitrines et des fusils en bandoulière dans le dos. Ils étaient prompts à crier sur leurs captives si les filles sortaient du rang, et Smoke en aperçut une qui ne devait pas avoir plus de onze ou douze ans, se faire frapper si fort qu'elle tomba sur le dos.

Être témoin de ces abus était déjà assez pénible. Mais Smoke avait beau regarder attentivement, il ne voyait aucune trace de Molly Smith.

On ne pouvait pas savoir ce qui avait pu lui arriver au cours des trois derniers mois. Son estomac se retournait en pensant à ce que les kidnappeurs auraient pu lui faire subir, mais il se forçait à chasser cette idée de son esprit.

— Aucun signe d'Abubakar Shekau ? demanda Gramps à Eagle.

— Je suppose que c'est sa tente là-bas, répondit doucement Eagle, indiquant une quatrième grande tente qui se trouvait à quelques dizaines de mètres des autres.

Elle semblait être de meilleure qualité, et deux hommes montaient la garde à l'extérieur.

Alors qu'ils continuaient à observer, deux des kidnappeurs traînèrent une jeune femme – dont Smoke devina qu'elle devait avoir environ quatorze ans – vers la tente. Elle pleurait et suppliait les hommes de la laisser partir. Ils l'ignorèrent, tenant ses biceps si fermement qu'ils la portaient pratiquement.

Ils s'arrêtèrent devant la tente, puis l'un des hommes se pencha et dit quelque chose à la fille. Elle secoua la tête, et l'homme la gifla. Le claquement contre la peau résonna fort dans la jungle dense.

Les dents de Smoke se serrèrent. Il voulait bondir hors des arbres et arracher la fille, la sauver de ce qu'il riquait de se passer dans cette tente. Mais il ne pouvait pas. Ses mains étaient liées.

Les deux hommes se moquèrent de la fille et, après que les gardes eurent ouvert le rabat de la tente, ils la poussèrent à l'intérieur où Smoke la vit tomber à genoux. Un homme se tenait au-dessus d'elle, pointant du doigt un endroit dans la terre. La fille rampa rapidement vers l'endroit qu'il désignait, en restant à genoux.

L'homme attrapa le cordon de son pantalon tandis que les gardes fermaient le volet de la tente.

— C'était lui, râla Eagle dans un grognement serré et tendu. Shekau.

Smoke savait que si Eagle disait que l'homme était Shekau, alors il était Shekau. Eagle avait la capacité unique de se souvenir de toutes les personnes qu'il avait rencontrées ou dont il avait vu une photo. Même si l'intérieur de la tente était sombre, Eagle avait été capable d'identifier l'homme.

Ils savaient tous que c'était une chance que Shekau soit là. Il aurait pu facilement déléguer son sale boulot aux membres de son organisation terroriste pendant qu'il restait caché ailleurs. L'avoir au camp était un énorme coup de chance.

Silverstone était venu au Nigeria spécifiquement pour tuer cet homme.

Smoke voulait agir tout de suite. Se glisser à l'arrière de la tente et tuer ce salaud. Il était évident que les filles avaient été maltraitées de toutes les façons possibles au cours des mois qui avaient suivi leur enlèvement. Mais il était forcé d'attendre. Maintenant qu'ils avaient la confirmation que les filles et Shekau étaient là, ils devaient faire un rapport aux autorités nigérianes.

Même si Silverstone voulait tuer Shekau et s'enfuir, ils ne pouvaient pas laisser les filles à la merci des membres restants de Boko Haram. Non, il devait s'agir d'une mission de sauvetage ainsi que d'une mission visant à tuer le chef terroriste.

Tout ce qu'ils pouvaient faire pour le moment était de regarder et d'attendre l'arrivée de leurs renforts. Silverstone tuera Shekau, et tous ses partisans qui oseront résister, et les forces nigérianes les soutiendront pour rassembler les filles et les rendre à leurs familles, qui les recherchent désespérément.

Deux jours. C'était le temps qu'il faudrait aux forces nigérianes pour se mettre en place pour le raid.

Smoke n'était pas sûr de pouvoir supporter de rester assis à ne rien faire pendant que des enfants étaient maltraitées. Mais il n'avait pas le choix. Aucun d'entre eux ne l'avait.

Bull s'éclipsa pour informer leurs contacts nigérians qu'ils avaient la confirmation visuelle que Shekau était au camp et pour leur donner les coordonnées. Smoke savait qu'il s'assurerait que tout le monde comprenne que le temps était compté.

— Ça va sembler dur, mais... Je n'ai jamais vraiment pensé aux personnes que nous sauvons lors de missions comme celle-ci, dit Eagle à voix basse.

Ils étaient suffisamment éloignés du camp pour ne pas être entendus, mais ils ne voulaient pas griller leur chance.

Smoke regarda son ami. Eagle fronçait les sourcils et semblait extrêmement stressé. Tous les quatre étaient pressés que cette mission se termine. La jungle était chaude, ils étaient épuisés, et il savait que sa femme manquait à son ami. Eagle était clairement inquiet de l'évolution de la grossesse de Taylor. Lorsqu'ils étaient partis, elle était à environ quatorze semaines de grossesse ; cela devait être difficile de manquer les étapes importantes de cette première grossesse.

— Je veux dire que je me sens mal pour les victimes, précisa Eagle, mais je ne pense jamais beaucoup à elles après coup. Tu te souviens quand on est allés au Pérou et qu'on a éliminé del Rio ?

Smoke hocha la tête, et à côté de lui, Gramps fit de même.

— J'étais dégoûté par ce qu'il avait fait, par le nombre de vies qu'il avait ruinées, mais après notre départ, je n'ai plus pensé à ses victimes. Dernièrement, cependant, je ne peux pas m'empêcher de me demander comment elles vont. Si elles ont retrouvé leurs familles. Si elles ont pu se réhabituer à leur ancienne vie, ou si elles sont trop traumatisées par ce qui s'est passé pour avoir à nouveau une vie normale. Maintenant que je suis marié et que j'ai un enfant en route, je ne peux m'empêcher de penser... et si ça avait été Taylor ? Et si le tueur en série qui l'avait ciblée avait réussi à s'enfuir avec elle ? Je regarde les filles de ce camp et je me demande à quoi ressemblera leur vie après avoir traversé cette épreuve. Ça... me hante.

Smoke ne savait pas trop quoi dire. Il voulait compatir, mais comme il n'était pas marié, qu'il n'avait pas eu de relation sérieuse depuis des années et qu'il n'attendait pas d'enfant... il ne pouvait vraiment pas. Bien sûr, il se sentait mal pour les filles qui étaient maltraitées par Boko Haram, mais une fois que son équipe tuerait Shekau, leur rôle serait terminé. Ils retourneraient tous à Indianapolis et à leur société de remorquage, et continueraient leurs propres vies.

Eagle se tourna vers Gramps et Smoke.

— Je regarde ces filles, et maintenant je vois mon propre enfant. J'entends des histoires de femmes violées et retenues contre leur gré, et j'imagine Taylor à leur place. Je ne sais pas si cela me rend meilleur ou pire dans ce que je fais.

— Meilleur, dit Gramps sans hésiter. Mes grands-parents sont venus du Mexique en Amérique pour échapper à un cartel de drogue. Ils forçaient tout le monde dans leur petite ville à travailler pour eux, et tous ceux qui refusaient étaient simplement abattus. Enfants, grands-parents... Personne n'était en sécurité. Alors mes grands-parents ont emballé ce qu'ils pouvaient porter et ont traversé à pied le désert de Sonora pour entrer en Amérique. Ce n'était pas facile, mais ils savaient que ce que l'avenir leur réservait était mieux que de travailler pour les cartels. Ils voulaient que les enfants qu'ils n'avaient pas encore eus – et les petits-enfants, et les arrière-petits-enfants – n'aient pas à vivre dans la peur. Vouloir ce qu'il y a de mieux pour ceux que tu aimes n'est *jamais* une mauvaise chose.

Eagle hocha la tête.

Gramps ne parlait pas beaucoup de ses origines. Ils savaient tous que ses grands-parents avaient vécu au Mexique, mais ils ne connaissaient pas les détails sur la façon dont ils étaient arrivés aux États-Unis.

— Ça a pris beaucoup de temps et beaucoup de travail, mais ils ont obtenu leur citoyenneté, poursuivit Gramps. Ils voulaient simplement payer leurs impôts et vivre librement dans ce pays, et c'est le cas maintenant. Je pense que si nous perdons notre empathie pour les autres, alors nous pouvons aussi bien raccrocher nos gants. Oui, nous tuons des gens. Il se trouve que nous sommes sacrément bons à ça. Mais nous ne tuons pas simplement pour le plaisir de le faire. On le fait pour rendre le monde un tout petit peu meilleur. Je déteste que tu voies Taylor sur le visage de ceux que nous libérons de la tyrannie, mais dans mon esprit, cela rend ce que nous faisons plus personnel.

Eagle prit une profonde inspiration.

— Merci. J'avais besoin d'entendre ça.

— Smoke et moi sommes heureux de nous occuper des civils si ça te facilite les choses, ajouta Gramps.

— Ça va, lui répondit Eagle. Taylor me manque, c'est tout. Je ne lui ai pas parlé depuis un mois, et c'est comme si une partie de moi manquait. Je m'en sortirai, car je sais que je manque tout autant à ma femme. Avoir une telle connexion avec quelqu'un d'autre est quelque chose que je vous souhaite vraiment. C'est différent du lien que nous avons, et encore plus satisfaisant.

Smoke détesta la pointe de jalousie qui le frappa. Il était heureux que Bull et Eagle aient trouvé des femmes qui pouvaient les soutenir et être fières de ce qu'ils faisaient. Mais Skylar et Taylor étaient uniques, et il n'était pas sûr d'avoir un jour la chance de trouver quelqu'un comme elles.

— J'aime que tu aies ça, avoua honnêtement Smoke.

Ils restèrent silencieux un moment, puis il demanda :

— Quelqu'un a vu l'Américaine ?

Gramps remit les jumelles sur ses yeux et secoua la tête tout en scrutant à nouveau la zone.

— Non.

— Ils pourraient déjà l'avoir tuée, prononça doucement Eagle.

Smoke soupira. Il avait eu la même pensée. Il n'aimait pas penser que la femme était morte, mais à ce stade, rien ne laissait penser le contraire. Elle avait simplement disparu dans les airs. Aucune rumeur selon laquelle elle aurait été vendue dans le commerce du sexe, aucune trace d'elle dans les villages voisins. Il était probable que Molly Smith ait été tuée lorsque Boko Haram l'avait découverte parmi les écolières, puis laissée pourrir dans la jungle.

Elle n'avait personne pour la défendre dans ses recherches. Ses grands-parents avaient été retrouvés morts dans leur maison incendiée dans la banlieue de Chicago, et la société pour laquelle elle travaillait, Apex, avait rassemblé tous ses employés travaillant au Nigeria et les avait renvoyés chez eux.

Personne ne cherchait Molly Smith.

Un cri retentit depuis le camp, et Smoke reporta son attention sur la situation actuelle. Il devait se concentrer sur ce qu'il était venu faire : tuer Shekau et libérer les dizaines de filles qui s'étaient simplement trouvées au mauvais endroit au mauvais moment.

* * *

Molly Smith se lécha les lèvres, mais cela n'aida pas à les humidifier. L'eau de son trou s'était asséchée pendant la nuit, et peu importe la profondeur à laquelle elle creusait pour en trouver plus, elle n'avait pas eu de chance. Son temps arrivait à son terme, et elle le savait. Elle ne pourrait pas tenir longtemps sans eau. Et les trous du cul qui l'avaient capturée n'avaient pas pris la peine de lui en apporter depuis très longtemps.

Elle essaya de calculer combien de temps elle était restée dans la jungle, mais elle n'y arrivait pas non plus. Au début, elle avait gardé le compte, mais après avoir essayé de s'échapper la première fois – et avoir été battue jusqu'à l'inconscience pour cet effort – elle avait perdu le compte des jours. Après sa deuxième tentative d'évasion, elle avait été jetée dans ce trou, et depuis elle n'avait plus pensé à rien d'autre qu'à survivre.

Elle avait peut-être été stupide d'essayer de s'enfuir la deuxième fois, mais elle refusait de rester assise et d'attendre que quelqu'un lui fasse du mal, ou la force à devenir la « femme » de quelqu'un. Au moins ici, elle était isolée des kidnappeurs, et personne n'avait essayé de la toucher de manière inappropriée.

Elle était habituée à être seule – elle aimait ça, en fait – mais après n'avoir parlé à personne pendant si longtemps, elle pensait qu'elle allait littéralement devenir folle. Une ou deux fois, elle avait essayé de parler aux hommes qui apparaissaient au-dessus de sa prison de temps en temps pour jeter du pain rassis, mais ils s'étaient simplement moqués d'elle. Ils lui avaient demandé pourquoi elle n'était pas encore morte, puis étaient partis.

Le trou dans lequel elle était n'était pas si profond. Probablement aux alentours de deux mètres à peine. Mais ça aurait tout aussi bien pu être un kilomètre. Elle avait essayé d'escalader les murs, mais c'était impossible de faire une traction. Et quand elle avait sauté, elle n'avait pas pu avoir une bonne prise sur le bord du trou. C'était exaspérant d'être si près de la liberté, mais de ne pas y arriver.

On ne l'avait laissée sortir du trou que quelques fois depuis qu'elle avait été forcée de descendre par une échelle rudimentaire et branlante fabriquée avec des bâtons de la forêt et une corde effilochée. Une fois, elle avait été exhibée devant les filles, probablement pour leur montrer ce qui arriverait si elles défiaient leurs ravisseurs.

La dernière fois, elle avait été forcée d'assister au « mariage » d'une fille de dix ans avec un homme d'âge mûr. C'était écœurant... et Molly ne pouvait littéralement rien faire pour empêcher ça.

Se sentant impuissante et désespérée, elle reposa sa tête sur ses genoux pliés. Elle allait mourir ici. Au milieu de nulle part. Ses kidnappeurs n'auraient qu'à jeter de la terre sur le trou, elle était déjà dans sa tombe.

Cette pensée était morbide et déprimante, mais sans pouvoir sortir du trou, elle était comme morte.

Plus tard dans la soirée, alors qu'elle était au plus bas,

Molly entendit quelque chose. Un son qu'elle n'avait pas entendu depuis une semaine.

La pluie.

Dans la jungle, le bruit de l'eau tombant sur les feuilles était étonnamment fort. Debout, Molly inclina la tête en arrière, ouvrit la bouche et attendit.

Elle fut récompensée par de légères gouttelettes au début. Puis, sans prévenir, la douce pluie se transforma en torrent.

Riant de joie, Molly avala autant de pluie qu'elle pouvait. Elle avait un goût délicieux. Pure et propre. Agenouillée, elle creusa le trou au fond de sa prison et le regarda se remplir lentement d'eau. C'était boueux, mais à ce stade de sa captivité, Molly s'en fichait. L'eau, c'était de l'eau. Elle boirait dans les rivières contaminées, ne serait-ce que pour se maintenir en vie un peu plus longtemps.

Ensuite, elle enleva sa chemise et se nettoya du mieux qu'elle pouvait. Cela faisait une éternité qu'elle n'avait pas été *vraiment* propre, et les tempêtes de pluie qui traversaient la région étaient ses seules chances d'enlever une partie de la saleté qui s'était accumulée sur son corps.

Une vision d'Andy dans le film *Les évadés* lui vint à l'esprit. C'était après qu'il eut rampé dans le tuyau rempli d'eaux usées. Il avait arraché sa chemise et rejeté sa tête en arrière, laissant la pluie le nettoyer de la puanteur de la merde dans laquelle il avait rampé, et de celle de la prison dans laquelle il avait été injustement maintenu pendant si longtemps.

C'était ce que Molly ressentait. Bien sûr, elle était au Nigeria, dans un trou dans le sol, et n'avait été retenue prisonnière que pendant des mois et non des années – et elle n'était pas libre – mais la pluie qui tombait sur son corps semblait être un signe d'une puissance supérieure.

Quoique… c'était douteux. Rarement dans sa vie, elle avait pensé que quelqu'un veillait sur elle depuis le ciel. En fait, le plus souvent – et ses grands-parents mis à part – elle avait l'impression d'être seule. Surtout lorsque sa malchance fréquente se manifestait à nouveau.

Sa grand-mère disait toujours que si elle n'avait pas de malchance, elle n'aurait pas de chance du tout. Ses camarades de classe l'avaient même surnommée Folly Molly à cause de la guigne qui semblait la suivre partout.

Même au milieu d'une jungle sur un autre continent.

Ses grands-parents n'avaient jamais utilisé ce surnom eux-mêmes... mais ils n'avaient jamais dit non plus qu'ils ne le trouvaient pas approprié. Ils l'aimaient, tout comme elle les aimait, mais ils savaient tous qu'elle n'avait pas de chance.

Cependant, elle était au bout du rouleau, elle avait besoin d'eau pour rester en vie, et maintenant il pleuvait. À verse.

Peut-être, juste peut-être que les choses s'amélioraient et qu'elle pouvait se débarrasser de la malchance qui l'avait assaillie toute sa vie.

Après avoir lutté pour remettre sa chemise, Molly s'assit dans la boue au fond du trou. Elle s'appuya sur le côté et releva la tête. La bouche toujours ouverte pour attraper le plus d'eau propre possible, elle ferma les yeux.

Elle n'allait pas abandonner. Pas encore. La pluie donnait un coup de fouet à son psychisme défaillant. La prochaine fois que ses ravisseurs viendraient la sortir du trou, elle tenterait à nouveau de s'enfuir. Elle ne s'arrêterait que lorsqu'elle serait sûre que personne ne la suivrait. Peu importe la distance qu'elle devait parcourir, elle allait sortir de la jungle et retourner chez ses grands-parents dans la banlieue de Chicago. Elle avait hâte de revoir Nana et Papa. Ils l'aimaient et la soutenaient sans réserve. Sans l'espoir de les revoir, sans cet objectif, elle aurait peut-être déjà abandonné.

Molly allait s'en sortir, quoi qu'il arrive. Sa mort détruirait ses grands-parents, et elle ne voulait pas ça pour eux. Elle n'avait jamais été la personne la plus positive du monde, mais elle commençait à comprendre qu'ici, la pensée positive était la seule chose qui la faisait tenir.

Molly fantasmait sur ses retrouvailles avec Nana et Papa. Elle arriverait à peine au bout du chemin qu'ils sortiraient en courant, les yeux pleins de joie. Ils l'embrasseraient, pleureraient et la conduiraient à l'intérieur. Après avoir mangé un énorme repas fait maison, Molly se blottirait contre sa grand-mère et ils regarderaient les jeux télévisés, comme ils le faisaient régulièrement depuis le retour de Molly dans leur maison. Papa l'embrasserait sur la tempe, et Nana la borderait dans son lit comme elle le faisait quand Molly était plus jeune.

Ses grands-parents avaient toujours été un refuge sûr pour elle, et Molly s'endormit en pensant à la joie qu'ils éprouveraient à la voir enfin chez eux.

2

———

C'était le moment.

Smoke était accroupi dans l'épais feuillage en bordure du camp de Boko Haram, prêt à passer à l'action. Lui et ses coéquipiers de Silverstone avaient été chargés d'éliminer Shekau. Le reste des forces de sécurité nigérianes serait chargé de s'assurer que les filles kidnappées n'étaient pas la cible des terroristes, et d'éliminer les partisans de Shekau s'ils tentaient de se défendre.

Regardant Gramps, Smoke attendait le signal. Le plan était d'entrer dans la tente où Shekau s'était retranché par l'arrière. Ils trancheraient rapidement la toile et élimineraient le leader par tous les moyens nécessaires. Idéalement, ils devraient le faire sans utiliser d'arme à feu, car le tir alerterait ses partisans qu'ils étaient attaqués, mais tous les quatre étaient prêts à presque tout.

Smoke avait reçu ce surnom parce qu'il était très doué pour se sortir de situations délicates sans que personne ne s'en aperçoive. On disait qu'il pouvait disparaître comme de la fumée. Et Silverstone considérait la discrétion comme son plus grand atout, mais avec les deux douzaines de forces de sécurité nigérianes en place – qui étaient nerveuses et sur les nerfs – ils savaient tous que ce travail serait tout sauf furtif.

Comme pour le prouver, avant qu'aucun d'entre eux ne puisse faire un geste, avant que Smoke ne puisse faire honneur à son surnom, des coups de feu retentirent de l'autre côté de l'enceinte.

Leurs camarades nigérians avaient manifestement été repérés, et leur plan furtif était réduit à néant.

— Putain, jura Gramps alors qu'ils quittaient tous les quatre leur position et se précipitaient vers la tente de Shekau.

Mais quelques secondes seulement après le premier tir, le bordel avait déjà frappé les amateurs. Les balles volaient tant du côté de la police nigériane que des terroristes. Les enfants criaient et pleuraient ; quelques-unes des filles s'enfuyaient dans la jungle lorsque les gardes affectés à leurs tentes abandonnèrent leurs postes pour se concentrer sur le combat contre les forces de sécurité nigérianes. La situation était totalement chaotique.

Cela ne ressemblait en rien à ce à quoi Silverstone était habitué. Ils aimaient le contrôle en toutes choses, et actuellement ils n'avaient littéralement *rien* sous contrôle.

Smoke fit de son mieux pour éliminer toute menace en se déplaçant aussi furtivement et rapidement qu'il le pouvait, tout en surveillant Shekau. Heureusement pour l'équipe, le camp se trouvait dans une partie de la jungle si densément boisée qu'ils pouvaient rester cachés jusqu'à la dernière minute... Mais il était également plus facile pour les membres de Boko Haram de se cacher et d'éviter les balles.

À plusieurs mètres de la tente de Shekau, Smoke vit les gardes paniquer et fuir leur poste, courant dans la jungle. Puis Shekau lui-même sortit de sa tente, l'expression pleine de rage alors qu'il tirait quelques balles avec un pistolet avant de courir se mettre à couvert dans la jungle.

— Je vais à droite, dit Gramps par radio. Smoke, va à gauche. Eagle et Bull, gardez le cap. On doit s'assurer qu'il ne dévie pas dans les deux directions et l'attraper avant qu'il ne disparaisse.

Smoke ne prit pas la peine de répondre ; il n'en avait pas besoin. Tous les quatre savaient que si Shekau s'échappait, il trouverait simplement un autre groupe d'écolières à kidnapper à l'avenir. Cette fois-ci en amenant plus de gardes pour s'assurer que toute tentative de sauvetage échoue.

Se détachant sur la gauche, Smoke se faufila entre les arbres et vit les grandes tentes devant lui, toujours remplies de filles trop effrayées pour s'enfuir. Il s'approcherait par l'arrière, puis ferait demi-tour –et avec un peu de chance, Shekau déciderait de se tourner vers le camp et tomberait sur Smoke au passage.

Concentré sur le balayage de la zone devant lui, essayant de s'assurer que la voie était libre, Smoke ne regardait pas où il mettait les pieds.

Une seconde, il se déplaçait aussi silencieusement qu'il le pouvait, et la suivante, il tombait.

Sa tête heurta le bord d'un énorme trou dans lequel il s'était engagé tandis que son corps tombait. Smoke n'eut pas le temps de jurer ou de faire quoi que ce soit pour ralentir sa chute avant que le vent ne l'emporte et qu'il n'atterrisse durement.

Sa bouche s'ouvrit et un grognement s'en échappa, mais ce fut le couinement effrayé d'une femme qui le poussa à se relever de la personne sur laquelle il avait atterri.

Smoke se retourna et regarda en bas, choqué jusqu'à la moelle de ses os. Il n'avait peut-être pas la capacité de se souvenir de chaque personne qu'il voyait, comme Eagle, mais il savait sans aucun doute qui il regardait à cet instant précis.

Molly Smith.

Elle avait l'air mal en point, mais elle était vivante. Ses cheveux étaient emmêlés, et elle semblait encore plus petite que sur les photos qu'il avait vues. Le T-shirt qu'elle portait était sale et plein de trous. Le pantalon cargo sur ses jambes était déchiré, et elle était pieds nus. Elle était assise sans bouger dans la boue au fond du trou dans lequel il était tombé, levant les yeux vers lui avec une confusion évidente.

— Molly ? demanda Smoke, l'incrédulité étant facile à percevoir dans son ton.

À sa question, la femme semblait se débarrasser du choc qui était littéralement tombé sur elle, et elle se releva d'un bond.

Se relever d'un bond aurait pu être une exagération. Elle posa sa main sur la paroi du trou et vacilla sur ses pieds quand elle se leva. Une main alla à sa ceinture, probablement pour empêcher le pantalon baggy de tomber autour de ses chevilles.

— Oui ! Je suis Molly Smith ! Tu sais qui je suis ?

— Oui, lui répondit Smoke. Nous n'étions pas sûrs que tu étais toujours avec tes kidnappeurs.

— Je le suis. Je suis là ! cria-t-elle, puis grimaça. Mais tu peux le voir.

— Pourquoi es-tu...

La question de Smoke fut interrompue par la voix de Bull dans son oreillette.

—Smoke ? T'es où, bordel ?

— Merde, marmonna Smoke, puis il leva les yeux vers le bord du trou.

Il n'était qu'à quelques centimètres au-dessus de sa tête, et il devrait pouvoir sortir sans trop de difficultés. Il baissa les yeux vers Molly.

— Il faut que je retourne là-bas.

Elle écarquilla les yeux.

— D'accord. Aide-moi à sortir, et je viendrai aussi.

Smoke secoua la tête à contrecœur.

— Tu es plus en sécurité ici, crois-moi.

— Non ! S'il te plaît ! Il faut que je sorte d'ici.

Smoke savait qu'il n'avait pas le temps pour ça, mais il ne pouvait pas partir sans rassurer la femme.

— Mon équipe a besoin de moi. Nous devons trouver

Shekau, le type qui a organisé l'enlèvement de tous ces enfants. Une fois qu'on se sera occupé de lui, je reviendrai te chercher.

Molly leva les yeux vers lui, et il vit qu'elle voulait protester. Elle voulait insister pour qu'il l'emmène avec lui tout de suite. Mais au lieu de cela, elle prit une profonde inspiration et demanda :

— Promis ?

En réponse, Smoke activa sa radio et, sans rompre le contact visuel avec Molly, dit :

— J'ai trouvé Molly Smith. Elle est vivante, mais elle est retenue en otage dans un putain de trou dans le sol à environ huit mètres derrière l'une des grandes tentes. Je viens vous aider maintenant, mais s'il m'arrive quelque chose, assurez-vous de la faire sortir d'ici.

— Message reçu, répondirent ses trois coéquipiers en même temps.

Smoke posa une main douce sur l'épaule de Molly.

— On ne partira pas sans toi. Mais je *dois vraiment* retourner là-bas et aider mon équipe.

Il la vit déglutir, puis hocher la tête.

— D'accord. Qu'est-ce que je peux faire pour aider ? Tu es plutôt grand, donc tu n'as peut-être pas besoin d'aide pour sortir d'ici, mais je peux me mettre à quatre pattes et tu peux marcher sur mon dos pour t'aider.

Smoke la regarda fixement, choqué, pendant un moment. Il avait *vraiment* besoin de se tirer de là, mais il était impressionné par sa réponse. On aurait dit qu'elle ne pesait pas plus que le sac sur son dos, et elle lui proposait de l'utiliser comme un putain d'escabeau ? Il n'était pas question que ça arrive.

— J'apprécie l'offre, mais je peux le faire, lui répondit-il.

Prenant une décision en une fraction de seconde, Smoke retira son sac et le laissa tomber sur le sol à côté de lui.

— À l'intérieur, il y a des packs de gel pour une prise d'énergie instantanée. J'ai de l'eau dans ma gourde, et il y a quelques rations de survie... des repas prêts à être consommés.

J'ai de la corde dans une des poches que tu peux utiliser comme ceinture, et si tu veux changer de haut, j'en ai un de plus là-dedans aussi. Il n'est pas propre, mais n'est pas troué.

Les yeux de Molly étaient énormes quand elle murmura :

— Tu laisses tes affaires ?

— Oui. Je vais revenir, lui confirma-t-il avant de jeter à nouveau un coup d'œil au bord du trou.

— D'accord, lâcha-t-elle courageusement, mais Smoke entendit sa voix trembler.

Il tendit la main et toucha sa joue. Il prenait un risque en la touchant comme ça. Elle aurait pu être violée et maltraitée par ses ravisseurs, mais il ne put s'en empêcher. Il *avait besoin* de la toucher. Il avait besoin de lui montrer ne serait-ce qu'un bref moment de gentillesse.

— Merci d'avoir amorti ma chute, prononça-t-il doucement avec un sourire. Je reviendrai, Molly. Crois-moi, tu es plus en sécurité ici que n'importe où ailleurs en ce moment.

Il attendit une réaction à ses paroles et l'obtint lorsque sa tête s'inclina légèrement, lui donnant un peu de sa confiance. Ce n'était pas grand-chose, mais même cette petite quantité le touchait.

— Recule. Je vais sauter, annonça-t-il en lâchant sa main.

— Fais attention, répondit Molly.

Smoke ne répondit pas. Il appuya son dos contre la paroi du trou, puis poussa du pied et sauta vers le sommet. Il passa facilement ses mains par-dessus le bord, mais la terre était insaisissable et il se sentit immédiatement glisser vers l'arrière.

Mais Molly passa ses bras autour d'une de ses jambes et poussa vers le haut de toutes ses forces.

Elle lui donna juste assez de force pour que Smoke puisse lever son autre genou et passer par-dessus le bord du trou. Une fois dehors, il regarda en bas. Molly avait la tête en arrière, et elle le regardait. Sous cet angle, elle semblait encore plus jeune que sur ses photos. Et désespérée.

Avec un hochement de tête rapide, Smoke s'éloigna du trou

et se leva. Il avait toujours son fusil dans le dos, et il le mit en joue. Les couteaux dans ses étuis étaient en place, et il avait aussi deux armes de poing supplémentaires. Laisser son sac ne le rendrait pas plus vulnérable du tout. Au contraire, cela le rendrait plus furtif.

— J'arrive, murmura Smoke sans bruit dans la radio, faisant savoir à son équipe qu'il était de nouveau en action.

Mais une partie de lui était toujours dans ce trou avec Molly. Il voulait savoir combien de temps elle était restée là. Ce que ses ravisseurs lui avaient fait. Quand elle avait mangé quelque chose pour la dernière fois. Comment elle avait dormi, parce qu'elle ne pouvait pas s'allonger dans ce trou. Il avait une centaine de questions, mais pas le temps de les poser.

Il avait détesté voir la défaite dans ses yeux quand il lui avait dit qu'il devait la quitter. Prévenir l'équipe qu'elle était là et lui laisser son barda étaient les seuls moyens auxquels il avait pensé pour prouver qu'il était sérieux concernant son retour. Quelqu'un allait la secourir, et Smoke espérait que ce serait lui.

Un terroriste surprit Smoke en lui fonçant dessus alors qu'il esquivait un arbre. L'homme commença à lever son arme, mais Smoke réagit plus vite en appuyant sur la gâchette de son fusil. L'homme tomba comme un sac de pommes de terre.

Écoutant la stratégie de son équipe qui se rapprochait de l'endroit où Shekau s'était caché, Smoke courut pour les rattraper. Il voulait éliminer le leader de Boko Haram depuis longtemps, mais maintenant, tout ce qu'il voulait, c'était en finir et retourner auprès de Molly. La rassurer qu'elle n'était plus seule, et lui prouver qu'il ne l'avait pas oubliée.

* * *

Molly fixait le grand sac à dos posé à ses pieds. Elle avait entendu les coups de feu plus tôt et était assise en boule, le dos contre la paroi du trou, le cœur battant dans sa poitrine, quand

19

un homme était littéralement tombé du ciel. La terre et les débris avaient chuté en même temps qu'il avait atterri sur elle, lui coupant le souffle. Tout ce qu'elle avait été capable de faire était de protester.

Pendant un moment, elle avait eu peur que ce soit l'un de ses ravisseurs. Jamais, dans son imagination la plus folle, elle n'aurait pensé qu'un soldat américain tomberait dans son trou. Elle n'avait aucune idée de son nom, d'où il venait, ou avec qui il travaillait, mais honnêtement, elle s'en fichait.

Il connaissait son nom, ce qui voulait dire qu'il faisait partie des gentils... non ?

Et il l'avait reconnue. Même sans miroir, Molly savait qu'elle était affreuse. Ses cheveux étaient en bataille, elle était sale et elle avait perdu beaucoup de poids. Tellement que son pantalon ne tenait pas en place. Elle devait le serrer chaque fois qu'elle se levait. Mais il l'avait quand même reconnue.

Et quand il l'avait regardée, ce n'était pas avec pitié ou dégoût.

Elle aurait juré avoir vu de l'admiration... mais c'était impossible.

Elle devait délirer à cause du manque de nourriture et d'eau.

En parlant de ça, Molly baissa les yeux sur le sac de l'homme. Il avait promis de revenir la chercher, mais s'il ne le faisait pas, si ses ravisseurs le tuaient, lui et la personne à qui il avait parlé par radio, ils lui prendraient son sac à dos.

Elle était déchirée entre manger tout ce qui lui tombait sous la main et essayer de faire durer le tout. En regardant autour d'elle, elle se demanda si elle pouvait enterrer certaines des choses qu'elle avait trouvées dans son sac pour que ses ravisseurs ne les trouvent pas.

Prenant une profonde inspiration, elle secoua la tête.

— Non, il va revenir, se dit-elle. Il a promis.

C'était un peu enfantin – dire les mots ne les rendait pas vrais – mais ça la faisait quand même se sentir mieux.

Ayant l'impression de fouiner, Molly se força à se mettre à genoux et à défaire lentement la fermeture Éclair du sac. Elle en sortit un petit sac sec. Curieuse de savoir ce qu'il contenait, mais plus intéressée par la nourriture, Molly le remit à l'intérieur et fouilla un peu plus.

Une minute plus tard, elle trouva la gourde promise, une ration, les barres de gel énergétique et un T-shirt. Il avait pu penser que le vêtement était sale, mais pour elle, c'était presque trop beau pour être vrai. Sans même y réfléchir à deux fois, elle se débarrassa du T-shirt humide qu'elle portait et le jeta au sol. Elle supposa qu'elle devait le sauver au cas où, mais honnêtement, si elle ne le revoyait jamais, elle serait heureuse.

Molly tira le T-shirt noir de l'homme sur sa tête et respira profondément. Ça sentait la sueur. Mais ça ne la dégoûta pas. Sous la sueur, elle sentait faiblement l'odeur de la lessive.

Les larmes lui montèrent aux yeux. C'était si stupide. Mais l'odeur de quelque chose d'aussi normal, d'aussi quotidien, lui fit promettre de ne plus jamais considérer la propreté comme acquise.

Le haut était ridiculement grand sur elle. Son corps émacié se confondait avec lui. Molly rassembla rapidement le surplus de tissu sur sa hanche et le noua. Elle ne put s'empêcher de sentir la manche une fois de plus alors qu'elle la roulait.

C'était officiel, elle l'avait perdue.

Se forçant à ne plus sentir le T-shirt du pauvre homme, Molly s'efforça d'ouvrir l'un des packs de gel. Elle n'en avait jamais mangé avant, mais elle prenait toutes les calories qu'elle pouvait avoir en ce moment. Elle imaginait ses cellules absorber les nutriments comme le sol absorbe la pluie après une sécheresse.

Réticente à jeter des détritus – même si cela la faisait se sentir ridicule, vu les circonstances – elle rangea le haut du plastique dans le sac de l'homme et porta le gel à ses lèvres. Elle en fit glisser un peu dans sa bouche, puis elle s'arrêta pour évaluer la situation. Ses papilles gustatives explosèrent sous l'effet de la douceur, et elle fronça involontairement les sourcils.

Molly pouvait encore entendre des coups de feu au-dessus d'elle, mais elle était trop absorbée par ce qu'elle faisait pour leur accorder plus qu'une brève attention. La nourriture et l'eau primaient sur tout le reste.

Elle avala le gel et décida que c'était en fait assez bon. Elle se força à consommer le reste du sachet lentement, même si elle voulait l'engloutir. Elle essaya ensuite de dévisser le bouchon de la gourde, mais ne réussit pas à l'ouvrir.

Elle détestait être si faible qu'elle ne pouvait même pas ouvrir le récipient pour accéder à son contenu. Frustrée, elle avait envie de pleurer, sa bouche salivant à l'idée de l'eau potable qui se trouvait probablement à l'intérieur, mais elle mit la gourde de côté à contrecœur et attrapa la ration. Elle déchira le couvercle et inspecta le contenu. Elle n'avait aucune idée de la façon dont les spaghettis avaient été réchauffés ; pour l'instant, elle avait l'impression qu'ils avaient été lyophilisés dans l'un des paquets, mais lorsqu'elle vit la petite bouchée de chocolat incluse dans le repas, elle oublia les pâtes.

— *Chocolat*, souffla-t-elle.

Le bonbon ressemblait à de la bouillie à l'intérieur du petit emballage, mais cela ne la découragea pas. Elle l'ouvrit lentement et le porta à son nez. L'odeur familière du chocolat lui donna envie de pleurer une fois de plus. Nana avait toujours gardé un bol de chocolats dans sa salle à manger. Elle laissait Molly en choisir un chaque fois qu'elle allait rendre visite à ses parents... avant leur mort.

Molly lécha chaque morceau de chocolat sur l'emballage, se sentant triste quand elle eut fini. Mais les biscuits dans le paquet attirèrent son attention. Sachant que ce serait une erreur de les manger sans boire, elle décida de les manger quand même. Il y avait aussi un morceau de pain à la banane, mais les biscuits salés semblaient plus faciles à manger pour le moment.

Elle en mangea un, puis un autre, avant que son estomac ne commence à se rebeller. Cela faisait très longtemps qu'elle n'avait pas mangé autant qu'elle venait de le faire, alors Molly remit soigneusement ce qu'elle ne pouvait pas manger dans le sac de rations et le glissa dans le sac à dos de l'homme. Ce faisant, elle vit la corde dont il avait parlé et la sortit.

Se levant lentement, Molly passa la corde dans les passants de sa ceinture et l'attacha, laissant le reste pendre. Elle n'était pas sûre du moment où elle avait réalisé combien elle avait perdu de poids. Mais un jour, elle s'était levée, et son pantalon lui était littéralement tombé sur les chevilles. Les os de ses hanches dépassaient, et savoir qu'elle avait perdu autant de poids était décourageant.

C'était fou comme le fait d'avoir quelque chose d'aussi simple qu'une ceinture rendait les choses plus limpides.

En mettant un autre pack de gel dans sa poche, Molly remit tout le reste dans le sac et le referma. Elle n'avait aucune idée du temps qui s'était écoulé, mais il serait sûrement bientôt de retour.

Elle n'entendait plus les coups de feu au-dessus d'elle, mais cela ne la rassurait pas. Les kidnappeurs avaient-ils maîtrisé l'homme et son équipe ? Les écolières allaient-elles bien ? Est-ce que tout le monde avait fui la jungle et l'avait laissée seule ?

Folly Molly...

Le surnom blessant lui revint en pleine figure. Peut-être que l'homme qui était tombé du ciel avait été tué. Il semblait que tous ceux avec qui elle entrait en contact finissaient blessés d'une manière ou d'une autre. Regardez ce qui était arrivé aux écolières. Et ses parents.

Et puis il y avait Preston. Sa malchance était vraiment de la partie quand elle l'avait rencontré.

Peut-être que sa malchance avait déteint sur l'homme qui était tombé dans son trou, simplement parce qu'il l'avait touchée.

Secouant la tête, Molly essaya de chasser cette pensée. Elle se souvint de la douceur de son contact sur sa joue. Cela faisait si longtemps que quelqu'un ne l'avait pas touchée sans avoir l'intention de la blesser. Les câlins de Nana et Papa avaient été le dernier contact humain doux qu'elle avait connu. Jusqu'à ce que l'homme mette sa main sur sa joue.

Levant les yeux, comme si cela allait faire apparaître l'homme, Molly fit de son mieux pour rester calme.

— Il a dit qu'il reviendrait, alors il reviendra, murmura-t-elle.

Elle devait juste être patiente. Il reviendrait pour elle. Il avait promis.

3

———————

Smoke jeta un coup d'œil au carnage qui l'entourait et soupira. Jusqu'à présent, rien dans cette mission ne s'était passé comme Silverstone l'avait espéré. Leur mode opératoire habituel était de se faufiler, de tuer leur cible et de s'en aller. Mais avec les écolières à protéger et deux douzaines de membres de Boko Haram prêts à tout pour s'assurer que leurs captives ne s'échappent pas, les choses s'étaient vite emballées.

La seule chose qui s'était déroulée comme prévu était l'élimination de Shekau. L'équipe n'allait pas le laisser s'échapper ou permettre aux forces nigérianes de l'arrêter. Il avait suffisamment de partisans pour que même en prison, il y eût de fortes chances d'en sortir pour terroriser à nouveau des jeunes filles innocentes. Ils ne lui avaient pas donné l'occasion de supplier pour sa vie ou d'utiliser l'une des filles comme bouclier. Après avoir reçu la confirmation d'Eagle que l'homme qu'ils avaient capturé était en fait Shekau, le chef de Boko Haram, et non un leurre, Bull lui mit deux balles dans le cœur – et une autre dans la tête pour faire bonne mesure.

Mais ce n'était pas la fin du travail – loin s'en faut.

Lorsque la poussière retomba, des hommes morts gisaient tout autour de la cachette dans la jungle. Quelques membres des forces de sécurité nigérianes avaient été tués en même temps que les terroristes. Les filles étaient hystériques, elles pleuraient et se serraient les unes contre les autres dans les grandes tentes.

Mais malgré le chaos et les balles qui volaient, Smoke n'avait pas cessé de penser à Molly. Honnêtement, il ne s'attendait pas à la trouver. Ça n'avait aucun sens pour Boko Haram de garder une Américaine. Il ignorait s'ils avaient prévu de l'échanger contre une rançon ou autre chose.

— Tu as dit que tu avais trouvé Molly ? questionna Gramps.

— Oui, je dois retourner la voir, confirma Smoke.

Il se tourna et se dirigea derrière l'une des grandes tentes, droit vers le trou où elle était retenue. Ses coéquipiers le suivaient de près. Smoke savait qu'il devrait faire attention à la jungle qui l'entourait, car il était plus que probable que certains des terroristes se soient enfuis dans le feuillage dense, mais ses yeux étaient rivés au sol.

Le trou n'était pas exactement caché. Ses ravisseurs n'avaient pas essayé de le camoufler.

— Putain de merde, tu te fous de moi ? demanda Bull alors qu'ils approchaient de la prison de Molly.

— Dis-moi qu'elle n'est pas là-dedans, ajouta Eagle.

— Connards, surenchérit Gramps pour faire bonne mesure.

Smoke ne blâma pas ses amis pour leurs réactions. Ils avaient vu beaucoup de choses horribles qu'un humain pouvait faire à un autre pendant leur séjour dans l'armée et en tant que Silverstone. Ils détestaient vraiment voir quelqu'un, surtout une femme, être mis dans un trou et laissé à l'abandon.

Levant la sangle de son fusil au-dessus de sa tête et de ses épaules, Smoke se mit à quatre pattes et rampa sur les quelques mètres qui restaient jusqu'au trou. Il ne voulait pas risquer que des débris tombent sur Molly.

Il jeta un coup d'œil par-dessus le bord et cligna des yeux de surprise. Molly avait manifestement fouillé dans son sac, car elle portait maintenant un de ses T-shirts de rechange. Elle l'avait noué à sa taille, et il pouvait également voir les extrémités de la corde qu'il lui avait dit d'utiliser comme ceinture qui pendaient le long de ses jambes. Elle était assise sur son sac, et sa tête reposait sur le mur de terre derrière elle. Ses yeux étaient fermés... et on aurait dit qu'elle dormait profondément.

— Molly ? l'appela Smoke.

Elle sursauta comme s'il avait hurlé son nom dans son oreille, perdant l'équilibre et tombant de son sac dans la boue au fond du trou.

— Je suis là ! héla-t-elle, puis elle leva les yeux. Tu vas bien ?

Smoke fronça les sourcils. Elle lui demandait s'*il* allait bien ? L'admiration fleurit dans sa poitrine.

— Je vais bien. Tu veux sortir de là ?

— Oui ! cria-t-elle pratiquement en se levant. Il doit y avoir une échelle de fortune quelque part dans le camp. C'est comme ça que je suis entrée ici, et que les connards qui m'ont kidnappée m'ont fait sortir quand ils voulaient se faire remarquer.

Smoke n'aima pas entendre ça, mais il laissa tomber pour le moment.

— Pas besoin d'échelle, lui avoua-t-il. Tu peux te déplacer jusqu'à ce que ton dos soit contre le mur ?

Elle eut l'air confuse, mais fit immédiatement ce qu'il lui demanda. Smoke se retourna pour regarder ses coéquipiers.

— Je descends. Je vais l'aider à se relever, puis j'aurai besoin d'un coup de main.

— Bien sûr, confirma Gramps, en enlevant son propre sac et en se préparant à aider.

— Je descends, prévint Smoke à Molly.

— Quoi ? Non, attends...

Mais Smoke était déjà en mouvement. Il s'assit sur le bord du trou, puis sauta dans la fosse.

— Je ne sais pas si je dois être impressionnée ou énervée que ça ait l'air si facile pour toi, se plaignit Molly.

Smoke sourit, puis posa son regard sur elle, l'évaluant. Elle avait l'air en piteux état. On ne pouvait pas le nier. Mais bon, lui aussi. Il ne s'était pas rasé depuis un mois, et à part utiliser un gant de toilette pour se nettoyer, il n'avait pas pris de vrai bain depuis tout ce temps. Lui et son équipe avaient parcouru la jungle à la recherche de tout signe de Boko Haram et des filles kidnappées. Alors qu'ils avaient la possibilité de rester dans quelques petits villages, ils avaient décidé de vivre à la dure, juste au cas où ils rencontreraient des sympathisants de Boko Haram.

Mais il n'avait pas été affamé. Il n'avait pas littéralement dormi dans la saleté. Il avait lavé ses vêtements dans deux des petits ruisseaux qu'ils avaient rencontrés, et il avait eu beaucoup d'eau, grâce aux filtres et aux tablettes de purification qu'ils portaient.

Molly n'avait rien eu de tout cela. Il n'avait aucune idée du temps qu'elle avait passé dans ce trou, mais il était évident que cela avait duré plus d'un jour ou deux. Mais étonnamment, elle se tenait devant lui en ce moment, droite et inébranlable.

Si Smoke était honnête avec lui-même, il était un peu intimidé par sa ténacité.

— Tu es prête à sortir d'ici ?

— Oui.

Sa réponse était courte, mais l'émotion derrière ce seul mot était claire.

— Bien. Mes amis t'aideront au sommet, tout ce que tu as à faire est de mettre ton pied dans mes mains, et je te soulèverai. C'est simple comme bonjour. Tu es prête ?

Molly leva les yeux et vit Bull, Eagle et Gramps debout au sommet, attendant de l'aider. Puis elle se tourna vers lui.

— J'ai le droit de te demander comment tu t'appelles ? prononça-t-elle doucement.

— Merde. Je ne me suis même pas présenté à toi. Waouh, *ça*

c'est impoli. Je m'appelle Mark Chamberlin. Mais tout le monde m'appelle Smoke.

Il tendit la main.

— Je m'appelle Molly, répondit-elle poliment en lui serrant la main. Je suis *très* heureuse de te rencontrer.

Smoke tint sa main pendant un instant, puis la serra doucement avant de la lâcher. Il entrelaça ses doigts ensemble et se pencha vers elle.

— Pose ton pied ici, lui ordonna-t-il, en faisant un geste de la tête vers ses mains.

Elle posa sa main sur son épaule pour se stabiliser, puis plaça son petit pied nu dans ses mains en toute confiance. Se déplaçant lentement pour ne pas l'effrayer, Smoke se tenait debout tandis que Molly promenait ses mains le long du trou, et dès qu'elle fut à portée, ses coéquipiers saisirent ses bras et la tirèrent vers le haut et hors de sa prison sans faire de bruit.

Une fois qu'elle fut sortie, Smoke ramassa son sac et le mit sur son dos. Puis il leva la main, et Gramps la saisit. En quelques secondes, il était lui aussi debout à côté du trou.

— Eh bien, c'était presque un peu décevant, lança Molly, en passant une main mal à l'aise sur ses cheveux.

— Crois-moi, décevant est une bonne chose, dit Gramps. Nous préférons que les choses ne soient pas excitantes, si possible. Je suis Gramps.

Molly leva les yeux vers lui.

— Je crois que tu es plus grand que le trou dans lequel j'étais, remarqua-t-elle en lui serrant la main.

Il lui sourit en retour, mais ne fit pas de commentaire.

— Je m'appelle Eagle, dit Eagle en lui tendant la main.

Bull se présenta ensuite, et Molly leur sourit à tous.

— Et moi, je m'appelle Molly, mais je suppose que vous le saviez tous.

Tout le monde hocha la tête.

— Nous sommes très heureux de te voir en vie et en bonne santé, lui confia Eagle.

— Eh bien... en vie. Je ne suis pas sûre concernant la bonne santé, lança Molly en riant.

— Tu es malade ? demanda Smoke, l'inquiétude dans la voix.

Elle haussa les épaules.

— Je voulais simplement dire que je suis un peu mal en point.

Smoke savait qu'il aurait dû se détendre à son explication, mais il n'y parvenait pas. Il n'avait aucune idée de la raison pour laquelle il se sentait si gêné du fait qu'elle se sentait mal à l'aise à cause de son apparence.

— Quelle est ta pointure ? demanda Bull.

Molly fronça les sourcils.

— Du 36. Pourquoi ?

— Je reviens, dit Bull, puis il fit demi-tour et se dirigea vers le bazar, de l'autre côté de la tente.

Smoke savait qu'il allait fouiller les cadavres pour voir s'il pouvait trouver une paire de chaussures qui conviendrait à Molly. Il ne savait pas si elle rechignerait à porter les chaussures d'un mort, mais il ne le pensait pas. Jusqu'à présent, elle avait été extrêmement calme pour quelqu'un qui avait traversé une telle épreuve.

— Ils sont tous morts ? demanda-t-elle, son regard se portant sur la grande tente voisine.

— Les terroristes ? Oui, lui répondit sans ambages Gramps. Tu es en sécurité. Les autorités nigérianes vont transporter les filles qui sont encore ici jusqu'à la ville d'Askira pour les réunir avec leurs familles. Ils vont aussi interroger tout le monde pour voir s'ils connaissent l'endroit où se trouvent les autres filles disparues.

— Ils les ont mariées, leur avoua Molly. Avant que je les énerve assez pour me mettre dans ce trou, ils nous ont fait assister aux cérémonies.

Le sang de Smoke bouillait. Voler des filles mineures et les vendre au plus offrant, c'était mal. Et obliger les autres à regarder, en sachant qu'elles allaient probablement connaître le même sort, c'était encore pire.

— Viens, on va te ramener avec les autres, dit doucement Smoke, en faisant signe à Molly de marcher devant lui.

Elle n'eut pas l'air très enthousiaste à l'idée de retrouver les autres filles, mais elle acquiesça et commença à marcher avec précaution vers le bruit qui venait de l'autre côté de la tente.

Smoke et Gramps partagèrent un regard inquiet, en la suivant derrière elle.

— Tu as eu assez d'eau ? demanda Smoke pendant qu'ils marchaient.

— Je n'ai pas réussi à l'ouvrir, admit Molly.

— Merde, jura Smoke dans son souffle. Eagle, attends une seconde, ordonna-t-il à son ami.

Tout le monde s'arrêta de marcher pendant que Smoke posait son sac sur le sol et le fouillait. Il en sortit sa gourde et dévissa facilement le couvercle avant de la tendre à Molly.

— Désolé, je serre toujours le couvercle à fond. Il n'y a rien de pire qu'une gourde qui fuit.

Ses mains tremblaient lorsqu'elle attrapa l'eau, et Smoke s'énerva de nouveau. Ils regardaient tous ses yeux se fermer quand elle prit une gorgée d'eau. Elle était tiède et devait avoir un drôle de goût à cause de la tablette de purification, mais Molly ne montra pas qu'elle était dégoûtée. Elle n'engloutit pas l'eau, ce qui était une bonne chose, car elle serait probablement remontée à la surface. Au lieu de cela, elle but de petites gorgées, son plaisir étant facile à voir.

Quand elle ouvrit les yeux et vit qu'elle était le centre d'attention, elle sourit un peu gênée. Elle reboucha la gourde et voulut la rendre, mais Smoke lui fit un signe.

— Garde-la.

— Mais je ne peux pas. Elle est à toi.

Smoke remit son sac sur ses épaules et secoua la tête.

— Et c'est moi qui te la donne.

— Oh, eh bien... merci.

Il aima qu'elle ne continuât pas à essayer de refuser. Elle baissa simplement la tête et y posa la sangle et un bras pour qu'elle soit en bandoulière.

— Tu as l'air d'une guerrière, commenta-t-il.

Molly fronça le nez et émit un petit rire d'autodérision.

— Oh oui, une guerrière qui porte des vêtements qui tombent de son corps et qui n'a pas vu une bouteille de shampoing depuis des mois.

— Je préfère une guerrière à une princesse n'importe quand, dit Smoke, sans savoir d'où venait cette phrase, et se sentant soudain gêné de l'avoir dite à voix haute. Viens, ajouta-t-il rapidement, en essayant de cacher sa gêne. Je suis sûr que les autres seront ravis de te voir.

Il entendit Molly marmonner quelque chose dans son souffle, mais elle s'était déjà retournée et avait commencé à marcher, alors il ne comprit pas ce qu'elle avait dit.

Dès qu'ils franchirent le seuil de la grande tente, le bruit le frappa une fois de plus. Les forces nigérianes essayaient d'organiser les filles et de les préparer pour la marche vers l'endroit où les camions avaient été laissés. Malheureusement, Boko Haram avait établi un camp où aucun camion ne pouvait aller. Ils avaient tous une longue marche à travers la forêt dense pour arriver à leur transport.

Smoke et ses coéquipiers avaient prévu d'aller dans la direction opposée, vers l'endroit où ils avaient laissé leur propre camion, mais soudain, cela ne semblait pas être la meilleure idée. Laisser Molly n'était pas quelque chose qu'il se sentait à l'aise de faire.

Il ouvrit la bouche pour demander à Gramps s'il pouvait lui parler en privé pour discuter d'un changement de plan quand une des filles plus âgées se mit à hurler. Elle pointa Molly du doigt et courut vers elle, en hurlant en haoussa et en faisant des gestes sauvages.

Smoke n'avait aucune idée de ce qui se passait et il regarda un groupe d'officiers nigérians qui se tenaient à proximité. Ils regardaient la fille avec une légère perplexité, mais ne semblaient pas trop inquiets.

Le temps que Smoke regarde à nouveau Molly, la fille l'avait rejointe. Elle se tenait juste en face d'elle, parlant toujours rapidement et pointant du doigt la poitrine de Molly.

Molly avait les lèvres serrées et les poings serrés sur les côtés, mais elle ne dit rien face au mécontentement évident de la fille.

Puis la main de la fille se leva et gifla Molly au visage.

Avant que Smoke ou quiconque puisse réagir, elle recommença.

Elle leva la main pour la gifler une troisième fois, mais Gramps s'empressa de saisir le poignet de l'adolescente pour l'empêcher de recommencer. La jeune fille se débattit contre la prise de Gramps tandis que Smoke se dirigea vers Molly, passant son bras autour de sa poitrine et l'éloignant de la fille en colère.

— C'est quoi ce bordel ? demanda Eagle.

L'un des officiers nigérians s'approcha et attrapa la fille, qui était visiblement toujours en train de cracher des mots de colère sur Molly, et la traîna vers le groupe. Maintenant que Smoke prenait le temps de les étudier attentivement, il vit qu'aucune des écolières ne semblait heureuse de voir Molly. La plupart lui tournaient le dos ; il était évident qu'elle n'allait pas être accueillie à bras ouverts.

— Tu vas bien ? s'inquiéta Smoke, en tournant Molly pour qu'elle soit face à lui.

Elle ne voulait pas croiser son regard.

— Je vais bien.

Elle porta une main à son visage et frotta sa joue maintenant rouge.

— Parle-moi, ordonna Smoke. C'était quoi, ça ?

Il ne pensait pas qu'elle allait répondre, mais elle finit par soupirer. Elle ne croisait toujours pas son regard, fixant plutôt sa poitrine, mais elle expliqua :

— Elles m'en veulent d'avoir été kidnappées.

— Ça n'a aucun sens, dit Bull en s'approchant.

Il tenait une paire de baskets abîmées et une paire de chaussettes.

— Pourquoi ?

— Je porte malheur, confia Molly.

Smoke attendit qu'elle en dise plus, mais comme elle ne le faisait pas, il mit ses doigts sous son menton et souleva sa tête jusqu'à ce qu'elle n'ait d'autre choix que de le regarder.

— Explique-toi.

— Folly Molly. C'est comme ça qu'on m'appelle. J'ai *toujours* eu de la malchance. Apparemment, ça n'a pas changé, même quand j'ai voyagé à l'autre bout du monde. J'étais à l'école pour expliquer aux filles de ce que je fais, ingénieure en environnement. Je n'avais pas eu l'occasion de parler avant que l'école ne soit envahie par les kidnappeurs. Comme j'étais la seule chose différente ce jour-là... elles m'en ont voulu.

— Tu sais que c'est ridicule, hein ? balança Smoke.

Elle secoua la tête.

— Tu ne comprends pas, chuchota Molly.

— Ce que je comprends, c'est que Boko Haram avait prévu d'enlever ces filles bien avant de s'attaquer à l'école d'Askira. Il y avait des discussions sur les rapports de la sécurité intérieure qui le prouvaient. Tu étais au mauvais endroit au mauvais moment, et tu n'étais en aucun cas responsable de ces connards.

Folly Molly. Le surnom était ridicule. Il n'y avait rien de tel que quelqu'un qui n'avait pas de chance. Les mauvaises choses arrivaient à tout le monde.

— Mais elles pensent que je le suis, répondit tranquillement Molly. Elles me détestent. Quand j'ai essayé de convaincre certaines d'entre elles de s'échapper avec moi, elles ont eu trop peur. Elles ont dit que si je tentais quelque chose, j'attirerais la colère des kidnappeurs sur elles. Mais je ne pouvais pas rester assise dans la tente toute la journée et toute la nuit, en me demandant quelles horreurs nos ravisseurs allaient encore nous faire subir. Après avoir essayé de m'échapper la première fois, elles se sont toutes retournées contre moi. Elles ont refusé de partager de la nourriture avec moi. Elles ne voulaient pas dormir près de moi. Puis, après ma deuxième tentative d'évasion, les kidnappeurs m'ont mis dans ce trou. Les filles étaient probablement soulagées.

Smoke ne pouvait pas croire ce qu'il entendait.

— Elles se sont retournées *contre* toi ?

Molly haussa les épaules.

— Je ne suis pas comme elles. Je suis blanche... une Américaine. Je suis une étrangère. Et je ne leur en veux pas d'avoir refusé de faire quelque chose qui en aurait fait d'elles une cible pour nos ravisseurs.

— Putain de merde, murmura Gramps.

— Je suppose que nos plans ont changé, dit Eagle.

— Heureusement que j'ai trouvé ces chaussures, ajouta Bull.

Smoke soupira mentalement de soulagement. Il n'aurait pas besoin d'essayer de convaincre l'équipe de laisser Molly partir avec eux, après tout. Mais avant qu'il ne puisse lui assurer qu'ils la ramèneraient chez elle en toute sécurité et qu'elle n'aurait pas à s'inquiéter des autres filles, elle s'éloigna de lui d'un pas.

— J'apprécie que vous soyez tous venus pour nous aider, dit-elle un peu raide. Je ne sais pas ce qui nous serait arrivé si vous n'étiez pas venus.

Elle regarda chacun d'entre eux.

—Eagle, Bull, Gramps... Smoke. Merci. Je ne vous oublierai jamais.

Puis elle se mit à marcher vers le groupe de filles qui lui avaient tourné le dos.

Smoke agit rapidement, la saisit par le bras et la fit tourner.

Molly regarda sa main, une question dans le regard.

— Tu ne vas pas aller avec elles, lui confia-t-il.

— Pourquoi non ? demanda-t-elle. Oh, c'est vrai, parce que je ne suis pas Nigériane. Je comprends. Je suppose que quelqu'un de ma société va me retrouver et m'aider à rentrer aux États-Unis ?

Smoke secoua lentement la tête.

— Ils ont évacué le pays après ton enlèvement, lui avoua-t-il doucement.

— Ils m'ont *abandonnée* ? questionna Molly d'une petite voix.

Smoke entendit Gramps jurer derrière lui, mais il ne quitta pas Molly des yeux. Il détestait qu'elle pense avoir été abandonnée, mais c'était exactement ce qu'ils avaient fait.

— Ils ne t'ont pas abandonnée, précisa-t-il.

Elle le fixait, et Smoke avait l'impression qu'elle voyait clair dans ses paroles creuses.

— Qui t'a engagé pour venir me chercher, alors ?

Smoke continua, même si cette conversation le mettait mal à l'aise.

— On traquait Abubakar Shekau. Le leader de Boko Haram, lui répondit-il honnêtement.

Il vit le moment où ses mots s'enregistrèrent.

— Vous n'êtes pas venus pour moi, chuchota-t-elle.

— En effet, reconnut Smoke. Mais ça ne veut pas dire que tu n'étais pas dans nos pensées. Nous savions que tu avais été enlevée avec les écolières et nous avons prié pour que tu sois retrouvée avec elles.

Ses yeux se baissèrent.

— Bien. Et maintenant ? Comment suis-je censée quitter le Nigeria ? Je n'ai pas d'argent. Je n'ai pas mon passeport. Je n'ai littéralement que les vêtements que j'ai sur le dos, et ma société m'a abandonnée. Je suppose que je pourrais appeler mes grands-parents. Ils m'aideraient.

Le cœur de Smoke faillit se briser à ces mots. Il ne lui était pas venu à l'esprit que, bien sûr, elle ne savait pas que ses grands-parents étaient morts. Il fit le calcul mental et réalisa qu'ils avaient été tués après qu'elle eut été prise en otage. Elle n'avait eu aucun moyen de savoir ce qui s'était passé.

Il tendit subrepticement une main à ses coéquipiers pour les empêcher de dire quoi que ce soit.

La dernière chose dont cette femme avait besoin à cette minute était d'apprendre que ses grands-parents avaient été tués.

— Tu viens avec *nous*, l'informa Smoke.

Molly le regarda un instant, puis ses coéquipiers.

— Je viens ?

— Oui.

Smoke n'avait aucune idée de ce qui lui passait par la tête, mais elle le choqua quand elle reprit :

— Est-ce qu'on va devoir marcher jusqu'à Askira ? Je suppose qu'après avoir passé je ne sais combien de temps dans un trou, je peux le faire, mais j'espérais un service de limousine ou autre.

Bull et Eagle éclatèrent de rire, et même Gramps lui sourit.

L'admiration que Smoke avait ressentie plus tôt s'épanouit à nouveau dans sa poitrine.

— Pas de limousine, mais tu n'auras pas à faire tout le chemin du retour à pied. C'est à plus de cent cinquante kilomètres, de toute façon.

Elle écarquilla les yeux.

— C'est vrai ?

— Oui. Mais on a planqué un camion à une trentaine de kilomètres d'ici. On va aller à Maiduguri et prendre un avion pour l'aéroport international Murtala Muhammed à Ikeja. Puis nous rentrerons aux États-Unis. Nous *devrons* marcher un peu, mais pas cent kilomètres.

Il souhaitait qu'elle n'ait même pas à en faire vingt. C'était presque trop lui demander après tout ce qu'elle avait traversé.

— Je t'ai trouvé des chaussures, dit Bull en s'approchant d'eux et en leur tendant les baskets. Ce ne sont pas des Louboutin, mais elles devraient faire l'affaire.

Smoke vit des larmes se former dans les yeux de Molly pour la première fois.

— D'abord une gourde et maintenant des chaussures. Vous savez vraiment comment traiter une fille.

Décidant de ne pas mentionner les larmes, Smoke la regarda s'asseoir sur le sol et enfiler les chaussettes – qui avaient des trous aux orteils – et les chaussures. Les chaussures n'étaient pas en très bon état, mais c'était mieux que de marcher pieds nus dans la jungle.

Smoke tendit une main vers le bas, elle la saisit et la laissa l'aider à se lever.

— Comment te sens-tu ? demanda Bull. Je peux aller en chercher d'autres si elles ne conviennent pas.

— Elles sont bien, lui répondit Molly. Merci.

— Excusez-moi.

Ces mots firent sursauter Smoke, qui se rendit compte qu'il était entièrement concentré sur Molly, ce qui ne lui était jamais arrivé auparavant. Il n'avait jamais été distrait par quelqu'un qu'ils avaient sauvé au point d'oublier la présence d'autres personnes.

En se retournant, Smoke vit un des officiers nigérians qui se tenait à proximité.

— L'Américaine doit venir maintenant. Nous partons.

En regardant, Smoke vit une file de filles qui sortaient du camp. Les corps jonchaient encore le sol de la jungle, mais personne ne semblait vouloir donner une sépulture aux terroristes. Les quelques officiers nigérians qui avaient été tués étaient emportés par leurs camarades.

— Elle vient avec nous, annonça Gramps à l'homme avant que Smoke ne puisse le faire.

L'homme fronça les sourcils.

— Ce n'était pas le plan. Elle doit venir avec *nous* maintenant.

— Eh bien, le plan a changé, et nous nous occupons d'elle à partir de maintenant, dit Eagle, en se plaçant devant Molly.

Smoke posa une main sur sa hanche et la ramena vers lui.

— Je ne pense pas...

— Les filles sont traumatisées. Vous avez vu comment elles ont réagi face à elle ? Vous voulez vraiment avoir à essayer de les séparer pendant que vous retournez sur Askira ? C'est mieux pour tout le monde si elles sont séparées.

— Mais elle doit être interrogée, insista l'officier.

— L'interroger ? grogna Bull. Vous oubliez qu'elle est aussi une victime dans tout ça.

— Je voulais simplement dire qu'elle pourrait avoir des informations dont nous avons besoin pour retrouver les filles disparues.

— Si c'est le cas, nous les transmettrons, dit Eagle. Nous voulons les retrouver autant que vous. Mais vous devez admettre que les choses seront plus faciles si nous la prenons avec nous. Il est évident que vous ne pouvez pas la loger au même endroit que les autres filles, pas avec l'animosité qui règne entre elles. Et qu'allez-vous faire d'elle une fois que vous serez à Askira ? Où va-t-elle rester ? Qui va s'occuper de la faire rentrer aux États-Unis ? Ça va coûter de l'argent. Nous sommes volontaires pour en prendre la responsabilité. Elle n'est pas votre priorité, seules ces filles le sont.

L'homme considéra les mots d'Eagle.

— Je n'aime pas ça, dit-il après un moment.

— Vous n'avez pas à aimer ça, rebondit Gramps. Elle vient avec nous, et c'est tout.

Smoke se tenait près de Molly, prêt à combattre quiconque oserait essayer de la forcer à partir avec eux, mais après quelques secondes très tendues, l'homme hocha finalement la tête. Il se retourna sans un mot de plus et repartit vers les autres.

— Putain de merde, cracha Molly. C'était intense. Mais vous n'êtes pas responsables de moi. Je veux dire, je suis sûre que je peux trouver un moyen de rentrer chez moi.

— Mais maintenant, tu n'as plus à le faire, dit Gramps en tournant le dos au camp.

— Je... merci, chuchota Molly.

Smoke se rappela encore une fois à quel point il était reconnaissant d'avoir Silverstone. Ils se soutenaient mutuellement, sans poser de questions, et voir comment les autres avaient défendu Molly le rendait fier de les appeler ses amis.

— Et si on sortait de cette jungle ? suggéra Gramps.

Eagle sortit un GPS et prit la tête. Bull suivit, puis Molly et Smoke, et Gramps en dernier.

Alors qu'ils s'éloignaient du camp, Smoke jeta un coup d'œil en arrière. Il y avait beaucoup de choses à regarder. Les tentes, les cadavres et la file de filles qui se dirigeaient vers les arbres, mais la seule chose sur laquelle Smoke pouvait se concentrer était le trou dans lequel il était tombé et où il avait trouvé Molly.

Il ne savait pas ce que *son* avenir lui réservait, mais il avait le sentiment que le sien venait de changer irrévocablement.

4

———————

Molly n'arrêtait pas de penser à la façon dont les hommes qu'elle venait de rencontrer l'avaient défendue. Bull, Eagle et Gramps s'étaient mis entre elle et l'officier nigérian, comme s'ils allaient se battre avant de le laisser la prendre. Et la sensation de la main de Smoke – non, *de Mark* – sur sa hanche, la tirant légèrement derrière lui, alors qu'il était également resté entre elle et ce qu'il avait manifestement perçu comme une menace, avait été un baume pour son âme meurtrie.

Elle avait cru qu'elle allait mourir dans ce trou. Seule et oubliée.

Et maintenant, elle était là, avec quatre champions.

Molly voulait jeter un coup d'œil à Mark pendant qu'ils marchaient, mais elle était trop gênée pour qu'on la surprenne à le fixer. De plus, si elle se retournait, il voudrait savoir ce qui n'allait pas, et il les ferait probablement tous s'arrêter pour qu'elle puisse se reposer, ou manger et boire. Il avait déjà prouvé qu'il était très attentif à ses humeurs.

C'était bizarre d'avoir toute l'attention de quelqu'un. Elle n'était pas le genre de femmes qui avait déjà fait écarquiller les yeux d'un homme. Elle se fondait dans le décor, ce qui lui

41

convenait. En général, la seule fois où quelqu'un la remarquait, c'était pour faire un commentaire sur sa taille.

Elle avait toujours été mince, et elle ne savait pas pourquoi cela semblait être si important. Sa mère ne mesurait qu'un mètre cinquante, et son père n'était pas si grand que ça, alors ce n'était pas une surprise qu'elle ait arrêté de grandir à un mètre cinquante-trois.

— Comment tu tiens le coup ? demanda Mark derrière elle.

Molly ne tourna pas la tête, craignant de trébucher ou de se heurter à quelque chose.

— Je vais bien, lui répondit-elle.

Ce n'était pas le cas. Pas vraiment. Après avoir été retenue captive dans ce trou pendant si longtemps, elle n'était pas habituée à marcher autant. Mais elle n'allait pas se plaindre. Elle était vivante, et plus *dans* ce trou, donc elle était bien. En forme. Parfait.

Mais quelque chose dans son ton alerta Mark sur le fait qu'elle n'était pas tout à fait honnête. Il siffla, et les autres s'arrêtèrent. Tout le monde se retourna pour la fixer.

Mal à l'aise avec cette attention, Molly s'agita.

— Quoi ? demanda-t-elle.

— On va s'arrêter ici pour la nuit, informa Gramps.

— Non, je...

Mais personne n'entendit ce que Molly avait à dire, car Gramps, Eagle et Bull s'étaient dispersés et avaient disparu dans le feuillage qui les entourait.

Elle regarda Mark.

— Je peux continuer.

— Je sais, dit Mark, ce qui la rassura un peu. Mais ce n'est pas la peine. Nous n'avons pas d'horaire à respecter. Il n'y a aucune raison de nous épuiser à essayer de retourner au camion. Nous avons bien marché aujourd'hui, en fait mieux que ce que je pensais. Personne n'est après nous, nous n'avons pas à nous cacher ou à éviter qui que ce soit alors que nous nous dirigeons vers notre camion et Maiduguri. Tu n'es pas habituée à ça, et nous devons faire attention à ta santé.

Molly déglutit et détourna le regard, essayant de garder son calme. Ses pensées se tournèrent inévitablement vers Preston. Quand ils avaient commencé à sortir ensemble, il semblait tout aussi attentif.

Mais il n'avait pas fallu longtemps pour qu'il se mette à lui crier dessus, la traitant souvent de *stupide* et d'autres noms d'oiseau. Et alors qu'au début il semblait si gentil et si drôle, il était rapidement devenu un crétin jaloux et possessif qui préférait lui faire la tête que de lui sourire.

Elle n'était même pas sûre d'avoir voulu sortir avec lui au départ. Mais Preston était persistant. Se sentant seule, et comme si le temps de trouver quelqu'un avec qui passer sa vie était de plus en plus court, Molly avait fini par céder.

Un mois plus tard, lors d'un dîner, elle lui avait dit qu'elle voulait rester amis, mais Preston avait refusé. Il l'avait blessée. Il lui avait serré les bras trop fort alors qu'il la pressait de sortir du restaurant, puis l'avait plaquée contre sa voiture.

À partir de cette nuit, il avait commencé à la harceler sérieusement.

Maintenant, elle ne pouvait s'empêcher de s'interroger sur Mark. Comment il était dans la vie normale. Il semblait protecteur, mais cette protection se transformerait-elle en quelque chose de différent plus tard, comme cela avait été le cas avec Preston ? Jusqu'à ce qu'il veuille savoir où elle se trouve chaque seconde de la journée, l'appelant sans relâche jusqu'à ce qu'elle décroche ?

Est-ce qu'il cachait aussi des choses sur lui-même ?

— À quoi penses-tu si fort ?

Molly sursauta à cette question. Merde, elle était tellement perdue dans ses pensées qu'elle avait oublié où elle était pendant une seconde. Ça lui arrivait tout le temps... et, bien sûr, Preston détestait ça.

— Je suis désolée, s'excusa-t-elle.

— Tu n'as pas à être désolée, reprit Mark avec un petit sourire. Si tu veux rester là toute la nuit à réfléchir, vas-y.

Eh bien. C'était certainement une réaction différente de celle à laquelle elle était habituée.

— C'est juste... Je *suis* fatiguée, et si ça ne pose pas de problème, je veux bien m'arrêter.

— C'est vraiment sans problème, la rassura-t-il. Tu as fait un travail remarquable aujourd'hui.

Molly fronça le nez.

— J'ai dû m'arrêter toutes les dix minutes pour faire une pause, et je suis sûre que si je n'étais pas là, tu aurais déjà pu être dans ton camion.

— Si tu n'étais pas là, alors on serait encore en train d'essayer de te trouver, lâcha Mark sans hésiter. Viens, on va te trouver un endroit où te reposer pendant qu'on prépare les affaires pour ce soir.

Elle le laissa la guider à travers les arbres dans la direction où ses amis étaient partis. Étonnamment, ils avaient trouvé une petite clairière, avaient déjà commencé à rassembler du bois pour un feu, et avaient également fait de la place pour un endroit où dormir.

— En fait, c'est plutôt amusant, dit Eagle avec un sourire en laissant tomber une brassée de bois. Je veux dire, jusqu'à présent, nous avons dû être furtifs. J'aime le fait que nous puissions simplement camper et ne pas avoir à nous soucier d'être silencieux ou vus.

— Vous êtes sûrs qu'on est en sécurité ? demanda Molly. Nous ne sommes pas si loin du camp.

— Nous sommes en sécurité, répondit Mark pour son ami. Il y a quelques hommes qui se sont échappés dans les bois, mais s'ils décident de nous faire chier, ils ne vont pas tenir longtemps. Ils doivent savoir que leur meilleure chance est de s'éloigner le plus possible du camp.

— Et si nous n'essayons pas de rester discrets, nous ne négligeons pas non plus complètement notre sécurité. On va se relayer pour rester debout et monter la garde. Tu es en sécurité, Molly, ajouta Gramps, la sincérité étant facile à entendre dans son ton.

— Merci, dit-elle doucement.

Puis elle regarda les quatre hommes travailler en tandem ; il était évident qu'ils avaient déjà fait cela de nombreuses fois. Peu de temps après, quatre tentes étaient montées, un feu était prêt à être allumé, et elle était assise sur une sorte de couverture froissée que quelqu'un avait sortie de son sac.

Elle étudiait maintenant les dispositions de couchage d'un œil méfiant.

— Nous n'en avons besoin que de quatre, puisque l'un d'entre nous restera éveillé en permanence, informa Mark, voyant manifestement son malaise.

— Oh. Je ne voulais pas être impolie.

Les quatre hommes ricanèrent.

— Tu n'es pas impolie, confirma Eagle. Nous aurions dû t'expliquer plus tôt pour te mettre à l'aise.

— Je n'ai même pas demandé... Tu es blessée ? Est-ce que ces trous du cul... t'ont violée ? demanda doucement Mark.

Sa question directe ne la choqua pas. Bien que ce soit embarrassant d'en parler, elle préférait que tout soit dit ouvertement.

— Non. Je crois qu'ils n'avaient aucune idée de ce qu'ils allaient faire de moi. Ils ne pouvaient pas me marier à l'un de leurs partisans, j'étais une femme adulte, et en plus, je me faisais remarquer. Le fait d'être la seule femme blanche, et américaine de surcroît, semblait les rendre méfiants. Je pense qu'ils étaient heureux de me mettre dans ce trou. Loin des yeux, loin du cœur, vous savez ?

— Au risque de paraître désinvolte, honnêtement, tu étais mieux cachée. La dernière chose que tu voulais était d'attirer l'attention sur toi. Être dans le collimateur de Shekau n'aurait pas été une bonne chose, lui confia Bull.

Molly acquiesça.

— Je sais.

Et elle le savait. Avant d'être mise au trou, elle avait vu le leader de Boko Haram en action. Il se promenait avec un groupe d'hommes derrière lui, répondant à tous ses caprices.

— Une nuit, il est entré dans la tente où je me trouvais, raconta-t-elle à ses sauveteurs, et a désigné cinq filles. Le jour suivant, elles avaient disparu.

Elle frissonna.

— Je suis sûre qu'il savait que j'étais là – je me distinguais nettement des autres filles – mais il n'a jamais levé la main sur moi, et j'ai deviné qu'il s'accrochait à moi pour une raison *quelconque*. Peut-être pour demander une rançon ? Ou me vendre ? Je pense qu'il m'a fait mettre dans ce trou pour s'assurer que je n'essaierais pas de m'échapper pendant qu'il... faisait ce qu'il voulait avec les autres filles.

Les regards sur les visages des hommes lui indiquèrent qu'ils étaient probablement d'accord avec elle. Elle l'avait échappé belle, et ils le savaient tous.

— Alors... Tu as un choix à faire, dit Mark avec un petit sourire.

Molly fut soulagée qu'il change de sujet.

— À propos de quoi ?

— Le dîner. Nous avons des spaghettis, du poulet avec des nouilles aux œufs et des légumes, des tacos au bœuf, ou des boulettes de viande dans une sauce marinara.

Molly eut l'eau à la bouche à l'idée *d'une* de ces options.

— Tout est bon, répondit-elle. Je ne suis pas sûre de ce que je vais pouvoir manger. J'ai volé quelques crackers dans ton sac et je pensais que ça ne m'aiderait pas à calmer ma faim, mais après seulement deux, j'étais rassasiée.

Eagle hocha la tête.

— Il faudra un certain temps pour que ton estomac se remette en place. La clé est de manger de petits repas plusieurs fois par jour.

— Le taco au bœuf a un goût de merde, ajouta Bull avec un sourire. Je te conseille les spaghettis ou les boulettes de viande.

— Boulettes de viande, lança Molly. Je pourrais probablement emmagasiner les protéines. Mais ne comptez pas sur moi pour en manger plus d'une. Je ne veux pas gaspiller de nourriture.

— Ne t'inquiète pas. Nous nous sommes rationnés, car nous ne savions pas combien de temps nous serions partis. Nous en avons assez pour tenir jusqu'à notre retour à la civilisation, la rassura Mark.

Elle le regarda sortir un objet flexible ressemblant à une carte – qu'il dit être un appareil de chauffage – et y ajouter un peu d'eau. Puis il remit le chauffage et la pochette de boulettes de viande dans la boîte d'origine et la ferma.

— C'est plutôt cool, dit Molly, regardant fixement la pochette.

Elle entendit des rires et leva les yeux pour découvrir quatre paires d'yeux fixés sur elle. Sachant qu'elle devait rougir, elle demanda :

— Quoi ? C'est *vrai*.

— C'est amusant de voir la réaction de quelqu'un qui n'a jamais mangé de rations, confia Bull.

— Je parie que Skylar en serait ravie aussi. Elle organiserait probablement une leçon entière autour de ça, lança Eagle.

— C'est vrai, dit Bull.

Mark se pencha et dit :

— Skylar est la petite amie de Bull. Elle est institutrice en maternelle.

Molly n'aurait jamais cru qu'elle passerait d'une situation où elle était coincée dans un trou dans le sol à une situation où elle serait assise dans la jungle avec quatre hommes qu'elle aurait probablement trouvés effrayants si elle les avait rencontrés ailleurs, à parler de rations et de leurs petites amies.

— Je pense que nous devons défier Archer de faire quelque

chose de comestible avec ces choses, lança Smoke avec un sourire en coin.

— Tu es *fou* ? demanda Gramps. Pas du tout.

— Et Shawn Archer est l'un de nos employés à Indianapolis. Il a été embauché pour nettoyer, faire le jardinage et cuisiner, mais il ne fait plus que cuisiner maintenant. Il est incroyable, et j'espère que nous ne le perdrons jamais, expliqua Mark.

Molly lui lança un regard.

— Un de vos employés ?

— Oui, tu as devant toi les propriétaires de l'une des entreprises de remorquage les plus prospères d'Indianapolis, informa Eagle avec un sourire.

Les sourcils baissés en signe de confusion, Molly demanda :

— Si vous possédez une société de remorquage, qu'est-ce que vous faites dans une jungle au Nigeria ?

Bull, Eagle et Gramps regardèrent tous Mark, lui faisant comprendre qu'il devait répondre à cette question.

— C'est en quelque sorte notre... second travail, proposa Mark.

— Quoi ? Sauver des demoiselles en détresse ? questionna Molly.

— C'est parfois un effet secondaire de nos missions. On était dans l'armée. Les forces spéciales. Nous faisons la même chose maintenant que lorsque nous étions en service actif. Nous traquons et éliminons les rebuts de la société. Le FBI et la Sécurité Intérieure nous aident pour la logistique.

Molly hocha la tête.

— Donc tu ne mentais pas quand tu disais que je n'étais pas votre mission. Vous étiez ici pour tuer Shekau.

— Oui.

— C'est logique. Je suis juste heureuse que tu sois tombé dans mon trou au cours de l'opération, dit-elle ironiquement.

— Aucun commentaire sur ce que nous faisons ? demanda Gramps.

Molly haussa les épaules.

— Pas vraiment. J'ai plus de questions sur votre entreprise de remorquage, en fait. Combien d'employés avez-vous ? Pourquoi avez-vous décidé de la lancer ? Est-ce que le fait d'être ici l'affecte ? Et vous avez un *cuisinier* ? Ça doit vouloir dire que vous avez du succès. Pourquoi avoir choisi Indianapolis ?

Pendant une seconde, personne ne dit rien – puis les quatre hommes rirent.

— Quoi ? demanda-t-elle encore une fois.

Elle posait souvent cette question.

— Je ne comprendrai jamais les femmes, dit Gramps en secouant légèrement la tête.

— Pourquoi ? demanda Molly, complètement perdue maintenant.

— Quand Bull a révélé à Skylar ce qu'il avait fait, elle n'a pas pu le supporter et il a failli la perdre. Quand Eagle a parlé à sa petite amie de Silverstone – c'est comme ça que nous nous appelons – elle n'a pas cillé. Et maintenant, après avoir découvert que nous sommes essentiellement des assassins, tu veux juste en savoir plus sur notre société de remorquage.

Molly fronça le nez.

— Désolée, je n'aurais pas dû poser de questions sur votre entreprise ?

— Non ! Je trouve ça fascinant. Nous avons accepté de ne jamais parler à personne de ces missions afin de nous protéger, nous et nos familles. Il semble juste que les gens s'en soucient moins que nous le pensions, essaya d'expliquer Gramps.

— Je suis impressionnée. Et en admiration devant vous. Je veux dire, je suis assise ici en essayant de ne pas attaquer Mark et de ne pas lui voler ces boulettes de viande – qui sentent délicieusement bon – des mains, mais même cela, *c'est* grâce à ce que vous faites. Je serais encore dans ce trou en ce moment, à me demander s'ils vont se souvenir de me nourrir aujourd'hui. Et j'ai vu de mes propres yeux à quel point des hommes comme Shekau peuvent être horribles. Comment ils n'ont aucune compassion envers leurs semblables ? Quiconque vend des femmes comme des esclaves mérite de mourir. Ce que vous faites est important. Je suis juste une geek des sciences. Je veux retourner à ma vie ennuyeuse à Oak Park, près de Chicago. Retourner chez mes grands-parents. Ils doivent être morts d'inquiétude pour moi, et je veux les rassurer en leur disant que je vais bien. Je trouve un peu surprenant que vous quatre fassiez ce que vous faites, mais je ne vais pas vous juger pour avoir tué l'homme qui était responsable de ma quasi-mort dans un trou.

Les hommes se jetaient des regards à droite et à gauche, et Molly n'arrivait pas à comprendre ce qu'elle avait dit qui les avait mis si mal à l'aise.

— Je suis désolée si j'ai dit quelque chose d'offensant.

Mark s'éclaircit la gorge.

— Non, c'était parfait. Je crois que le dîner est prêt.

Surprise par ce changement de sujet, Molly laissa tomber après avoir senti une nouvelle fois les boulettes de viande. Mark sortit le sachet de nourriture du mini-four qu'il avait fabriqué avec les matériaux de l'emballage des rations et le lui tendit, ainsi qu'une cuillère.

De la vapeur s'éleva du sachet, et Molly respira profondément. Son estomac grogna, et elle ne put s'empêcher de sourire. Passer de l'idée qu'elle allait mourir à celle d'être assise ici avec de la nourriture chaude dans les mains moins de huit heures plus tard était une situation impensable.

— Attention, c'est chaud, avertit inutilement Mark.

En hochant la tête, Molly garda son attention sur la nourriture. Elle prit un morceau de boulette de viande à la cuillère et souffla dessus avec impatience. Elle remarqua que les autres mangeaient aussi des plats qu'ils avaient préparés. Elle était contente qu'ils ne la dévisagent pas pendant qu'elle mangeait.

Ils dînèrent en silence, et même si Molly ne put manger qu'une seule boulette de viande, comme prévu, elle fit de son mieux pour grignoter certains des autres éléments de la ration.

Mark finit les boulettes de viande restantes et emballa le reste de la nourriture pour qu'elle puisse la manger plus tard.

La jungle s'assombrit rapidement ; c'était une chose qui l'avait surprise lorsqu'elle était arrivée au Nigeria. Une seconde, c'était le crépuscule, la suivante, il faisait nuit noire. Les hommes allumèrent le feu, et si elle fermait les yeux, elle pouvait presque prétendre qu'elle était assise dans le jardin de ses grands-parents, faisant rôtir des marshmallows autour du feu.

— Il faut que je te dise quelque chose, prononça doucement Mark.

Molly se retourna pour le regarder. Elle était assise sur la couverture, les bras autour des genoux, appréciant la sensation d'un ventre plein. Mais ce ventre se retourna soudainement quand elle vit son expression – il était évident que ce qu'il voulait lui dire n'était pas bon.

— Quoi ? demanda-t-elle.

— C'est au sujet de tes grands-parents.

Tout en Molly se figea. Sauf sa respiration. Elle s'accéléra, et elle voulut mettre ses mains sur ses oreilles comme si elle avait de nouveau trois ans.

— Je suis vraiment désolé, Molly, mais... ils sont morts pendant que tu étais en captivité.

Molly se souvint instantanément de l'époque où elle était au collège et qu'un policier avait dit presque exactement les mêmes mots à propos de ses parents.

Son corps se mit à trembler, et elle ne pouvait rien faire d'autre que de fixer Mark en priant pour qu'il se trompe.

— Il y a eu un incendie dans leur maison. Leurs corps ont été retrouvés dans les décombres. La police... pense qu'ils étaient décédés avant que la maison ne soit incendiée.

Molly n'était même pas consciente qu'il avait bougé jusqu'à ce que Mark mette ses bras autour d'elle. Elle détourna le visage et ferma les yeux, posa son front sur son bras et secoua la tête.

— Je suis tellement désolé, murmura Mark.

Elle n'arrivait pas à y croire. Pas Nana et Papa. Ils étaient les dernières personnes qu'elle avait au monde. Sans eux, elle n'avait personne.

— Respire, Mol, lui ordonna Mark.

Elle n'avait pas réalisé qu'elle ne respirait pas et elle prit une grande inspiration. Mais cela ne fit qu'accentuer la douleur. Des sanglots secouèrent son corps, mais aucune larme ne coula. Elle n'était pas assez hydratée, même si Mark et ses amis lui avaient fait boire de l'eau et des sachets de gel toute la journée pendant qu'ils marchaient.

Molly n'avait aucune idée du temps passé dans les bras de Mark, mais quand son esprit s'éclaircit, elle réalisa que les trois autres hommes s'étaient rapprochés. La main de Bull était posée sur l'un de ses genoux, et celle d'Eagle sur l'autre. Gramps était assis de l'autre côté, son bras entourant le bas de son dos.

En temps normal, elle aurait pu être mal à l'aise entourée de quatre grands hommes débraillés, mais elle était juste... engourdie. Elle appréciait leur soutien, et en fut surprise ; elle était une étrangère, après tout. Mais elle n'arrivait pas à se concentrer sur autre chose que le fait que ses chers Nana et Papa étaient partis.

— Que s'est-il passé ? murmura-t-elle finalement, sans bouger la tête du bras de Mark.

— Tout ce que nous savons, c'est ce que dit le rapport, répondit Bull. Les pompiers ont été appelés dans une maison dont les flammes sortaient du toit. La maison était entièrement touchée, et il a fallu plusieurs heures pour éteindre complètement les flammes. Lorsque les soldats du feu sont entrés, ils ont trouvé tes grands-parents dans une chambre à l'étage. Ce n'est qu'après les autopsies, quand aucune fumée n'a été trouvée dans leurs poumons, qu'ils ont réalisé qu'ils avaient été assassinés avant que le feu ne soit allumé.

La gorge de Molly se serra, et elle eut peur que la nourriture qu'elle avait mangée plus tôt ne remonte.

Assassinés. Nana et Papa avaient été *assassinés*. C'était déjà assez difficile de penser qu'ils avaient péri dans un incendie, mais savoir que quelqu'un les avait tués était bien pire.

— La maison est complètement détruite, dit Eagle.

Molly réalisa quelque chose d'autre. Elle n'avait plus rien. Littéralement *plus rien*. Elle avait emménagé chez ses grands-parents après que Preston eut commencé à la harceler. Toutes ses affaires étaient dans la maison de ses grands-parents. Non seulement elle avait perdu les deux seules personnes au monde qui se souciaient d'elle, mais elle n'avait plus que les vêtements qu'elle portait, littéralement... et le T-shirt ne lui appartenait même pas.

— Tu as un endroit où aller quand tu rentres ? demanda Gramps. Quelqu'un chez qui tu peux rester ?

— Je vais me débrouiller, chuchota Molly. Toutes mes affaires étaient dans la maison. Je peux aller à Goodwill pour trouver des vêtements pour me dépanner. Je vais devoir éviter Preston...

— Preston ? l'interrompit Mark, d'un ton... plus grave. Qui est Preston, et pourquoi dois-tu l'éviter ?

— Mon ex, admit Molly. Il n'était pas content que je rompe avec lui, et c'est à cause de lui que j'ai accepté ce travail à l'étranger.

— Pas content *comment* ? questionna Gramps.

— Il me suivait partout. Littéralement *partout*. Y compris la fois où j'ai essayé d'aller à un rendez-vous avec quelqu'un d'autre. Preston a interrompu notre dîner et m'a accusée de le tromper. Je pense qu'il était ivre, ce qui n'est pas une surprise ; il buvait beaucoup pendant que nous sortions ensemble – ce dont je n'avais aucune idée auparavant – et cela a empiré après notre rupture. J'ai essayé de convaincre mon « rendez-vous » que nous n'étions pas ensemble, que nous ne l'étions plus depuis longtemps, mais il a dit que je n'en valais pas la peine et m'a laissée au restaurant.

— Il t'a laissée là-bas ? Avec ton ex ? rétorqua Mark.

Pour une raison quelconque, Molly n'avait pas peur de cet homme. Sa colère n'était pas dirigée contre elle. Elle savait faire la différence.

— Oui.

— Concentre-toi, Smoke, dit Bull.

Puis il demanda :

— Tu as peur de ce Preston ?

Molly hocha la tête.

— Est-ce qu'il aurait pu être tellement furieux de ne pas te trouver qu'il aurait fait du mal à tes grands-parents ? interrogea Eagle.

Molly détestait ne serait-ce que penser à ça... mais elle hocha encore la tête.

— Putain, jura Gramps.

Les bras de Mark se resserrèrent et il dit :

— Tu peux rester avec moi à Indianapolis quand nous rentrerons aux États-Unis.

Même si Molly avait l'impression de nager dans la mélasse, elle leva la tête avec surprise.

— Quoi ?

— Tu peux rester avec moi, répéta-t-il. J'ai une maison sur plusieurs hectares, et il n'y a que moi. Je sais que ce n'est pas chez toi, mais tu n'auras pas à t'inquiéter que ce trou du cul de Preston te retrouve, et ça te donnera le temps de réfléchir à ce que tu vas faire ensuite. Je suis sûr qu'il y aura des choses à régler avec l'assurance et la succession de tes grands-parents. Tu peux faire ça d'Indianapolis aussi facilement que de Chicago.

Molly était sidérée. Elle n'arrivait pas à croire que cet homme, qu'elle venait de rencontrer, lui offrait quelque chose d'aussi généreux. Elle le regarda fixement, sans voix.

— Il a beaucoup de place, lui assura Bull quand elle ne

répondit pas. Il a largement les moyens de te recevoir. Et je suis sûr que Skylar sera ravie de te rencontrer.

— Taylor aussi. Et si ton ex découvre où tu es, Smoke ne le laissera pas t'approcher, ajouta Eagle.

— Tu peux venir passer la journée à Silverstone Towing, si tu n'es pas à l'aise chez lui toute seule, surenchérit Gramps.

— Merci, mais... *Je ne peux pas*, dit Molly, qui avait la tête qui tournait.

— Pourquoi ? insista Mark.

Elle n'avait pas vraiment envie d'en parler, mais elle se disait qu'elle devait être honnête. La dernière chose qu'elle souhaitait était que quelque chose arrive à la maison de Mark – ou à Mark lui-même – à cause d'elle.

— Je n'ai pas de chance, lâcha-t-elle simplement.

Les quatre hommes, qui ne s'étaient pas éloignés d'elle, se regardèrent les uns les autres avec une confusion évidente.

— Sérieusement, pourquoi pas ? demanda Mark.

— Je *suis* sérieuse. Tous ceux avec qui j'ai eu un contact durable ont souffert à cause de moi.

— Tu crois honnêtement ça ? répliqua Mark.

Molly acquiesça.

— Je vais tenter ma chance, dit-il, comme si c'était déjà décidé.

— Tu ne comprends pas. Mes parents sont morts par ma faute. Mes grands-parents sont morts parce que j'ai choisi un mec de merde. Ces filles ont été kidnappées à cause de moi. Je suis comme un porte-bonheur à l'envers !

— Conneries, grogna Mark.

Molly était tellement surprise de sa réponse bourrue à sa honte perpétuelle qu'elle ne pouvait que le fixer.

— J'ai lu ton dossier. Tes parents sont morts dans un accident de train. Ça n'a rien à voir avec toi.

Elle s'étonna brièvement qu'il y ait un « dossier » sur elle quelque part, mais elle devait faire comprendre à Mark pourquoi ce n'était pas une bonne idée de l'approcher.

— Ils rentraient chez eux après avoir travaillé tard, dans un train qu'ils n'avaient pas l'habitude de prendre, parce que je les avais harcelés pour qu'ils m'emmènent à un spectacle le lendemain, protesta Molly.

— Tu n'étais pas responsable du déraillement de ce train, lui répondit Eagle.

Molly secoua la tête.

— Je suis sûre à quatre-vingt-dix-neuf pour cent que mon ex a tué Nana et Papa. Il n'y a personne d'autre qui les détestait assez pour les tuer. Il a probablement essayé de leur faire dire où j'étais, et ils ont refusé. Donc ils sont morts à cause de moi aussi.

— C'est la faute de Preston, pas la tienne, insista Mark.

— Mais...

Molly commença, mais elle fut à nouveau interrompue par Mark.

— Pas de *mais*. Ton ex est un con, c'est de *sa faute*, pas de la tienne. L'enlèvement de ces filles n'a rien à voir avec toi, c'est Shekau qui est un connard de première classe qui prend son pied en asservissant les autres et en profitant de leur douleur.

—Folly Molly, chuchota Molly. C'est le surnom qu'on m'a donné toute ma vie. Même mes parents en plaisantaient.

Mark prit son visage dans ses paumes.

— Les noms cruels de l'enfance ne veulent rien dire pour moi. Je n'ai pas peur de toi, Molly. Au contraire, tu devrais t'inquiéter à propos de *moi*.

En regardant le regard brun et chaud de l'homme qui la tenait, Molly se demanda pour la première fois si elle n'était pas sortie de la poêle à frire pour atterrir dans le feu.

— Je vois que tu as enfin compris. Tu ne sais rien de moi. Je peux être aussi con que Preston.

Molly déglutit. Eh bien... Mark l'avait certainement amenée à penser à autre chose qu'à la mort de ses précieux grands-parents. Elle savait qu'elle serait obsédée par ce qui leur était arrivé plus tard, mais pour l'instant, elle se concentrait sur l'homme qui la tenait.

— Tu ne l'es pas, répondit-elle doucement, même si elle se demandait la même chose.

— Tu as raison, je ne le suis pas. Ton instinct est bon, Mol. Tu as eu des problèmes, mais – et je n'essaie pas d'être dur – tout le monde en a. La mère de Bull est partie quand il était bébé, et son père est mort quand il avait dix-sept ans. Skylar a été capturée par un pédophile et a failli être tuée. Taylor est incapable de reconnaître les visages, y compris le sien, et sa mère ne pouvait pas le supporter, alors elle l'a abandonnée. Elle a grandi dans des foyers d'accueil, sans jamais se lier à personne. La famille de Gramps est venue du Mexique illégalement et n'a pas eu la vie facile. Mes parents ont *aussi* été tués, et j'ai été élevé par mon oncle. Je suis vraiment désolé pour tout ce qui t'est arrivé, mais tu n'es pas la première femme à être harcelée par un ex, et tu n'es pas la seule personne à avoir subi un décès.

Molly le regarda fixement. Ses mots *étaient* assez brutaux, mais il ne lui laissa pas la chance de commenter, il continua à parler.

— Mais en s'attardant sur les mauvaises choses qui t'arrivent, tu ne vois pas les bonnes. Oui, tu étais au mauvais endroit au mauvais moment et tu as été kidnappée par Boko Haram, mais tu es en vie maintenant. Tu n'as pas été violée, et tu rentres chez toi. Tes parents ont été tués, mais cela t'a donné la chance de connaître tes grands-parents de manière plus approfondie. Je suppose que tu n'aurais pas été aussi proche d'eux s'ils ne t'avaient pas recueillie. Il y a deux côtés à chaque médaille, Molly, et je sais que c'est difficile, mais tu dois voir le côté positif. Sinon, tu vas te noyer dans tes propres pensées négatives.

Molly déglutit et Mark relâcha son visage. Elle posa son front sur son épaule et respira profondément. Il sentait la sueur, mais ce n'était pas repoussant. Elle savait qu'elle sentait probablement bien pire que lui.

Il avait raison. Elle était vivante. Cela lui faisait plus mal qu'elle ne l'aurait cru possible de penser à Nana et Papa, mais ils avaient été les meilleurs grands-parents qu'elle aurait pu demander. Ils l'avaient accueillie sans hésiter. Si Preston avait essayé de les forcer à révéler où elle était, elle savait de tout son être qu'ils n'auraient pas dit un mot. Ils ne voulaient pas prendre le risque que Preston la retrouve, même à l'autre bout du monde.

Ils l'aimaient. Complètement et sans réserve. Elle savait que s'ils étaient là à cette seconde, ils lui diraient d'accepter l'offre incroyablement généreuse de Mark.

— Preston va probablement me trouver, prévint-elle.

— J'espère qu'il le fera, grogna Gramps.

Molly jeta un coup d'œil à l'autre homme.

— Il est dangereux, confia-t-elle.

Gramps la regarda fixement pendant un moment, puis sourit.

— Chérie, regarde autour de toi. Nous ne sommes pas vraiment des empotés de notre côté.

Molly réalisa qu'il avait raison. Ces hommes étaient dans la jungle depuis un mois, à la recherche d'Abubakar Shekau. Un homme que personne ne semblait capable de localiser. Non seulement ils l'avaient trouvé, mais ils l'avaient tué et avaient aidé à sauver la plupart des filles kidnappées. Même *elle* savait combien les chances qu'ils avaient d'accomplir cette mission étaient faibles.

— Tu as raison, confirma-t-elle.

Le corps de Mark trembla contre le sien. Elle leva les yeux vers lui. Il ricanait.

— Ma maison est grande et s'étend sur plusieurs hectares, mais la sécurité est excellente. J'ai des caméras partout. C'est une plaie, même un écureuil ne peut pas péter sur ma propriété sans que je sois prévenu. Et tu verras que Silverstone

Towing est tout aussi sécurisé. Tu seras en sécurité avec moi, Molly. Je te le jure.

— Si tu en as marre de moi, ou si tu veux que je parte, tu n'auras qu'un mot à dire, et je m'en irai.

— Je ne le ferai pas, mais d'accord, répondit Mark.

— Je vais demander à Skylar de lui trouver des vêtements pour la dépanner, informa Bull.

— Et je suis sûr que ça ne dérangera pas Taylor de l'emmener faire du shopping quand on sera à la maison, ajouta Eagle.

— Archer sera ravi d'avoir la chance de l'engraisser, ajouta Gramps.

Molly n'avait aucune idée de ce qui se passait. Pourquoi ces gens, qu'elle ne connaissait même pas, étaient si généreux ?

— Tu vas t'habituer à nous, lui confia Mark. Tu es fatiguée ?

Étonnamment, elle l'était. Elle avait pensé qu'il était impossible de dormir après tout ce qui s'était passé, surtout après avoir entendu parler de ses grands-parents, mais en ce moment, ses yeux étaient si lourds qu'elle pensait pouvoir dormir assise.

— Je n'ai pas dormi à plat depuis je ne sais combien de temps, murmura-t-elle.

Avant qu'elle ait pu bouger, Mark était debout, avec elle dans ses bras.

Molly s'accrocha rapidement à lui.

Doucement. Je ne vais pas te faire tomber.

Elle fit de son mieux pour se détendre, mais ne put empêcher les mots de sortir de ses lèvres.

— Un soir, alors qu'il était complètement bourré, Preston m'a soulevée une fois, puis il a *fait exprès* de me laisser tomber, en riant de la façon dont mon cul rebondissait sur le sol.

— Enfoiré, grogna Mark, ses bras se resserrant. Tu es en sécurité avec moi.

Ces six mots s'infiltrèrent dans son esprit. Elle *était* en sécurité avec Mark. Elle n'avait aucune idée de comment elle pouvait en être certaine, mais elle ne doutait pas qu'il ferait tout ce qui était nécessaire pour la protéger.

Et ça lui faisait un peu peur. Elle ne voulait pas qu'il soit blessé à cause d'elle. Trop de personnes dans son passé l'avaient déjà été.

Elle devait s'assurer qu'il ne soit pas pris dans son drame. Elle lui devait bien ça et plus encore.

Il la porta jusqu'à la tente la plus proche du feu. Se mettant à genoux, il la descendit doucement sur le sol. Ce qu'elle ne pouvait qu'appeler un *revêtement de sac de couchage* avait déjà été étalé.

— Ton château, Milady, plaisanta-t-il.

Molly mit ses bras au-dessus de sa tête et arqua son dos, étirant les muscles qui étaient tendus et douloureux après tout ce que son corps avait subi au cours des deux derniers mois.

— Merci, prononça-t-elle doucement.

— Je suis vraiment désolé pour tes grands-parents, dit Mark. Peut-être que demain, pendant que nous marcherons, tu pourras nous parler d'eux.

Molly ne savait pas s'il était sérieux ou non, mais elle le respectait d'autant plus pour sa proposition.

— Merci encore.

— Et tu n'as rien à craindre de moi ou des autres, lui répéta Mark. Je te jure que tu es en sécurité avec nous, Molly.

— Je le sais.

Et c'était le cas. Pas une seule fois, elle n'avait eu peur d'être attaquée ou exploitée. Bull, Eagle, Gramps et Mark avaient été de vrais gentlemen. Ils avaient peut-être l'air un peu effrayants avec leurs barbes touffues et leurs vêtements noirs et sales, mais ils s'étaient comportés plus décemment que n'importe lequel de ses ravisseurs.

Mark l'étudia un long moment avant de hocher la tête et de se lever. Il retourna vers le feu et s'assit. Gramps n'étant plus là, Molly supposa qu'il patrouillait déjà, s'assurant qu'ils étaient en sécurité pour baisser leur garde.

Elle savait qu'elle *n'aurait pas* dû se sentir en sécurité. Pas après avoir découvert que Preston avait tué ses grands-parents, et sachant que certains de ses ravisseurs rôdaient probablement encore dans la forêt. Mais d'une certaine façon, même au milieu de la jungle sombre, elle ne s'était jamais sentie plus en sécurité.

* * *

— Elle l'a bien pris. Presque trop bien, observa Eagle quand Smoke s'assit à nouveau devant le feu.

— Je pense qu'elle est en état de choc après tout ce qui s'est passé, répondit Smoke, résistant à l'envie de se retourner pour voir comment allait Molly.

Il venait littéralement de la quitter, elle allait bien.

— Je lui ai dit que si elle le souhaitait, nous serions ravis d'entendre parler de ses grands-parents demain.

— Bien vu, dit Bull.

— Tu crois que c'est l'ex qui l'a fait ? demanda Eagle.

Smoke haussa les épaules.

— Aucune idée. Mais sa peur de lui est certainement réelle.

— Je déteste les brutes, putain, lança Bull avec un air renfrogné. Si tu as besoin d'aide pour quoi que ce soit, dis-le-nous. Nous n'avons peut-être pas une maison luxueuse, mais Skylar et moi sommes plus qu'heureux de monter la garde si nécessaire.

— Je sais, et j'apprécie, dit Smoke à son ami.

La conversation s'essouffla, et il pensa à tout ce qui s'était passé plus tôt dans la journée. Il ne pensait pas qu'ils trouveraient Molly Smith, mais ils l'avaient trouvée. Et elle s'était avérée être bien plus que ce à quoi il s'attendait. Oui, il avait lu son dossier, et il avait aussi vu sa photo... qui ne lui rendait pas justice. Mais même dans ce trou, il avait été impressionné par elle. Surtout la façon dont elle mettait sa peur de côté quand c'était nécessaire, et son intérêt évident pour tout le monde sauf elle-même.

Elle était aussi... réelle. Très terre à terre. Il appréciait ça plus qu'il ne pourrait le dire.

Il n'avait jamais eu de problème pour attirer l'attention d'une femme. Il était le meilleur de ses parents en termes d'apparence, et les femmes lui avaient souvent dit qu'il était beau. Mais une fois qu'elles avaient appris à le connaître, et plus particulièrement une fois qu'elles avaient appris qu'il avait reçu un héritage substantiel de son oncle, leurs intérêts avaient toujours changé, parfois de manière moins subtile. Elles avaient soudainement commencé à préférer les restaurants plus chers. Elles s'étaient extasiées devant des vêtements et des bijoux de luxe. L'une d'elles lui avait même demandé : « Tu peux te le permettre, où est le problème ? »

Elles avaient cessé de s'intéresser à *lui*, mais étaient tombées amoureuses de son argent.

Il ne pouvait pas en être sûr... mais il pensait que Molly était différente. Elle ne savait pas qu'il avait hérité, même si Bull avait laissé entendre qu'il avait beaucoup d'argent. Et elle aurait été heureuse de rencontrer *quelqu'un* qui puisse la sortir de ce trou, mais il n'avait pas imaginé les regards timides qu'elle lui avait lancés tout au long de la journée. Ou la façon dont elle s'était accrochée à lui après avoir entendu les terribles nouvelles concernant ses grands-parents, et non pas Gramps ou les autres.

Ils étaient déjà connectés, depuis le moment où il était tombé dans ce trou. D'une manière différente, plus profonde, que s'ils s'étaient rencontrés dans un bar ou un club. D'une manière qui n'avait rien à voir avec ce qu'il pouvait acheter pour elle.

Il se demandait vaguement si c'était ce que Bull et Eagle avaient ressenti en rencontrant Skylar et Taylor. Ce besoin instantané de mieux se connaître. Oh, Smoke n'était pas prêt à se mettre à genoux et à faire sa demande, loin de là ; il connaissait à peine cette femme.

Mais pour la première fois depuis longtemps, il était excité *d'apprendre* à en connaître une.

Perdant sa bataille interne pour ne pas regarder derrière lui, Smoke se retourna. Molly était toujours allongée sur le dos, les jambes légèrement écartées et les bras tendus sur les côtés. Elle prenait le plus de place possible sur la toile de poncho qu'ils avaient étalée. Il sourit. Cela devait être agréable de pouvoir dormir comme ça après avoir été enfermé dans un petit trou pendant si longtemps.

Il était soudain heureux d'avoir décidé de mettre un grand lit dans l'une de ses chambres d'amis. Elle aurait tout l'espace qu'elle voulait.

Sa proposition de la laisser rester avec lui ne lui ressemblait pas du tout. Il n'offrait pas une chambre dans sa maison à tous ceux qu'il sauvait. Oui, il se sentait mal à propos de la situation avec ses grands-parents, et il était inquiet pour son ex, mais beaucoup d'autres personnes qu'il avait aidées dans le passé avaient aussi des problèmes.

Non. Son offre n'était pas juste un acte de gentillesse d'un étranger à un autre. Il y avait quelque chose de spécial chez cette femme, et il avait le sentiment que s'il la laissait partir *sans* essayer de l'aider, il le regretterait pour le reste de sa vie.

Et penser à Molly vivant dans sa maison ne l'effrayait pas le moins du monde. La grande bâtisse s'était sentie seule au fil des ans. Au début, il avait adoré l'espace, il avait de grands projets pour la remplir, mais au fil du temps, elle lui avait semblé de plus en plus inutile et il avait envisagé de tout vendre, sans exception. Il avait pensé qu'il serait marié et aurait des enfants, mais ce n'était pas le cas.

Après avoir longuement réfléchi à la possibilité de déménager dans un endroit plus petit, il avait réalisé qu'il ne pouvait pas. C'était la maison dans laquelle il avait grandi, et il y avait des souvenirs de son oncle partout où il regardait. C'était peut-être une corvée de nettoyage et d'entretien du terrain, mais ce n'était pas comme s'il n'avait pas d'argent pour l'entretenir.

Il ne savait pas si Molly savait cuisiner... si elle était propre ou désordonnée... ce qu'elle aimait faire pendant son temps libre. Tout ce qu'il savait, c'était qu'elle était ingénieure en environnement et qu'elle avait besoin d'aide. Il pouvait faire ça et plus encore.

Il allait aussi se renseigner sur ce trou du cul de Preston et s'il représentait vraiment un danger pour Molly, Smoke et ses amis allaient le minimiser.

Smoke devait patrouiller après Gramps, il salua donc Eagle et Bull d'un signe de tête et se dirigea vers la tente à côté de celui de Molly. Il s'allongea, se plaça de façon à pouvoir la voir et ferma les yeux. Le voyage de retour vers Indianapolis allait être long, mais il avait hâte de la ramener aux États-Unis, sur son propre terrain. Il avait le sentiment que Molly pouvait changer sa vie... si elle était assez courageuse pour essayer.

5

Il fallut encore quelques jours pour arriver à l'endroit où Mark et ses amis avaient caché leur camion. Molly détestait les avoir ralentis à ce point. Elle avait entendu Bull parler de Skylar, et savait qu'Eagle s'inquiétait pour sa femme enceinte, mais elle avait beau essayer de pousser son corps, privé de nutriments et d'exercices, mais il ne lui permettait pas de faire plus de cinq ou six kilomètres avant de s'arrêter.

C'était une entreprise difficile de marcher dans la jungle. Il n'y avait pas de chemin, et ce n'était pas comme marcher dans la rue. La chaleur et l'humidité avaient épuisé ses forces encore plus, et elle avait eu du mal à manger autant qu'elle en avait besoin pour refaire le plein d'énergie.

Les hommes l'avaient rassurée à plusieurs reprises en lui disant que tout allait bien, qu'ils n'étaient pas pressés. Mais cela avait rendu Molly encore plus coupable. Parce qu'*elle* était pressée. Elle voulait rentrer chez elle. Même si elle *n'avait plus* de maison, elle était prête à mettre le Nigeria dans son rétroviseur.

La plupart des gens qu'elle avait rencontrés avant son enlèvement avaient été formidables. Gentils et amicaux. Ils étaient enthousiastes à propos de son travail et de la purification de l'eau, et elle avait été accueillie avec des sourires éclatants et des bras ouverts à peu près partout où elle était allée.

Puis tout était parti en cacahuète, et même ses accompagnantes de captivité l'avaient détestée.

Malheureusement, elle associera à jamais le Nigeria à son terrifiant enlèvement – et pire encore, à la découverte de la mort de ses grands-parents. C'était un choc dont elle savait qu'il ne s'apaiserait jamais.

Mais Mark et ses amis l'avaient aidée plus qu'elle ne pouvait le dire. Il lui avait demandé de parler de Nana et Papa et l'avait laissée parler d'eux sans arrêt le jour suivant l'annonce de la nouvelle. Elle leur avait raconté à quel point sa mamie était une excellente cuisinière, et surtout à quel point son quatre-quarts était délicieux. Molly leur avait raconté que son grand-père adorait Noël et qu'il avait commencé à décorer le sapin dès le début du mois de novembre. Il aurait gardé leur arbre toute l'année si Nana l'avait laissé faire.

Plus elle parlait, moins ça faisait mal. Enfin... la douleur de ne plus les voir était toujours insupportable. Mais d'une certaine manière, le fait d'entendre Mark et les autres rire de certaines choses que ses grands-parents avaient dites et faites, permit à Molly de se sentir un peu mieux.

Le plan était de passer la nuit à l'hôtel Dujima International, puis de prendre un avion pour Murtala Muhammed International à Ikeja. Gramps avait informé qu'ils devraient probablement passer une nuit là-bas en attendant qu'elle obtienne un nouveau passeport. Molly n'avait aucune idée de la façon dont ils allaient s'y prendre si rapidement, mais elle n'avait pas demandé. Comme aucun des hommes ne semblait se soucier de comment la faire sortir du pays, elle essayait d'en faire autant.

Elle passait *beaucoup* de temps à réfléchir à ce que Mark avait dit, sur le fait de rester positive, et Molly réalisait que toute sa vie, elle avait été *cette* personne. Celle qui voyait le négatif dans tout. Elle devait admettre à contrecœur que ses parents avaient fait la même chose, et que ses grands-parents l'avaient souvent fait aussi. La négativité se transmettait, et même si elle détestait voir toujours le mal autour d'elle au lieu du bien, c'était une habitude très difficile à perdre.

Au cours de cette longue randonnée, Molly avait décidé qu'elle allait essayer de changer sa façon de penser, mais elle savait que ce ne serait pas facile. Elle avait trente-cinq ans et avait vécu toute sa vie en étant Folly Molly.

Quand elle avait dit à Mark qu'elle voulait être plus positive, il avait souri et lui avait répondu qu'il ferait ce qu'il pourrait pour l'aider.

Ce qui l'avait époustouflée encore plus que l'offre d'un endroit où rester.

Mark était le genre d'homme qui pouvait avoir toutes les femmes qu'il voulait. Elle en était sûre. La raison pour laquelle il s'intéressait à *elle* était un mystère. Elle pensait qu'il se sentait responsable d'elle pour une raison quelconque, ou peut-être qu'il la considérait comme un projet. Une fois qu'ils seraient rentrés aux États-Unis, il reprendrait ses esprits et se demanderait pourquoi il l'avait recueillie comme si elle était une petite fille perdue.

Mais n'était-ce pas ce qu'elle était ? Elle était peut-être éduquée, et certainement assez âgée pour prendre des décisions par elle-même, mais l'idée d'essayer de comprendre ce qu'il fallait faire ensuite – alors qu'elle n'avait pratiquement aucun bien à son nom – était presque paralysante.

En ce qui concernait le travail, elle supposait qu'elle avait toujours un poste à Apex, mais après tout ce qui s'était passé, elle n'était pas sûre de vouloir y retourner.

Si c'était le cas, elle *allait* vraiment devoir recommencer sa vie sur tous les plans.

Quand ils atteignirent finalement le camion, Molly n'avait jamais aperçu une aussi étrange vue. Le véhicule lui-même était un tas de ferraille, et elle se demandait s'il allait démarrer.

— Ne t'inquiète pas, ça nous amènera à Maiduguri.

Molly fronça les sourcils, réalisant qu'elle avait fait ce qu'elle faisait toujours – penser automatiquement à ce qui pourrait mal tourner plutôt que d'être reconnaissante pour ce qu'elle avait. Elle acquiesça.

— C'est super, parce que je ne suis pas sûre de pouvoir marcher encore longtemps.

Mark lui sourit – et Molly eut le souffle coupé. Son sourire changea complètement son apparence. Plus accessible. Plus ouvert. Et elle n'avait pas vraiment réalisé à quel point il était beau jusqu'à cette seconde. Maintenant, elle ne pouvait s'empêcher de se demander à quoi il ressemblait sans sa barbe touffue. Certains hommes étaient simplement plus beaux avec une barbe, mais elle avait le sentiment qu'un Mark au visage nu l'épaterait.

Gramps se mit au volant, et ils grimpèrent tous avec lui. Molly était prise en sandwich entre Mark et Eagle sur la banquette arrière, et Bull prenait le siège passager. Une fois qu'ils furent tous installés, Gramps se retourna et demanda :

— Alors, qui a les clés ?

Oh mon Dieu, et si personne ne les avait ? Et s'ils ne pouvaient pas démarrer le camion ?

Mais Gramps lui sourit et lui fit un clin d'œil.

— Je t'ai eue, lança-t-il, en montrant une seule clé.

Molly mit une seconde à comprendre qu'il la taquinait.

— Pas sympa, répondit-elle en essayant de lui faire une grimace... mais elle ne put garder son air méchant et éclata de rire.

Quand elle se ressaisit, elle réalisa qu'elle était le centre d'attention, encore une fois. Les quatre hommes la regardaient fixement.

— Quoi ? demanda-t-elle.

— Rien, dit Bull avec un sourire, en se retournant pour faire face à la route.

Gramps fit de même, mit la clé dans le contact et démarra le camion.

Molly regarda Eagle, qui lui lança un clin d'œil, puis elle se tourna vers Mark et leva un sourcil.

— C'est juste bon de te voir rire, Mol, lui confia-t-il doucement.

Molly se mordit la lèvre inférieure. Elle ne se souvenait plus de la dernière fois où elle avait ri. Pas un rire de tout son corps. Ni quand quelqu'un l'avait taquinée comme Gramps l'avait fait. Pas quand elle était captive, et certainement pas ces deux derniers jours, alors qu'elle ne pensait qu'à Nana et Papa.

Le camion fit une embardée lorsque Gramps passa la vitesse et sortit lentement des broussailles pour s'engager sur la route. *Route* était probablement une exagération. Ce sur quoi ils roulaient ressemblait plus à une ornière dans la forêt, mais Molly était trop heureuse de ne pas marcher pour se soucier d'être bousculée.

Fermant les yeux, elle étira ses jambes ; s'asseoir était si bon en ce moment.

Elle entendit Eagle s'ébrouer à côté d'elle, et elle ouvrit un œil avant de tourner la tête pour le regarder.

— Être petit a certains avantages, dit-il en faisant un signe de tête vers ses jambes étirées.

Molly baissa les yeux et vit que les genoux d'Eagle et de Mark touchaient les sièges devant eux. Elle ne put s'empêcher de sourire. Voir le côté positif des choses *faisait* vraiment du bien. Elle aurait pu se concentrer sur le fait que ses jambes lui faisaient mal à force de marcher. À quel point elle était sale. À quel point ses grands-parents lui manquaient... mais au lieu de cela, à ce moment-là, elle était juste reconnaissante de pouvoir étendre ses jambes sans être à l'étroit.

— Tu sais ce qui est bien aussi dans le fait d'être petit ? demanda-t-elle.

— Non, quoi ? répondit Eagle.

— Je n'ai pas à m'inquiéter de la taille des baignoires, je rentre toujours. Même chose pour les pommes de douche...

elles ne sont jamais trop courtes pour moi. L'eau coule toujours sur ma tête au lieu de me frapper à la poitrine.

— Deux bonnes choses, avoua Gramps depuis l'avant. Je ne peux pas te dire combien de fois j'ai dû m'accroupir dans les douches simplement pour mettre ma tête sous le jet.

Ce commentaire déclencha une longue et bruyante conversation sur les douches, et les différents endroits où les hommes qui l'entouraient les avaient prises pendant les missions.

Molly ne participait pas, elle était simplement assise et écoutait. Elle savait qu'elle avait un sourire niais sur le visage, mais elle ne pouvait pas s'en empêcher. La conversation était si... normale. Ce qui en soi était bizarre, vu que les hommes qui l'entouraient étaient tout *sauf* normaux.

Alors que la conversation s'étirait, le balancement du camion et la chaleur de fin de journée commencèrent à endormir Molly.

Juste avant de s'endormir, elle sentit Mark prendre sa main.

Elle ouvrit les yeux pour voir ses doigts entrelacés avec les siens. Elle ne se souvenait pas de la dernière fois où elle avait tenu la main de quelqu'un, et encore moins d'un homme.

Se sentant plus en sécurité qu'elle ne l'avait été depuis longtemps, coincée entre Eagle et Mark, avec sa main fermement tenue par ce dernier, Molly se détendit et s'endormit.

Elle se réveilla en sursaut lorsque Gramps coupa le moteur devant ce qui ressemblait à un motel. Les murs en stuc étaient de couleur crème, et tout semblait frais et propre.

— Nous sommes arrivés, annonça-t-il.

— C'est où, ici ? questionna Molly, en essayant de faire fonctionner son cerveau.

Elle se sentait dans les vapes après sa sieste.

— Dujima International Hotel à Maiduguri, lui dit Gramps. Notre maison, au moins pour la nuit.

— Je vais aller chercher des chambres, informa Eagle, en sautant de la banquette arrière.

— Une fois que tu seras installée, j'irai voir ce que je peux te trouver comme vêtements, lança Bull en se retournant pour lui parler.

— Oh, je n'ai pas besoin de grand-chose, protesta Molly.

Les hommes l'ignorèrent complètement.

— N'oublie pas le shampoing. Et de l'après-shampoing si tu en trouves, dit Mark à Bull.

— Je ne vais pas oublier le shampoing, répondit Bull en levant un sourcil. C'est moi qui vis avec une femme, je pense savoir ce dont elle a besoin.

— Des chaussures aussi, ajouta Gramps.

— Pointure 37.5, lui rappela Mark.

—37.5. Je l'ai. Je vais voir quelle est la taille ici, répondit Bull en hochant la tête.

— Sérieusement, je n'ai pas besoin de grand-chose, essaya d'intervenir Molly.

Mais une fois de plus, ils parlèrent par-dessus elle.

— Elle va probablement avoir froid dans l'avion. Comme elle a été dans la jungle pendant si longtemps, son corps aura du mal à se réacclimater à l'air conditionné. Alors, prends un sweat-shirt ou un pull aussi, suggéra Gramps.

— Oui, comme elle a perdu du poids, elle aura encore plus froid, ajouta Bull.

— Et de la nourriture. Nous sommes à court de provisions. Il faut qu'elle mange toutes les deux heures, rappela Mark à son coéquipier.

— Les gars ! cria Molly avec autant de force qu'elle osait.

Tous les trois s'arrêtèrent de parler et la regardèrent fixement.

Elle soupira.

— J'apprécie votre aide plus que je ne saurais le dire. Je ne peux pas vraiment sortir et acheter quoi que ce soit pour le moment, car je n'ai pas d'argent. Mais je n'ai vraiment *pas* besoin de grand-chose. Je ne veux pas gêner qui que ce soit. Un pantalon, une chemise, peut-être des sous-vêtements, et une paire de tongs. Ça devrait me permettre de tenir le coup. Je peux utiliser les articles de toilette du motel.

— Ça n'arrivera pas, ma chérie, répondit Bull en secouant la tête. Je ne suis pas sûr de la sélection qui sera faite ici, mais je connais Skylar depuis assez longtemps pour savoir qu'elle se sent mieux quand elle est jolie. Maintenant, en ce qui nous concerne, tu es déjà sacrément belle – nous valorisons la force par-dessus tout. Et quelqu'un qui a survécu à ce que tu as vécu est une putain de Superwoman. Ce n'est pas difficile de te trouver des vêtements qui t'iront mieux que le T-shirt de Smoke. Tu as une route difficile devant toi, et faire en sorte que tu te sentes à l'aise contribuera grandement à rendre cette route plus facile.

Les yeux de Molly se remplirent de larmes pour la première fois depuis son sauvetage. L'eau que Mark lui avait fait ingurgiter avait manifestement bien réhydraté ses canaux lacrymaux.

— Je ne suis pas sûr que l'on puisse sauver tes cheveux, mais je vais t'aider, prononça doucement Mark, en touchant une mèche de ses cheveux absolument dégoûtants.

— Et si je suis sûr que nous pouvons trouver une brosse à dents supplémentaire, tu n'auras pas de chance avec la crème hydratante et toutes les autres merdes odorantes que les femmes semblent aimer, lui lança Gramps.

Molly ne savait plus quoi dire. Cela faisait très longtemps que personne n'avait été aussi généreux. Ces hommes étaient peut-être violents et mortels pour ceux qui tuaient et kidnappaient les autres, mais ils étaient en fait de gros nounours.

— Merci, souffla-t-elle doucement.

Mark lui serra la main, et Gramps et Bull hochèrent simplement la tête.

Puis les trois hommes commencèrent à parler de toutes les choses que Bull devrait lui acheter une fois de plus. Les larmes de Molly séchèrent – et elle ne put s'empêcher de rougir –

quand Mark dit à Bull d'acheter de *bons* sous-vêtements, pas des trucs bon marché.

— Qu'est-ce que *tu* connais aux sous-vêtements féminins ? s'emporta Bull. Ça fait des années que tu n'en as pas vu sur une vraie femme. Regarder des magazines, ce n'est pas la même chose.

— Va te faire foutre, grogna Mark. Tout ce que je dis, c'est qu'il ne faut pas se contenter d'un paquet de trois culottes et en rester là. Molly mérite mieux.

— Bien sûr, acquiesça Bull. Je ne suis pas un idiot. Et sache que Skylar ne se plaint pas de la lingerie que je lui achète.

Molly porta une main à sa bouche et fit de son mieux pour cacher son amusement. Ils ressemblaient plus à des frères de dix ans qu'à des hommes adultes. Elle croisa le regard de Gramps dans le rétroviseur et ne put retenir son rire lorsqu'il leva les yeux au ciel.

— Désolée, réussit-elle à dire quand Bull et Mark la regardèrent avec confusion. Je suis sûre que ce que Bull trouvera sera parfait. Je ne suis pas très difficile.

Elle n'allait pas expliquer comment le fait d'avoir *quelque chose* de propre contre son corps pouvait être un paradis après avoir porté les mêmes vêtements pendant si longtemps.

Heureusement, Eagle revint à ce moment-là, interrompant la dispute et la gêne et l'amusement de Molly, à parts égales, de voir tout le monde parler de ses sous-vêtements. Il avait trois clés. Il en donna une à Gramps et une autre à Mark.

— Pas de chambres communicantes, mais nous sommes tous à côté les uns des autres.

Molly n'avait aucune idée du plan pour les chambres, mais elle pensait que les hommes partageraient chacun une chambre, ce qui lui laissait la troisième.

Eagle indiqua l'emplacement de leurs chambres, et Gramps dirigea le camion dans cette direction. Il se gara, et ils sortirent tous, les gars prenant leurs sacs dans le pick-up. Les chambres étaient au premier étage, et Mark fit signe à Molly d'aller dans celle qui se trouvait au milieu des autres. Elle le fit, et il déver-rouilla la porte pour elle.

En entrant dans la chambre, elle paniqua brièvement à l'idée d'être seule, surtout la nuit, mais Mark la surprit en entrant et en refermant la porte derrière lui. Il posa ses mains sur ses épaules et la déplaça sur le côté, puis parcourut la pièce, regardant sous les lits et dans la salle de bains.

— La voie est libre, lui confia-t-il.

Molly le regarda fixement tandis qu'il posait son sac sur le sol à côté de la salle de bains et commençait à le fouiller. Il sortit des objets qu'il plaça sur le sol. Des vêtements, des sacs secs, une ration, un pistolet, des munitions, trois couteaux... c'était comme si le sac était magique et sans fond. Elle n'avait aucune idée de la façon dont il avait réussi à y fourrer autant de choses, mais une fois le sac vide, il était entouré de matériel.

Il fouilla dans ses affaires, puis se leva. Il tendit quelques articles.

— Une brosse à dents propre, du dentifrice et du savon liquide. Ce n'est rien d'extraordinaire, mais je ne savais pas si tu voulais attendre le retour de Bull pour te doucher. Tu peux certainement prendre deux douches, une maintenant et une à son retour.

Molly l'étudia... et réalisa que Mark semblait nerveux.

Elle fit le tour de la chambre. Il y avait deux grands lits dans cet espace un peu miteux, mais les draps avaient l'air propres. Tout comme la moquette. Plus elle y pensait, plus elle réalisait que c'était probablement le motel le plus propre qu'elle ait jamais visité.

— Tu restes ici avec moi ? lâcha-t-elle.

Mark entra dans la salle de bains, posa les articles de toilette sur le plan de travail, puis s'avança vers elle.

Molly ne bougea pas, penchant la tête en arrière alors qu'il se rapprochait de plus en plus. Il s'arrêta à un mètre d'elle. Pas au point de la mettre mal à l'aise, mais suffisamment pour qu'il ait toute son attention.

— Oui. Mais je peux aller chez Gramps si tu...

— Non ! l'interrompit Molly. Je veux dire... si c'est d'accord ?

Mark leva lentement une main, et Molly ne broncha pas quand il brossa ses cheveux sur son épaule.

— Quand j'étais dans l'armée, avant d'être un Delta, mon peloton et moi avons été capturés par les Talibans. Ils nous ont battus à mort, puis nous ont traînés dans les montagnes. Ils nous ont tous séparés, et il a fallu une semaine avant de nous retrouver. Quand nous sommes rentrés à la base, l'armée pensait nous faire une faveur en nous donnant nos propres chambres dans les casernes. Mais je venais de passer la semaine précédente seul avec mes pensées, et la dernière chose que je voulais était d'être seul. J'ai vite compris que la plupart de mon peloton ressentait la même chose. Nous ne pouvions pas tous tenir dans une chambre, parce qu'elles étaient sacrément petites, mais nous avons quand même réussi à nous caler à sept dans ma chambre. J'avais les pieds de quelqu'un dans la figure, et l'un des gars ronflait comme une tronçonneuse... mais j'ai mieux dormi cette nuit-là que depuis longtemps. Si tu veux être seule, je vais sortir. Mais je me suis dit que tu aimerais peut-être avoir de la compagnie.

Molly détestait l'idée que Mark soit retenu en captivité, et son cœur fondit devant sa compréhension.

— J'essayais de trouver un moyen de demander à l'un d'entre vous de rester avec moi, admit Molly. J'allais me résoudre à paniquer pour une fausse araignée s'il le fallait.

Il lui sourit.

— D'une certaine façon, après ce que tu viens de vivre, je ne pense pas qu'une araignée te ferait peur.

Elle secoua la tête.

— Non, mais rester seule dans cette pièce pourrait le faire.

— Alors c'est une bonne chose que tu n'aies pas à le faire, répondit Mark. Maintenant, tu veux prendre une douche ou attendre que Bull revienne ?

La décision ne fut pas difficile à prendre.

— Attends. Je n'ai rien de propre à me mettre après.

— Pas de problème, dit Mark en se retournant vers son sac. Que dirais-tu d'un en-cas, alors ?

Molly sourit.

— Tu vas faire en sorte que ta prochaine mission soit de me nourrir ?

— Je pourrais bien, répondit Mark, et elle n'entendit rien dans son ton qui indiquait qu'il plaisantait.

Il la regarda fixement pendant un long moment, et Molly sentit son cœur battre à deux temps. Elle se sentait étrangement liée à Mark, mais elle ne savait pas si c'était simplement parce qu'il l'avait sauvée ou plus que cela.

— Tu peux au moins te brosser les dents, dit Mark, rompant le charme entre eux. C'est l'une des meilleures sensations que j'ai ressenties quand j'ai pu enfin enlever le surplus de mes dents après avoir été libéré.

En hochant la tête, Molly se dirigea vers la salle de bains. Elle ferma la porte derrière elle et prit la brosse à dents. Elle la fixa pendant un long moment, des larmes se formant dans ses yeux une fois de plus. C'était stupide. C'était juste une brosse à dents. Mais pour une femme qui n'avait littéralement rien, c'était tellement plus.

Prenant une profonde inspiration, maîtrisant ses émotions, elle saisit le tube de dentifrice.

* * *

Smoke savait que ses coéquipiers feraient le nécessaire pour les sortir du Nigeria et les ramener à Indianapolis. Ils feraient un rapport à Willis sur le succès de leur mission, et il tirerait les ficelles pour obtenir un passeport de remplacement pour Molly.

Sa seule préoccupation pour l'instant était pour la femme elle-même. Il était très heureux qu'elle ait accepté qu'il reste dans la chambre. Même si personne ne pensait que Boko Haram, ou ce qu'il en restait, en aurait après elle pour une raison quelconque, Smoke ne voulait pas prendre ce risque.

Elle était toujours une femme seule dans un pays étranger, et jusqu'à ce qu'ils soient de retour sur le sol américain, il ne voulait pas baisser sa garde. Et même *après*, il resterait sur ses gardes. L'Amérique avait sa part de violence… et il n'aimait pas du tout le relent de son ex. Si ce que Molly avait dit était vrai – et Smoke soupçonnait qu'elle ne lui avait même pas dit le pire –, cet homme avait l'air d'un connard de premier ordre.

Et s'il avait tué ses grands-parents ? Il était aussi fou qu'obsédé.

Molly aurait beaucoup de choses à régler à son retour aux États-Unis. Elle devait parler à la police d'Oak Park. C'était probablement elle qui menait l'enquête sur la mort de ses grands-parents, puisque c'était dans cette banlieue qu'ils habitaient. Ensuite, si elle ne l'avait pas déjà fait, elle devait demander une ordonnance restrictive contre son ex. Cela ne l'empêcherait pas de l'attraper, mais ce serait un outil dans le dossier contre lui si jamais il franchissait la ligne.

Et encore, s'il avait tué ses grands-parents, Smoke ne doutait pas qu'il *franchirait* cette ligne. Les hommes obsédés ne se souciaient pas des ordonnances restrictives, et il pourrait même le voir comme un défi.

Son esprit tournait autour de tout ce que Molly devait faire, et de la façon dont il pouvait l'aider.

Pourquoi il le *voulait* tant, Mark ne pouvait pas l'expliquer. Mais à la seconde où il avait posé les yeux sur elle dans ce trou, il avait eu un déclic.

Il savait déjà qu'il la respectait. Elle avait vécu l'enfer et faisait un gros effort pour se concentrer sur le positif.

La porte de la salle de bains s'ouvrit derrière lui, et il se retourna.

Molly avait manifestement fait de son mieux pour se laver

le visage et les mains. Elles semblaient même un peu plus claires que le reste de sa peau.

— Tu te sens mieux ? demanda-t-il.

— Je ne prendrai plus jamais le papier toilette pour acquis, lâcha-t-elle avec un sourire en coin.

Smoke ricana et lui tendit la main avant de réfléchir à ce qu'il faisait.

Elle s'approcha immédiatement de lui et mit sa main dans la sienne. Cela semblait si naturel, ce qui aurait dû le surprendre, mais au contraire, il ressentit un calme qu'il n'avait pas connu depuis longtemps. Il l'accompagna jusqu'au petit pique-nique qu'il avait installé sur le sol près de la fenêtre. Le rideau était tiré, car il ne voulait pas que des personnes passant par hasard puissent regarder à l'intérieur, mais le soleil brillait toujours à travers les bords du rideau.

— Un pique-nique ? s'étonna-t-elle.

— Je pensais que tu ne voudrais pas t'asseoir sur le lit et salir les couvertures.

— Tu as raison. C'est parfait, lui répondit Molly.

Smoke l'aida à s'asseoir, puis s'agenouilla à côté d'elle. Il prit sa gourde, l'ouvrit et la lui tendit. L'eau de l'hôtel devrait être potable, mais il avait appris au fil des ans à être prudent plutôt que confiant. Il continuerait à la purifier jusqu'à ce qu'ils soient de retour chez eux. Pendant qu'il réchauffait sa dernière ration, elle grignotait quelques crackers.

— Bull te ramènera quelque chose à manger quand il viendra avec les vêtements, l'informa Smoke.

— Honnêtement, c'est très bien.

C'était une autre chose qu'il avait remarquée ; elle ne s'était pas plainte une seule fois, même pas qu'elle était fatiguée. Ni que ses jambes lui faisaient mal. Ni que les rations étaient nulles... parce qu'honnêtement, elles n'étaient pas si bonnes. Mais elles étaient pleines de calories, ce dont elle avait vraiment besoin.

— Ce n'est pas le cas, mais j'apprécie que tu sois si cool à ce sujet.

— J'ai beaucoup réfléchi à ce que tu as dit il y a deux jours. C'est dur pour moi de croire que je n'ai *pas* de malchance. Tout le monde m'a toujours taquinée à ce sujet, même Nana et Papa, aussi loin que je me souvienne. C'est ancré en moi. Mais j'essaie vraiment de ne pas toujours penser de manière aussi négative. Au lieu de me concentrer sur ma mauvaise odeur, j'essaie de me concentrer sur la bonne odeur de cette nourriture. Au lieu de me plaindre de mes douleurs, j'essaie de me rappeler à quel point j'aurais aimé pouvoir me dégourdir les jambes quand j'étais dans ce trou, et maintenant je peux. Si je dois couper tous mes cheveux parce que je n'arrive pas à passer une brosse, cela me donnera l'occasion d'essayer une nouvelle coupe courte et amusante à mon retour. Et... peut-être que Preston ne me reconnaîtra pas, et qu'il me laissera tranquille. Il a toujours dit qu'il voulait que mes cheveux soient plus longs, alors les couper l'irritera, ce qui est une bonne chose à mes yeux.

— J'ai découvert au fil des ans, et surtout lors de la formation Delta, qu'il vaut toujours mieux être positif que négatif. Ça rend les choses plus faciles, rebondit Smoke.

Il ne voulait pas penser à son ex pour le moment. Plus il en apprenait sur lui, plus il détestait l'autre homme. Il avait hâte de retourner à Silverstone Towing et à leurs ordinateurs sécurisés pour pouvoir faire une recherche approfondie sur ce gars – et découvrir toutes ses vulnérabilités. Si cet abruti pensait pouvoir continuer à harceler Molly, il allait se rendre compte qu'elle n'était pas une cible si facile... pas avec Silverstone dans son dos.

— Et je te trouverai jolie, que tu aies les cheveux longs ou courts.

Molly roula les yeux.

Smoke ne put s'empêcher de ricaner.

— Quoi ? Tu ne me crois pas ?

— Mark, je ne me suis pas douchée depuis des mois. Il y a probablement une famille de rats qui vit dans mes cheveux, et il y a tellement de saleté sous mes ongles que je ne pourrai jamais l'enlever. Je suis une loque. En plus, je n'ai *jamais* été jolie, même quand je n'étais pas retenue en otage dans une jungle tropicale.

Smoke se déplaça pour être encore plus près de Molly.

— Écoute-moi bien. Est-ce que tu m'écoutes ?

Elle hocha légèrement la tête.

— Il y a la beauté, et il y a la *beauté*. Je me fiche complètement de l'apparence de quelqu'un. J'ai connu des femmes classiquement belles qui étaient si laides à l'intérieur qu'elles me donnaient la nausée rien qu'en me tenant à côté d'elles. J'ai également connu des femmes défigurées par le feu, par un accident de voiture, par un attentat à la bombe ou par quelqu'un qui était censé les aimer... et qui, à cause de ce qu'elles sont à l'intérieur, font partie des plus belles femmes que j'aie jamais vues. Ce n'est pas ce qu'il y a à l'extérieur qui compte, mais le genre de personne que l'on est au fond de soi. Et toi, Molly Smith, tu es l'une des personnes les plus étonnantes que j'aie jamais rencontrées... et j'ai rencontré *beaucoup* de gens. Mais crois-moi, tu es aussi très agréable à regarder.

Elle le fixa, le désir de le croire se lisant facilement sur son visage.

— Tu es sûr que tu n'es pas marié ? Ou que tu ne sors avec personne ?

Smoke fronça les sourcils en signe de confusion.

— Je suis sûr. Pourquoi ?

— Parce que je ne comprends pas pourquoi quelqu'un ne t'a pas déjà pris. Tu es gentil, perspicace, généreux, poli... et tu me fais sentir en sécurité même quand tu ne fais rien.

Il haussa les épaules.

— Je n'ai trouvé personne qui me fasse sentir qu'elle *me* désire vraiment. Depuis que j'ai hérité des biens de mon oncle, on dirait que les femmes ne voient que ça. Je pourrais être un putain de troll, et elles me supporteraient juste pour mettre la main sur mon argent.

— Tu es riche ? questionna Molly. Je veux dire, tu as mentionné pendant notre randonnée que tu as hérité de la maison dans laquelle tu vis, et que tu as aidé à créer Silverstone Towing, mais je n'ai rien supposé de plus.

— Cent millions de dollars, avoua Smoke, en priant pour ne pas gâcher une bonne chose en lui disant.

Les yeux de Molly faillirent sortir de son visage.

— C'est vrai ?

— Oui.

— Eh bien... oui, je peux voir comment cela pourrait faire que les femmes agissent de manière complètement stupide autour de toi. Les hommes aussi, je parie.

Smoke ricana, mais il n'y avait aucun humour dans ce son.

— Oui, je pensais que j'avais besoin de plus d'amis, mais après avoir hérité de tout cet argent, j'ai réalisé que la plupart des gens ne veulent traîner avec moi que parce qu'ils pensent que je vais tout payer.

— Quand j'aurai accès à mes comptes, je pourrai payer la chambre d'hôtel, répondit Molly avec douceur.

Smoke secoua la tête.

— Je n'ai pas dit ça pour que tu te sentes coupable de quoi que ce soit.

— Je sais, mais quand même... Je ne suis pas fauchée. Je peux m'acheter mes propres vêtements, ma nourriture, et même me permettre de rester dans un de ces hôtels en résidence longue durée quand je rentrerai aux États-Unis.

— Non, trancha Smoke, sans se soucier de son entêtement. Si ton ex a tué tes grands-parents, tu pourrais être en danger. J'ai plus de sécurité que tu ne peux l'imaginer. Tu seras plus en sécurité en restant avec moi.

Molly le regarda fixement pendant si longtemps que Smoke devint nerveux. Pour la *deuxième* fois en une heure.

Mais elle l'époustoufla avec ses mots suivants.

— C'est leur problème, prononça-t-elle doucement. Ces femmes qui ne voulaient être avec toi qu'à cause de l'argent. L'argent ne peut pas t'enlacer. Il ne peut pas te border la nuit et te serrer fort quand tu as mal. Il ne peut pas te faire une soupe de poulet aux nouilles quand tu es malade, et il ne peut pas te faire rire jusqu'à ce que tu aies mal aux côtes. Ma vie aurait-elle été plus facile après la mort de mes parents si j'avais eu de l'argent ? Peut-être matériellement. Mais avoir Nana et Papa là, à me serrer dans leurs bras quand j'avais une mauvaise journée et à prendre des millions de photos quand je suis allée à mon bal de fin d'année, valait plus que tout l'argent du monde.

Ses yeux se mirent à pleurer, et elle baissa la tête, essayant clairement de se calmer.

Smoke détestait quand elle pleurait. Même si elle n'avait pas versé une seule larme dans la jungle après avoir appris le sort de ses grands-parents, elle avait quand même sangloté plus fort que quiconque.

Se déplaçant lentement, pour ne pas l'alarmer, il s'assit sur ses fesses et tendit la main vers elle. Il l'attira à ses côtés et fit de son mieux pour soulager sa douleur.

Molly l'entoura de ses bras, posa sa tête sur sa poitrine et pleura.

Elle avait raison, bien sûr. À propos de toutes les choses qui étaient plus importantes que l'argent. C'était pourquoi il n'avait pas essayé d'avoir une relation sérieuse ces cinq dernières années. Il voulait être plus qu'un pécule pour une femme. Il voulait être son meilleur ami, tout comme elle l'aurait été pour lui. Il voulait aller camper avec rien de plus qu'une tente et un sac de couchage, et manger des marshmallows grillés et regarder les étoiles pendant qu'ils s'allongeaient sur une table de pique-nique abîmée. Il voulait une grande famille, des enfants que lui et sa femme pourraient gâter – sans dépenser une fortune pour *les* occuper et les éloigner de lui. Il ne voyait aucune des femmes qu'il avait rencontrées ces dernières années prête à faire tout ça...

Sauf peut-être Molly.

On frappa à la porte de façon si inattendue qu'ils sursautèrent tous les deux.

En riant, car il était rare que Smoke soit surpris, il baissa les yeux vers Molly.

— Tu vas bien ?

— Oui.

On frappa encore à la porte, mais Smoke ne bougea pas.

— Tu ne devrais pas répondre ?

— C'est Bull, lui confirma Smoke. Il peut attendre. Je veux m'assurer que tu vas vraiment bien et que tu ne dis pas ça parce que tu es mal à l'aise.

— Je vais bien. Ça me frappe juste à des moments bizarres que Nana et Papa soient partis. Je déteste ne pas avoir pu leur dire à quel point ils comptaient pour moi. Combien je les aimais.

— Ils savaient, affirma Smoke avec conviction.

— Merci.

— De rien.

— Et sérieusement, je peux payer ma part.

Smoke leva les yeux au ciel.

— Tu es une de ces femmes pour qui il est difficile d'acheter des cadeaux et de faire des choses agréables, n'est-ce pas ?

— Je ne veux pas que tu penses que je t'aime bien à cause de ton argent. Je veux dire, je ne savais même pas que tu *avais* cette somme jusqu'à maintenant, et je t'aimais bien quand même.

— Je sais. C'est pour ça que je te l'ai dit. Crois-moi, donner des détails sur mon héritage n'est pas le genre de conversation que je fais habituellement.

— Allez, Smoke, ouvre la porte ! héla Bull de l'autre côté. Ces sacs sont lourds !

— On devrait le laisser entrer. Je veux dire, tu devais

approuver les sous-vêtements qu'il a achetés, non ? plaisanta-t-elle.

— Bien sûr, répondit Smoke, en se levant rapidement.

Il tendit la main et aida Molly à se lever.

— Fais-moi plaisir, et va attendre dans la salle de bains.

— Quoi ? Pourquoi ?

— Par précaution. Je reconnais la voix de Bull, mais je ne sais pas qui d'autre peut traîner par là. Et la dernière chose que je souhaite, c'est que quelqu'un passe par là et te voit, puis pense que tu es peut-être vulnérable et en profite.

— Mais tu restes ici avec moi. Pourquoi quelqu'un s'en prendrait-il à moi ?

— Parce qu'ils sont stupides. Parce qu'ils pensent que les Américains sont stupides et une cible facile ? Je ne sais pas. Mais s'il te plaît, entre là-dedans assez longtemps pour laisser Bull pénétrer, supplia Smoke.

Pendant une seconde, il crut que Molly n'allait pas faire ce qu'il avait demandé, mais elle se retourna sans un mot et traversa la pièce. Il attendit que la porte de la salle de bains se referme derrière elle pour ouvrir l'autre porte.

Bull était là, les mains pleines de paquets.

Smoke attrapa un sac en papier qui était sur le point de tomber sur le côté hors de la prise de Bull, puis il ferma et verrouilla la porte derrière son ami.

— Tu peux sortir maintenant, cria-t-il, et quelques secondes plus tard, Molly jeta un coup d'œil depuis la salle de bains.

— La voie est libre ? interrogea-t-elle.

— Oui.

— Tu es sûûûûûr ?

— Oui, petit maline, dit Smoke en souriant.

Elle sortit de la salle de bains et s'arrêta net en voyant tout ce que Bull avait acheté.

— Putain de merde, Bull... Qu'est-ce que tu as acheté ?

— Un peu de ci et un peu de ça, répondit-il en souriant. Et

j'ai un sac de voyage dans le camion pour que tu puisses transporter tout ça. Je te l'apporterai plus tard.

— Tu as trouvé quelque chose de comestible ?

— Ça sent comme si tu avais déjà mangé, rétorqua Bull.

— Les rations ne comptent pas comme de la nourriture, et tu le sais, se plaignait Smoke.

— Je me fous de ta gueule. Bien sûr que j'ai ce qu'il faut. J'ai décidé de ne pas prendre de risque et j'ai pris des plats traditionnels nigérians... akara, moin moin, et des soufflés pour le dessert.

Smoke se tourna vers Molly pour traduire, mais elle sourit et attrapa le sac que Bull lui tendit.

— Oh mon Dieu, j'adore le moin moin ! Je ne pensais pas que ce serait le cas quand on me l'a fait découvrir. Je veux dire, le pudding aux haricots cuits ne semble pas du tout appétissant, mais il y a quelque chose dans les épices qu'ils y ajoutent, et c'est comme du crack. Donne-moi ça !

Smoke et Bull sourirent tous deux lorsqu'elle attrapa le sac comme si elle ne pouvait pas attendre une seconde de plus pour goûter les délices qu'il contenait.

— Et tu aimes l'akara, le gâteau aux haricots ? demanda Bull.

Molly haussa les épaules.

— C'est frit, qu'est-ce qu'on ne peut pas aimer ? demanda-t-elle en sortant l'un des moin moin.

Il était enveloppé dans une grande feuille, qu'elle retira avec délicatesse et prit une grande bouchée de cette nourriture traditionnelle des rues nigérianes.

— Oh mon Dieu... c'est si bon, gémit-elle.

Bull donna un coup de coude à Smoke.

— On dirait que tout ce que tu as à faire pour la rendre heureuse, c'est de la nourrir, plaisanta-t-il.

Smoke attrapa le sac, le ramassa entre les pieds de Molly, là où elle l'avait déposé après avoir mis la main sur le moin moin. Il prit l'une des boules de pâte sucrée frites – également connue sous le nom de puff-puff – et le fourra dans sa bouche. En mâchant, il sourit à Molly, dont les joues étaient également remplies. Elle sourit en retour.

— Je t'ai pris trois chemises, deux à manches courtes et une à manches longues. J'ai décidé de ne pas prendre un pantalon normal, parce que je ne voulais pas deviner ta taille. J'ai donc opté pour une paire de leggings et un pantalon ample et fluide en coton avec une taille élastique. Les chaussures étaient plus difficiles, mais j'ai trouvé des tongs et une paire imitant des Nike. Elles vont probablement tomber en morceaux la première fois que tu les porteras, mais elles devraient au moins te permettre de rentrer chez toi. Il y a aussi un sweat-shirt et, comme demandé, des sous-vêtements doux et soyeux. La femme qui m'a aidé a probablement pensé que j'étais un pervers puisque j'ai insisté pour toucher la matière avant de les acheter. Il y a aussi deux soutiens-gorge de sport – encore une fois, je me suis dit que c'était mieux que de deviner ta taille et de me planter. Ensuite, j'ai pris un déodorant, une lotion, un shampoing, et quelque chose que la dame a promis être comme un après-shampoing, bien que je n'aie aucune idée si elle a vraiment compris ce que je voulais. Je t'ai acheté un peigne et une brosse, un coupe-ongles, une lime à ongles, du baume à lèvres, des chaussettes au cas où tu aurais froid aux pieds, deux rasoirs, et un collier... parce que la pierre marron me rappelait tes yeux. C'est probablement faux comme de la merde, mais je m'en foutais.

Molly resta immobile, le moin moin oublié dans ses mains, menaçant de couler sur le sol. Elle fixa Bull, les yeux écarquillés comme choquée.

— Avoir une petite amie m'a beaucoup appris sur ce que les femmes pensent être nécessaire en matière d'articles de toilette, confia Bull.

Smoke aurait aimé que ce soit lui qui fasse les courses pour Molly, mais il devait admettre que Bull s'était bien mieux débrouillé qu'il ne l'aurait fait.

— Merci, dit-il à son ami.

— Je t'en prie. Molly ? demanda Bull.

— Oui ? murmura-t-elle.

— Tu es vraiment incroyable. Je serais honorée de te présenter à Skylar quand nous rentrerons à Indianapolis.

— J'aimerais aussi la rencontrer, répondit Molly.

— Super. Bon appétit. Gramps s'occupe de la logistique. Je t'appellerai plus tard pour te dire quand l'avion partira, dit Bull à Smoke.

— Merci.

— Si tu as besoin d'autre chose, si j'ai oublié quelque chose, dis-le-moi.

— Je le ferai, confirma Smoke, puis il se tourna vers Molly et fit un nouveau geste de la tête en direction de la salle de bains.

— Oh mon Dieu, se plaignit-elle faussement, mais elle se dirigea vers la petite pièce sans autre plainte, prenant une bouchée du pudding aux haricots en chemin.

— Elle va bien ? s'inquiéta Bull quand elle ferma la porte de la salle de bains.

— Aussi bien qu'elle puisse l'être à ce stade, je dirai, répondit Smoke à son ami.

— Très bien. Sérieusement, si elle a besoin de quoi que ce soit d'autre, appelle-moi. Ce n'est pas un problème pour moi de retourner dehors pour voir ce que je peux encore trouver.

— OK.

Dès que la porte se referma derrière Bull, Molly sortit de la salle de bains avant qu'il n'ait pu lui dire que la voie était libre. Elle s'approcha de Smoke et pénétra dans son espace personnel.

Surpris, il ouvrit les bras et les entoura quand elle le serra d'un bras. L'autre main tenait toujours sa nourriture.

— Merci, murmura-t-elle contre sa poitrine.

Sa tête n'arrivait qu'au sommet de ses pectoraux, et elle se sentait délicate et frêle contre lui. Mais il savait qu'elle était tout sauf ça.

— De rien.

Puis elle recula, et il dut réprimer tout signe de déception quant à la brièveté de l'étreinte.

Elle poussa le reste du moin moin dans sa direction.

— J'ai envie de tout manger, mais je vais vomir si je le fais. En plus, je veux manger de l'akara plus tard. Et des puff-puff.

Smoke accepta la nourriture et prit une grande bouchée.

— C'est bon, lâcha-t-il quand il put reparler, mais Molly ne faisait pas attention.

Elle s'était agenouillée sur le sol et regardait les objets que Bull avait achetés pour elle.

Smoke n'était pas sûr de la qualité des vêtements, mais il était évident que Molly s'en fichait. Le sourire qu'elle affichait lui disait qu'elle était plus que satisfaite de ce qu'elle avait reçu.

Il lui fallut trois voyages pour mettre tous les articles de toilette dans la salle de bains ainsi que les vêtements qu'elle voulait mettre après sa douche. Elle s'arrêta devant la porte et le regarda d'un air un peu penaud.

— Je suis désolée, tu veux y aller en premier ?

Smoke ricana.

— Pas question que je me mette entre toi et ta douche, Mol. Vas-y. Fais ton truc. Je peux attendre.

— Ça risque de me prendre du temps, répondit-elle en se mordant la lèvre.

— Prends le temps que tu veux. Nous n'avons pas d'endroit où aller avant demain au plus tôt.

— Tu pourrais regretter de m'avoir dit ça, prononça-t-elle doucement. Mais je te remercie. Encore une fois.

Puis elle ferma la porte.

Smoke entendit l'eau de la douche se mettre en marche, mais remarqua qu'elle n'avait pas verrouillé la porte fragile. Non pas que la serrure l'empêcherait de pénétrer s'il voulait vraiment entrer. Mais cette simple preuve de confiance en lui ébranla profondément Smoke. Quoi qu'il y ait entre eux, il espérait que sa confiance était un signe que ce n'était pas à sens unique.

Ça l'excitait et ça lui foutait la trouille en même temps.

— Une étape à la fois, se dit Smoke en se laissant glisser sur le sol pour attendre son tour sous la douche.

Il n'était pas aussi sale que Molly, mais il était quand même assez mûr.

Il regardait la porte de la salle de bains en finissant le moin moin. C'était presque effrayant de voir à quel point il était déjà protecteur envers Molly. C'était ce que Bull et Eagle avaient dû ressentir après avoir rencontré leurs femmes. Comme s'ils étaient prêts à tout pour les garder en sécurité, heureuses et en bonne santé.

Cette pensée aurait dû déclencher des alarmes... *quelque chose*... mais au lieu de cela, Smoke sentit le contentement l'envahir.

Il avait *raison*. Il avait parié tout l'argent de son compte là-dessus. Il avait invité Molly à rester avec lui de façon impulsive, par compassion, mais si les choses se passaient comme il le pensait... il espérait qu'elle ne voudrait jamais partir.

Les meilleures choses de la vie n'étaient jamais faciles. C'était la devise de son oncle, et Smoke n'y avait jamais autant cru qu'en ce moment. Convaincre Molly de rester dans le coin, de le laisser l'aider avec son connard d'ex, et de faire face à la mort de ses grands-parents et à tout ce qui en découlait ne serait pas facile. Mais au final, Smoke se doutait de plus en plus qu'elle en valait la peine. Il devait juste espérer qu'elle pensait la même chose de lui.

6

Le voyage de retour à Indianapolis avait été long et fatigant. Molly avait oublié à quel point voyager pouvait être épuisant. Ce qui n'arrangeait rien, c'était qu'à chaque seconde, Mark ou l'un de ses amis lui tournait autour, lui demandant si elle allait bien et si elle avait besoin de quelque chose. Elle appréciait leur sollicitude, mais ses nerfs étaient officiellement à bout. Elle était stressée par son retour aux États-Unis.

Elle se sentait heureuse d'être de retour, mais comme elle n'avait pas de maison et pas d'affaires, et qu'elle devait faire face à la réalité de la mort de ses grands-parents, elle se sentait accablée.

Ils avaient dû prendre un jour de plus à Ikeja pour attendre son passeport. Molly voulait savoir comment ils avaient pu obtenir un passeport tout neuf pour elle dans un délai aussi court, d'autant plus que cela avait semblé prendre une éternité lorsqu'elle l'avait renouvelé avant de partir pour le Nigeria, mais comme il s'agissait de la faire sortir du pays, elle n'avait pas osé poser trop de questions.

Il faisait nuit quand ils atterrirent dans l'Indiana, et Molly avait l'impression qu'elle allait s'écrouler d'épuisement.

— Allez, Mol, tu ne tiens plus debout, lança Mark en lui prenant le coude.

— Tu es sûr que ça ne te dérange pas que je reste avec toi ? demanda-t-elle pour la centième fois.

— Je suis sûr, répondit Mark patiemment. Je ne t'aurais pas proposé si je ne l'étais pas.

— C'était un plaisir de te rencontrer, Molly, dit Bull.

— Nous sommes heureux que tu ailles bien, ajouta Eagle.

— Et merci d'avoir empêché Smoke de tomber dans ce trou, plaisanta Gramps.

Les hommes avaient balancé un tas de conneries à Smoke après avoir appris qu'il était littéralement tombé sur elle. Apparemment, l'idée que l'homme qui pouvait être si sûr de lui et si furtif tombe dans un trou les rendait hilares.

— À demain après-midi, lança Bull, puis il se précipita dans l'autre direction.

Mark lui avait déjà dit qu'après être rentrés d'une mission, ils se retrouvaient toujours le lendemain, après s'être reposés, pour discuter de ce qui s'était bien passé et de ce qu'ils amélioreraient la fois suivante. Elle était impressionnée par leur professionnalisme et leur volonté de s'améliorer.

— J'amènerai Taylor à Silverstone Towing demain, lui précisa Eagle.

Puis, avec un sourire en coin, il ajouta :

— Si elle peut marcher.

Gramps et Smoke ricanèrent, mais Molly roula simplement des yeux. Elle avait entendu parler de Skylar et Taylor pendant le jour et demi qu'ils avaient passé à voyager. Bull et Eagle étaient follement amoureux de leurs femmes, et entendre à quel point elles leur avaient manqué lui faisait mal au cœur.

— On parlera demain de ce qu'il faut faire pour ton trou du cul d'ex, confia Gramps.

Elle avait également parlé aux hommes de sa situation avec Preston. Aucun des hommes n'était avenant concernant son ex, et ils étaient tous prêts à faire en sorte qu'il sache qu'elle était désormais hors de portée.

Il y avait beaucoup de choses que Molly devait faire maintenant qu'elle était de retour aux États-Unis. Elle devait parler à la police et voir où en était l'enquête sur la mort de Nana et Papa. Elle devait appeler leur avocat pour savoir si elle devait faire quelque chose pour régler leur succession. Elle devait contacter la compagnie d'assurances pour la maison ainsi qu'un notaire pour s'occuper de son héritage. Ses grands-parents n'avaient pas beaucoup d'argent, surtout comparé à Mark, mais Molly supposait qu'il y aurait des impôts à payer.

Et elle avait besoin d'aller faire du shopping. Des tongs et des baskets bon marché ne lui suffiraient pas longtemps, pas dans l'Indiana. Mais penser à tout ce qu'elle devait faire était trop accablant, et tout ce que Molly voulait, c'était s'allonger et dormir pendant un mois.

— Je sais que j'ai dit que Preston avait peut-être tué mes grands-parents, mais peut-être que je n'avais pas les idées claires. C'est tellement difficile d'imaginer que *quelqu'un* puisse vouloir les tuer, confia Molly à Gramps.

— Nous allons découvrir ce que les flics savent et partir de là, répondit-il. Si ton ex a quelque chose à voir avec ça, on fera en sorte qu'il soit mis derrière les barreaux, là où il doit être.

Molly étudia le grand homme. Elle n'arrivait pas vraiment à le cerner. Une seconde, il fronçait les sourcils et semblait furieux contre le monde, et la suivante, il la taquinait comme un grand frère. Dans tous les cas, elle ne pouvait pas s'empê-cher de l'aimer. Elle aimait tous les amis de Mark.

— Si Bull et Eagle sont en retard demain, fais-le-moi savoir, dit Mark à Gramps.

— Je le ferai. Si tu as besoin de quelque chose, appelle, répondit Gramps.

— Merci.

— Molly ?

— Oui ? demanda-t-elle en se tournant vers Gramps.

— Je suis vraiment content que tu ailles bien. Tu es une dure à cuire, confirma le vieil homme.

— Merci. Tu n'es pas mal non plus.

— Tu me rappelles une autre femme que j'ai connue autrefois. Elle était assez forte aussi.

Ils se sourirent pendant une seconde, puis Gramps la salua d'un signe de tête et s'éloigna.

— Il avait l'air triste, songea à haute voix Molly quand il fut hors de portée de voix.

— Penser à celui qui est parti n'est jamais un bon sentiment, lui confirma Mark.

Elle voulut en savoir plus, mais refoula sa curiosité.

— J'aime bien tes amis, lui confia Molly.

— J'en suis heureux. Ils t'aiment bien aussi. Maintenant, viens. Je suis épuisé et je sais que tu dois l'être aussi.

Ils sortirent du petit aéroport régional et se dirigèrent vers le parking. Mark s'agenouilla près du coin arrière de ce qui ressemblait à un Ford Explorer flambant neuf, puis se leva avec une petite boîte à la main.

— Sérieusement ? Un cache-clé ? demanda Molly avec un sourire.

Il lui rendit son sourire et haussa les épaules.

— Ce parking est surveillé, et Silverstone paie un joli paquet pour s'assurer que rien n'arrive à nos voitures. Et je ne veux pas prendre le risque de perdre mon sac et la clé pendant que je suis en mission.

C'était logique, mais ça parut quand même hilarant à Molly. Elle se mit à rire... et ne pouvait pas s'arrêter. Elle savait qu'avoir la clé dans une boîte magnétique collée sous sa voiture n'était pas *si* drôle, mais Molly était plus que fatiguée en ce moment.

Mark ne fit pas d'autres commentaires, mais le sourire qu'il affichait montrait qu'il n'était pas mécontent qu'elle se moque de lui. Il l'accompagna jusqu'au côté passager de sa voiture et l'aida à monter. Elle gloussait encore quand il s'installa sur le siège du conducteur.

Il démarra le moteur, puis se tourna vers elle. Son sourire s'élargit.

— Quoi ? questionna-t-elle.

— Rien, répondit-il en haussant les épaules. J'aime juste t'entendre rire.

Cela dégrisa Molly. Elle n'arrivait pas à croire qu'elle riait et s'amusait alors que sa vie était en plein bouleversement.

— Putain, j'aurais dû me taire, marmonna Mark en enclenchant la vitesse.

Molly tendit la main et la posa sur son bras. Il s'immobilisa et tourna à nouveau son regard vers elle.

Même s'ils s'étaient déjà retrouvés seuls, cette fois-ci, ils semblaient plus intimes pour une raison inconnue. Peut-être était-ce parce qu'il faisait nuit dehors. Peut-être parce qu'ils étaient de retour en territoire familier, aux États-Unis, ou parce qu'elle savait qu'ils étaient dans son véhicule personnel. Quelle que soit la raison, Molly sentit la chair de poule monter sur ses bras.

— Nana et Papa t'auraient aimé, dit-elle doucement.

Les épaules de Mark se détendirent. Il tendit une main et lissa ses cheveux en arrière.

— Je sais que je les aurais aimés en retour.

Puis, sans un mot de plus, il quitta la place de parking et se dirigea vers la route voisine.

Molly reposa sa tête sur le siège et ferma les yeux. Elle était fatiguée, mais elle n'arrêtait pas de penser à tout ce qui s'était passé ces derniers jours, depuis sa rencontre avec Mark.

Elle n'était pas complètement désemparée. Elle voyait bien qu'il avait un faible pour elle... mais elle se demandait si c'était uniquement à cause de la situation. Parce qu'il l'avait sauvée.

Quand elle était sortie de la salle de bains après sa première douche à Maiduguri, il était encore assis sur le sol. Il s'était levé et approché d'elle, les yeux rivés sur ses cheveux noirs raides qui frôlaient ses épaules. Elle avait enfilé l'un des T-shirts que Bull lui avait achetés, ainsi que le legging. Ils étaient tous deux un peu grands, mais avoir des vêtements propres était une sensation incroyable. Elle avait lavé le T-shirt de Mark du mieux qu'elle avait pu, pour ne pas le jeter à la poubelle comme elle l'avait fait avec son pantalon et ses sous-vêtements sales.

— Ça a l'air pas mal, avait-il dit, en parlant de ses cheveux.

— J'ai de la chance qu'ils soient fins, avait-elle répondu. Je les ai shampooinés trois fois.

— Je peux ?

Molly avait hoché la tête.

Sa main était douce lorsqu'il la passait sur sa tête.

— C'est doux. Magnifique.

Molly ne savait pas combien de temps ils étaient restés là à se regarder. Mais il avait fini par secouer la tête, comme pour se dégager, et avait déclaré que sa puanteur allait faire fuir les insectes.

— Reste à l'intérieur, ne réponds pas à la porte. Je serai bientôt de retour.

Et sur ce, il avait lui-même disparu dans la salle de bains.

Depuis lors, elle avait trouvé son regard sur ses cheveux plus d'une fois. Il les avait même touchés, comme il l'avait fait il y a une minute, quelques fois de plus. Molly ne savait pas pourquoi il était si fasciné par ses cheveux, mais elle devait admettre qu'elle aimait ses caresses. Chaque fois qu'il les caressait, elle avait envie de s'appuyer contre sa main et de ronronner.

Bien qu'elle sache qu'elle aurait dû prêter attention à leur destination, Molly n'arrivait pas à ouvrir les yeux. Elle flottait dans un état de demi-sommeil, en pensant à Mark, jusqu'à ce que la voiture s'arrête.

— On est arrivés, Mol.

Prenant une profonde inspiration, elle s'assit et ouvrit les paupières. Ils étaient arrêtés devant un portail et une lumière vive éclairait la voiture depuis le haut.

— Je voulais que tu voies mon dispositif de sécurité dès l'entrée pour que tu te sentes encore plus protégée, informa Mark.

Faisant de son mieux pour chasser le brouillard de son cerveau, Molly acquiesça.

— Cette route est la seule qui mène à la propriété. La clôture fait tout le tour. La lumière est déclenchée par le mouvement, et il y a une caméra qui prend une photo de la plaque d'immatriculation de toute voiture qui entre.

Il se pencha et tapa une longue séquence de chiffres sur le clavier, et le portail s'ouvrit.

Après qu'il ait traversé, Molly regarda en arrière et vit le portail se fermer à la seconde où le pare-chocs arrière le franchit.

— Elle est conçue pour détecter le passage d'un véhicule et se refermer juste après. Je ne voulais pas que deux voitures puissent entrer en même temps. Le portail de Silverstone Towing est installé de la même façon.

Molly hocha la tête, impressionnée.

Comme elle l'était par la propriété elle-même. Il y avait de grands arbres partout, mais ils semblaient assez régulièrement espacés, comme si leur emplacement avait été soigneusement planifié. Quand ils se dirigèrent vers la maison, ses yeux s'élargirent.

C'était magnifique.

La maison à deux étages semblait accueillante, mais pas prétentieuse, malgré sa taille. Le porche couvert à l'avant attira tout de suite son attention, tout comme les volets blancs et les grandes fenêtres. Il y avait quelques buissons autour de la maison, mais pas assez proches ou assez grands pour que quelqu'un puisse s'y cacher, ce qui ne surprit pas Molly, pas après avoir vu le portail au bout de l'allée.

Alors qu'ils descendaient l'allée de gravier, Mark continua de parler des mesures de sécurité de la propriété.

— La plupart de ce qui est ici a été installé par mon oncle.

J'ai simplement tout amélioré lorsque j'ai hérité de l'endroit. Il était paranoïaque, mais là encore, il avait été victime d'une violation de domicile trois fois avant d'en avoir assez d'être une cible. Il y a des caméras placées stratégiquement tout autour de la maison. Les notifications me sont envoyées via une application sur mon téléphone. Je peux visionner la vidéo à ce moment-là pour voir si c'est juste un animal ou quelqu'un qui prépare un mauvais coup. Tout est contrôlé par un boîtier à l'intérieur de la maison. D'une simple pression sur un bouton, tout peut être allumé ou éteint. Le système ne peut pas être désactivé en coupant les fils à l'extérieur, et même s'il y a une coupure de courant, il reste armé jusqu'à huit heures.

— Waouh ! Je pense que je suis intimidée, lui répondit Molly honnêtement. Par ta maison et la sécurité que tu as mise en place.

— Ce n'était pas mon intention, dit Mark. J'ai fait en sorte que ma maison soit aussi confortable que possible, et bien sûr, je voulais que l'extérieur soit aussi agréable à regarder. Et en ce qui concerne la sécurité, je voulais juste que tu saches que tu ne crains rien ici. Je t'enseignerai le système demain, quand tu ne seras pas à moitié endormie. Demain matin, je t'emmènerai aussi dehors pour t'acheter un téléphone. Nous pouvons prendre tout ce dont tu as besoin immédiatement, mais je suis sûr que Skylar et Taylor t'emmèneront faire du shopping pour avoir plus de vêtements.

— Je n'ai pas besoin d'un téléphone tout de suite, insista Molly.

— Si, tu en as besoin. Tu as besoin d'un moyen immédiat de me contacter, ou de contacter n'importe quel autre gars.

— Je te rembourserai, précisa Molly.

— Pas besoin. Tu n'as pas entendu combien j'ai d'argent ? demanda Mark.

Cela irrita Molly juste un peu.

— Je ne veux pas de ton argent, lui répondit-elle. Je ne suis pas comme ces femmes que tu fréquentes et qui ne s'intéressent qu'à la taille de ton compte en banque. J'ai mon propre argent, Mark. Je ne suis pas sans ressources. Et si tu penses que je le suis, tu peux faire demi-tour et m'emmener à l'hôtel.

Il était assez poli pour ne pas lui faire remarquer qu'elle n'avait pas d'argent pour louer une chambre.

Au lieu de cela, il entra dans un garage pour quatre voitures et se tourna vers elle alors que la porte se refermait derrière eux. À sa grande surprise, il souriait.

— Quoi ? lança-t-elle un peu agressivement.

— Rien. C'est juste que je n'aurais jamais pensé que tu serais si... irritable.

— Eh bien, si tu arrêtais d'être un con, je ne le serais pas, rétorqua-t-elle.

Puis elle se dit qu'elle aurait peut-être dû se taire. Nana avait toujours détesté sa façon de parler sans réfléchir... mais quand Mark ricana, elle se détendit un peu.

— Je suis désolée. Je suis épuisée, et c'était déplacé, surtout lorsque tu m'aides. Je sais que tu n'as pas à le faire.

— C'est bon. Cela fait longtemps que personne n'a refusé mon aide. La plupart des gens acceptent quand je leur propose de payer pour quelque chose.

— Eh bien... J'apprécie vraiment. Mais je ne veux vraiment *pas* de ton argent. Et je me sens mal en ce moment d'avoir besoin d'autant d'aide.

— Je veux juste t'aider, Mol, lui confia Mark.

— Je te remercie. Je t'en suis reconnaissante. J'ai déjà un numéro, j'ai juste besoin d'un téléphone de remplacement. Tu n'as pas besoin de m'ajouter à ton plan « amis et famille » ou quoi que ce soit d'autre.

— Marché conclu. Maintenant... tu veux voir la maison ?

— Une sirène ne va pas se déclencher si on entre, n'est-ce pas ? demanda Molly, heureuse qu'ils semblassent de retour en terrain neutre.

— Seulement si je n'entre pas le mot de passe dans le système dans les trente secondes.

— Trente secondes ? C'est tout ?

— C'est en fait un temps très long. Tu verras.

— Je vais carrément déclencher ce truc, et tu vas en avoir marre de devoir dire à ta société d'alarme que c'est juste ton invitée qui n'arrive pas à entrer le bon code.

Mark éclata de rire en sortant de la voiture.

Molly sortit de son côté et fit le tour de la voiture, en souriant tout le long du chemin.

— Ma société d'alarme, c'est moi, lui dit-il quand elle arriva de son côté.

— Qu'est-ce que tu veux dire ?

— Juste ça. Je ne suis pas relié à une société ou autre. Je reçois les notifications sur mon téléphone. Et si je n'ai pas mon téléphone sur moi, ma montre m'alerte aussi.

— Je me demandais pourquoi tu avais l'air de porter un ordinateur de bureau au poignet.

— T'es une marrante, balança Mark en se frottant légèrement à elle.

Molly fit semblant que son coup de coude était plus puissant qu'il ne l'était et de trébucher sur le côté. Elle adorait voir le sourire sur son visage. Elle imaginait que sans sa barbe touffue, il serait encore plus électrique.

— Je peux prévenir les flics en appuyant sur un bouton si, après avoir vérifié les caméras, il semble que j'ai un intrus. Je dois cependant admettre que personne d'autre que moi n'a vécu ici depuis que j'ai tout installé. Nous devrons trouver une sorte de système. Je ne veux pas irriter la police et la voir débarquer en cas de déclenchement accidentel de l'alarme, mais je veux aussi m'assurer que tu es protégée à tout moment.

— Pourquoi ? s'emporta Molly, rougissant ensuite de son impolitesse. Je veux dire, j'apprécie plus que je ne saurais le dire, mais...

Elle soupira.

— Je crois que je ne sais toujours pas pourquoi je suis ici.

— Tu es ici parce que tu as eu le mauvais rôle ces derniers

temps. Et non, ça ne veut pas dire que je pense que tu es Folly Molly, alors ne suggère même pas ça. Je veux juste dire qu'avec le départ de tes grands-parents, ton ex violent et ta captivité dans un pays étranger... Tu as besoin d'une pause. Et je peux te l'offrir.

— Tu as dit que personne d'autre n'était entré dans la maison depuis que tu as mis en place la sécurité ? Je ne sais pas combien de temps ça fait, mais comme tes amis et toi avez créé Silverstone Towing il y a cinq ans, je suppose que ce n'est pas hier. Je suis sûre que tu as aidé d'autres victimes de... mauvaises choses depuis ?

— Oui, mais non, je n'invite pas des victimes au hasard à rester avec moi.

— Alors pourquoi ? insista-t-elle.

— Tu es obligée de le demander ? demanda-t-il doucement, en prenant sa main et en la rapprochant lorsque ses doigts se resserrèrent autour des siens.

Molly déglutit difficilement. Elle avait peur de dire la mauvaise chose.

— Je ne t'offre pas une bague en diamant. Ni même ma veste de cowboy... même si je n'en ai pas. Tu m'impressionnes, Molly. Tu es forte et intelligente. Tu n'es pas hystérique, et tu as fait face à tout avec brio. Tu n'as pas peur de moi, de mes amis ou de ce que nous faisons. Tu peux penser que tu vois toujours le côté négatif de la vie, mais crois-moi, ce n'est pas le cas. Tu as tenu le coup bien mieux que neuf personnes sur dix ne l'auraient fait. Tout cela est très attirant... et j'aimerais voir où les choses pourraient aller entre nous. Je sais que c'est présomptueux de ma part, car il se peut que tu ne veuilles rien avoir à faire avec moi sur le plan romantique, mais même si c'est le cas, je veux quand même te voir en sécurité. Et nous ne pouvons pas oublier... que quelqu'un a tué tes grands-parents. Peut-être que c'était un cambriolage au hasard qui a dégénéré, ou peut-être que c'était ton ex, comme tu l'as suggéré. Dans tous les cas, tu seras en sécurité ici, à l'abri de toute personne qui pourrait te faire du mal, aussi longtemps que tu le voudras.

Des larmes se formèrent dans ses yeux, et Molly les ferma, essayant de les repousser. Elle n'était pas une pleureuse et détestait être faible devant Mark.

— Ne fais pas ça, dit-il doucement. Si tu veux pleurer, pleure. Je ne vais pas flipper pour quelques larmes.

— Je déteste pleurer, dit-elle en reniflant.

— En fait, je suis soulagée de voir tes yeux pleurer. Tu m'as fait peur dans la jungle quand tu pleurais sans verser une seule larme.

Molly sourit légèrement et leva les yeux vers lui. C'était un peu flou à cause de l'eau qui nageait dans ses yeux, mais elle soutint son regard.

— Je t'ai déjà remercié ?

— Oui.

— Alors, merci encore.

— Je t'en prie. Maintenant, viens, laisse-moi te montrer la maison pour que tu puisses t'allonger.

Molly savait que Mark n'avait pas lâché sa main, mais elle ne l'arracha pas de sa prise.

Elle n'avait pas non plus manqué l'immense garage avec la moto dans le coin et une Alfa Romeo rouge décapotable. Il y avait aussi une salle de sport dans le garage. Mark avait un tapis de course, un vélo d'appartement et beaucoup d'haltères.

Sa richesse l'intimidait un peu, mais il était si terre à terre qu'elle l'oubliait souvent.

Elle le laissa l'escorter à l'intérieur, puis le regarda saisir un code dans le boîtier d'alarme sur le mur. Ça n'avait pas l'air très compliqué, mais elle était aussi fatiguée, alors elle n'avait peut-être pas fait assez attention. Il réarma ensuite le système de sécurité.

Ils marchèrent dans un court couloir, et elle aperçut un lave-linge et un sèche-linge dans une pièce à l'écart du couloir et une demi-baignoire. Le couloir s'ouvrait sur une salle à manger avec une énorme table, assez grande pour accueillir au moins douze personnes. La table en bois semblait vieille et avait de grands pieds courbés, et le dessus était usé, comme s'il avait vu des milliers de repas.

— La plupart des affaires de la maison appartenaient à mon oncle. Il n'aimait pas trop le look moderne, précisa Mark avec un sourire.

Il continua de marcher, et ils entrèrent dans une grande salle familiale. L'espace semblait beaucoup plus confortable et décontracté que la salle à manger étouffante. Il y avait un énorme canapé en cuir brun, deux fauteuils inclinables, une table basse en verre et une énorme télévision sur le mur.

— Combien de fois t'es-tu cogné les tibias sur cette table basse ? demanda Molly.

— Plus de fois que je ne peux en compter. Je ne sais pas pourquoi je ne l'ai pas encore jetée, répondit Mark.

— Parce que c'était celle de ton oncle ? devina Molly.

— Oui. Il adorait ce truc. Il m'a même fait utiliser un dessous de verre quand j'étais petit. Il l'astiquait tous les dimanches.

— Il te manque, prononça-t-elle doucement.

— Il me manque. Il pouvait être un con. On s'est perdus de vue après que j'ai eu mon bac et que je me suis engagé dans l'armée, ce que je regrette. Mais il m'a accueilli quand mes parents sont morts. Il aurait pu refuser ; il était plus âgé, et je sais qu'il ne voulait pas élever un adolescent insolent. Mais il l'a fait, et je l'ai aimé pour ça.

— C'est ce que j'ai ressenti pour mes grands-parents. Je veux dire, j'étais déjà proche d'eux, donc la question ne se posait pas vraiment de savoir s'ils allaient m'accueillir ou non. Mais c'est difficile de se retrouver dans le rôle d'un parent quand on pensait que tout ça était derrière soi.

Mark lui serra doucement la main. C'était presque bizarre tout ce qu'ils avaient en commun. Ils avaient tous deux perdu leurs parents et avaient été élevés par un membre de la famille. C'était le genre de choses qui créait un lien instantané.

Il l'accompagna jusqu'au l'entrée de la cuisine et Molly ne put que la regarder avec surprise.

—Waouh ! C'est comme une maison complètement différente, dit-elle après un moment.

— Oui, j'ai fait rafraîchir certaines parties de la maison. Je ne pouvais pas supporter de toucher à la salle à manger – elle me rappelle mon oncle quand je la regarde. Mais je voulais une cuisine moderne, pas le désastre qu'elle était avant.

— Quoi d'autre as-tu mis au goût du jour ? questionna-t-elle.

— Un tas de choses au fil des ans. La suite parentale. Une grande partie de l'électricité, et bien sûr toute la sécurité. La maison est grande – cinq chambres et six salles de bains et demie. C'est beaucoup trop grand pour moi seul, et j'ai envisagé de la vendre, mais j'ai finalement décidé de ne pas le faire. Je pense que mon oncle voulait avoir une grande famille, mais ça n'a pas été le cas. Lui et moi avons un peu traîné dans la maison, mais j'ai appris que j'aime mon espace. Pour en revenir à la mise à jour... ça a pris du temps, car j'ai fait une grande partie du travail moi-même, mais je pense que tu aimeras les salles de bains.

Ses yeux s'illuminèrent.

— Ooooh, ça a l'air fascinant.

Molly n'arrivait pas à s'imaginer cinq chambres et autant de salles de bains. La maison de ses grands-parents était petite et plus ancienne. C'était confortable, et elle l'avait aimée. Mais quelque chose lui disait qu'après avoir été coincée dans un trou pendant des semaines, il ne serait pas difficile de s'habituer à avoir autant d'espace.

Mark sourit et l'entraîna dans les escaliers. En haut, il y avait un petit palier.

— J'ai un bureau à domicile, et il y a une grande salle multimédia au sous-sol. En haut, il y a surtout des chambres à coucher. Les chambres d'amis sont par là, informa Mark en montrant la droite. Je vais te les montrer dans une seconde, et tu pourras choisir celle que tu veux. Mais puis-je suggérer celle avec le grand lit ? J'ai vu à quel point tu prends toute la place.

— Hé ! se moqua Molly, appréciant secrètement ce qu'elle ressentait lorsqu'il la taquinait.

— Je suis sérieux. Je n'ai jamais vu quelqu'un d'aussi petit que toi prendre autant de place. C'est comme si tu ne pouvais pas être à l'aise sans toucher tous les bords du matelas.

— Peu importe, répliqua Molly, mais elle savait qu'il avait raison.

Elle avait toujours été une dormeuse un peu folle. Les couvertures étaient généralement de travers quand elle se réveillait, et elle ne se réveillait jamais au même endroit dans le lit ou dans la même position que lorsqu'elle s'était couchée.

— L'un des avantages d'être petite, c'est qu'aucun lit n'est jamais trop petit pour moi, expliqua-t-elle.

— Hum... Je pense que pour toute autre personne d'un mètre quatre-vingt, ce serait vrai. Mais pas pour toi.

— Tais-toi, protesta Molly, mais elle sourit en le disant.

Mark grimaça et la précéda dans le couloir vers la chambre principale. Il poussa une porte... et Molly ne put que la contempler.

Il n'alluma pas le plafonnier, mais elle pouvait tout voir grâce à la lumière qui venait de la salle de bains. Non seulement la pièce était immense, mais elle avait l'air confortable et douillette, sans être trop masculine.

Mais c'étaient les fenêtres du sol au plafond qui l'attiraient. Mark lâcha sa main, et Molly se dirigea vers la vitre comme si elle était hypnotisée.

— C'est l'une des pièces que j'ai rénovées, dit Mark tranquillement. Je me sentais enfermé ici avant. Il n'y avait qu'une petite fenêtre. Et après avoir vécu les choses que j'ai faites à l'armée, et avec les missions acccomplies depuis, j'ai réalisé que j'avais besoin de plus d'ouverture.

— Tu n'as pas peur que les gens te voient de là-haut ? demanda-t-elle, ne quittant pas des yeux les millions d'étoiles qui brillaient au-dessus de sa tête.

— Non. Ce sont des fenêtres à sens unique. On peut voir dehors, mais personne ne peut voir dedans.

Mark se dirigea vers une tablette sur le mur et appuya sur un bouton. Immédiatement, la vitre en face d'elle devint grise.

— Elles ont aussi des stores intérieurs, comme tu peux le voir. Cela me permet de dormir pendant la journée si j'en ai besoin.

Il appuya à nouveau sur le bouton, et les étoiles furent à nouveau visibles. Puis il alla dans la salle de bains et éteignit cette lumière également, plongeant la pièce dans l'obscurité.

Molly posa une main sur la vitre et s'approcha. Elle fixa les étoiles pendant un long moment. Sans détourner le regard, elle déclara :

— Quand j'étais dans ce trou, je regardais le ciel et je me consolais en pensant que Nana et Papa pouvaient regarder ces mêmes étoiles. Oh, je savais que nos fuseaux horaires étaient complètement différents, mais cela n'avait pas d'importance. Les étoiles me donnaient de l'espoir. Nuit après nuit, elles scintillaient et brillaient au-dessus de ma tête, sans faute.

Elle sentit Mark arriver derrière elle, puis ses mains se posèrent doucement sur ses épaules. La chaleur de son corps lui donnait envie de s'adosser à lui et de s'en imprégner, mais elle se força à rester droite.

— C'est ce que je ressens aussi quand je les regarde, dit-il doucement. Peu importe ce qui se passe ici sur Terre, elles reviennent, nuit après nuit. Ça semble stupide, mais ça me donne de l'espoir pour l'avenir.

— Ce n'est pas stupide, reprit Molly doucement.

Ils restèrent là à regarder les étoiles pendant un long moment. Ils ne parlaient pas, ils s'imprégnaient de la présence de l'autre et se consolaient avec le ciel nocturne.

Ce ne fut que lorsque Molly sursauta et réalisa qu'elle s'était endormie debout que Mark bougea.

— C'est l'heure d'aller au lit, intima-t-il.

Molly ne protesta même pas quand il se pencha pour la soulever. Un bras était passé derrière ses genoux et l'autre sous son dos. Elle enfouit son nez contre sa poitrine et ferma les yeux pendant qu'il marchait.

Il s'arrêta et demanda :

— Tu as besoin d'aller aux toilettes ? Te brosser les dents ?

Molly n'avait pas l'énergie pour l'un ou l'autre.

— Non.

Elle avait passé des mois sans se laver les dents – une nuit de plus ne ferait pas de différence à ce stade.

Elle sentait qu'on la descendait sur un matelas et s'étira immédiatement. Elle jeta ses bras au-dessus de sa tête et écarta légèrement les jambes.

Mark ricana, mais elle n'ouvrit pas les yeux. Elle le sentit enlever ses baskets et ses chaussettes, puis ramener les couvertures sur elle.

— Dors bien, chuchota-t-il.

Molly sentit une pression sur son front et réalisa qu'il l'avait embrassée.

Elle sourit et soupira. Puis elle ne capta plus rien et sombra dans un profond sommeil.

* * *

Smoke s'arrêta à l'entrée de la chambre d'amis et regarda Molly dormir. Elle s'était emparée du lit autant qu'elle le pouvait... et il ne pouvait s'empêcher de se demander ce qu'elle ferait s'il se glissait sous les couvertures avec elle. Se blottirait-elle contre lui ou le repousserait-elle pour avoir son espace ?

Il voulait la mettre dans *son* lit pour qu'elle se réveille avec la vue sur sa propriété. Mais il ne pensait pas qu'elle serait heureuse s'il lui cédait sa chambre.

Il était réconforté de savoir qu'elle aimait les étoiles autant que lui. C'était juste une chose de plus qui lui faisait penser qu'ils pourraient être bien ensemble. Aucun des deux n'était prêt pour une relation à part entière, mais il espérait qu'avec le temps, leur connexion deviendrait plus importante.

Se forçant à se détourner de sa chambre, il descendit les escaliers jusqu'au garage. Il désarma l'alarme, sortit pour prendre leurs sacs, puis retourna à l'intérieur. Il réactiva l'alarme, vérifia les caméras sur son application pour s'assurer que tout fonctionnait correctement, puis il remonta à l'étage.

Il posa le sac de Molly juste à l'intérieur de sa chambre, là où elle le verrait en se levant, puis ferma la porte. Il lui fallut plus de temps qu'il ne l'aurait cru pour s'endormir. C'était incroyable d'être de retour dans son propre lit. D'habitude, après être parti en mission pendant plus d'un mois, il se serait effondré à peine couché. Mais ce soir, il regarda les étoiles pendant ce qui lui sembla être une éternité.

Il ne pouvait s'empêcher de penser à la femme au bout du couloir. Elle n'avait presque rien, et il avait plus d'argent qu'il ne pourrait jamais en dépenser dans une vie. Mais malgré cela, ils s'entendaient bien.

Il n'avait pas bien compris le lien entre Bull et Eagle et leurs femmes. Il *aimait* les femmes, et n'était pas opposé à une relation. Mais ce qu'il ressentait pour Molly après si peu de temps lui semblait tellement plus grand qu'il n'aurait pu l'imaginer. Il voulait tout faire pour elle. Mais en réalité, tout ce qu'il pouvait faire, c'était espérer être à ses côtés pour l'aider à mener sa nouvelle vie.

Se jurant de le faire, et de lui rendre la vie aussi facile que possible, Smoke ferma finalement les yeux. Il n'avait aucune idée du temps qu'il avait dormi avant de commencer à rêver.

Molly portait une robe blanche et s'avançait vers lui dans la grande salle de Silverstone Towing. Ils étaient entourés de ses coéquipiers et de leur famille de Silverstone Towing. Eagle tenait un bébé dans ses bras, et Bull se tenait à côté de Skylar, souriant comme un idiot. Gramps tenait la main d'une femme hispanique, que Smoke ne reconnaissait pas, et semblait plus détendu et heureux qu'il n'avait jamais vu son ami auparavant.

Au moment où Molly s'apprêtait à le rejoindre, un homme portant un masque fit irruption dans la pièce et sortit une arme.

Il entendit Molly haleter « Preston ! » avant qu'elle ne reçoive une balle dans le cœur, le sang rouge se répandant rapidement, recouvrant sa belle robe blanche...

Smoke se réveilla en sursaut, la peau couverte de sueur. Il jeta immédiatement le drap en arrière et alla voir comment allait Molly. Elle dormait profondément, les bras et les jambes étendus aux quatre coins du lit. Smoke retourna dans sa chambre et prit une longue douche chaude avant de descendre et de prendre son ordinateur portable. Il s'installa sur le canapé du salon et alluma son ordinateur.

Il devait découvrir tout ce qu'il pouvait sur ce trou du cul de Preston. Il allait faire tout ce qui était nécessaire, tirer autant de ficelles que nécessaire, pour que Molly soit en sécurité et puisse reprendre sa vie en main.

7

———————

Molly se retourna et gémit. Elle avait l'impression d'avoir dormi pendant des jours. Quand elle regarda autour d'elle, elle ne reconnut pas la pièce dans laquelle elle se trouvait, mais après avoir respiré profondément, elle se souvint immédiatement qu'elle était dans la maison de Mark. Les draps sentaient comme la chemise qu'il lui avait donné à porter. Elle reconnut la lessive.

Elle était allongée sur un grand lit, et comme d'habitude, les couvertures étaient complètement en désordre. Réalisant qu'elle portait encore les vêtements avec lesquels elle avait voyagé, Molly fronça le nez. Voyant son sac près de la porte, elle s'en approcha et le traîna jusqu'au lit. Après avoir arrangé les draps et la couverture, elle fouilla dans son sac, en sortit des vêtements de rechange et les articles de toilette que Bull lui avait achetés.

Elle s'arrêta sur place et ouvrit la porte de la salle de bains, bouche bée.

Elle était absolument incroyable.

Des plans de travail en granit, deux lavabos, un dressing à travers une porte ouverte sur un côté, une petite pièce avec des toilettes, une douche surdimensionnée avec une baignoire

109

jacuzzi à côté. La pièce semblait sortir tout droit d'une maison de plusieurs millions de dollars.

— Putain de merde, marmonna-t-elle, en se frayant un chemin à l'intérieur et en posant ses affaires sur le vaste plan de travail. Je pourrais vivre ici.

Après s'être brossé les dents deux fois, et s'être juré de ne plus jamais prendre pour acquise une chose aussi simple qu'une brosse à dents, elle ouvrit l'eau de la douche et sourit de contentement quand elle se réchauffa presque immédiatement.

Elle resta sous le jet chaud pendant plusieurs minutes, appréciant le simple plaisir de l'eau chaude qui pleuvait sur elle. Finalement, elle soupira et se mit au travail pour se laver.

Dix minutes plus tard, elle sortit de la douche avec l'impression d'être une personne complètement différente. C'était incroyable ce que l'eau chaude et une longue nuit de sommeil pouvaient faire.

Mais elle fit l'erreur de se regarder dans le miroir.

La femme qui lui faisait face était une inconnue.

Molly savait qu'elle avait perdu du poids pendant sa captivité, mais se voir nue était un choc. L'os de ses hanches ressortait nettement, tout comme ses côtes. Ses seins étaient encore plus petits qu'avant, ce qui était un peu triste vu qu'elle n'avait déjà qu'un bonnet A. Elle n'avait absolument aucun contour musculaire sur ses bras...

La femme décharnée qui lui faisait face était presque effrayante.

Tournant le dos à son reflet, Molly enfila rapidement ses vêtements. Elle avait toujours été mince, mais le fait de voir combien de kilos elle avait perdus était toujours aussi pénible.

Elle sortit de sa chambre, immédiatement troublée par le silence qui régnait dans la maison. Elle descendit les escaliers et ne vit ou n'entendit Mark nulle part. Elle commençait à se sentir un peu effrayée jusqu'à ce qu'elle vit la note sur le comptoir de la cuisine. Elle était posée contre la machine à café.

Elle déplia le mot et vit que son soupçon qu'elle était seule dans la maison était exact.

Molly,

« Je suis désolé que tu aies dû te réveiller seule, mais je me suis levé tôt et j'ai décidé d'aller à Silverstone Towing pour vérifier les choses. On est partis depuis longtemps, et même si j'ai une confiance aveugle en nos employés, je veux quand même m'assurer que tout va bien.

Je m'excuse si j'ai dépassé les bornes, mais je suis passé te voir ce matin et tu étais complètement dans les vapes... et tu occupais autant que possible le matelas... ;)

Le café est prêt à être lancé, il suffit d'appuyer sur le bouton de démarrage. Il y a du sucre et de l'édulcorant sur le comptoir. Je n'ai pas de crème ni de lait, mais je peux en prendre plus tard.

Fais comme chez toi. Fouille dans mes tiroirs, juge ma collection de DVD, et si tu veux utiliser mon ordinateur, n'hésite pas. Le mot de passe est H4sdqkq830BnM@7.

Puis-je te suggérer, cependant, de ne pas faire de recherches approfondies sur toi-même ou Preston ? Pour l'instant, personne ne sait que tu es de retour aux États-Unis. Je ne sais pas si ton ex s'y connaît en informatique ou non, mais il vaut peut-être mieux ne pas prendre de risques pour l'instant.

Tu es en sécurité, Mol. Je ne t'aurais pas laissée seule dans ma maison si je ne le pensais pas. L'alarme est activée, cependant, si tu as besoin ou envie de sortir, appelle-moi sur le téléphone fixe (il y a un récepteur dans la cuisine derrière toi, près de l'évier), et je t'expliquerai comment désactiver l'alarme.

Je vais aller à l'épicerie et acheter quelques produits de base en rentrant à la maison. Je sais qu'il n'y a pas beaucoup de choix en ce moment.

Respire profondément et détends-toi, Molly. Profite de ton premier jour de retour. Tu auras le temps de tout régler dans les jours et les semaines à venir. Tu n'as pas à tout faire en un jour. Et je t'aiderai du mieux que je peux. Alors pour l'instant, réjouis-toi du fait que tu es en vie, en bonne santé et en sécurité.

Smoke »

Molly lut le mot trois fois avant de le replier et de le tenir contre sa poitrine. Elle ferma les yeux et essaya de se souvenir d'un moment où elle s'était sentie comme à ce moment-là... mais elle n'y arrivait pas. Ses parents l'avaient aimée, mais elle était encore une enfant quand ils étaient morts. Nana et Papa l'avaient recueillie et l'avaient aidée à surmonter la douleur de la perte de ses parents. Elle avait eu des rendez-vous au fil des ans, mais personne et rien ne l'avait jamais fait se sentir comme Mark l'avait fait avec ce simple mot.

Sans danger.

Contente.

Veillée par quelqu'un.

Comme si elle était la chose la plus importante au monde à ce moment-là.

Il était venu la voir et, après avoir constaté qu'elle dormait encore, ne l'avait pas réveillée. Il lui avait fait du café. Il lui avait donné le mot de passe de son ordinateur. Elle ne pouvait s'empêcher de sourire en pensant à ce dernier point. C'était complètement aléatoire... et tout ce qu'elle attendait d'un Mark soucieux de la sécurité.

Après tout ce qui lui était arrivé récemment, Molly n'était pas aussi mal à l'aise qu'elle l'aurait cru de se retrouver seule dans l'immense maison de Mark. Surtout quand elle se souvenait de la sécurité qu'il avait. Elle se trouvait dans une maison étrangère, dans une ville étrangère, dans un état où elle n'avait jamais vécu auparavant... mais remarquablement, elle se sentait à l'aise.

Elle aimait bien Mark et ses amis. Elle avait vu de ses propres yeux à quel point ils se souciaient les uns des autres, et à quel point Bull et Eagle aimaient leurs femmes et s'inquiétaient pour elles. Tout cela, ainsi que le mot doux que Mark avait laissé pour elle, rendait Molly moins anxieuse qu'elle ne l'aurait été autrement.

Il était évident qu'elle n'avait pas rencontré le bon type d'hommes auparavant, car aucun d'entre eux ne lui avait donné l'impression de prendre soin d'elle comme Mark l'avait fait avec un simple mot. Et elle savait qu'il n'agissait pas hors de son personnage. Ce mot était exactement ce qu'il était.

Molly appuya sur le bouton de la cafetière pour lancer l'infusion, puis elle remonta dans l'escalier. Elle n'avait aucune idée de ce qui l'attendait dans le futur. Elle n'avait pas de maison. Pas d'affaires. Et elle n'était pas encore prête à penser à son travail. Mais pour le moment, elle n'avait pas à penser à quoi que ce soit, car Mark lui avait donné un endroit sûr où se terrer jusqu'à ce qu'elle soit prête.

Molly ouvrit son sac et mit la note au fond, en espérant qu'elle ne serait pas trop froissée. Elle la recouvrit de ses vêtements, puis redescendit. Il était déjà midi passé ; elle avait dormi pendant presque douze heures. Elle ne se souvenait pas de la dernière fois où elle avait dormi aussi longtemps. Mais il était évident que son subconscient savait qu'elle était en sécurité et qu'elle pouvait baisser sa garde pour prendre le repos dont elle avait tant besoin.

Son ventre gargouilla, Molly se dirigea vers le garde-manger pour voir ce qu'elle pouvait trouver pour le déjeuner. Se souvenant de l'état de son corps, elle savait qu'elle devait faire plus d'efforts pour reprendre du poids. Elle prit un pot de beurre de cacahuète et quelques boîtes de thon. Ce n'était pas le plus nutritif des repas, mais ça devrait faire l'affaire pour l'instant.

Mark avait manifestement vidé son réfrigérateur avant de partir en mission, et il n'y avait pas grand-chose pour rendre le thon plus appétissant, mais Molly se força à le manger quand même. Puis elle prit une tasse de café, le pot de beurre de cacahuète et une cuillère dans le salon. Il lui fallut un certain temps pour comprendre les télécommandes et comment faire fonctionner la télévision, mais une fois qu'elle y parvint, elle s'assit pour profiter d'une rediffusion sans intérêt de *The Big Bang Theory*. Elle allait faire comme Mark l'avait suggéré –essayer de se détendre et d'oublier tout ce qu'elle avait à accomplir. Au moins pour un petit moment.

* * *

— C'est bon de te revoir, mec, lança Archer quand Smoke monta à l'étage vers deux heures de l'après-midi.

Les employés étaient habitués à ce qu'ils se rendent à des « conférences » et à d'autres déplacements liés au travail pendant de longues périodes. Et s'ils se doutaient que les propriétaires de Silverstone Towing avaient plus d'atouts qu'il n'y paraissait, ils n'en parlaient pas.

Smoke avait passé la matinée à passer en revue les travaux effectués par ses employés pendant que lui et son équipe étaient absents. Il n'y avait pas eu de problèmes, et tout semblait s'être déroulé sans heurts.

Engager Shawn Archer avait été l'une des meilleures décisions qu'ils aient jamais prises. L'homme était le père d'une des élèves de Skylar, et il s'intégrait à tous comme s'il avait toujours été là. Il avait été embauché pour cuisiner, nettoyer et faire le jardinage, mais il était rapidement devenu évident que son plus grand talent était dans la cuisine.

— Merci, dit Smoke. Ça sent bon ici.

— J'ai fait des wraps au poulet thaï pour le déjeuner, répondit Archer. Ils sont faciles à manger sur le pouce pour tous ceux qui n'ont pas le temps de s'arrêter pour manger, et ils sont aussi sains.

Smoke se sentait coupable de ne pas avoir emmené Molly au garage. Il savait qu'il n'y avait pas grand-chose à manger dans sa maison, et après tout ce qu'elle avait traversé, elle était probablement affamée de bonne nourriture faite maison.

Mais après avoir jeté un coup d'œil sur elle ce matin-là et

vu à quel point elle avait l'air détendue, il n'avait tout simplement pas eu le courage de la réveiller. *Il* avait dormi comme une merde. Il n'arrivait pas à se sortir de la tête le rêve qu'il avait fait de la tête. Il ne connaissait pas Molly depuis très longtemps, mais la voir se vider de son sang, même si ce n'était qu'un rêve – un cauchemar – l'avait ébranlé.

Smoke savait que c'était bizarre qu'il s'attache déjà à cette femme, mais sachant que ses copains étaient devenus obsédés par leurs femmes tout aussi rapidement, il se sentait un peu mieux. Il fallait juste qu'il ne fasse pas peur à Molly. Lui donner le temps d'apprendre à le connaître et de se sentir en sécurité avec lui. Après son ex violent, il pensait qu'il lui faudrait du temps pour lui faire pleinement confiance.

C'était une autre raison pour laquelle il l'avait laissée chez lui ce matin. Il ne voulait pas la forcer à faire quoi que ce soit, et il voulait lui faire comprendre qu'il n'avait rien à cacher. Il espérait qu'elle fouillerait dans ses affaires. Il n'y avait rien dont il avait honte chez lui.

D'accord, il avait quelques magazines *Penthouse* planqués dans un tiroir à côté de son lit, et il avait aussi beaucoup de lubrifiant, mais il avait la trentaine. Et il n'était pas un moine.

Il se demanda ce qu'elle faisait à ce moment précis. Si elle se détendait ou si elle stressait pour remplacer ses affaires. Elle pensait peut-être à ses grands-parents et pleurait. Ou peut-être qu'elle s'inquiétait pour son travail.

Et juste pour ça, Mark souhaitait rentrer chez lui et être là pour elle. Il envisagea de laisser tomber le débriefing post-mission, mais à ce moment-là, la porte s'ouvrit et ses amis entrèrent.

— Je vais vous préparer un plateau, informa Archer en se tournant vers le réfrigérateur.

Même s'il n'était pas là depuis longtemps, l'homme savait à quel point les propriétaires de Silverstone Towing aimaient manger, c'est-à-dire beaucoup. Ils s'entraînaient aussi beaucoup. Archer faisait un travail remarquable en préparant des plats raffinés qui avaient bon goût et qui étaient également bons pour leur corps. Il était un don du ciel, et tout le monde le savait.

— Salut, lança Smoke en se tournant vers ses amis.

— Salut, répondirent Bull, Eagle et Gramps à l'unisson.

— Comment va Molly ? demanda Gramps.

— Elle va bien. Je suis arrivé il y a quelques heures, je n'arrivais pas à dormir et au lieu de la réveiller pour l'emmener avec moi, je l'ai laissée dormir, informa Smoke.

— Elle s'est bien installée ? demanda Bull.

— Comment ne pourrait-elle pas ? répondit Eagle avant que Smoke ne le fasse. Vous avez vu la maison de Smoke.

Tout le monde gloussa.

— Pour quelqu'un d'aussi petit, elle peut remplir un lit, balança Smoke en souriant.

Trois paires de sourcils se levèrent à ses mots, et Smoke expliqua rapidement.

— Je veux dire parce qu'elle s'étale d'un coin à l'autre.

Lorsque ses amis continuèrent simplement à lui adresser un sourire narquois, il roula des yeux.

— J'ai jeté un coup d'œil sur elle ce matin, clarifia-t-il. Elle était dans une chambre d'amis, et je suis resté dans la chambre principale. Je viens juste de la rencontrer et je lui offre un endroit où rester pendant qu'elle réfléchit à sa vie.

— Hum hum, dit Bull. C'est comme ça que ça commence.

— Puis elle t'obsède et tu ne veux plus qu'elle parte, ajouta Eagle.

— C'est comme ça que ça s'est passé avec ma Sasha, ajouta Archer en préparant un énorme plateau avec des feuilles de laitue, des pâtisseries et trois grands bols de salade de fruits.

Smoke voulait expliquer que ce n'était pas tout à fait comme ça avec Molly. Mais au fond de lui, il voulait que ce soit comme ça, alors il ignora ses amis et se concentra sur Archer.

— La première fois que je l'ai rencontrée, j'ai su que je voulais qu'elle soit mienne, poursuivit leur cuisinier. Peu m'importait qu'elle soit noire et moi blanc. Peu importait que j'eusse grandi du mauvais côté de la barrière et que ses parents aient de l'argent. Peu importait que nos deux parents eussent été contre notre relation dès le départ. Nous nous sommes entendus comme je ne l'avais jamais fait avec une femme auparavant. Nous nous sommes mariés un mois et demi après notre rencontre, et chaque jour passé avec elle a été une bénédiction. Ce n'était pas toujours facile, et j'ai pu constater de visu à quel point la discrimination était encore forte dans ce pays. Mais ensemble, nous pouvions tout affronter. Puis nous avons eu Sandra... et la vie était parfaite.

— Comment Sasha est-elle morte ? demanda Eagle.

Smoke était vraiment intéressé par la réponse d'Archer. Ils n'avaient pas posé de questions sur sa vie privée auparavant, ne voulant pas être indiscrets. Leur nouvel employé était encore si jeune – son trentième anniversaire était tout proche – qu'ils étaient curieux de connaître le décès de sa femme.

— Nous avons mis Sandra au lit un soir, puis nous avons regardé la télévision. Nous avons fait l'amour avant de nous endormir. Quand je me suis réveillé le matin, elle était juste... partie. À la seconde où je l'ai touchée, j'ai su. Le légiste a dit qu'elle avait eu une crise cardiaque massive au milieu de la nuit. Il a dit qu'elle n'avait pas souffert, ce dont je suis reconnaissant. Elle me manque tous les jours, mais Sandra m'aide à tenir le coup. Elle ressemble tellement à sa mère. Je veux l'élever pour qu'elle soit une femme forte, fière de son héritage, comme l'était Sasha.

— Je ne doute pas qu'elle le sera, répondit Bull.

— Je suis désolé pour cette perte, dit Smoke, sentant que les mots n'étaient pas appropriés.

— Merci. Je ne voulais pas casser l'ambiance. Tout ce que je dis, c'est que parfois, on le sait, c'est tout. Mon conseil est de faire avec, et de ne pas se battre.

Les lèvres de Smoke se plissèrent.

— C'est noté.

— Bien. Maintenant, continuez. Plus vite vous ferez votre travail, plus vite vous rentrerez auprès de vos femmes. Sauf toi, Gramps. Je fais ton plat préféré pour le dîner. Des enchiladas.

— Miam, dit Gramps avec un sourire.

Les quatre hommes descendirent les escaliers et entrèrent dans la pièce sécurisée qu'ils avaient construite au sous-sol. C'était un endroit où ils pouvaient parler des affaires de Silverstone sans craindre d'être entendus.

— Comment va Taylor ? demanda Smoke à Eagle quand ils s'assirent tous et attaquèrent le déjeuner qu'Archer avait préparé.

— Elle va bien. Je suis stupéfait de voir à quel point son corps a changé en seulement un mois d'absence. Putain, la grossesse est mystérieuse, étonnante et miraculeuse... et je suis heureux que ce soit les femmes qui donnent naissance, et pas les hommes.

Ils rirent tous.

— Ses envies sont à la fois hilarantes et dégoûtantes. Mais je les trouve quand même adorables. Hier soir, je l'ai surprise en train de manger un yaourt avec des Cheetos dedans.

— Beurk, lança Gramps, son nez se plissant de dégoût.

— Oui. Ça m'a fait réfléchir pendant une seconde, mais quand elle a éclaté en sanglots en voyant ma réaction, j'ai réalisé que je me fous de *ce* qu'elle mange tant qu'elle est heureuse. Je ferais tout, littéralement *tout*, pour elle, confia Eagle.

— Je connais ce sentiment, renchérit Bull. Hier soir, quand Skylar et moi étions allongés dans le lit après... enfin, vous savez, elle a dit au hasard qu'elle aurait aimé que leur district scolaire ait le budget pour acheter plus de tablettes numériques. On en donne aux enfants plus âgés, mais pas aux maternelles. Je jure devant Dieu, je me suis levé nu comme le jour de ma naissance pour aller chercher mon ordinateur portable. J'en ai commandé trois sur le champ parce que je ne pouvais pas supporter de la voir triste.

— Si elle en a besoin de plus, fais-le-moi savoir, ajouta Smoke. Je serai heureux d'en faire don.

— Merci. Je crois qu'elle veut commencer avec quelques-unes pour voir comment ça se passe, expliqua Bull.

— Je crois que Taylor et Skylar ont passé pas mal de temps ensemble pendant notre absence, dit Eagle. Et quand j'ai parlé à Taylor de Molly, du fait que ses grands-parents ont été tués et que toutes ses affaires ont été perdues dans l'incendie, elle était prête à aller faire des courses pour elle hier soir.

— Skylar était dans le même état d'esprit, ajouta Bull. Je suis sûr qu'elles seraient ravies de lui choisir des choses pour la dépanner.

— Je pense qu'elle préfère choisir elle-même ses vêtements. Je veux dire, elle est plus que reconnaissante pour ce que tu lui as offert au Nigeria, mais j'ai l'impression qu'elle est plutôt indépendante. Elle est aussi un peu irritée par le fait que d'autres personnes dépensent de l'argent pour elle.

Les gars le regardèrent fixement pendant un moment, puis éclatèrent de rire.

— Quoi ? demanda Smoke, irrité.

— Ça va craindre pour toi, répondit Gramps, toujours en riant. Tu es le roi pour acheter de la merde aux gens.

— C'est faux ! protesta Smoke.

— Hum, il n'y a pas deux secondes, tu as proposé d'acheter les tablettes de toute la classe de Skylar, fit remarquer Bull.

— C'est différent...

— Et avant de partir au Nigeria, tu as décidé qu'il nous fallait un autre flipper pour que Taylor et Eagle puissent jouer en même temps, ajouta Gramps.

— Et ne pense pas que nous avons manqué les nouveaux sièges de voiture que tu as donnés au département de la police quand leur stock était faible, ajouta Eagle.

— *Bien*. Mais j'ai l'argent, et je n'en ai pas besoin à quatre-vingt-dix-neuf pour cent. Pourquoi ne pas l'utiliser pour aider les autres ? se défendit Smoke.

— Je ne dis pas que c'est une mauvaise chose, mais tu dois t'assurer que Molly n'a pas l'impression d'être un cas de charité, dit Bull.

— Elle ne l'est pas, répondit fermement Smoke.

— *Nous* le savons, mais si tu lui donnes constamment de l'argent ou si tu lui achètes des choses, elle va se sentir obligée... et je suppose que ce n'est pas ce que tu *veux* qu'elle ressente quand elle pense à toi, expliqua Eagle avec beaucoup trop de perspicacité.

— Non, je ne veux pas de ça, répondit Smoke tranquillement.

C'était la première fois qu'il laissait entendre à ses amis ce qu'il ressentait à l'égard de la femme qu'ils avaient sauvée, mais aucun d'entre eux ne la taquina à ce sujet.

— Peut-être que ce week-end, elle pourrait aller au centre commercial avec Taylor et Skylar, suggéra Bull.

— Je vais lui parler. Elle a beaucoup de choses à faire concernant la mort de ses grands-parents.

— Bien sûr. Tu lui rappelleras la grossesse de Taylor ? demanda Eagle.

— Bien sûr. Je suis sûr qu'elle ne la laissera pas en faire trop, répondit Smoke à son ami.

— Je n'ai pas dit qu'elle le ferait, mais ça ne me dérangerait pas d'avoir une paire d'yeux supplémentaire sur Taylor, juste au cas où.

— A-t-elle des nausées matinales ? demanda Gramps.

— Heureusement, non, souffla Eagle, en soupirant de soulagement.

— Bien.

— Bien. Alors, continuons le rapport d'activité pour que je puisse être à la maison quand Skylar arrivera après le travail, suggéra Bull.

Alors que les discussions autour de la table tournaient autour du Nigeria, de leurs recherches et de la découverte de Shekau, Smoke ne pouvait s'empêcher de penser à Molly. Il se demandait ce qu'elle faisait à ce moment précis. Il avait hâte d'avoir fini son travail pour pouvoir aller au magasin et trouver des choses qu'il espérait qu'elle aimerait manger. Plus tard, ils pourraient y aller ensemble, et elle pourrait choisir sa propre nourriture, mais pour l'instant, il voulait lui faire comprendre qu'elle n'avait pas à aller quelque part, ou faire quoi que ce soit, jusqu'à ce qu'elle soit prête. Il lui faudrait du temps pour accepter la mort de ses grands-parents, l'épreuve qu'elle avait traversée au Nigeria... et il était déterminé à l'aider dans ce processus.

8

―――――

Smoke n'arrivait pas à croire à quel point il avait hâte de rentrer chez lui. Il ne se souvenait pas avoir ressenti un tel sentiment, une telle attente, même après une mission difficile. Bien sûr, c'était parce que Molly était chez lui. Il avait fait quelques arrêts après avoir quitté Silverstone Towing et était plus en retard qu'il ne le souhaitait lorsqu'il s'arrêta finalement dans son garage.

Il sortit de son Explorer et attrapa quelques sacs. Il entra dans la maison, éteignit l'alarme et se dirigea vers la cuisine.

Il posa les sacs sur le comptoir et partit à la recherche de Molly. Ça lui prit une minute ou deux, mais il la trouva finalement dans sa chambre. Elle avait déplacé le fauteuil relax du coin au milieu de l'étage pour qu'il soit face aux grandes fenêtres. Elle avait l'air minuscule dans ce fauteuil surdimensionné, et il ne pouvait s'empêcher d'aimer le fait qu'elle appréciait tellement la vue depuis sa chambre que c'était là qu'elle avait choisi de passer son temps.

— Salut, prononça-t-il.

Elle sursauta – et à la seconde où son regard rencontra le sien, elle cria et bondit de la chaise.

— C'est moi ! lança Smoke, en levant les mains et en faisant un pas en arrière.

— Putain de merde... *Mark* ? demanda-t-elle.

— Oui. Qui d'autre ça pourrait être ? demanda-t-il, confus.

— Mon Dieu, tu ne ressembles en *rien* à la dernière fois que je t'ai vu !

Smoke comprit enfin pourquoi elle avait si peur. Ce matin-là, avant de quitter la maison, il s'était rasé la barbe d'un mois. Il passa une main sur son menton rasé.

— Désolé, j'aurais dû réaliser à quel point j'étais différent sans la barbe, et que ça pouvait te faire peur.

— Je ne t'ai pas entendu entrer, reprit Molly, une main sur sa poitrine comme pour ralentir son rythme cardiaque.

Il se sentait horriblement mal de l'avoir effrayée à ce point.

— Je suis vraiment désolé.

— Non, c'est bon, répondit-elle en secouant la tête. Tu *as* vraiment l'air différent. Pendant une seconde, j'ai cru que tu étais un intrus. Je ne faisais pas attention, je profitais juste de ta vue.

En se retournant, Smoke regarda par la fenêtre. Il comprit. Chaque fois qu'il apercevait cette vue, cela le calmait. Sa propriété était adossée à une réserve naturelle, et tout ce qu'il pouvait voir à ce moment-là, c'était des arbres et éventuellement un oiseau volant au-dessus de sa tête. Cela le détendait toujours quand rien d'autre ne le pouvait. Il espérait que la propriété faisait le même effet sur Molly.

— Tu veux m'aider à décharger la voiture ? lui demanda-t-il avec un sourire.

Elle le dévisagea un moment avant de secouer la tête.

— *Bien sûr* qu'il a une fossette, murmura-t-elle dans son souffle.

Cela fit s'élargir le sourire de Smoke.

— Si ça peut te rassurer, c'était le fléau de mon existence quand j'étais petit. Tous les amis de mes parents trouvaient ça

« trop mignon » et n'arrêtaient pas de commenter. Je crois que je n'ai pas souri du tout pendant deux ans.

— Mais tu as surmonté ça ? interrogea Molly.

Smoke hocha la tête.

— Oui. Une fois que j'ai compris que les filles aimaient ça, j'ai perfectionné le sourire juste assez large pour le faire ressortir et faire en sorte que les filles se pâment et trébuchent en essayant de m'impressionner.

Molly gloussa, comme il l'avait prévu.

— Pas vaniteux du tout, je vois.

Il rit.

— Hé, j'avais quinze ans, se défendit Smoke. J'ai fini par comprendre que les filles qui voulaient être avec moi à cause de mon apparence n'étaient pas celles qui m'attiraient, alors j'ai arrêté d'utiliser ma fossette pour les séduire.

— Et qui étaient les filles qui t'attiraient ? questionna Molly.

— Les calmes. Les intelligentes. Les filles qui se tenaient en retrait et regardaient tout ce qui se passait autour d'elles. Je voulais quelqu'un qui m'aime pour moi, pas à cause d'une maudite fossette sur ma joue.

Ils se regardèrent fixement pendant un long moment avant que Molly ne dise doucement :

— Je crois que tu sais que tu me plaisais avant que je voie ta fossette.

Smoke eut envie de sauter et de lever le poing en l'air comme s'il avait à nouveau quinze ans, mais il se retint et dit :

— Et tu me plais aussi. Allez, j'ai de la nourriture congelée dans la voiture. La glace va fondre partout si on ne la sauve pas.

— De la glace ? demanda Molly. Pourquoi tu ne l'as pas dit dès le début ? Allez !

Elle le dépassa en courant et lui attrapa la main au passage, le tirant hors de la pièce et dans le couloir.

Smoke ne pouvait que sourire à cette femme petite, mais

puissante. Il se rappela mentalement de toujours avoir de la glace à portée de main à l'avenir.

Ils rassemblèrent le reste des sacs de sa voiture dans le garage, et elle l'aida à tout ranger. La façon dont elle n'hésitait pas à ranger les objets à leur place indiquait clairement qu'elle avait examiné sa cuisine.

— Je n'étais pas sûr de ce que tu aimais manger, alors j'ai pris un peu de tout, expliqua Smoke un peu penaud après avoir vu à quel point son frigo et son congélateur étaient pleins à craquer le temps que toutes les courses soient rangées.

— Honnêtement, je ne suis pas si difficile. Je ne l'ai jamais été, répondit Molly en haussant les épaules. Je suis un peu gourmande, et avec le poids que je dois reprendre, c'est probablement une bonne chose.

Smoke détestait entendre le ton d'autodérision dans sa voix. Il posa ses mains sur ses épaules, la faisant pivoter pour qu'elle soit face à lui.

— Ne sois pas si dure avec toi-même, ordonna-t-il. Ça ne fait même pas une semaine que tu es sortie de la jungle.

— Je sais, j'ai juste...

Elle soupira.

— J'ai accidentellement regardé dans le miroir en sortant de la douche ce matin. Oh, et tu as raison, tes salles de bains sont incroyables.

Il haussa un sourcil, ne la laissant pas changer de sujet.

— C'est vrai. Bref, j'ai réalisé combien de poids j'avais perdu. Je n'ai jamais été une personne corpulente, mais voir ce que ces trous du cul m'ont fait m'a vraiment affectée.

— Tu vas les reprendre, lui confirma Smoke.

— Je sais. Mais on s'est toujours moqué de moi à cause de ma taille. Il n'y a pas que les personnes en surpoids qui reçoivent des commentaires sur leur corps lorsqu'elles sont en public. Tu n'imagines pas combien de personnes m'ont dit que je devais manger plus. Il y a même des gens qui m'ont dit carrément que je serais plus attirante si je n'étais pas si maigre. Ce n'est pas comme si je n'avais pas essayé de manger pour prendre des rondeurs non plus. J'ai juste un métabolisme élevé, je pense. Et je n'ai pas vraiment faim. J'oublie de manger quand je travaille, et souvent, quand je rentre du travail, je suis trop fatiguée pour faire autre chose que de prendre un sandwich ou autre chose. Preston a aussi dit – merde... peu importe.

— Non. Qu'a dit ce connard ? Laisse tout sortir, insista Smoke.

Il savait que les personnes en surpoids recevaient souvent des commentaires sur leur poids et vivaient un enfer, mais il n'avait pas pensé au revers de la médaille. À la façon dont les personnes minces pouvaient être traitées avec le même genre de mots durs.

— Il m'a dit une fois que si je ne ressemblais pas à une adolescente prépubère, je serais beaucoup plus attirante.

— C'est des conneries, grogna Smoke. Tu es parfaite comme tu es. Tous les problèmes de ton ex sont *les siens*, pas les tiens. Ton apparence ne l'a pas fait devenir un salaud. Ça ne l'a pas fait dire des choses méchantes. Il a l'air d'être un connard qui veut tout contrôler, et *c'est* ce qui l'a poussé à te traiter méchamment. Tu es peut-être légère, mais crois-moi quand je te dis que ça ne rebute *pas*.

Il voulait en dire plus, mais c'était trop tôt. Il ne voulait pas faire ou dire quelque chose qui la mettrait mal à l'aise avec lui, ou dans sa maison.

— Pour ce qui est de ta prise de poids, je peux t'aider. J'ai beaucoup appris sur la nutrition au fil des ans... quel type de carburant est le meilleur pour maintenir la force musculaire et ce qu'il est bon de manger lorsque j'ai moi-même besoin de prendre du poids. J'ai passé une partie de mon temps dans des endroits isolés à traquer des méchants, et il n'est pas rare que je perde neuf kilos ou plus en peu de temps. Je peux t'aider à te rappeler de manger... et à penser au plaisir que tu auras à manger toute la glace.

Elle déglutit avant de dire :

— Merci.

— Pas besoin de me remercier. Tu as vécu quelque chose que peu de gens ont vécu. Il te faudra du temps pour te réhabituer à ta vie normale et te sentir à nouveau toi-même. Lâche-toi un peu. D'accord ?

— Je vais essayer.

— Bien. Maintenant, pourquoi n'ouvrirais-tu pas le dernier sac là-bas pendant que je nous prépare quelque chose à manger ?

— Qu'est-ce qu'il y a dedans ? demanda-t-elle.

— Va voir, répondit Smoke avec un petit sourire.

Molly fronça les sourcils en le regardant, mais il pouvait voir l'étincelle dans ses yeux. Elle était excitée à l'idée de recevoir un cadeau, même si elle essayait de le cacher.

Il s'appuya sur le comptoir et la regarda ouvrir le sac.

— Un téléphone ! s'exclama-t-elle en se retournant pour lui faire face, la boîte à la main.

— Oui. Il n'est pas encore activé, tu devras donc connecter à ton opérateur pour le configurer, mais je ne voulais pas laisser passer un jour de plus sans que tu aies un moyen de contacter les gens. L'e-mail, c'est bien, mais parfois, il est nécessaire de parler aux autres.

— Tu n'étais pas obligé de prendre le dernier modèle sorti et le meilleur, gronda-t-elle gentiment.

Smoke haussa les épaules.

— Je n'allais pas en acheter un d'occasion, rétorqua-t-il.

— Mais il aurait été tout aussi utile, insista Molly.

Sachant qu'il devait en finir avec cette histoire, Smoke répondit :

— J'ai de l'argent, Mol. Beaucoup d'argent. Tu le sais déjà. Dépenser quatre cents dollars de plus pour avoir le dernier modèle de téléphone, ce n'est pas si difficile, surtout s'il dure plus longtemps. Et même si je n'avais pas des millions de dollars en banque, je t'aurais quand même acheté le même téléphone. Je n'aime pas être utilisé pour mon argent, mais *j'aime* donner des choses aux gens qui le méritent. Je donne aux associations caritatives. Je gâte mes amis. Demande à Bull, Eagle, ou Gramps. Ils ont appris à ne pas parler de ce qu'ils veulent en ma présence parce qu'ils savent que ça finira dans leur sac, ou envoyé par courrier chez eux, ou caché dans leur voiture. Tu vas devoir supporter que je te donne des choses, que j'achète la nourriture que tu aimes et que je cuisine pour toi, parce que c'est ce que je suis.

— Je ne sais vraiment pas comment tu peux être célibataire.

Sa réponse était surprenante, mais Smoke n'allait pas cesser d'être honnête maintenant.

— Parce que j'ai tendance à être très noir et blanc. Je ne suis pas non plus la personne qui pardonne le plus. Je suis intense et excessivement protecteur. J'ai un peu de tempérament, et j'agis parfois avant de vraiment réfléchir à ce que je fais. Je travaille trop, et je fais passer ma relation avec mes amis avant presque tout le reste. Si Bull, Eagle ou Gramps m'appellent à l'aide, je suis prêt à tout laisser tomber pour eux. J'aime aussi être seul. Il y a des moments où je veux m'asseoir seul dans ma chambre, regarder la vue et réfléchir plutôt que de parler ou de divertir d'autres personnes. Je n'aime pas aller au restaurant, car je n'ai aucune idée de la personne qui a préparé ma nourriture ou si elle s'est lavé les mains avant de le faire, et j'ai rarement la capacité de concentration nécessaire pour regarder des films. Pour toutes ces raisons, et bien d'autres encore, je ne suis pas un bon partenaire. En plus de tout ça, quand je suis malade, je suis le plus gros bébé du monde.

Lorsqu'il eut fini d'énumérer tous ses défauts – ceux qui lui venaient à l'esprit et ceux que d'autres femmes lui avaient reprochés lorsqu'elles avaient rompu avec lui – Smoke n'était pas sûr de ce que Molly allait dire. Il n'aimait pas se présenter sous un mauvais jour, mais il n'était pas un saint, et il ne voulait pas qu'elle le pense.

Molly posa le téléphone tout neuf sur le comptoir et fit le tour de l'îlot de cuisine.

À sa grande surprise, elle marcha vers lui, l'entoura de ses bras et le serra. Fort.

Elle posa sa joue sur sa poitrine et dit :

— Je suis introvertie. Je ne fais pas confiance facilement. J'ai obtenu ma maîtrise parce que je n'avais aucune idée de ce que je voulais faire de ma vie après avoir obtenu mon diplôme à Northwestern. C'était juste plus facile de rester à l'école que de trouver un vrai travail. Et j'ai prolongé cela aussi longtemps que j'ai pu. Il m'a fallu quatre ans pour obtenir un diplôme que la plupart des gens obtiennent en deux ans. Je déteste vraiment la confrontation, c'est pourquoi j'ai pris ce travail au Nigeria. C'était mieux que de faire face à Preston et d'avoir peur tout le temps. Je mange trop de malbouffe, ce que je t'ai déjà dit, et je n'ai jamais eu de relation durable avec quelqu'un. J'ai de la malchance – ce que tu sais, mais refuse d'accepter – et j'ai vraiment du mal à voir le positif dans les situations.

Smoke sourit et la serra plus fort contre lui.

— Mais je n'ai jamais trompé personne, et je n'ai jamais rien volé à l'étalage. Je respecte les règles, et si tu es mon ami, je ferai n'importe quoi pour toi. J'essaie d'être plus positive, mais je ne suis pas sûre que ça marche. Mes grands-parents me manquent, et je déteste ne pas leur avoir dit au revoir. Je ne peux pas m'empêcher de me demander ce qu'ils ont vécu et à quoi ils pensaient... s'ils m'en ont voulu.

— Ils ne l'ont pas fait, répondit Smoke immédiatement.

— Tu n'en sais rien, protesta Molly.

— Je le sais. D'après tout ce que tu m'as dit d'eux, ils t'aimaient. Tellement. Ils auraient fait tout ce qui était nécessaire pour te protéger. Et si ton ex les a tués, je peux te garantir que la seule chose à laquelle ils pensaient était qu'ils étaient heureux que tu ne sois pas aux États-Unis.

Molly hocha la tête et renifla, mais elle ne bougea pas de ses bras.

Une minute ou deux passèrent, et Smoke était plus que

satisfait de cela. Il ne voulait *jamais* bouger. Il voulait rester là, au milieu de sa cuisine, et la tenir dans ses bras pour toujours.

— J'ai pensé à un autre avantage d'être petite, prononça-t-elle doucement.

— Qu'est-ce que c'est ? demanda Smoke.

— J'entends ton cœur battre quand je te serre dans mes bras.

Smoke ricana.

— Très vrai.

Molly releva la tête et le regarda.

— Je ne suis pas douée pour accepter des cadeaux, mais si tu n'en fais pas trop, j'essaierai de m'améliorer.

— Marché conclu, confirma Smoke. Et je t'enverrai un message quand je serai sur le chemin du retour pour ne pas te faire peur à nouveau.

— J'aimerais bien ça.

— Et je m'assurerai que tu aies les numéros de Bull, d'Eagle et de Gramps aussi.

— Ça ne dérangera pas Skylar et Taylor ?

Smoke fronça les sourcils en signe de confusion.

— Pourquoi ?

— Parce qu'une autre femme appelle ou envoie des SMS à leurs hommes ?

— Ah, non. Bull et Smoke sont follement amoureux de leurs femmes. Nous savons tous qu'ils n'ont d'yeux que pour elles. De plus, Taylor et Skylar ont *mon* numéro. Est-ce que cela te dérange ?

Molly secoua la tête.

— Bien. Parce que maintenant qu'elles sont avec mes amis, je leur suis aussi dévoué qu'à mes coéquipiers. Si quelque chose leur arrivait, je ne suis pas sûr que Bull et Eagle seraient capables de le supporter. Eagle ne s'est toujours pas pardonné d'avoir été assommé il y a quelques mois lorsque le harceleur de Taylor a percuté sa voiture et a essayé de la kidnapper.

Les yeux de Molly s'agrandirent.

— *Quoi ?*

— Longue histoire. Et je sais que les deux femmes espèrent te rencontrer bientôt, alors elles vont te mettre au courant. Elles veulent t'emmener faire du shopping pour que tu puisses commencer à remplacer tes affaires. Je leur ai dit de ne pas en faire trop, mais tu dois te préparer à ce qu'elles soient un peu trop enthousiastes.

— Je ne sais pas combien de temps je vais rester ici, répondit Molly, un peu hésitante.

— Il n'y a pas besoin de se précipiter pour retourner à Chicago, n'est-ce pas ? demanda Smoke, un peu inquiet de la réponse.

— Pas vraiment.

— As-tu été en contact avec ton patron ?

— Non.

Il voulait demander pourquoi, mais décida que c'était une conversation pour une autre fois.

— Nous ne savons toujours pas ce qui se passe avec ton ex, alors il est probablement préférable pour toi de rester à l'écart pour le moment.

Molly soupira.

— Je ne veux pas être une profiteuse.

— Tu n'es pas une profiteuse. Tu m'as bien entendu quand j'ai dit que j'aimais aider mes amis, non ?

— Mais on vient de se rencontrer, Mark.

— Oui, reprit Smoke. Mais... tu ne peux pas me dire que tu ne ressens pas ce lien qui semble nous unir.

Pendant une seconde, il crut qu'elle allait le nier, mais elle finit par secouer la tête.

— Bien. Alors, pourquoi ne pas rester un peu ? Il n'y a pas de conditions à ce que tu restes ici, la rassura Smoke. Je te le promets.

— Si tu en as assez que je sois dans ton espace, tu dois aussi promettre de me le dire.

— Je ne pense pas que ça arrivera, mais oui, je te le dirai quelque chose si c'est le cas, répondit Smoke.

— D'accord. Je vais rester. J'aime bien ta maison, Mark.

— Merci. Tu as fouiné ?

Il sourit en demandant pour qu'elle ne pense pas qu'il était en colère contre elle.

— Oui, répondit-elle sans hésiter.

— Et ?

— Eh bien, je n'ai pas encore trouvé toutes tes cachettes, ni les pièces secrètes, mais de ce que je peux voir jusqu'à présent, tu n'as pas de corps cachés dans tes placards.

— Je les garde pour la grange, dehors, dit-il en sourdine.

Lorsque Molly rejeta sa tête en arrière et rit sans aucune gêne, Smoke sourit.

— Sérieusement, cette maison est géniale. La salle multimédia en bas m'intimidait, mais j'étais contente de voir que tu avais un débarras comme la plupart des gens normaux.

— Un débarras ?

— Oui, cette pièce de stockage au sous-sol. Celle avec tous les cartons et les trucs. Vu comme la maison était bien rangée, je commençais à penser que tu étais un monstre ou quelque chose comme ça.

Smoke sourit.

— Hé, j'ai besoin d'un endroit pour mettre toutes les décorations de vacances.

— Tu décores pour les fêtes ? s'étonna-t-elle.

— Bien sûr. Mon oncle avait un énorme sapin de Noël qu'il me faisait monter le lendemain de Thanksgiving chaque année. Puis il me forçait à le décorer avec lui. C'était une putain d'épreuve.

— Et tu adorais.

Smoke hocha la tête.

— Oui. J'adorais. Et le fait de le décorer maintenant me fait me souvenir de lui et des bons moments.

— Ça me plaît. Et... bref, oui, j'ai fouiné. Et j'adore ta

maison. Elle est incroyable. Et grande. Les enfants pourraient jouer à cache-cache ici et ne jamais être trouvés.

— J'y ai pensé aussi, rebondit Smoke honnêtement.

Et il l'avait fait. Souvent. Il voulait toujours des enfants. Beaucoup d'enfants. Mais il avait commencé à penser que l'occasion ne s'était pas présentée.

— Que dirais-tu d'un dîner ? questionna-t-il, changeant de sujet.

— OK. Je peux aider.

— Je m'en occupe. Mais tu peux tester la glace que j'ai achetée, lui dit Smoke, laissant tomber ses bras à contrecœur et s'éloignant.

— De la glace avant le dîner ? Tu n'as pas peur que ça me coupe l'appétit ?

— Non. Parce que je vais faire le meilleur poulet cuit que tu n'aies jamais goûté.

— Le poulet cuit, c'est ennuyeux, répondit Molly.

— Pas de la façon dont je le fais. Tout est dans les épices avec lesquelles tu fais cuire les morceaux. Et il faudra au moins une heure pour que ce soit prêt. Tu peux grignoter la glace. Je pense que tu seras rassasiée dans quinze minutes. Ensuite, ton estomac aura le temps de se calmer, et tu seras prête à manger à nouveau quand le poulet aura fini de cuire.

Molly hocha la tête.

— Oui, tu as probablement raison. Tu as pris quel parfum ?

— Pâte à cookie aux pépites de chocolat, menthe aux pépites de chocolat, et noix de pécan.

— La pâte à cookies est ma préférée.

— Pourquoi je ne suis pas surpris ? renchérit Smoke en se retournant pour sortir la boîte du congélateur.

Il la lui tendit avec une cuillère.

— Vas-y.

— Mark ? l'interpella-t-elle, s'arrêtant en sortant de la cuisine.

— Oui ?

— Flash info... ta fossette est toujours aussi mignonne.

Il vit le sourire sur son visage quand elle se tourna vers le canapé.

Smoke aimait qu'elle se sente à l'aise pour le taquiner. Il savait qu'il souriait comme un idiot en se retournant pour prendre les blancs de poulet dans le frigo, mais il s'en fichait. Avoir Molly chez lui était amusant.

Il espérait juste qu'il ne s'y habituerait pas au point d'être brisé quand elle partirait pour retourner à sa vie.

* * *

Le cœur de Molly battait la chamade quand elle s'assit sur le canapé pour manger sa glace. Elle n'avait jamais ressenti ce... *vertige*... autour d'un homme auparavant. Surtout pas juste après l'avoir rencontré. Elle était toujours prudente et hyper consciente de tout ce qu'elle disait et faisait, surtout après Preston.

D'après son expérience, les hommes n'aimaient pas être taquinés. Ils ne voulaient certainement pas qu'elle connaisse leurs défauts, alors ils faisaient semblant d'être parfaits. Puis le vernis finissait par s'effacer – parfois plus tôt que prévu – et la véritable personne derrière était révélée.

Mais Mark avait exposé ses défauts sans hésitation. Elle avait déjà fait l'expérience de son côté surprotecteur. Mais pour quelqu'un qui avait vécu un enlèvement et un ex violent qui ne semblait pas pouvoir se remettre du fait qu'elle avait rompu avec lui, la surprotection n'était pas vraiment un défaut.

Comme Mark, elle n'était pas non plus très indulgente. Il fut un temps où elle s'était pliée en quatre pour pardonner à ses amies à l'école d'avoir été méchantes et pour donner aux petits amis le bénéfice du doute, mais elle en avait fini avec ça. Donc elle ne pouvait pas en vouloir à Mark. Et elle était contente qu'il fasse passer ses amis en premier. Elle n'avait pas besoin d'être le centre de l'attention de qui que ce soit. Les solides relations qu'il entretenait avec Bull, Eagle et Gramps ne faisaient que renforcer le fait qu'il était le genre d'homme qui valait la peine d'être connu, qu'il était capable de soutenir quelqu'un, peu importe ce que la vie lui réservait.

Tandis que le mélange de chocolat, de vanille et de pâte à cookies explosait dans sa bouche, Molly s'entraînait à penser positivement. Elle avait passé une bonne partie de la journée à pleurer ses grands-parents – y compris dans la chambre de Mark, peu avant son retour – ce qui n'allait pas les faire revenir. Elle était épuisée en conséquence.

J'ai été kidnappée, mais je ne suis pas morte. J'ai été sauvée par l'un des hommes les plus généreux que j'aie jamais rencontrés. Il a un noyau dur d'amis, ce qui signifie qu'il est loyal. J'ai un endroit sûr où vivre. Personne ne sait où je suis en ce moment. J'ai un téléphone, donc je peux appeler l'avocat de Nana et Papa et commencer à comprendre tout ça. Je peux contacter la police pour en savoir plus sur Preston et sur ce qui s'est passé dans la maison d'Oak Park. Et... de la pâte à cookies aux pépites de chocolat.

Elle prit une bouchée de la crème glacée et sourit. Il y a une semaine, elle n'aurait jamais pensé que c'était là qu'elle se trouverait. Assise dans une énorme maison avec une quantité folle de mesures de sécurité, mangeant la perfection glacée à la cuillère.

Puis elle se souvint de quelque chose d'autre que Mark avait dit.

Tu es peut-être légère, mais crois-moi quand je te dis que ça ne rebute pas.

Son sourire s'agrandit. Lorsqu'elle était partie au Nigeria, elle avait décidé qu'il valait mieux être célibataire et qu'elle ne sortirait avec personne avant très longtemps. Mais depuis qu'elle avait rencontré Mark Chamberlin, elle avait déjà changé d'avis. S'il y avait quelqu'un pour qui elle envisagerait de rompre son vœu de célibat, c'était bien lui.

Mais elle n'allait pas précipiter les choses. Un jour après l'autre. Elle avait beaucoup à faire en ce moment, et elle devait faire le point sur sa vie avant de se lancer dans une quelconque relation amoureuse. Elle était reconnaissante envers Mark de la laisser dormir chez lui, et elle ne voulait pas profiter de sa générosité... ou être un coup d'un soir pour lui.

Mais d'une certaine façon, elle savait qu'il ne lui ferait pas ça.

En prenant une grande inspiration, Molly réalisa qu'elle était déjà pleine. Mark avait raison, elle n'avait pas mangé autant de glace qu'elle l'avait pensé. Elle posa le pot sur la table basse devant elle, en utilisant un dessous de verre pour ne pas laisser de marque sur le verre brillant, puis elle s'assit et ferma les yeux. Elle entendait Mark qui bricolait dans la cuisine, ce qui lui rappelait une fois de plus qu'elle était en sécurité.

Elle se réveilla en sursaut. Elle était allongée sur le canapé, avec Mark à genoux devant elle.

— Le dîner est prêt, prononça-t-il doucement.

— Oh, j'ai dormi combien de temps ?

— Environ une heure. Je suis venu vérifier l'état d'avancement de la crème glacée, et tu étais partie. J'ai mis la boîte de côté pour plus tard et je t'ai laissée dormir.

— Merci. Je ne voulais pas m'endormir.

— Je sais. Il va te falloir un peu de temps pour surmonter le décalage horaire et pour que ton corps se remette du stress de ces derniers mois.

Molly se redressa brusquement et ferma les yeux alors que la pièce tournait pendant une seconde.

— Tiens bon, je te tiens, informa Mark.

Molly se sentit soulevée et enroula ses bras autour du cou de Mark.

— Un autre avantage d'être petite... On peut me porter partout, dit-elle en plaisantant.

Elle aurait dû être ennuyée qu'il ressente le besoin de la transporter, mais ça aurait été hypocrite, puisqu'elle n'avait rien contre le fait qu'il la porte.

Elle admira sa fossette lorsqu'il sourit. C'était presque difficile de croire qu'il était le même homme qu'elle avait rencontré dans la jungle. Cependant, elle ne préférait pas l'un à l'autre. Il était beau avec ou sans barbe.

— Hé, les autres gars se sont rasés aussi ? demanda-t-elle.

Mark ricana.

— Oui.

— Merde. Maintenant je vais devoir trouver qui est qui, plaisanta-t-elle.

— Gramps est le plus grand, dit Mark. Les cheveux de Bull sont noirs. Mais tu n'auras rien à découvrir quand tu les verras au garage, parce qu'ils porteront des badges avec leur nom.

— Vraiment ?

— Oui. Skylar a pensé que ce serait plus facile pour Taylor si tout le monde en portait un, comme ça elle n'aurait pas à se demander constamment qui est qui.

Mark lui avait parlé de l'état de Taylor. Comment elle n'avait pas la capacité de reconnaître les visages... même ceux des personnes qu'elle connaissait et aimait.

— Oh, je n'avais pas pensé à ça. Ça *doit* être dur, hein ?

Mark se pencha vers elle et la plaça sur une chaise à la petite table qui se trouvait juste à côté de la cuisine. Il avait déjà préparé leurs dîners et Molly inspira profondément, appréciant la bonne odeur de tout ce qu'ils sentaient.

— Oui, mais maintenant elle peut se détendre au garage, ce qui était le but.

Molly hocha la tête, son attention se portant déjà sur la nourriture. Le poulet avait l'air délicieux. Il était recouvert d'une sorte de sauce, et les haricots verts et les petits pains frais avaient l'air tout aussi bons.

—Waouh ! Ça a l'air incroyable.

— Les haricots viennent d'une boîte de conserve, et les petits pains d'un tube, dit Mark en haussant les épaules. Je ne veux pas que tu penses que je suis un chef cuisinier dans une de ces émissions de pâtisserie. Si c'était un repas préparé par Archer, tout serait fait maison.

Molly prit une fourchette et une bouchée de haricots. La saveur d'ail au beurre la fit gémir d'appréciation.

— C'est le cuisinier de Silverstone, non ? demanda-t-elle après avoir avalé.

— Oui.

Les trente minutes suivantes passèrent en un éclair alors qu'ils mangeaient et parlaient des employés de Silverstone Towing. Lorsqu'elle eut fini de manger, et qu'elle eut étonnamment nettoyé son assiette, elle connaissait tous ceux qui travaillaient pour Mark.

Elle l'aida à porter leur vaisselle jusqu'à l'évier de la cuisine.

— Tu les aimes vraiment, n'est-ce pas ?

— Nos employés ? Oui. Ils travaillent dur et sont loyaux envers Silverstone Towing. Nous avons créé l'entreprise un peu sur un coup de tête, et sans eux, nous serions encore quatre gars à tourner en rond en essayant de rattraper notre queue, comme au début. Laisse la vaisselle, je la ferai plus tard.

Molly se figea à mi-chemin vers l'éponge dans l'évier. Elle regarda Mark.

— Euh... ça va être dégueulasse si on la laisse. On pourrait aussi bien la mettre dans le lave-vaisselle maintenant.

— Tu es une de celles-là, n'est-ce pas ?

— Une de quoi ? s'étonna Molly.

— Quelqu'un qui doit réarranger le lave-vaisselle après que son homme l'ait rempli parce qu'il ne l'a pas « bien fait ».

Molly sourit.

— On ne m'a jamais accusée de ça, mais c'est probablement parce que je n'ai jamais vécu avec un homme, et si je dînais avec quelqu'un, c'était toujours moi qui m'occupais de la vaisselle.

— Je ne suis pas ce genre de type, répondit Mark. J'admets qu'il y a des moments où j'adhère aux rôles masculins et féminins traditionnels, mais je suis parfaitement capable de nettoyer un plat, de balayer un sol, et je fais ma propre lessive depuis des années.

— C'est bon à savoir, lui dit Molly. Mais ça va me faire bizarre de savoir que la vaisselle est dans l'évier avec la nourriture qui durcit dessus.

Mark eut un petit rire.

— Par tous les moyens, alors, mettons-la dans le lave-vaisselle pour qu'on puisse aller se prélasser sur le canapé.

Ils travaillèrent en tandem, et en une minute et demie, les plats furent bien rangés et prêts à être lavés lorsque le lave-vaisselle serait plein.

— Je suis impatiente de les rencontrer. Tes employés, confia-t-elle à Mark, faisant référence à leur précédente conversation.

— Bien. Parce que je pensais que tu pourrais m'accompagner au garage demain, répondit Mark. Taylor et Skylar veulent te rencontrer, et je me suis dit que ce serait l'endroit le plus facile. Ensuite, si tu te sens à l'aise, tu pourras aller avec elles chercher des vêtements et d'autres choses. Elles te ramèneront à Silverstone, et on pourra rentrer à la maison.

Molly était nerveuse à l'idée de rencontrer les autres femmes, mais elle préférait en finir plutôt que de reporter. Si elles se plaisaient, tant mieux, mais sinon, elle le saurait bientôt.

Ils s'assirent sur le canapé. Molly prit un coin et Mark se posa de l'autre côté.

— Je dois appeler l'avocat de mes grands-parents.

Mark hocha la tête.

— Je sais. On peut faire ça demain après-midi.

— Je n'arrive pas à croire qu'ils ne sont plus là, prononça Molly doucement, se demandant si elle ne parlait pas trop de son papi et de sa mamie.

— J'aurais aimé pouvoir les rencontrer, confia Mark. D'après tout ce que tu as dit jusqu'ici, ils avaient l'air merveilleux.

— Ils l'étaient.

Et juste comme ça, Molly sentit les larmes couler une fois de plus.

— Merde, je suis désolée, lâcha-t-elle en détournant la tête.

— À propos de quoi ? De les aimer ? D'être triste qu'ils soient partis ? Tu n'as *pas* à être désolée, dit Mark. Mon Dieu, ça ne fait que quelques jours que tu as appris leur mort. Accorde-toi une pause, Molly. Dis-m'en plus sur eux.

— Tu es sûr ? demanda-t-elle.

— Oui. Tes proches ne doivent pas être relégués au second plan. Ils étaient aimés et affectueux, ils méritent qu'on se souvienne d'eux.

— Tu me parleras de tes parents et de ton oncle ?

— Oui.

Pendant les heures qui suivirent, ils parlèrent des gens qu'ils avaient aimés et perdus. Et étonnamment, Molly se sentit beaucoup mieux après. Ça lui faisait du bien de raconter à Mark les fois où ses grands-parents l'avaient fait rire, et même quand ils l'avaient mise en colère. Elle aimait entendre parler de Mark quand il était enfant et des problèmes qu'il avait rencontrés. Au moment où elle était si fatiguée qu'elle ne pouvait plus garder les yeux ouverts, la douleur extrême de la perte de Nana et Papa s'était un peu estompée. Pour l'instant. Bien que la colère l'envahisse toujours. La colère parce que quelqu'un ne les avait pas seulement tués, mais avait brûlé leur maison, détruisant tous les souvenirs physiques qu'elle aurait pu avoir d'eux.

— Tout va bien se passer, chuchota Mark.

Molly réalisa qu'elle avait dit la dernière partie à haute voix.

— Je l'espère.

— Je le sais. Tu n'es pas seule, Molly Smith. Tu nous as, moi et Silverstone, derrière toi. S'il s'avère que ton ex *a* quelque chose à voir avec ça, nous le découvrirons. Et s'il pense pouvoir continuer à te traquer, il va être très surpris des renforts que tu as reçus depuis la dernière fois qu'il t'a vue.

— Tu ne sais pas comment il est, protesta Molly.

— Si, je le sais. Tu oublies que mon équipe et moi avons affaire au pire de l'humanité. Nous devons plonger dans l'esprit dérangé de terroristes et de meurtriers tout le temps.

— Il est contrarié que j'aie rompu avec lui, reprit Molly. Je pense que c'était un coup dur pour son ego plus qu'autre chose. Il ne m'aimait pas, et je ne l'aimais certainement pas.

— Certains hommes sont comme ça. Ils traitent les gens comme des objets et piquent une crise si quelqu'un leur prend leur jouet avant qu'ils ne soient prêts. Je vais m'assurer qu'il sache que tu es hors limites et qu'il doit passer à autre chose.

— Tu vas le tuer ? demanda Molly sans sourciller.

Mark n'eut pas l'air contrarié par sa question.

— Pas s'il comprend l'allusion et arrête de te harceler.

— Et s'il ne le fait pas ? insista-t-elle.

— Je ferai tout ce qui est nécessaire pour qu'il ne te fasse plus de mal.

Molly savait qu'elle aurait dû être consternée que Mark ait laissé entendre qu'il *tuerait* Preston s'il lui faisait du mal... mais au fond, elle savait qu'il dirait ça.

Elle n'était pas idiote, elle était bien consciente de ce que Mark et ses amis faisaient, pour en avoir été un témoin direct. Elle aurait pu hésiter auparavant, mais après avoir vécu la captivité d'un salaud comme Shekau, et avoir su que ses grands-parents avaient pu être tués pour la seule raison qu'elle avait rompu avec quelqu'un... elle était *heureuse* qu'il y ait des gens comme l'équipe de Silverstone. Oubliez les superhéros dans les films, elle était assise à côté d'un vrai superhéros en ce moment même, en ce qui concernait Molly.

Cela ne voulait pas dire qu'elle n'avait pas peur pour lui. Mark pouvait encore être tué, et elle savait, au fond d'elle-même, que Preston n'allait pas apprécier le fait que quelqu'un la défende. Il serait encore plus déterminé à l'atteindre lorsqu'il saurait où elle se trouve, peu importe *qui* la protégeait. Mais elle devait croire que Mark savait ce qu'il faisait. Qu'elle était vraiment en sécurité. Être constamment inquiète pour Preston était une alternative terrifiante.

— Merci, dit-elle doucement.

— Je t'en prie. Je pense qu'il est temps pour toi d'aller te coucher.

— À quelle heure allons-nous à Silverstone demain ?

— C'est samedi, donc Skylar ne doit pas travailler. Et il n'y a pas besoin d'y aller à l'aube. Tu peux faire la grasse matinée. Si tu n'es pas debout à 9 heures, je te réveillerai, si tu es d'accord.

— J'ai du mal à croire qu'avant de partir au Nigeria, j'étais une personne du matin, dit Molly avec un sourire en coin. Maintenant, j'ai du mal à me traîner hors du lit.

— Comme je l'ai dit, ça prendra du temps. Mais pour l'instant, il n'y a aucune raison que tu te lèves avec le soleil.

— Tu es une personne du matin, n'est-ce pas ? demanda Molly en se levant d'un bond.

Mark se leva également et hocha la tête.

— Coupable. Ça vient avec l'armée. Je m'entraîne encore la plupart des matins. Parfois je cours, d'autres fois je fais des exercices avec les haltères dans le garage.

Les yeux de Molly parcoururent son corps, appréciant à quel point il était en forme.

— Arrête de me reluquer, toi, se plaignit Mark.

Molly gloussa.

— Hé, on ne peut pas reprocher à une fille de regarder. En plus, tu as encouragé tous mes regards. Tu parles de faire de la musculation, de t'entraîner et tout ça.

Mark secoua simplement la tête.

— Tu as besoin de quelque chose avant de monter ?

— Non, c'est bon. Merci pour tout ce que tu as fait pour moi, Mark.

— De rien.

— Sérieusement. J'avais besoin de la discussion de ce soir.

Mark s'approcha et surprit Molly en l'attirant dans ses bras.

Elle s'accrocha fermement, aimant la façon dont elle semblait s'adapter parfaitement à lui.

Elle sentit ses lèvres sur le haut de sa tête, puis il se retira.

— Je te verrai demain matin, alors.

Molly hocha la tête et se dirigea vers les escaliers. Elle se retourna une fois, à mi-chemin, et vit que Mark la regardait toujours. Elle lui fit un signe maladroit et vit ses lèvres se contracter. Il lui donna un coup de menton et se retourna pour s'asseoir sur le canapé. Il attrapa la télécommande pendant que Molly continuait à monter les escaliers.

Quand elle se retrouva dans le grand lit, Molly ferma les yeux et sourit. On pouvait dire qu'elle aimait bien Mark Chamberlin. Probablement plus qu'elle ne le devrait, compte tenu de sa situation. Mais elle ne pouvait pas se résoudre à s'en soucier. Avec un ventre plein, un endroit confortable pour dormir et la certitude d'être en sécurité derrière les murs de la maison de Mark, elle était plus heureuse qu'elle ne l'avait été depuis longtemps.

9

———

Molly réfléchissait à deux fois avant d'aller à Silverstone Towing ce matin-là. Au cours des derniers mois, elle s'était habituée à être seule, et se retrouver entourée d'autres personnes avait toujours été épuisant et gênant pour elle. Elle ne comprenait pas pourquoi elle avait pensé que ce serait une bonne idée de rencontrer Taylor et Skylar. Elle aurait pu simplement acheter des vêtements en ligne et se les faire livrer. Faire du shopping n'avait jamais été l'une de ses activités préférées, et maintenant elle s'était engagée à faire du shopping avec d'autres personnes. Des inconnues en plus.

— Tout va bien se passer, lui confia Mark en la regardant tout en conduisant sa voiture.

Molly ne savait pas comment il faisait pour toujours savoir ce qu'elle pensait.

— Je sais, mentit-elle.

— Elles sont très gentilles, ajouta-t-il.

Molly était gênée qu'il ressente le besoin de la préparer pour la rencontre à venir.

— J'en suis sûre. Ce n'est pas parce qu'elles sont avec tes amis qu'on va s'entendre. Je veux dire, les femmes sont bizarres. Parfois, on ne s'entend pas avec d'autres personnes. Je ne vais pas être impolie, mais si on ne devient pas BFF, je ne veux pas que tu penses que ça a un rapport avec toi ou tes amis.

— BFF ? demanda-t-il.

— Meilleures amies pour la vie, répondit Molly. Tu n'as jamais entendu ça ?

— J'ai trente-huit ans. Je n'ai pas eu de rendez-vous depuis une éternité. Et n'oublie pas que j'étais dans l'armée, et maintenant je ne traîne qu'avec les gars de Silverstone. Alors non, je n'ai jamais entendu ce terme.

Molly gloussa.

— C'est vrai. Bref, si on ne s'entend pas bien, ne le prends pas personnellement.

— Tout va bien se passer, répéta Mark, le ton plein de confiance.

Molly ne voulait pas le contredire à nouveau. Elle l'avait prévenu, c'était tout ce qu'elle pouvait faire. Toute sa vie, elle avait eu du mal à se faire des amis. Elle ne savait pas trop pourquoi. La plupart du temps, elle *avait pensé* qu'elle était proche de quelqu'un, puis quand quelque chose de mal était arrivé, elle avait découvert que la plupart des liens étaient unilatéraux. C'était l'une des raisons pour laquelle elle était si méfiante vis-à-vis de ce qu'elle ressentait pour Mark. Elle avait perdu assez de personnes dans sa vie sur lesquelles elle avait compté pour être soutenue quand les choses tourneraient mal. Elle avait appris à être prudente.

— Ne t'inquiète pas, insista Mark. Je t'ai parlé de l'expérience de Skylar qui a été kidnappée par un prédateur d'enfants, mais je ne pense pas t'avoir parlé de Taylor.

— Tu as dit quelque chose à propos d'Eagle qui était bouleversé quand elle a été enlevée juste sous son nez après un accident de voiture, reprit Molly.

— Oui, eh bien, elle avait un harceleur. Il s'est intéressé à elle quand il a découvert qu'elle était atteinte de prosopagnosie.

— Pro-so-quoi ? l'interrompit Molly.

— Prosopagnosie. La cécité de reconnaissance faciale. Cette particularité dont je t'ai parlé ? C'est comme ça que ça s'appelle. Ce type l'a découvert, et il a pensé qu'elle serait facile à arnaquer. Il a arrangé des rendez-vous avec elle pour voir si elle le reconnaissait, et comme elle ne le reconnaissait pas, il a réussi à entrer dans son appartement en se faisant passer pour un agent d'entretien. Il a même livré une pizza chez Eagle quand elle y était. Il s'est avéré que c'était un tueur en série. Il avait kidnappé et torturé onze autres femmes avant elle, et quand elle et Eagle étaient en route pour Bloomington pour un dîner de remise de prix pour l'un de ses clients, le type a embouti leur voiture et a essayé de kidnapper Taylor.

— Putain de merde, que s'est-il passé ? s'inquiéta Molly. Elle a été blessée ? Comment lui a-t-elle échappé ? Pourquoi Eagle s'en veut ? C'est dingue !

Mark souriait.

— Quoi ? Ce n'est pas drôle ! gronda Molly.

— Ça ne l'est pas, mais *toi* si. Si tu me donnes une demi-seconde, je finirai l'histoire.

— Tu mets trop de temps, se plaignit-elle. Dépêche-toi !

— Désolé. Alors que Taylor ne reconnaissait pas l'homme de toutes les fois où elle l'avait rencontré auparavant, elle *reconnut* son odeur. Et sa voiture. Alors elle a couru dans les arbres le long de la route et s'est cachée jusqu'à ce qu'Eagle reprenne connaissance et les poursuive.

Molly se mordit la lèvre.

— Qu'est-il arrivé au type ?

— Eagle l'a tué.

— Il a eu des ennuis ?

— Mol, l'homme était un tueur en série. Non, il n'a pas eu d'ennuis.

— Et Taylor va bien ?

— Oui. Si je te dis ça, c'est juste que Taylor et Skylar ne sont pas comme beaucoup de femmes. Elles sont compatissantes, et même un peu introverties. Elles ont vécu l'enfer, tout comme toi. Je ne dis pas que tu dois devenir leur meilleure amie, mais je pense que si tu leur donnes une chance, tu pourrais être surprise de tout ce que vous avez en commun.

Molly pensa à cela pendant un moment et réalisa que Mark avait probablement raison. Elle se portait étonnamment bien mentalement après avoir été libérée, mais cela ne signifiait pas qu'elle n'aurait pas de flash-back ou qu'elle ne voudrait pas parler à quelqu'un de ce qui lui était arrivé. Et même si Taylor et Skylar n'avaient pas été kidnappées et jetées dans un trou dans un pays étranger, elles avaient quand même vécu des situations aussi horribles que la sienne.

— Est-ce qu'il y a déjà eu des choses bizarres entre vous à cause des femmes ?

Mark lui jeta un coup d'œil, puis reporta son attention sur la route.

— Je ne sais pas trop ce que tu me demandes, mais je vais te dire ceci : à aucun moment, Gramps ou moi n'avons été contrariés parce qu'Eagle ou Bull sortaient avec quelqu'un. Et à aucun moment l'un de nous n'a nourri secrètement des sentiments pour la femme d'un autre. Apparemment, quand un homme de Silverstone tombe amoureux, il tombe fort.

Elle n'avait pas manqué le ton ironique de la voix de Mark... ni le regard qu'il lui lança.

Vas-y doucement, se réprimanda-t-elle. *Rappelle-toi tous ces autres amis que tu pensais être des copains pour la vie, et la rapidité avec laquelle ils t'ont tourné le dos quand tu en avais le plus besoin.*

Mais Mark n'avait-il pas déjà prouvé qu'il n'était pas comme ça ? Il aurait été beaucoup plus facile de la laisser partir avec les autres filles après qu'elles aient été sauvées. Elle n'était pas son problème, pourtant ses amis et lui avaient pris sur eux d'arranger son passeport et de la ramener aux États-Unis. Et Mark lui avait donné un endroit où rester, l'avait nourrie, lui avait donné un téléphone, et était en train de la présenter aux personnes les plus importantes de sa vie... à savoir, ses employés de Silverstone Towing, Taylor et Skylar.

Elle avait l'impression de pouvoir compter sur lui, mais seul le temps le dirait.

— Nous y sommes, annonça Mark.

Molly eut l'air surprise.

— C'est *ça* Silverstone Towing ?

Elle ne put éviter la note d'incrédulité dans sa propre voix.

Mais Mark ne se vexa pas. Il gloussa simplement.

— Je sais que ça semble ordinaire, mais les apparences peuvent être trompeuses.

Il se pencha par la fenêtre et tapa un très long code de sécurité avant que la porte devant eux ne commence à s'ouvrir.

— Laisse-moi deviner, tu as aidé à la sécurité de cet endroit, dit sèchement Molly.

— Oui.

Oui, elle le savait. Il lui avait dit qu'il avait participé activement à l'installation du garage. Mais même s'il ne l'avait pas fait, vu comment il avait sécurisé sa propre propriété, il n'était pas difficile de deviner qu'il avait également protégé son entreprise. Il lui avait carrément dit qu'il était protecteur, et elle commençait à comprendre jusqu'où allait cette protection. Pas seulement pour lui-même, mais aussi pour ceux qui lui étaient proches et chers.

Il contourna l'arrière d'un bâtiment décrépi et gara son Explorer au bout d'une rangée de véhicules. Les papillons étaient de retour dans son ventre, mais Mark n'hésita pas. Il coupa le moteur et ouvrit sa portière. Prenant une grande inspiration, Molly lui emboîta le pas. Elle sortit de la voiture et fit le tour pour le rejoindre de l'autre côté.

Mark lui prit la main et la serra. Puis il la guida vers la porte située à l'arrière du bâtiment. Il tapa un autre long code de sécurité, et elle entendit le déclic de la serrure lorsqu'elle se désengagea. Puis elle pénétra – et immédiatement, l'odeur de quelque chose de délicieux leur parvint.

— Oh waouh ! ça sent le pain frais, s'extasia-t-elle.

— C'est probablement le cas. Archer a acheté une machine

à pain, et il est devenu un peu fou à l'idée de l'essayer. Il a fait à peu près tous les types de pain imaginables, y compris un pain sans gluten, qui était aussi bon que le normal.

Mark lâcha sa main et attrapa un badge sur un tableau métallique juste à l'intérieur de la porte. Il en fixa un sur sa poitrine, avec le mot « Smoke » en grosses lettres faciles à lire... puis il sourit en en prenant un autre et en le montrant.

Molly fut surprise de voir son nom sur l'étiquette.

— Puis-je ? demanda Mark en faisant un geste vers sa poitrine.

Molly acquiesça, se demandant comment et pourquoi il y avait une étiquette avec son nom dessus.

— Skylar l'a fait pour toi. Elle ne voulait pas que tu te sentes exclue en étant la seule à ne pas en porter. Et, bien sûr, ça aide Taylor.

Ah, c'était logique... et soudain, ça n'avait plus d'importance, parce que Molly ne pouvait penser à rien d'autre qu'à la proximité de Mark. Même s'il la dominait, elle ne se sentait pas du tout à l'étroit. L'une de ses mains était juste à l'intérieur du décolleté du T-shirt qu'elle portait, et elle pouvait sentir le dos de ses doigts effleurer la peau nue de sa poitrine. Il n'était pas en train de la peloter – il attachait juste le badge à son T-shirt – mais c'était quand même extrêmement intime.

Elle frissonna quand il retira sa main.

Puis elle rougit, confuse au-delà de toute croyance. Elle n'aurait pas dû être aussi excitée par un si simple contact. Elle n'était pas sûre de ce que cet homme avait de si différent des autres. Pourquoi elle avait eu l'impression qu'elle allait s'enflammer alors qu'il l'avait touchée si innocemment.

Mark brossa une mèche de cheveux derrière son oreille, mais ne dit rien. Puis il posa sa main sur le bas de son dos et la poussa doucement dans le couloir.

Molly entendait les gens parler, et il lui fallut une seconde pour retrouver ses repères. C'était presque effrayant de voir à quel point elle aimait que Mark la touche. Elle avait passé trente-cinq ans environ sans *avoir besoin* du contact d'un homme, mais maintenant elle semblait prendre vie lorsque sa peau touchait la sienne.

— Smoke ! cria quelqu'un en entrant dans une immense pièce.

Une cuisine se trouvait sur un côté, et tout dans cet espace semblait confortable malgré sa taille. La pièce n'était pas du tout miteuse, comme l'extérieur du bâtiment aurait pu le suggérer. Mais elle n'était pas non plus trop fantaisiste. Les canapés et les chaises semblaient confortables et accueillants, et l'odeur du pain ne nuisait pas non plus à l'atmosphère accueillante.

Mark les accompagna jusqu'à l'endroit où un groupe de personnes se tenait près d'un bar en granit qui séparait la cuisine du reste de la pièce. Il était évident que la cuisine était le domaine de l'homme qui se tenait de l'autre côté du bar. Molly supposa qu'il s'agissait du fameux Archer dont elle avait tant entendu parler. Il avait des cheveux noirs un peu trop longs, et il était très maigre, surtout pour un cuisinier. C'était surprenant comme il avait l'air jeune. Elle s'était imaginé un homme plus âgé, peut-être dans la cinquantaine, mais Archer semblait plus jeune *qu'elle,* peut-être même dans la vingtaine. Un tablier couvert de farine était enroulé autour de sa poitrine et de sa taille, et il sourit quand il les aperçut, saluant Mark d'un signe de tête.

Tout le monde portait en effet un badge, et d'une certaine manière, cela permit à Molly de se détendre un peu. Elle n'aurait pas à essayer de mémoriser les noms de tout le monde dès le début.

Mark fit les présentations.

— Molly, voici Leigh, José et Bart. Ils sont de garde en ce moment, et font probablement le plein de pain frais avant de partir pour leurs premiers appels de la journée, n'est-ce pas ?

Leigh éclata de rire.

— Si tu crois que je vais partir sans avoir un peu du délicieux pain de Shawn dans le ventre, tu es fou. C'est un plaisir de te rencontrer, Molly. Je suis désolée de ce qui t'est arrivé, mais tu n'aurais pas pu rencontrer un meilleur groupe de personnes pour t'aider à te remettre sur pied.

Elle leva les yeux vers Mark, surprise.

— Ils savent pour tes grands-parents et la maison qui a brûlé, annonça Mark gentiment.

Molly acquiesça. Elle avait pensé pendant une seconde que Leigh avait parlé de son enlèvement au Nigeria. Mark et elle avaient parlé un peu du fait que ses employés n'étaient pas au courant de ce que lui et ses amis faisaient, du fait qu'ils voyageaient à l'étranger pour éliminer les méchants. Il avait dû s'expliquer pour qu'elle ne laisse pas échapper par inadvertance quelque chose qui pourrait révéler la vérité.

— Merci, lui répondit-elle.

— Bienvenue à Silverstone Towing, la salua José. C'est un endroit incroyable pour travailler, et il y a des gens encore plus incroyables ici.

— Attention, la nourriture de Shawn est addictive. Si tu ne fais pas attention, tu ne voudras plus jamais retourner à Chicago, lança Bart.

Molly ne pouvait pas le contredire, mais si elle ne voulait pas retourner à Chicago, ce ne serait pas à cause de la nourriture. Elle regarda Mark, et vit qu'il l'étudiait attentivement. Elle lui fit un petit sourire, essayant de le rassurer sur son état, et il lui répondit par un signe de tête.

— Je suis Taylor, se présenta une femme aux magnifiques cheveux bruns bouclés en lui tendant la main. Je sais que Smoke t'a parlé de mon état, alors ne te sens pas bizarre à ce sujet. Et si tu as des questions, je serai heureuse d'y répondre. Je suis beaucoup moins gênée à ce sujet depuis peu, et tout le monde ici à Silverstone en est la raison principale.

— Salut, répondit Molly, pensant que l'autre femme était très courageuse d'être aussi ouverte qu'elle sur sa prosopagnosie.

— Je m'appelle Skylar, ajouta une femme qui n'était pas beaucoup plus grande que Molly.

Elle avait de beaux cheveux auburn et des yeux verts qui semblaient pétiller.

— Je suis l'institutrice de la maternelle. Je sais que cela fait de moi une addict de la punition, mais j'aime passer du temps avec mes enfants. Ils sont curieux et énergiques, ce qui est génial... mais je ne peux pas nier que je suis heureuse de les renvoyer chez eux à la fin de la journée !

Molly ne put s'empêcher de sourire.

— Je suis Molly, répondit-elle un peu maladroitement.

— C'est bon de te revoir, Molly. Tu t'es bien installée dans la maison géante de Smoke ? demanda Bull en s'avançant et en la serrant brièvement dans ses bras.

— Oh oui, c'est un vrai calvaire, plaisanta Molly.

Tout le monde gloussa, et Eagle se pencha pour lui donner un baiser sur la joue.

— Bienvenue à Silverstone Towing, lui dit-il.

— Je pense que tu devrais venir habiter avec *moi*, ajouta Gramps, en enveloppant Molly dans une étreinte une fois qu'Eagle se retira.

— Ça suffit, siffla Mark à ses amis, en levant les yeux au ciel et en tirant sur la main de Molly pour l'attirer à ses côtés.

Tout le monde autour d'eux rit, et Molly fut soulagée de voir à quel point tout le monde était à l'aise avec les autres.

Après avoir discuté un peu plus, José, Bart et Leigh dirent tous au revoir et se dirigèrent vers la porte, se rendant manifestement au travail.

— On va descendre, informa Bull. Smoke, rejoins-nous quand tu es prêt.

Il embrassa ensuite Skylar. Eagle fit de même avec Taylor, puis suivit son ami vers un couloir situé sur le côté de la pièce.

Gramps souriait toujours, mais il fit un signe de tête à Smoke et Molly et suivit ses amis.

— Vous nous laissez une seconde ? demanda Mark aux autres femmes.

Elles acceptèrent et se dirigèrent vers l'un des canapés derrière elles.

— Essaie de te détendre avec Taylor et Skylar aujourd'hui. Elles s'occuperont bien de toi, et je pense que tu t'amuseras. Tu as ton téléphone ?

Molly hocha la tête.

— Bien. Il devrait fonctionner correctement après avoir été activé ce matin, mais si tu as des problèmes, dis à Skylar de passer au magasin pour que tu puisses en parler à quelqu'un en personne. C'est toujours plus facile que de traiter avec quelqu'un par téléphone. Et si tu es trop fatiguée, n'aie pas peur de le dire. Les deux femmes savent la vérité sur ce qui t'est arrivé. Demande à Archer de te préparer un en-cas pour plus tard si tu veux. Tu dois garder ton apport calorique. Et enfin, ne lésine pas quand tu fais tes courses aujourd'hui. Tu finiras par recevoir un chèque de la compagnie d'assurances pour couvrir ce que tu as perdu dans l'incendie, et si tu as besoin d'argent pour te dépanner jusqu'à ce qu'ils paient, je te couvre.

Molly regarda juste Mark. Elle n'était pas sûre de savoir quoi dire. Ça faisait du bien d'avoir quelqu'un qui se préoccupait autant d'elle, mais c'était aussi un peu bizarre. Elle n'était pas une enfant, et elle avait l'impression que Mark la traitait comme telle. Mais avant qu'elle puisse lui dire qu'elle n'était pas sans défense, qu'elle pouvait prendre soin d'elle-même, il reprit la parole... comme s'il avait lu dans ses pensées.

— Je sais que tu es une femme adulte et que tu prends soin de toi depuis longtemps, mais je ne peux pas m'en empêcher, Molly. Je t'ai dit que l'un de mes défauts est que je suis trop protecteur – ça en fait partie. Amuse-toi bien, mais prends soin de toi aussi, d'accord ? Et n'essaie pas d'être trop responsable en matière de budget. Tu as besoin de vêtements, de chaussures et de beaucoup d'autres choses.

Il lui *avait* dit qu'il était protecteur. Et après un moment d'hésitation, Molly décida qu'elle pouvait vivre avec cette forme de protection. Ce n'était pas du tout comme l'obsession de Preston.

— OK, répondit-elle un peu mollement.

— Et encore une fois, si tu te sens trop dépassée, dis-le simplement. Taylor et Skylar comprendront.

— Je le ferai.

Mark la dévisagea pendant un long moment. Puis il se pencha en avant et l'embrassa sur le front.

Ses lèvres étaient chaudes contre sa peau, et Molly ne voulait pas qu'il s'éloigne.

Il sourit et dit :

— Encore un avantage de ta taille de poche... tu as la taille parfaite pour les baisers sur le front.

Puis il prit sa main dans la sienne une fois de plus et l'amena là où les deux autres femmes faisaient de leur mieux pour prétendre qu'elles ne les regardaient pas.

— La voilà, mesdames, énonça Mark. Essayez d'y aller doucement avec elle aujourd'hui. Cela fait longtemps qu'elle n'a pas fait une sortie shopping marathon. Et n'oubliez pas de faire une pause pour le déjeuner. Et Mol est gourmande, alors assurez-vous qu'elle mange quelque chose de sain avant de prendre un dessert.

Les deux femmes sourirent et hochèrent la tête.

— Et... amusez-vous bien.

Puis il serra la main de Molly et se retourna pour emprunter le même couloir que celui où ses amis avaient disparu plus tôt.

Molly s'enfonça dans un fauteuil à côté du canapé.

— Putain waouh ! s'exclama Skylar, en s'éventant le visage avec sa main.

— Je veux dire, j'ai toujours pensé que Smoke était intense, mais là c'était... fou ! ajouta Taylor avec un sourire.

— Je ne le connais que depuis une semaine, intervint Molly, qui ne savait pas trop pourquoi elle protestait.

— Parfois, c'est tout ce qu'il faut, rétorqua Skylar avec un sourire. Bull était pareil.

— Eagle aussi, ajouta Taylor.

— Mais bon... on a des courses à faire, dit Skylar en se frottant les mains. Où est-ce que tu fais tes courses d'habitude ? Quel genre de vêtements aimes-tu porter ? Des jeans ? Des leggings ? Des jupes ? Et de quoi d'autre as-tu besoin ? Des chaussures, bien sûr. Pour l'instant, tu n'as pas besoin de matériel de cuisine ou de draps et de serviettes, mais je suis sûre que tu pourrais avoir besoin d'une valise, de sacs à main, et...

— Je ne veux pas devenir folle, coupa Molly à voix basse, interrompant l'autre femme.

Skylar rougit, et Molly se sentit mal d'avoir dit quoi que ce soit. Elle était si excitée, et maintenant elle avait l'air embarrassée.

— Mais je vous suis très reconnaissante de venir avec moi. Si ça ne tenait qu'à moi, j'irais chez Target et j'en resterais là.

— J'adore Target, confia Taylor.

— Moi aussi. Bien que je dépense toujours beaucoup trop quand j'y vais. Je ne sais pas s'ils pompent une sorte de jus « d'achète-moi » à travers les filtres à air ou quoi, rebondit Skylar.

— Du jus « d'achète-moi » ? reprit Taylor, puis elle éclata de rire.

Molly se joignit à elles. Peut-être que cette sortie shopping ne serait pas si mal après tout.

* * *

Cinq heures plus tard, Skylar pénétra sur le parking de Silverstone Towing, et Molly ne se souvenait pas d'avoir passé un meilleur moment. Ses nouvelles amies l'avaient convaincue d'acheter bien plus que ce dont elle avait besoin. Elles avaient arpenté le centre commercial comme s'il s'agissait d'un trio de lycéennes avec la carte de crédit de leurs parents. Molly avait acheté des chemises, des pantalons, des chaussures, des jeans, des pyjamas, des sous-vêtements, des chaussettes, des sacs à main, des sacs… et même un manteau d'hiver dont elle n'aurait pas besoin avant plusieurs mois.

Elles étaient allées dans un magasin d'électroménager, et Molly avait acheté un Keurig avec l'insistance de Skylar. Elle pouvait maintenant avoir une tasse de café à la mode pendant que Mark prenait son café noir viril.

C'était Taylor qui avait insisté sur le fait qu'elle avait besoin de la photo de la tortue nageant dans les eaux d'Hawaï. Molly espérait pouvoir l'accrocher dans la chambre d'amis de Mark jusqu'à ce qu'elle trouve un endroit à elle.

Elles s'étaient arrêtées à Target après avoir quitté le centre commercial, et Molly s'était retrouvée à acheter du papier cadeau, une jolie petite plante en forme de bonnet d'âne, des enveloppes, des stylos, deux paires de boucles d'oreilles et un animal en peluche. Elle n'avait pas besoin de tout ça, mais ça l'avait fait sourire, alors ça en valait la peine.

Après avoir quitté Target, Skylar les avait convaincues de s'arrêter dans un magasin d'occasion, et Molly avait rempli son panier avec encore plus de choses. Elle avait acheté une douzaine de livres pour un dollar, trouvé encore plus de vêtements, et même un cadeau pour Mark. Elle ne savait pas s'il allait l'aimer ou non, mais Molly l'avait vu et pensait qu'il serait parfait comme cadeau de remerciement.

Elles s'étaient arrêtées pour déjeuner, et Skylar et Taylor avaient refusé de la laisser manger son gâteau au chocolat et au beurre de cacahuète avant d'avoir fini ses fettucine Alfredo. Elle était encore si pleine qu'elle avait l'impression qu'elle allait éclater, mais elle ne se souvenait pas avoir été plus heureuse.

Elles étaient ensuite allées à l'épicerie, et Taylor lui avait raconté l'histoire de sa rencontre avec Eagle dans ce même magasin – celui-là même où le tueur en série, obsédé par elle, l'avait vue pour la première fois. Elle avait admis qu'elle n'aimait toujours pas y faire ses courses, mais depuis qu'elle avait Skylar et Molly avec elle, c'était beaucoup plus facile.

Molly avait aussi acheté beaucoup trop de cochonneries à l'épicerie, mais pour être honnête, elle avait été encouragée par Skylar et Taylor. Quand Molly avait mentionné qu'elle avait besoin de reprendre le poids qu'elle avait perdu, elles étaient devenues un peu folles en mettant toutes sortes d'aliments sucrés dans son panier.

Mark avait pris de ses nouvelles plusieurs fois dans la journée, et chaque fois, ses nouvelles amies lui avaient lancé un regard « je te l'avais dit ». Quand elle avait essayé d'insister sur le fait que Mark était juste inquiet pour sa sécurité, elles avaient simplement ri et dit :

— Si tu le dis.

— Je n'ai aucune idée de la façon dont on a fait entrer tout ça ici, souffla Molly, en se retournant et en regardant à l'arrière de la Jeep Wrangler que Taylor avait empruntée à Eagle.

— Je suis contente que Smoke ait un Explorer, confirma Skylar depuis le siège passager avant.

Alors qu'elles arrivaient à l'arrière du garage, la porte s'ouvrit, et Bull, Eagle, Mark et Gramps apparurent.

Ils souriaient tous en voyant à quel point la Wrangler était pleine.

Mark était devant la porte de Molly quand Skylar se gara. Il ouvrit la porte et tendit la main. Molly la prit et il l'aida à sortir.

— Tu t'es bien amusée ? lui demanda-t-il.

Molly sourit et hocha la tête.

— Elles ont toutes l'air d'avoir survécu, plaisanta Gramps.

— On a survécu ! cria Skylar joyeusement.

— Avez-vous laissé des beignets dans le magasin pour quelqu'un d'autre ? demanda Eagle en regardant dans les sacs d'épicerie à l'arrière de la Wrangler.

— Non, répondit Taylor avec un grand sourire. Par contre, j'ai été gentille et j'ai laissé Molly prendre le dernier paquet de Krispy Kremes aux épices.

— Tu as l'air heureuse, chuchota Mark à voix basse, pour les oreilles de Molly seulement.

— Je me suis amusée, lui confirma-t-elle.

— Bien.

On aurait dit qu'il voulait en dire plus, mais après un moment, il se retourna et commença à aider ses amis à trier les paquets et à transporter tout ce que Molly avait acheté dans son Explorer.

— J'ai passé un super moment ! s'extasia Skylar en s'approchant de Molly.

— Moi aussi.

— Il faut qu'on refasse ça, ajouta Taylor. Bon, peut-être pas pour faire du shopping à outrance, mais pour passer du temps ensemble.

— Oui ! lâcha Skylar avec enthousiasme.

Puis elle fronça les sourcils.

— Mais, bien sûr, je travaille pendant la semaine.

— On peut aller dîner ou autre chose, dit Taylor. Je veux dire, Smoke a cette grande maison. On pourrait s'y retrouver.

— Ça pourrait le faire, s'enthousiasma Skylar en hochant la tête. Il a cette énorme et incroyable cuisine, et certainement assez de chaises pour nous tous.

— Hum... Je ne sais pas combien de temps je vais rester à Indianapolis, répondit Molly presque en s'excusant.

Taylor et Skylar se retournèrent pour la regarder.

— Tu ne vas pas rester ? Je pensais que tu allais rester ici, confia Taylor.

— Je veux dire, ma vie est à Oak Park, répondit Molly sans réelle confiance.

— C'est vrai, convint Skylar. Je suis sûre que tes amis et tes affaires sont tous là-bas, hein ? Et ton travail.

— Eh bien, je n'avais pas vraiment d'amis proches. Juste mes grands-parents. Et ils sont partis maintenant. Et je ne sais pas quoi faire de mon travail...

Molly n'arrivait pas à croire qu'elle venait de l'admettre.

Elle n'avait pas eu beaucoup de temps pour réfléchir à son travail, mais après avoir appris que la société avait retiré tous ses employés du Nigeria et l'avait essentiellement laissée livrée à elle-même... Elle était encore blessée. Elle avait envisagé de faire quelque chose de différent avant même de partir à l'étranger. Elle avait été ingénieure en environnement pendant toute sa carrière, mais elle avait commencé à réaliser il y a quelques mois qu'elle n'*aimait* pas vraiment ça.

— Alors tu peux rester ici à Indianapolis jusqu'à ce que tu trouves ce que tu veux faire, reprit Skylar. Smoke ne va pas te mettre dehors, et tu peux rester avec nous tant que tu es là. Et si tu veux, tu peux venir visiter ma classe, voir si l'enseignement est quelque chose qui te plaît. Tu as ton master, donc tu n'auras probablement qu'à prendre quelques cours, et je suis sûre que tu seras tout de suite happée. La profession d'enseignant a besoin d'autant de profs géniaux qu'elle peut en avoir.

— Je ne suis pas sûre d'être faite pour être enseignante, mais j'aimerais voir ta classe, répondit honnêtement Molly.

— J'aime travailler à la maison, intervint Taylor. J'aime être seule... C'est plus confortable pour moi. Mais depuis que j'ai rencontré Skylar et épousé Eagle, j'aime plus sortir, à condition d'être accompagnée. Bien que ce soit toujours inconfortable de se retrouver face à face avec quelqu'un que je suis censée connaître, mais que je ne reconnais pas.

— J'adorerais travailler à la maison, mais je n'ai aucune idée de ce que je ferais, admit Molly.

Au fond d'elle-même, elle savait ce qu'elle *voulait* faire. Mais ce n'était ni le moment ni l'endroit pour en parler... et ce n'était pas exactement quelque chose qu'elle déciderait de faire toute seule...

— Tu as le temps de trouver une solution, rebondit Skylar.

Molly savait qu'elle n'en avait pas vraiment. Elle ne roulait pas sur l'or et ne pouvait pas se permettre de payer un loyer à moins de trouver rapidement une solution à sa vie.

— Et je pense que c'est probablement mieux que tu ne

retournes pas à Oak Park maintenant, ajouta Taylor. Je veux dire, j'ai eu un harceleur, et c'est effrayant comme l'enfer. Si ce Preston est vraiment aussi mauvais que tu nous l'as dit, il vaut mieux que tu gardes beaucoup de kilomètres entre vous.

Molly ne pouvait pas être que d'accord avec ça.

— Vrai.

— Super, donc c'est réglé. Dîners chez Smoke, et nous verrons quand nous pourrons sortir le week-end aussi, conclut Skylar.

— Qu'est-ce qu'il y a chez moi ? demanda Mark, qui arrivait derrière elles.

Molly se retourna et essaya de trouver un moyen de lui dire que sa maison avait été proposée pour des rencontres.

— Des dîners. Nous voulons passer du temps avec Molly, et comme tu as la plus grande maison, nous avons décidé que c'était parfait, dit Skylar.

— Ça me paraît bien, répondit Mark, qui n'était pas déconcerté le moins du monde.

— Pas tout le temps, juste de temps en temps, précisa Molly.

Mark baissa les yeux sur elle, puis sur les autres femmes.

— Vous êtes toutes les bienvenues chez moi quand vous le souhaitez. Vous devez juste nous prévenir, Molly ou moi, pour que nous puissions désactiver le système de sécurité.

— C'est ça, rien ne peut entrer sans l'accord de Smoke, dit Skylar en riant.

— C'est bien vrai, murmura Mark.

— Tu as l'habitude de t'inviter chez les autres ? demanda Bull à Skylar en passant un bras autour de ses épaules.

— Pour l'instant, répondit-elle avec désinvolture.

— Merci d'avoir diverti mes filles aujourd'hui, dit Eagle en attirant Taylor à ses côtés.

— Tes filles ? Il y a quelque chose que tu ne nous dis pas ? demanda Gramps en levant un sourcil.

Taylor roula des yeux.

— Il est convaincu que ce bébé est une fille. Je lui répète qu'il ne peut pas le savoir, mais il insiste.

Elle posa une main sur son ventre encore plat, et Molly adora la façon dont Eagle la recouvrit immédiatement de la sienne également.

— Tu vas être fâché si c'est un garçon ? s'enquit Bull.

— Putain, non, répondit immédiatement Eagle. Je m'en fous si c'est un singe à trois têtes. Il sera à nous, c'est tout ce qui compte.

— C'est tellement romantique, répondit Taylor en roulant des yeux une fois de plus.

Tout le monde rit.

— Merci, les filles, d'avoir convaincu Molly de racheter les magasins. J'apprécie ça, dit Mark.

Molly se tourna vers lui, prête à le gifler pour sa facétie, mais quand elle le regarda, elle vit qu'il était tout à fait sérieux.

— Tu dis ça maintenant, mais attends que toutes les merdes que j'ai achetées soient éparpillées dans ta maison et l'encombrent, lui répondit Molly en riant.

Mais encore une fois, il n'esquissa même pas un sourire. Il se contenta de la regarder et de dire :

— Ça va probablement la faire ressembler davantage à une maison.

Personne ne dit rien pendant un long moment jusqu'à ce que Gramps brise le silence.

— Sur cette note, je m'en vais. N'oubliez pas que Willis nous a dit qu'il allait bientôt nous envoyer quelque chose à examiner. Il est toujours en train de chercher ce que c'est, et a dit qu'il l'enverrait quand il aurait des informations plus solides.

Les hommes hochèrent tous la tête et saluèrent Gramps.

Skylar s'approcha et prit Molly dans ses bras.

— Merci d'être venue avec nous aujourd'hui. Je me suis bien amusée.

— Moi aussi, répondit Molly.

Taylor la prit dans ses bras à son tour.

— Je suis toujours à la maison, alors n'hésite pas à appeler ou à envoyer un SMS si tu as besoin de quelque chose. Pour parler, pour te plaindre que tu n'as plus de beignets à la maison, si tu as peur d'être seule... tout ce que tu veux. D'accord ?

Molly déglutit difficilement. La journée avait été plutôt légère et insouciante, mais Skylar et Taylor avaient parlé de ce qui leur était arrivé. De la peur qu'elles avaient eue. Et Molly et Taylor avaient compati à l'idée d'avoir un harceleur. Avant son départ pour le Nigeria, Preston s'était montré partout où elle était allée, et ça avait terrifié Molly. Elle avait ressenti une connexion certaine avec Taylor et apprécia sa proposition de parler.

— Merci.

Puis Mark posa sa main sur le bas de son dos et la guida vers le côté passager de sa Ford Explorer. Il l'aida à monter, s'attardant près de la portière ouverte pendant qu'elle bouclait sa ceinture.

— Mark ? Est-ce que tout va bien ?

— Oui. Je suis juste soulagé que tout se soit bien passé aujourd'hui.

— Tu ne pensais pas que ça marcherait ?

— Si, mais... Taylor est plutôt introvertie. Et tu n'es pas non plus très extravertie. Skylar est sympathique, mais elle a tendance à voir le monde en noir et blanc, le bien et le mal. Je savais que vous vous entendriez bien, mais il était possible qu'aucune d'entre vous ne soit capable de s'ouvrir suffisamment pour créer des liens.

Molly avala de travers. Mark était très perspicace, et c'était presque intimidant parfois.

— Je les ai vraiment appréciées.

— Bien. Tu as faim ? Tu veux t'arrêter sur le chemin du retour ?

Molly gémit.

— Mon Dieu, non. Je jure que je n'ai fait que grignoter aujourd'hui.

— OK, Mol. J'ai hâte de voir ce que tu as acheté.

Elle fronça le nez.

— Honnêtement, j'ai un peu peur de regarder moi-même. Après les premiers magasins, c'est un peu flou. Je peux probablement rendre la plupart des trucs que j'ai achetés.

Mark secoua la tête.

— Non. Si tu les as achetés, il doit y avoir une raison. Probablement parce que ça t'a fait sourire. J'ai vu la photo de la tortue, elle est magnifique.

— Je n'en ai pas besoin... se défila Molly.

— Ça te rend heureuse, donc à mes yeux, ça veut dire que tu en as besoin, lui répondit Mark. Attention à tes pieds.

Il ferma la porte et se dirigea vers le côté conducteur. Il monta, boucla sa ceinture de sécurité et recula d'un pas expert avant de se diriger vers la sortie.

— J'aime votre entreprise, dit Molly. Tes amis et toi avez fait un travail formidable.

— Merci.

— Je t'envie, lui confia Molly à voix basse. C'est rare de savoir que tu as des amis et des employés qui se plient en quatre pour t'aider quand tu en as besoin.

— C'est vrai, reconnut Mark. Je ne veux pas te mettre la pression, mais j'ai entendu un bout de ta conversation avec Taylor et Skylar. Elles pourraient être le même genre d'amies pour toi aussi, si tu restais.

Molly ne répondit pas, mais elle savait que Mark ne s'attendait pas vraiment à ce qu'elle le fasse. Il lui tendit la main et elle la prit dans la sienne. Ils se tinrent la main pendant tout le trajet jusqu'à sa maison.

Molly n'était pas à Indianapolis depuis trois jours et elle se sentait déjà plus à l'aise ici qu'à Oak Park. Elle sentait aussi qu'elle était vraiment en phase avec les hommes et les femmes de Silverstone.

Elle savait qu'elle devait retourner à Chicago à un moment donné. Mais elle était parfaitement contente de repousser encore un peu. Elle avait le mauvais pressentiment que lorsqu'elle y *retournerait*, le contentement et la sécurité qu'elle ressentait en ce moment seraient brisés. Non seulement elle devrait faire face au fait que Nana et Papa étaient vraiment partis, mais cela pourrait donner à Preston une chance de la harceler à nouveau.

Pour l'instant, elle allait rester avec Mark et essayer de reprendre le poids qu'elle avait perdu. Plus longtemps elle pourrait vivre dans cette bulle de fantaisie, mieux ce serait.

10

Quelque chose dérangeait Molly, mais elle ne voulait pas lui en parler... Et ça rendait Smoke fou. Cela faisait une semaine qu'elle était allée à Silverstone Towing et qu'elle avait rencontré Taylor et Skylar. Les trois femmes s'envoyaient des textos tout le temps, et il était ravi qu'elles s'entendent bien. Elles avaient même déjà organisé une réunion chez lui avec tout le monde. Gramps, Bull, Eagle, Taylor et Skylar. Ils avaient traîné ensemble, ri, et s'étaient amusés comme des fous.

Mais maintenant, il se passait quelque chose, et Molly n'était pas honnête avec lui à ce sujet... Elle ne lui parlait pas. Et même s'il savait qu'il n'avait pas le droit d'exiger qu'elle lui dise ce qui la tracassait, Smoke en avait envie.

Ils ne se connaissaient peut-être pas depuis très longtemps, mais le temps qu'ils avaient passé ensemble avait été intense, et Smoke avait l'impression de comprendre Molly mieux que la plupart des gens. Ils avaient tous deux perdu leurs parents très jeunes et avaient été élevés par un proche parent. Ils s'étaient liés dans la jungle, et il savait sans aucun doute qu'elle se sentait en sécurité avec lui. Sans parler des nuits qu'ils passaient à traîner dans sa chambre, à regarder les étoiles et à parler de tout et de rien.

Alors le fait qu'il savait que quelque chose n'allait pas, mais qu'elle ne voulait pas lui en parler, le dérangeait vraiment.

Il l'avait laissée chez lui quelques fois pendant qu'il était parti à Silverstone pour rencontrer son équipe ; d'autres jours, elle était venue avec lui. Elle passait son temps à regarder la télévision, à jouer au flipper ou à tenir compagnie à celui qui était de service.

Molly avait dit qu'elle trouvait le secteur du remorquage fascinant, en partie parce qu'elle n'y avait pas vraiment réfléchi auparavant. Elle l'avait même accompagné pour un dépannage ici et là.

Aujourd'hui, cependant, elle était restée chez lui, prétextant qu'elle avait des choses à faire.

Smoke lui avait envoyé un SMS pour lui faire savoir qu'il rentrait à la maison ; il ne voulait pas l'effrayer comme il l'avait fait la première fois qu'il était rentré, quand elle ne l'avait pas reconnu avec son visage rasé de près.

Il était entré dans la maison, heureux de voir que l'alarme était activée. Elle avait été intimidée par la sécurité au début, mais elle n'avait finalement eu aucun problème à s'y habituer. Il ne sentait pas qu'elle avait préparé quelque chose pour le dîner, ce qui était bien ; il avait quitté Silverstone plus tôt que d'habitude, et il aimait quand ils cuisinaient ensemble. Il avait passé tellement de temps seul dans sa maison, qu'il se sentait... *bien*... de l'avoir dans la cuisine avec lui. Ils riaient quand ils se retrouvaient et parlaient de leur journée.

Quand il entra dans la grande salle, Smoke vit Molly assise à la table de la cuisine, fixant son téléphone. Elle avait les mains sous les fesses et était recroquevillée sur elle-même, fixant l'appareil, comme s'il l'avait offensée.

— Mol, l'appela-t-il en marchant vers elle.

Elle tourna immédiatement la tête et le regarda s'approcher.

— Qu'est-ce qui ne va pas ? lui demanda-t-il.

— Rien, répondit-elle, un peu trop vite.

Smoke s'accroupit à côté d'elle et posa une main sur sa cuisse et l'autre sur le dossier de la chaise, la clouant effectivement sur place.

— Tu regardais ton téléphone si fort, si c'était une personne, je suis sûr qu'elle aurait pleuré de terreur.

Elle n'esquissa même pas un sourire, elle se tourna simplement pour regarder son téléphone.

— J'ai essayé toute la journée de me préparer à appeler mon patron. J'ai fait exprès de me rendormir après ton départ ce matin. Puis j'ai fait ma lessive et j'ai rangé toutes les affaires que j'ai achetées la semaine dernière avec Taylor et Skylar. *Puis* j'ai décidé de faire un gâteau. Avec rien. Puis j'ai passé l'aspirateur. Dans toute la maison. Je n'avais plus rien à faire... et je n'arrive toujours pas à appeler.

— Pourquoi ? demanda Smoke à voix basse.

— Je ne sais pas, répondit-elle sans ambages.

Smoke ne fit pas de commentaire, il attendit simplement.

Molly soupira. C'était un son profondément frustré.

— J'ai *tout* reporté. Tu as été si patient avec moi, et je sais que je dois rentrer à Chicago, mais... J'ai tout aimé ici, bien *plus* que dans ma vie précédente.

Smoke bougea, se leva et prit Molly dans ses bras. Elle couina, mais ne protesta pas.

— Prends ton téléphone, ordonna-t-il, en se penchant pour qu'elle puisse l'atteindre.

Après qu'elle l'ait attrapé, il se dirigea vers le canapé et s'assit, tenant Molly sur ses genoux.

Elle était parfaitement à sa place.

— Qu'est-ce qui t'empêche d'appeler ton patron ? questionna-t-il. Plus précisément ?

Molly baissa les yeux sur le téléphone qu'elle tenait dans sa main et ne le regarda pas en parlant.

— Nana et Papa étaient si fiers de moi quand j'ai obtenu ma maîtrise. Ils ont dit à tous leurs amis que leur petite-fille était ingénieure en environnement et ils parlaient de moi tout le temps.

Lorsque j'ai obtenu mon premier emploi pour essayer d'améliorer la qualité de l'eau autour de Chicago, ils m'ont organisé une grande fête. Mais je n'ai jamais vraiment *aimé* ce que je faisais. C'était juste un travail pour moi. Pas une passion. J'ai accepté ce poste au Nigeria uniquement pour m'éloigner de Preston. Mais ils n'arrêtaient pas de me dire que je sauvais le monde et tout ça.

Elle fit une pause.

— Vas-y, l'encouragea Smoke.

— Ils m'ont abandonnée, chuchota Molly. Apex. Mon employeur. Une partie de moi sait pourquoi, et le comprend. Mais une autre partie est bouleversée. Je veux dire, il n'aurait pas été intelligent de garder le reste des employés là-bas, juste au cas où ils seraient ciblés. Mais... ça m'a fait mal de découvrir qu'ils m'avaient juste laissée derrière eux. Qu'ils n'ont rien fait pour essayer de me retrouver. Ils n'ont engagé personne pour me chercher ou autre. Comme si je n'étais pas si importante pour eux.

— Veux-tu continuer à travailler là-bas ? demanda Smoke.

Molly haussa les épaules.

Ce n'était pas une réponse, mais Smoke n'insista pas.

— Tu dois au moins les appeler et leur faire savoir que tu es de retour aux États-Unis et en sécurité.

— Je sais.

Smoke regarda sa montre. Trois heures et demie. Ils devraient encore être ouverts. Molly devrait joindre quelqu'un.

— Ce serait plus facile si je te laissais seule pour passer le coup de fil, ou tu préfères que je reste ? proposa-t-il.

— Aurais-tu une baisse d'estime pour moi si je te demandais de rester ? demanda calmement Molly.

— Bien sûr que non, lui répondit Smoke.

— Tu feras ces macaronis au fromage maison pour le dîner de ce soir ? poursuivit-elle.

Smoke sourit.

— Bien sûr.

— Et un de ces milkshakes que tu m'as fait l'autre soir ? Tu sais, celui au chocolat avec des fraises dedans ?

— Oui.

Il lui avait fait un milkshake protéiné pour l'aider à prendre du poids, et il avait été heureux de voir à quel point elle l'avait aimé. Certes, il avait ajouté quelques ingrédients pour le rendre plus sucré, mais il ne pouvait pas nier la satisfaction que lui procurait le fait de la nourrir.

— OK, dit Molly, puis elle inspira profondément et déverrouilla son téléphone.

Smoke ne pensait pas qu'elle appellerait à la seconde même, mais il se dit que c'était une bonne idée d'en finir avec ça, surtout si elle l'avait reporté toute la journée.

Elle composa un numéro, puis mit le téléphone sur haut-parleur. Il sonna trois fois avant qu'une femme ne réponde.

— Bonjour, Apex Environmental. Comment puis-je orienter votre appel ?

— Puis-je parler à Walter Morris, s'il vous plaît ?

— Un moment.

Smoke sentait Molly trembler et il resserra ses bras autour d'elle.

— Morris.

— Walter, c'est Molly. Molly Smith.

Il y eut une pause avant que son patron ne parle.

— Molly ? Est-ce que tu vas bien ? Où es-tu ?

— Je vais bien. En fait, je suis à Indianapolis.

—Waouh ! J'ai entendu dire que ces écolières avaient été secourues, mais je ne savais pas si tu étais encore avec elles ou non.

Smoke pouvait comprendre sa confusion. Pour autant qu'il le sache, Molly était toujours quelque part dans la jungle. Silverstone ignorait si les forces de sécurité nigérianes avaient informé quelqu'un d'Apex de son sauvetage. Manifestement, ils ne l'avaient pas fait.

— Oui, je l'étais. Je ne suis pas revenue depuis longtemps, mais je voulais reprendre contact, dit Molly.

— Eh bien, je suis très heureux que tu ailles bien. Quand reviendras-tu ?

— Hum, c'est ce dont je voulais te parler. Je ne sais pas si tu as entendu, mais mes grands-parents ont été tués pendant que j'étais à l'étranger.

— Oh ! Je suis désolé pour ce décès.

Smoke serra les dents devant le manque de sympathie de l'homme. Il était évident qu'il disait ce qu'il pensait devoir dire, mais il n'y avait pas de véritable empathie dans sa voix.

— Merci. Le fait est qu'après tout ce qui s'est passé, j'ai besoin de prendre un peu de repos.

— Nous *avons dû* engager quelqu'un pour te remplacer après... enfin, tu sais. Nous n'étions pas sûrs que tu reviennes. Donc quand tu auras décidé de revenir ou pas, fais-le-moi savoir, et je te trouverai une place quelque part.

Molly était tellement tendue sur ses genoux que Smoke avait envie de blesser sérieusement son patron. À chaque mot qui sortait de sa bouche, il blessait davantage Molly.

— D'accord, répondit doucement Molly.

— Je vais voir avec les ressources humaines, poursuivit Walter. Nous n'avons pas arrêté ton salaire pendant ton absence, mais maintenant que tu es de retour, nous ne pouvons évidemment pas continuer à te payer si tu ne travailles pas. Nous aurons besoin d'un document indiquant la date de ton retour aux États-Unis pour pouvoir l'utiliser comme date de fin de contrat.

— Alors... Je suis virée ? demanda Molly.

— Non, non, bien sûr que non. Mauvais choix de mots, lui répondit Walter. Je voulais juste dire que nous avons besoin d'une date pour des raisons légales. Je suis sûr que tu comprends.

Ils entendirent quelqu'un prononcer le nom de Walter en

arrière-plan et lui rappeler qu'il avait une réunion qui commençait dans cinq minutes.

— Je dois y aller, j'ai une réunion, informa Walter, sans la moindre trace d'excuse dans son ton. Content que tu ailles bien, Molly. Appelle-moi si et quand tu es prête à revenir.

— Je le ferai, répondit Molly.

— Au revoir, salua Walter, puis il raccrocha.

Molly inspira profondément, puis se blottit contre Smoke.

— Quel con, grogna Smoke en serrant Molly contre sa poitrine.

— Je suppose que je savais que ça allait se passer comme ça, parla Molly à voix basse. Et c'est pourquoi je ne voulais pas vraiment appeler. Mais tu sais quoi ?

— Quoi ? demanda Smoke, faisant des plans mentaux pour aller à Chicago et botter le cul de Walter Morris.

— Je suis soulagée.

À ses mots, Smoke se détendit un peu.

— Apex est une énorme société. Ils ne pouvaient pas garder mon poste indéfiniment. Ils ne savaient pas combien de temps je serais retenue en otage, ni si je serais libérée un jour. Et c'était plutôt généreux de leur part de continuer à me payer pendant ma disparition.

Smoke ferma les yeux et voulut soutenir le contraire. Mais il savait aussi bien que Molly comment fonctionnaient les grandes entreprises.

— Je n'ai aucune idée de ce que je vais faire maintenant, mais je suis plutôt contente de ne plus avoir ce travail au-dessus de ma tête, reprit-elle. Mark ?

— Oui, Mol ?

— Merci de m'avoir aidée à surmonter cette épreuve.

Elle soupira.

— Maintenant, je dois aller à Chicago pour parler à l'avocat de Nana et Papa. Je veux aussi passer à la maison et la voir par moi-même. Tu crois que je peux emprunter ta voiture ? Je te promets de conduire prudemment et de ne pas l'abîmer.

— Regarde-moi, Molly.

Elle leva la tête pour s'exécuter.

— J'ai attendu que tu sois prête à aller à Chicago. Si tu crois que je vais te laisser y aller toute seule, tu te fais des illusions.

— Mais tu as du travail, protesta-t-elle.

— Qui n'est pas plus important que toi, rétorqua-t-il.

Elle le fixa pendant une longue minute, puis se lécha les lèvres. Smoke se força à ne pas la tirer plus près. Il ne voulait rien d'autre que couvrir ses lèvres avec les siennes, mais il ne voulait pas profiter de sa situation vulnérable.

— Dis un mot, et nous irons là-bas. Tu devras aussi parler à la police. Découvre ce qu'ils savent sur l'incendie et la mort de tes grands-parents. S'ils ne sont pas déjà au courant, tu dois leur faire part de tes soupçons sur Preston. Et nous devons trouver les corps de tes grands-parents, et prendre des dispositions pour eux.

Molly hocha la tête.

— C'est juste que... voir la maison va rendre les choses plus réelles, admit-elle. Pour l'instant, je peux prétendre qu'ils sont bien vivants et qu'ils attendent que je leur rende visite. J'ai repoussé l'idée d'y aller parce que ça veut dire qu'ils *sont* vraiment morts et que je ne les reverrai jamais.

— Je sais, dit doucement Smoke. Je suis désolé.

— Et... même si Oak Park est une grande ville, je ne peux m'empêcher de penser que Preston va découvrir que je suis en ville, et qu'il va recommencer son harcèlement. Je suis partie parce qu'il me faisait peur. Je me suis sentie en sécurité ici, sachant qu'il ne sait pas où je suis et qu'il ne peut pas m'atteindre. Si j'y vais et qu'il me voit, j'ai peur qu'il trouve un moyen de *te* blesser, ou Silverstone, ou Skylar et Taylor.

— Il est temps de tout me dire sur ton ex, Mol.

Elle reposa sa tête sur sa poitrine.

— Je n'en ai pas envie.

— Je sais, mais tu sais ce que je fais. Qui je suis. Tu crois que je vais le laisser t'atteindre ?

— Non. Mais tu ne le connais pas comme moi. Il est fou, Mark. Il fera tout ce qu'il peut pour ruiner Silverstone Towing.

Smoke renifla.

— Il n'en aura pas l'occasion. Je te le promets. Maintenant, ferme les yeux, et parle-moi de lui. Commence par la façon dont tu l'as rencontré, et continue.

— Tu promets de ne pas me déprécier ? demanda-t-elle.

— Jamais, jura Smoke.

Elle ne dit pas un mot pendant cinq bonnes minutes, et Smoke ne rompit pas le silence. Il la laissait rassembler ses pensées aussi longtemps qu'elle en avait besoin.

— Son nom complet est Preston Weldon. Je l'ai rencontré un jour au travail, avoua Molly, sans bouger de sa position sur ses genoux. Enfin, pas *au* travail, mais dans le café du coin. Il est agent de sécurité et était en pause de son travail dans l'immeuble voisin du mien. Il était drôle et charmant. Il était complètement concentré sur moi, ce que j'ai trouvé flatteur à ce moment-là. Il m'a demandé de sortir avec lui à cette période, mais j'ai dit non.

— On n'arrêtait pas de se croiser au café. Il m'invitait à sortir, me promettant de bien se comporter. Il a dit que nous pourrions commencer par un déjeuner, quelque chose de léger et facile. J'ai fini par accepter, plus parce que ça devenait gênant de dire non que parce que j'avais vraiment envie d'y aller. Je me suis dit que ça pouvait être bien. Nous sommes allés déjeuner, et il a été très gentil. Il m'a tiré ma chaise, m'a apporté une rose et a payé sans faire d'histoires. Je lui ai donné mon numéro, et il a commencé à appeler et à envoyer des SMS.

— Nous sommes sortis ensemble pendant un mois environ pour dîner et déjeuner, et une fois il m'a même emmené à un spectacle dans le centre de Chicago. Il voulait prendre un hôtel et y passer la nuit, mais je n'étais pas prête pour ça. Je pense que j'ai su assez vite que quelque chose n'allait pas chez lui. J'avais senti l'alcool dans son haleine, mais juste une fois. Puis Nana et Papa ont voulu le rencontrer, alors je l'ai invité à un brunch un jour. Après qu'il soit parti, Nana m'a dit qu'elle ne l'aimait pas pour moi, mais je lui ai dit de ne pas s'inquiéter, que ce n'était pas sérieux.

— Mais apparemment, *il* pensait que c'était du sérieux. Il a commencé à m'appeler tous les soirs. Et si je ne répondais pas, il continuait à appeler jusqu'à ce que j'éteigne mon téléphone. Il laissait plusieurs messages pour savoir où j'étais et ce qui n'allait pas. Ensuite, j'ai commencé à voir sa voiture de temps en temps. Devant mon appartement, dans le parking du travail quand je savais qu'il ne travaillait pas. C'est devenu trop pour moi. Un soir, au cours d'un dîner, je lui ai dit que je ne pensais pas que ça marchait et qu'il valait mieux qu'on soit amis.

— Il s'est *vraiment* mis en colère et n'a plus dit un mot pendant tout le dîner. Il m'a traînée par le bras hors du restaurant quand nous avons eu fini. Je lui ai dit qu'il me faisait mal, et il m'a répondu : « C'est toi qui m'as fait mal en premier ». Il tenait mon bras si fort que je savais qu'il laissait des marques. Quand on est arrivés à sa voiture, il m'a plaquée contre elle et m'a embrassée si fort que ses dents ont coupé ma lèvre. Il a remonté sa main dans ma chemise, en marmonnant quelque chose comme il était temps qu'il me remette à ma place.

— J'ai réussi à lui mettre un coup de genou dans les parties génitales et à m'enfuir. Mais ce n'était pas la fin comme je l'avais espéré. Son harcèlement a empiré. J'ai changé mon numéro de téléphone trois fois, mais il le trouvait toujours. Il disait qu'il n'avait pas accepté que je rompe avec lui et que nous étions toujours en couple. Le jour où je suis rentrée du travail et que je l'ai trouvé *dans* mon appartement, en train de m'attendre, c'est le jour où je suis retournée vivre chez mes grands-parents.

— Il t'a encore fait du mal ? questionna Smoke entre ses dents serrées.

Il voulait tuer cet enfoiré pour avoir menacé et effrayé Molly.

— Oui, répondit doucement Molly. Il m'a frappée, et il

aurait voulu me violer, mais j'ai crié si fort, je pense qu'il a eu peur que quelqu'un vienne voir ce qui n'allait pas. Il est parti, mais je savais qu'il pouvait entrer dans mon appartement maintenant. Ce n'était probablement qu'une question de temps avant qu'il ne recommence, puis qu'il me maîtrise et prenne ce qu'il voulait.

Elle tremblait sur ses genoux, et il détestait ça. Il *détestait* ça.

— Shhhh, tu vas bien, la rassura Smoke en passant une main sur ses cheveux. Tu es en sécurité.

— Bref... J'ai emménagé chez Nana et Papa, et ils ont fait ce qu'ils pouvaient pour me protéger. Mais je savais que je ne faisais que les mettre en danger. Quand le poste au Nigeria s'est libéré, je l'ai pris. J'espérais que Preston m'oublierait à cause du temps passé à l'étranger.

— Tu as dit qu'il est un agent de sécurité ?

— Hum hum. Je pense qu'il s'est spécialisé dans la justice pénale à l'université. Il a un diplôme de deux ans de Ivy Tech Community College dans l'Indiana. Il travaillait à la tour Willis, dans le centre-ville, aux dernières nouvelles.

Smoke hocha la tête et fit une note mentale. Il devait découvrir tout ce qu'il pouvait sur cet enculé de Weldon. Il n'avait aucune idée s'il était toujours entiché de Molly, mais si c'était le cas, il devait comprendre qu'elle était hors limites pour lui, maintenant et pour toujours.

— Je suis vraiment désolé que ça te soit arrivé. Tu sais que c'est son problème, et pas le tien, n'est-ce pas ? Que le fait qu'il devienne obsédé n'a rien à voir avec toi et tout à voir avec le connard qu'il est. Tu n'as *rien* fait de mal.

— Je n'aurais pas dû dire oui à ce premier rendez-vous alors que je n'en avais pas vraiment envie, intervint Molly.

— Non, rétorqua Smoke. Peut-être, mais le fait qu'il devienne un harceleur n'est pas une réponse appropriée à ce que tu as pu faire ou dire quand tu étais avec lui. Il aurait dû simplement passer à autre chose.

— Je ne comprends pas les gars qui ne prennent pas non

pour une réponse. Je veux dire, si je ne veux pas être avec lui, pourquoi voudrait-il encore de moi ? Ça n'a aucun sens.

— Je suis d'accord, répondit Smoke. Mais c'est *son* problème, pas le tien.

— En tout cas, il en a fait mon problème, rétorqua Molly d'un ton sec.

— Tout ce que je voulais dire, c'est que tu n'as rien fait de mal. Tu as besoin de le croire.

Molly leva les yeux vers lui.

— L'ancienne Molly ne serait pas d'accord. Elle t'aurait fait un signe de tête, puis aurait tout rabâché encore et encore, en se demandant si elle aurait pu faire les choses différemment. Mais tu sais quoi ? Tu as raison. Je suis allée à quelques rendez-vous avec lui. Je l'ai présenté à ma famille en toute bonne foi et, au lieu de faire durer alors que je savais que je ne voulais plus être avec lui, j'ai rompu. Je ne méritais pas sa folie, et s'il *a fait* du mal à Nana et Papa, ils n'en méritaient pas non plus.

— Bien dit, loua Smoke.

— Mais ça ne change rien au fait que j'ai peur d'y retourner. De le voir, admit Molly.

— Tu te sentirais mieux si je demandais à Gramps d'aller à Chicago avec nous ? demanda Smoke.

— Oui, répondit immédiatement Molly.

— C'est comme si c'était fait. Pourquoi pas la semaine prochaine ? Cela te laissera le temps d'appeler l'avocat et le médecin légiste, et je verrai si je peux utiliser mes relations pour voir ce qui se passe dans l'enquête sur l'incendie et la mort de tes grands-parents.

Molly inspira profondément.

— D'accord.

— D'accord, répéta Smoke.

Il avait un million de choses en tête qu'il devait faire pour l'aider, mais pour l'instant, elle avait besoin de toute son attention.

— Tu veux m'aider à faire les macaronis au fromage ? demanda-t-il.

Molly y réfléchit un instant, puis secoua la tête.

— Si tu es d'accord, je pense que je vais prendre un bain dans la superbe baignoire de ma chambre. Skylar m'a fait acheter un bain moussant l'autre jour, et je n'ai pas encore eu l'occasion de l'essayer.

— C'est plus que bien, dit Smoke, voulant que son corps ne réagisse pas à l'idée de la voir nue dans la baignoire.

— Mark ?

— Oui, Mol ?

— Merci encore. Pour tout. Et si on voit Preston et qu'il concentre sa folie sur toi... je suis désolée.

— J'espère qu'il le fera, répliqua fermement Smoke. Il découvrira que Silverstone ne supporte pas les brutes.

Pour la première fois depuis qu'il était rentré, Molly sourit.

— Oui, vous n'en êtes pas, hein ?

— Non.

Elle se pencha en avant et effleura ses lèvres au coin de sa bouche.

— Merci, prononça-t-elle à nouveau, un peu timidement. Qui aurait cru que quelque chose d'aussi horrible que d'être harcelée, presque violée, kidnappée par des rebelles et de perdre mes grands-parents pourrait me conduire à toi ? Et avant que tu ne dises quoi que ce soit... c'est en fait moi qui suis positive.

Puis elle quitta ses genoux et se dirigea vers les escaliers.

Smoke resta assis sur le canapé une bonne minute après sa disparition. Il voulait bouger la tête pour qu'elle puisse l'embrasser sur les lèvres, mais il acceptait tous les gestes d'affection qu'elle voulait bien lui donner.

Il se leva finalement et se dirigea vers la cuisine. Molly voulait des macaronis au fromage faits maison et un milkshake, et c'était ce qu'elle allait avoir. Il aurait le temps plus tard de parler aux autres de ce trou du cul de Preston ; d'abord, il devait nourrir sa femme.

Ce n'était même pas bizarre de penser à Molly de cette façon. Elle était à lui. Il ferait tout ce qu'il faudrait pour espérer qu'elle le voit comme plus qu'un simple refuge. Il voulait être tout pour elle, et il devait juste être patient.

11

———

— Comment as-tu eu le surnom de Smoke ?

Molly demanda alors qu'ils se dirigeaient vers Oak Park. Elle n'avait jamais été anxieuse à l'idée de se rendre dans la banlieue de Chicago, mais maintenant qu'elle allait se retrouver face à la maison incendiée de ses grands-parents, elle redoutait le voyage. Elle avait l'impression que sa vie était hors de contrôle avec tout ce qui s'était passé récemment, mais elle faisait de son mieux pour rester aussi positive que possible.

Cela avait été un soulagement de parler à Mark de Preston et de ce qu'il lui avait fait. Elle avait peur de lui, mais Mark ne semblait pas la mépriser pour autant. Il lui avait dit et redit à quel point il la trouvait courageuse lors de leur rencontre, et elle ne voulait pas que ses actions passées changent cette opinion.

Il lui avait demandé s'il pouvait partager son histoire avec ses amis, et elle avait accepté, bien qu'elle ait craint que Bull, Eagle et Gramps ne la regardent différemment par la suite. Mais ils avaient été tout aussi compréhensifs que Mark. C'étaient vraiment des hommes bons.

Peu de temps après, Skylar et Taylor avaient appelé, furieuses pour elle. Elles avaient même proposé de l'accompagner à Oak Park aujourd'hui, mais Molly avait refusé. Elle ne voulait pas qu'elles s'approchent de Preston, et même si les chances de le voir étaient faibles, elle ne voulait pas prendre le risque.

Elle se sentait beaucoup plus en sécurité avec Mark et Gramps à ses côtés, et ils l'avaient tous deux beaucoup soutenue jusqu'à présent. Elle avait une réunion avec les policiers chargés de l'enquête de ses grands-parents, un rendez-vous avec Maggie Melton, l'avocate, et une réunion avec un salon funéraire pour discuter des dispositions à prendre pour l'enterrement de Nana et Papa.

Le simple fait d'avoir les deux hommes à ses côtés la faisait se sentir plus en sécurité et rendait plus supportable ce qu'elle savait être une journée très difficile.

— Comment j'ai eu mon surnom n'est pas l'histoire la plus intéressante, répondit Mark.

— Tu veux gagner du temps ? le taquina Molly. C'est si grave que ça ?

— Non et non. Très bien. C'était à la formation. C'est là que la plupart des gens obtiennent leur surnom, sauf Gramps ; on lui a donné le sien quand il a rejoint notre équipe. Avant ça, les gens l'appelaient Géant, mais c'était juste stupide.

— Et Gramps ne l'est pas ? demanda Gramps depuis la banquette arrière.

Molly gloussa.

— Quoi qu'il en soit, j'étais en formation initiale, et nous étions sur notre dernière grande opération à faire avant l'obtention du diplôme. L'exercice d'entraînement en campagne de trois jours. On marchait dans la forêt autour de la base et on passait quelques nuits à dormir dans la nature. Un après-midi, nous avons fait des exercices, en jouant à la guerre dans les bois, la moitié d'entre nous étant les « méchants » et l'autre moitié les « gentils ». J'ai réussi à faire demi-tour et à m'infiltrer dans les défenses de l'autre camp sans que personne ne me voie. Pas même les sergents instructeurs. Je ne sais même pas comment j'ai fait, je l'ai juste fait. Certains des gars m'ont accusé de tricher, mais dans l'analyse après action, un des sergents instructeurs a dit à tout le monde qu'ils devraient prendre une page de mon livre, être comme un magicien et disparaître dans une bouffée de fumée, comme je l'avais fait. Le nom est resté.

— Ce qu'il ne te dit pas, poursuivit Gramps en se penchant sur le dossier de son siège, c'est qu'il est capable de se faufiler comme personne d'autre. Il est *littéralement* comme de la fumée. Une seconde, il est là, et la suivante, il disparaît. Je ne peux pas te dire combien de fois nous l'avons perdu en mission. Nous sommes tous là à parler, et la prochaine chose que nous savons, nous regardons autour de nous, et il n'est tout simplement pas là. Il est sournois comme l'enfer, et je ne sais pas ce que nous ferions sans ses compétences uniques.

— Sauf la fois où il est tombé dans un trou dans la jungle, plaisanta Molly.

Mark et Gramps se mirent à rire.

— Oui, sauf cette fois-là, dit Gramps.

Ils rirent et plaisantèrent pendant le reste du trajet jusqu'à Chicago, mais dès qu'ils arrivèrent à la boucle extérieure, l'estomac de Molly se noua et elle se sentit un peu mal. Elle voulut soudain dire à Mark de faire demi-tour, qu'elle n'était pas prête pour ça.

Comme s'il pouvait entendre ses pensées, il s'approcha et prit sa main dans la sienne. Même cette petite connexion la fit se sentir mieux.

Leur premier arrêt était la maison de ses grands-parents. Molly savait qu'elle devait la voir de ses propres yeux. Cela la préparerait pour le reste de ses rendez-vous difficiles.

La voiture était silencieuse, sauf pour Molly qui indiquait à Mark où tourner. Avant qu'elle ne soit prête, il tourna dans une rue très familière. Tout était exactement comme la dernière fois qu'elle l'avait vu, ce qui lui faisait encore plus mal.

Les yeux rivés sur le côté droit de la rue, Molly vit la maison pour la première fois – et elle haleta de douleur.

Il y avait encore du ruban jaune de police autour de la cour. La structure carbonisée, à moitié debout, était de toute évidence une perte totale.

— Oh mon Dieu, chuchota Molly.

Mark s'arrêta deux maisons plus loin et se gara sur le côté de la route.

Molly ne pouvait détacher son regard de la maison. Sa poitrine était oppressée et elle avait du mal à respirer. Elle ne bougea pas lorsque Mark et Gramps sortirent de la voiture. Elle ne bougea pas quand Mark ouvrit sa porte.

— Accroche-toi à moi, Molly, lui intima-t-il en prenant sa main dans la sienne.

Elle le fit comme s'il était sa bouée de sauvetage, la seule chose qui l'empêchait d'exploser en mille morceaux de cœur brisé. Il la tira presque hors de la voiture et ils marchèrent lentement sur le trottoir, Gramps derrière.

Elle s'arrêta devant la maison et regarda la ruine devant elle, se sentant aussi dévastée que la maison elle-même. Toutes sortes de souvenirs se bousculaient dans son cerveau.

Des photos dans la cour avec des amis avant un bal de fin d'année, des matins de Noël dans le salon avec les lumières du sapin allumées, regarder *Jeopardy* avec Papa et rire quand aucun des deux n'arrivait à répondre correctement, et Nana cuisinant dans la cuisine.

Maintenant, il n'y avait que des décombres. Des morceaux noirs, carbonisés, fondus de sa vie. Disparus.

Molly fit un pas en avant, elle avait besoin de se rapprocher. Mark ne la retint pas, il maintint le ruban jaune de la police et resta à ses côtés. Quand elle arriva à la porte d'entrée, elle vit qu'elle avait été enfoncée, probablement par les pompiers. Ce qui était fou, c'était que le paillasson de bienvenue semblait presque épargné par ce qui s'était passé ici. Le grand tournesol jaune entre les mots *Welcome Friends* semblait presque obscène, brillant au milieu de la destruction.

Molly commença à rentrer, mais Mark lui attrapa le bras cette fois.

— Ce n'est pas sûr, prononça-t-il doucement.

Elle avait envie de se retourner et de le frapper. Lui dire de la lâcher, qu'elle se fichait de savoir si c'était sûr ou pas. Papa et Nana étaient à l'intérieur quand le feu avait pris, et ils n'étaient pas en sécurité non plus.

Mais au fond d'elle, elle savait que Mark avait raison. Le plancher devant elle était troué par les bottes des inspecteurs ou des pompiers qui avaient traversé les planches. Le deuxième étage s'était entièrement effondré sur le premier.

D'où elle était, Molly pouvait déjà voir qu'il n'y avait rien à sauver dans la maison. Elle avait gardé l'espoir de trouver quelques souvenirs, mais tout ce qu'elle voyait était détruit par l'eau utilisée pour éteindre le feu ou brûlé au point d'être méconnaissable.

— Mon Dieu, je déteste te voir pleurer, murmura Mark, et Molly sentit ses doigts sur sa joue, essuyant les larmes qu'elle n'avait pas conscience de verser.

En levant les yeux vers lui, elle dit :

— C'est foutu. C'est vraiment foutu.

Mark ne répondit pas verbalement, il hocha seulement la tête.

Molly ne savait pas combien de temps elle était restée devant la porte d'entrée à regarder les décombres de la maison de ses grands-parents. Un long moment. Elle était submergée par les souvenirs, et l'énorme perte qu'elle avait subie commençait enfin à se faire sentir. Elle savait que ça arriverait, c'était pourquoi elle avait repoussé la visite. C'était plus facile de prétendre que tout allait bien. Qu'elle rendait juste visite à Mark et ses amis.

Mais c'était sa nouvelle réalité, une vie sans ses grands-parents, et c'était si difficile de l'accepter.

Quand elle fut prête, Mark et Gramps lui firent faire le tour de la maison, et Molly fut heureuse de constater que certains des rosiers que Nana aimait tant avaient survécu.

— Papa détestait ces rosiers, dit Molly doucement. Il disait que ces choses lui en voulaient. Chaque fois qu'il rentrait après les avoir entretenus, il avait des griffures sur les bras. Je lui ai demandé un jour pourquoi il ne les faisait pas enlever, et il m'a répondu : « Parce que Pauline aime ces fleurs ». Il aurait fait n'importe quoi pour Nana. Ils étaient complètement dévoués l'un à l'autre. Il l'emmenait à tous ses rendez-vous chez le médecin, et elle se donnait du mal pour lui préparer ses plats préférés. Ils se chamaillaient tout le temps, mais ils ne se battaient jamais. Pas vraiment.

— On dirait qu'ils étaient des âmes sœurs, commenta Mark.

— Ils l'étaient, confirma Molly.

— Tu veux ramener certaines de ces roses avec nous ? demanda Mark.

Molly leva les yeux vers lui, surprise.

— Vraiment ?

— J'ai entendu dire que les rosiers sont assez faciles à transplanter. Bien sûr, je n'y connais rien en jardinage, mais on peut voir ce qu'on peut faire pour en déterrer une partie, et on pourra les planter dans mon jardin.

Molly inspira, profondément émue par une telle gentillesse.

Et ce fut à ce moment-là qu'elle réalisa qu'elle était éperdument amoureuse de Mark Chamberlin.

C'était fou. Fou, vraiment. Mais elle se souvenait d'une conversation qu'elle avait eue avec sa grand-mère. Elle avait raconté à Molly comment elle avait rencontré Papa et comment elle avait su presque immédiatement qu'elle voulait l'épouser. Elle avait dit : « Quand tu rencontreras la seule personne au monde qui est faite pour toi, qui est l'autre moitié de ton âme, tu le sauras ».

Molly n'avait pas cru sa grand-mère à l'époque. Elle l'avait ignorée, se disant que ce n'était pas parce que Nana avait fait un bon mariage qui avait duré que l'amour fonctionnait toujours ainsi.

Mais juste comme ça, debout dans le jardin, Molly sut que Nana n'avait pas menti.

Réaliser que Mark était l'homme qu'il lui fallait n'était pas arrivé tout de suite, mais c'était tout comme. Elle avait été attirée par lui presque dès le début, même si les gens normaux ne tombaient pas amoureux en deux semaines. C'était ridicule. Mais elle *savait* que ce qu'elle ressentait pour lui était de l'amour. Quelqu'un qui lui proposait de déterrer un rosier et de le planter dans son jardin alors qu'il n'avait aucune idée de l'endroit où elle pourrait se trouver dans une semaine était quelqu'un qu'elle voulait garder dans sa vie.

— Mol ? demanda Mark, ramenant son attention sur lui. Qu'est-ce que tu en penses ?

— Oui, répondit-elle doucement. J'aimerais apporter les roses de Nana avec nous.

— Bien. Je suis sûr que je peux emprunter une pelle à un voisin ou autre chose, informa Gramps. Je reviens tout de suite.

Molly et Mark se retrouvèrent seuls dans le jardin.

— Comment tu tiens le coup ? lui demanda doucement Mark, en passant le dos de ses doigts sur sa joue.

— Pas bien, lui répondit-elle honnêtement.

— Je pense que tu t'en sors très bien. Je sais que ce n'est pas facile.

— Ce n'est pas... mais... J'avais besoin de faire ça en premier aujourd'hui. C'est un choc énorme. Et même si dans ma tête je savais déjà que la maison avait disparu, le voir de mes propres yeux est horrible. Mais ça me rend aussi plus déterminée à parler à la police. Pour découvrir ce qui s'est passé. Et si ce n'était pas un accident, quelqu'un doit payer.

Plus elle parlait, plus sa voix devenait forte.

— Je suis impressionné par ta force, Molly, confia Mark.

Elle secoua la tête.

— Je ne suis pas forte. Je suis juste désespérée d'obtenir des réponses pour que Papa et Nana puissent reposer en paix.

Gramps réapparut sur le côté de la maison, tenant deux pelles.

— Je les ai ! J'ai parlé un instant avec les voisins, deux maisons plus bas. Ils ont dit qu'ils aimeraient te voir si tu avais un moment, dit-il à Molly.

— Oh, les Byrds ?

Gramps sourit.

— Je n'ai aucune idée de leurs noms. Un couple plus âgé, probablement dans la soixantaine ? La femme avait de belles dreads bleues, et l'homme était noir et chauve.

— C'est eux, répondit Molly en riant. Pendant que vous faites ça, j'aimerais aller leur parler, si ça ne vous dérange pas.

Mark la regarda fixement pendant un long moment, comme s'il hésitait.

— Je ferai attention. Je ne serai pas loin, et je promets de ne pas rester trop longtemps.

— Je n'ai vu personne dans le coin, dit Gramps à son ami.

Mark prit une profonde inspiration et hocha finalement la tête.

Molly ne savait pas pourquoi elle lui demandait la permission. Elle était une femme adulte capable de prendre ses propres décisions. Mais elle lui faisait confiance, et s'il n'avait pas pensé que c'était sans danger, elle n'y serait probablement pas allée.

— Je serai rapide, lui confirma-t-elle. Les Byrds et mes grands-parents étaient de bons amis. Je veux juste les rassurer en leur disant que je vais bien.

— Sois prudente. Surveille. Si tu vois quelque chose qui te rend nerveuse, crie fort, et Gramps et moi viendrons en courant.

— Je le ferai, dit Molly.

Mark la rapprocha, se pencha et l'embrassa légèrement sur le front.

Elle se pencha sur lui un instant, absorbant autant de force qu'elle le pouvait. Elle était un peu nerveuse. Elle n'était pas sûre d'avoir le courage d'entendre les condoléances pour Nana et Papa de la part des Byrds. Mais elle n'était pas la seule à souffrir. D'autres personnes avaient aimé ses grands-parents aussi.

Elle se retira et fit de son mieux pour sourire à Mark.

Il voyait bien qu'elle se forçait, car il glissa une mèche de cheveux derrière son oreille et lui dit :

— Tu vas y arriver, Mol.

Prenant une grande inspiration, elle fit un signe de tête aux deux hommes.

— Merci de prendre les roses.

— Pas de problème, dit Gramps en retroussant les manches de sa chemise à manches longues.

Molly se retourna et traversa le jardin pour contourner la maison. Elle n'avait pas vu les Byrds depuis longtemps, et elle avait toujours aimé ce couple un peu excentrique. Ils vivaient dans la rue bien avant qu'elle n'emménage chez ses grands-parents quand elle était enfant, et ils avaient toujours eu les meilleurs bonbons à Halloween et le plus de lumières à Noël.

En arrivant sur le côté de la maison, elle n'était pas du tout préparée quand quelqu'un l'attrapa par les épaules et la poussa contre le revêtement noirci de la maison de ses grands-parents.

L'homme mit sa main sur sa bouche et appuya fort. Elle essaya de crier, comme Mark le lui avait demandé, mais elle n'émit qu'une sorte de grognement étouffé.

Clignant des yeux, Molly leva les yeux, droit dans ceux noisette de son ex.

— Putain, où étais-tu ? grogna Preston. Tes putains de grands-parents sont *morts*, et tu n'étais pas là ! Comment as-tu pu les abandonner comme ça ?

Le cœur de Molly se mit à battre à mille à l'heure, alors que le reste de son corps se figeait.

C'était son pire cauchemar qui se réalisait. Et Mark et Gramps étaient juste au coin de la rue, mais elle ne pouvait même pas crier.

À contrecœur, elle griffa la main de Preston, mais avant qu'elle ne puisse faire le moindre bruit – frapper contre le mur de la maison, *quoi que ce soit* – il se pencha et dit :

— Si ton enfoiré vient à ton secours, je le tue. Je vais lui faire sauter sa putain de tête. La sienne *et* celle de son ami. Reste bien silencieuse, Molly, sinon ils sont morts.

Molly était assez confiante dans le fait que Mark et Gramps pourraient s'occuper de Preston... mais c'était la petite lueur de doute qui la fit rester silencieuse. Et s'il les surprenait ? Et s'il avait un coup de chance ?

Elle pouvait sentir l'alcool dans son haleine. Le fait qu'il bafouillait de temps en temps indiqua à Molly qu'il était probablement ivre, ce qui le rendait encore plus dangereux. Elle ne savait pas qu'il buvait quand ils avaient commencé à sortir ensemble, mais elle avait vite compris qu'il avait un problème.

— Je te cherchais, ma chérie, siffla Preston. Je me suis fait un sang d'encre. Tu es partie sans un mot. Je t'ai cherchée partout, et personne à qui j'ai parlé n'a voulu me dire *quoi que ce soit*. Tu ne peux pas disparaître comme ça, pas face à ton petit ami. J'étais sur le point de remplir un rapport de personne disparue.

Molly le regarda avec incrédulité en entendant le mot *petit ami*. Au cours des deux derniers mois, il s'était transformé en une chose effrayante dans son esprit. C'était presque déconcertant de voir qu'il n'avait pas changé du tout. Rasé de près comme d'habitude, ses vêtements immaculés. Il était plus grand qu'elle, mais là encore, la plupart des gens l'étaient. Il n'était pas trop musclé, et Nana avait dit après l'avoir rencontré qu'il avait un « menton faible », quoi que cela signifiât.

Ses cheveux bruns étaient coupés court dans un style militaire, et ses joues et son nez étaient rougis, probablement à cause de l'alcool présent dans son organisme. Il portait l'uniforme de sécurité de son travail, et la ceinture utilitaire qu'il portait autour de sa taille était remplie d'objets tels qu'un Taser, une lampe de poche et des menottes. Elles s'étaient enfoncées dans son ventre alors qu'il la serrait de près.

Elle essaya de dire son nom, mais tout ce qui en sortit était un croassement étouffé.

La main sur sa bouche se resserra encore plus, empêchant le moindre son de s'échapper, ses dents se pressant douloureusement contre ses lèvres.

— Je t'ai manqué, mon amour ? lui demanda-t-il en lui caressant la nuque.

Molly s'écarta de lui et essaya de secouer la tête.

— Ne sois pas comme ça, la réprimanda Preston d'une voix basse qui ne portait manifestement pas jusqu'au jardin, où Mark et Gramps étaient toujours occupés. *Tu* m'as manqué. Et il est évident que je vais devoir te surveiller mieux. Ça fait des mois que j'attends que tu reviennes vers moi. J'ai même mis une caméra sur la clôture d'à côté. Tu sais, une de ces caméras à détecteur de mouvement avec une application qui t'alerte si elle est déclenchée ? Les abrutis qui vivent là n'ont même pas remarqué. Je savais que tu reviendrais pour pleurer ces vieilles merdes auxquelles tu étais si attachée. Ils ne t'ont jamais vraiment aimée, tu sais, ronronna-t-il.

Molly ferma les yeux et pria pour que quelqu'un les voie. Mais il y avait des arbres le long de la route et elle avait l'impression qu'ils les cachaient des automobilistes.

— Ils ne t'aimaient pas, insista Preston, comme s'il pouvait sentir qu'elle niait ses paroles. Je suis venu les voir après ta disparition, et ils n'ont rien voulu me dire. Ils n'avaient même pas l'air de s'inquiéter. Leur mort est de *ta* faute, continua-t-il.

Ses mots la déchiraient, mais elle savait qu'il s'en fichait.

— Si tu n'étais pas partie, tu aurais pu être là quand le chauffage d'appoint de leur chambre a surchauffé. Une telle tragédie. Tu aurais pu sentir la fumée et les aider à se lever et à sortir de la maison. Mais à cause de *ton* égoïsme, ils ont été asphyxiés par les fumées et sont morts. Morts en sachant que tu étais une pute égoïste qui ne se souciait pas de tes propres grands-parents. Ils ont tout abandonné pour t'élever, toi, une gamine orpheline, et c'est comme ça que tu les remercies.

Il mentait. Molly le savait. L'inspecteur à qui Mark avait parlé n'avait rien dit au sujet d'un chauffage d'appoint, et elle savait que Papa refusait d'utiliser ces choses. Il disait toujours qu'il y avait un risque d'incendie et plaisantait en disant que c'était sa femme qui lui tenait chaud.

Molly se débattit contre Preston, voulant retirer sa main de sa bouche. Elle essaya de lever la jambe, de lui donner un coup de genou dans les parties génitales, mais il rit simplement doucement et resserra sa prise sur son bras et son visage. Il la plaqua cruellement contre le mur calciné et lui mordit le lobe de l'oreille, assez fort pour qu'elle se torde de douleur.

— Tu es *à moi*, Molly. Tu ne peux pas te cacher de moi. Où que tu ailles, je te retrouverai. Personne ne pourra t'éloigner de moi. Je tuerai tous ceux qui essaieront. Tu comprends ? Je pense que tu as reçu une leçon de première main à ce sujet, n'est-ce pas ? Tu m'as tellement manqué. Maintenant que tu n'as plus de maison, tu peux vivre avec moi. Je te donnerai tout ce dont tu as besoin et plus encore.

Molly grimaça devant la haine qu'elle lisait dans ses yeux. Elle ne comprenait pas du tout. S'il la détestait tant, pourquoi voulait-il tant la poursuivre ? Ils ne s'étaient embrassés qu'une fois, pour l'amour de Dieu, et elle n'avait certainement pas couché avec lui. Ça n'avait aucun sens.

— *Personne* ne me largue, dit-il d'un ton bas et menaçant qui fit dresser les cheveux sur la nuque de Molly. C'est *moi* qui décide quand une relation se termine. Et on n'en a pas fini, loin de là. Tu ne décides pas dans cette relation, et tu dois être punie pour être partie sans me dire où tu allais.

Avant même qu'elle ne comprenne ses intentions, Preston relâcha sa bouche et mit un bras en arrière.

Il la frappa au visage, et la tête de Molly bascula en arrière, se cognant contre la maison. L'odeur du bois brûlé se répandit autour d'elle au moment du contact. Elle aurait pu s'effondrer, mais la maison la maintenait debout.

Elle espérait que Mark ou Gramps aurait pu entendre le bruit de sa tête contre le mur.

Ses jambes lâchèrent, mais Preston donna quelques coups de plus avant qu'elle ne s'écroule sur le sol.

Elle le vit ramener sa jambe en arrière, comme pour lui donner un coup de pied, alors elle se mit en boule, ouvrit la bouche et poussa le cri le plus fort et le plus déchirant qu'elle pouvait pousser.

— Putain ! jura Preston.

Puis il se pencha et parla rapidement, ses mots s'enchaînant.

— J'ai noté le numéro de plaque de l'Indiana de l'Explorer. Tu ne pourras *jamais* te cacher de moi, souviens-toi de ça.

Puis il se retourna et courut.

Molly essaya de se lever pour aller chercher Mark et Gramps, mais ses jambes ne la soutenaient pas. Elle tremblait trop fort.

Elle savait qu'il était possible que Preston découvre qu'elle était de retour à Oak Park, mais elle ne s'attendait pas à ce qu'il la trouve si rapidement. Chacune de ses paroles avait fait surgir la peur en elle. Elle n'était pas en sécurité, et personne ne l'était autour d'elle. Il avait presque admis avoir tué Nana et Papa. Il n'aurait pas hésité à tuer Mark ou n'importe qui d'autre pour l'atteindre.

Un cri à sa gauche attira son attention, puis elle entendit les pas martelés de quelqu'un qui courait vers elle.

— Putain de merde ! Molly ! Qu'est-ce qui s'est passé, putain ? cria Mark.

Molly ouvrit les yeux – enfin, le seul qui n'était pas encore enflé – et le regarda fixement. Il était à genoux sur le sol, tenant doucement ses épaules.

— Preston, chuchota-t-elle.

— Bon sang ! s'exclama-t-il.

— Je m'en occupe, dit Gramps en trottinant vers la route pour essayer de voir où Preston était parti.

Molly sursauta légèrement lorsque Mark la prit dans ses bras. Elle se blottit contre sa poitrine et enroula ses bras autour de son cou, s'accrochant à sa vie. Elle savait qu'elle aurait dû le repousser pour son propre bien, mais elle n'était pas assez forte.

— Comment a-t-il su que tu étais ici ? interrogea Mark en s'éloignant de la maison vers son Explorer.

— Il a dit qu'il avait installé une caméra sur la clôture du voisin, répondit doucement Molly.

Mark s'arrêta dans son élan, et elle vit sa tête pivoter pour essayer de la repérer.

— Je suis désolée de ne pas avoir crié plus tôt. J'ai essayé, mais il avait sa main si dure sur ma bouche. Et il a dit qu'il vous tuerait toutes les deux si j'émettais le moindre son, sanglota Molly en s'excusant.

Mark pressa ses lèvres l'une contre l'autre, puis dit :

— C'est bon, Mol.

Gramps courut vers eux alors qu'ils se dirigeaient vers le véhicule de Mark.

— Je ne le vois pas.

— Merde, jura Mark. Mol a dit qu'il avait installé une caméra de sécurité sur la clôture d'à côté.

— Je vais le trouver, tu t'occupes d'elle, dit Gramps. Je m'occupe aussi du rosier. Donne-moi quelques minutes, puis on pourra aller à l'hôpital.

Molly avait envie de rire. Lui dire de ne pas s'inquiéter pour ces putains de roses et qu'elle n'allait pas à l'hôpital, mais il était parti avant qu'elle ne puisse dire quoi que ce soit. Mark marcha deux fois plus vite que prévu vers son Explorer. À sa grande surprise, il ouvrit une porte arrière et la déposa doucement sur le siège.

— Tu peux te déplacer ? Ou ça te fait trop mal ?

— Je vais bien, répondit Molly.

Elle avait mal, mais rien n'était cassé d'après ce qu'elle pouvait voir. Preston s'était plus soucié de l'effrayer que de lui faire vraiment mal, Dieu merci. Elle se déplaça sur le siège, et Mark grimpa à l'arrière avec elle. Dès que la porte fut fermée, il se tourna vers elle. Il souleva doucement son menton avec un doigt et fronça les sourcils en inspectant son visage.

— Putain, Mol.

— Je vais bien, répéta-t-elle, voulant le réconforter.

— Tu ne vas pas bien, dit-il en secouant la tête. Ton œil est gonflé et tu as des bleus autour de la bouche. Dis-moi tout ce qu'il a fait et dit.

Ce fut ce que Molly fit, sans se retenir le moins du monde. Quand elle eut fini, elle murmura :

— Il a pratiquement admis avoir tué Nana et Papa pour essayer d'obtenir des informations sur l'endroit où j'étais. Et il avait raison sur une chose... *C'était* ma faute. Si je n'avais pas fui comme une lâche, ils seraient encore en vie.

— Non, répondit Mark sévèrement. Ne fais *pas* ça. On en a déjà parlé. Si tu n'étais pas allée au Nigeria, il est probable que *tu* serais morte. Weldon est déséquilibré, et il n'était pas près de disparaître.

Molly déglutit fortement et prit une grande inspiration, essayant de contrôler ses émotions. Puis Mark la prit gentiment dans ses bras une fois de plus... et elle craqua.

Elle pleura pour ses grands-parents. Elle pleura parce qu'elle avait physiquement mal. Et elle pleura parce qu'elle savait qu'elle ne serait jamais capable d'aimer Mark comme elle le voulait. Preston serait toujours là entre eux. Une menace qu'elle ne pouvait ni ignorer ni rejeter.

— Je suis désolé de ne pas avoir été là. Je n'aurais pas dû te laisser partir toute seule, dit doucement Mark.

Molly avala difficilement et leva les yeux vers lui.

— Quoi ?

— Il ne t'aurait jamais touchée si j'avais fait ce que j'avais promis de faire : te protéger.

— Il m'aurait touchée à un autre moment.

Mark fit un petit mouvement de tête.

— Pas si j'avais fait ce que j'aurais dû faire.

Mon Dieu ! Elle aimait vraiment cet homme. Il était si différent de tous ceux qu'elle avait rencontrés. Si quelqu'un lui avait dit que le soldat avec l'air d'une brute qui était tombé sur elle quand elle était dans ce trou dans la jungle signifierait autant pour elle en si peu de temps, elle se serait moquée et aurait dit qu'il était fou.

Mais maintenant, elle redoutait le jour où elle allait devoir le quitter. Et ce jour arriverait bientôt. Preston n'avait pas été capable de la trouver lorsqu'elle était à l'étranger, alors elle devait aller ailleurs, dans un endroit tout aussi éloigné.

— Je vais l'arrêter, clama Mark, comme s'il pouvait lire dans ses pensées. Tu vas pouvoir vivre ta vie sans crainte.

Molly ne répondit pas, elle le fixa simplement, essayant de mémoriser ses magnifiques traits. Son nez légèrement tordu, comme s'il avait été cassé à un moment donné. Les rides sur son visage, dues au soleil et à une vie difficile. L'adorable fossette sur sa joue.

La malle arrière s'ouvrit, lui faisant si peur que Molly poussa un petit cri et se baissa sous le niveau du siège arrière.

— Désolé, Molly, dit Gramps en plaçant une énorme partie du rosier à l'arrière de la voiture.

Puis il claqua le hayon et s'installa sur le siège du conducteur. Mark lui passa les clés.

— Tu l'as trouvée ?

— Oui, dit Gramps en brandissant une caméra de sécurité bon marché, puis en la jetant sur le siège à côté de lui. Je suppose qu'il a piraté le wi-fi des habitants pour la connecter.

— On peut la donner aux flics, et ils pourront voir ce qu'ils peuvent en tirer, répondit Mark alors que Gramps démarrait le moteur.

— Les flics ? demanda Molly, en se redressant.

Mark ne l'avait pas lâchée, et elle n'était pas prête à suggérer qu'ils bougent pour mettre leurs ceintures. Ce n'était pas sûr, elle le savait, mais elle s'en fichait aussi pour le moment.

— Oui. Tu vas déposer une ordonnance restrictive contre ce connard, prononça Mark d'un ton neutre.

— Je ne suis pas sûre qu'il se soucie d'un morceau de papier, répondit-elle en hésitant.

— Il ne le fera pas, ajouta Mark. Mais ce n'est pas le problème. Nous avons besoin de preuves pour montrer qu'il te harcèle et que c'est une merde. Si on le revoit, on le signalera. Ils auront plus qu'assez de preuves pour le jeter en prison s'il ose encore te toucher, putain.

Molly s'était rendu compte que lorsque Mark était contrarié, il jurait beaucoup plus. Même lorsqu'ils étaient en Afrique, elle ne l'avait pas entendu utiliser autant de jurons qu'au cours des vingt dernières minutes environ.

— Nous allions de toute façon aller parler à la police, poursuivit-il. Nous allons faire les deux choses à la fois. Je sais que nous allions passer la nuit ici, et que tu as un rendez-vous avec l'avocat demain, mais je pense que ce serait une meilleure idée de retourner à Indy dès que possible.

— Je peux appeler Maggie, répondit immédiatement Molly.

Elle ne voulait pas passer une seconde de plus à Oak Park ou dans la région de Chicago. Le fait que Preston sache qu'elle était ici lui donnait la chair de poule. Et elle pensait que Mark serait plus en sécurité sur son propre terrain. Du moins, elle l'espérait.

— Dois-je m'arrêter à l'hôpital d'abord ? demanda Gramps en les regardant dans le rétroviseur.

— Non, répondit Molly avant que Mark ne s'exprime. Je vais bien. J'ai mal, et je ne nie pas que j'ai mal, mais rien n'est cassé.

— Arrête-toi dans une pharmacie, dit Mark à son ami. Prends une poche de glace ou quelque chose, ça aidera à désenfler son visage.

Folly Molly.

Le vieux surnom résonnait dans la tête de Molly, mais elle faisait de son mieux pour l'ignorer. Ce n'était pas sa faute. C'était celle de Preston.

C'était beaucoup plus facile de tenir les pensées négatives à distance quand elle était dans les bras de Mark.

L'arrêt à la pharmacie fut rapide. Mark insista pour qu'elle reste dans la voiture avec lui pendant que Gramps entrait. Il revint avec un énorme sac rempli de choses. Il avait acheté des analgésiques, des poches de glace, de la pommade et une boîte de Skittles. C'étaient les bonbons qui lui avaient donné envie de pleurer. L'homme savait qu'elle était gourmande et faisait ce qu'il pouvait pour qu'elle se sente mieux.

Gramps s'arrêta devant la porte du poste de police au lieu de se garer dans le parking. Mark ouvrit sa porte et lui tendit la main pour l'aider à sortir. Molly se déplaça lentement, parce que l'adrénaline qu'elle avait ressentie lorsque Preston l'avait attaquée avait disparu et qu'elle se sentait mal et tremblait, mais elle lui était reconnaissante de son aide.

Il passa un bras autour de sa taille, et ils marchèrent lentement dans le poste.

Apparemment, les bleus sur son visage et la façon dont elle était légèrement voûtée attirèrent rapidement l'attention de l'employé, et ils furent conduits derrière la porte de sécurité verrouillée en quelques secondes.

Elle essaya d'expliquer pourquoi ils étaient là – pour signaler une agression et trouver le lieutenant chargé de l'enquête sur la mort de ses grands-parents – mais une femme officier fit fi de ses paroles.

— Allez, chérie, occupons-nous d'abord de ces bleus, puis nous pourrons parler de ce qui s'est passé.

Elle leva les yeux vers Mark.

— Je reste avec elle, monsieur. Si vous pouvez aller avec mon partenaire, nous irons au fond des choses.

Molly était surprise de la rapidité d'action de l'officier, mais elle n'avait pas envie d'argumenter. Elle était épuisée d'un coup et sentait chaque bleu. Elle regarda Mark, qui ne lâchait pas sa taille.

— C'est bon, lui dit-elle. Quand Gramps rentrera, vous me retrouverez.

Il acquiesça et lâcha son bras à contrecœur.

L'officier féminin la guida dans un couloir et dans une petite pièce. Il y avait un bureau et une chaise, et c'était manifestement une salle d'interrogatoire. Soupirant, souhaitant qu'il y ait au moins un canapé avec des coussins confortables, Molly s'assit sur une chaise. En levant les yeux, elle vit une caméra de sécurité avec une lumière clignotante dans le coin du plafond. Oui, c'était bien une salle d'interrogatoire.

L'officier s'assit sur le bord de la table à côté d'elle.

— Vous êtes en sécurité maintenant, chérie. Il ne peut pas vous faire de mal ici.

Molly hocha la tête.

— Vous vous êtes disputés ?

Molly acquiesça à nouveau.

— Est-ce qu'il vous a frappée au visage ?

— Non. Je veux dire, oui, il m'a frappée. À plusieurs reprises. Il a aussi tenu sa main sur ma bouche pour que je ne puisse pas crier.

L'officier lui tapota la main.

— Nous ne voyons pas d'un bon œil les violences domestiques. On lui demande sa version des faits en ce moment, mais comme il n'a pas de marques sur lui, et que vous en avez, il va probablement passer quelques nuits en prison. Vous allez déposer une ordonnance de protection contre lui, non ?

— Oui, c'est pour ça qu'on est là.

— Bien. Ce n'est pas infaillible, c'est juste un bout de papier, mais ça marchera contre lui s'il vous touche à nouveau.

— Oui, je... attendez... comment savez-vous que Preston n'a pas été blessé ?

— Son nom est Preston ? demanda l'officier.

— Oui. L'avez-vous déjà placé en détention ? Comment savez-vous que c'est lui qui m'a fait du mal ?

La tête de Molly tournait.

Ce fut au tour de l'officier d'avoir l'air confus.

— Chérie, j'ai des yeux dans la tête. L'homme avec qui vous étiez n'avait pas de marque sur lui.

Les yeux de Molly s'agrandirent.

— Une marque ? Il ne m'a pas fait de mal. Il ne m'aurait *jamais* fait de mal.

La pitié dans les yeux de l'officier était facile à voir.

— C'est ce que tout le monde dit.

Et juste comme ça, tout s'éclaircit.

Molly se leva brusquement, et la chaise sur laquelle elle était assise vola. Elle recula jusqu'à heurter le mur derrière elle.

— Vous croyez que c'est *Mark* qui m'a fait ça ?

Elle secoua la tête, et des coups de couteau de douleur traversèrent son crâne, mais elle les ignora.

— Il n'a pas fait ça ! Il ne le *ferait* pas ! Où est-il ? Il n'est pas en train d'être interrogé, n'est-ce pas ? Non, *non* ! Emmenez-moi à lui. Tout de suite !

L'officier se redressa et leva les mains, comme si elle essayait d'approcher un étalon sauvage.

— Doucement. Tout va bien se passer.

— Non ! Pas si vous pensez que Mark m'a fait du mal. C'était *Preston*. Preston Weldon. C'est *lui* qui m'a fait du mal. C'est lui qui, je pense, a tué mes grands-parents ! Mon Dieu, c'est vraiment le bordel !

Elle fit quelques pas vers la porte, voulant sortir de cette pièce et trouver Mark, mais l'officier saisit son bras.

Molly cria.

— Calmez-vous, insista l'officier.

Mais Molly en avait assez. Elle était morte de peur. Elle

avait peur que Preston la retrouve. Elle avait peur que Mark soit jeté en prison pour quelque chose qu'il n'avait pas fait. Et peur que cette femme l'éloigne de lui.

— Mark ! cria-t-elle à pleins poumons.

— Molly... dit l'officier, mais Molly l'ignora.

— Mark ! hurla-t-elle.

La porte s'ouvrit et un autre officier passa sa tête dans la pièce.

— Qu'est-ce qui se passe ?

Molly ne lui laissa pas le temps de finir sa phrase. Elle le poussa et appela le nom de Mark à nouveau.

Elle était dans un couloir avec rien d'autre que des portes. Elle n'avait aucune idée de l'endroit où ils avaient pu l'emmener, mais elle n'allait pas les laisser l'accuser de quelque chose qu'il n'avait pas fait.

— Mark ? Où es-tu ? Mark !

Trois portes s'ouvrirent dans le couloir, mais c'est la plus éloignée qui retint son attention. Mark sortit en trombe de la porte, marchant à grands pas vers elle. Il y avait deux officiers sur ses talons, mais il n'avait d'yeux que pour Molly.

Elle se jeta sur lui, et il la serra contre lui. Ils se serrèrent l'un contre l'autre au milieu du couloir pendant une seconde avant qu'il ne prenne sa tête entre ses mains et ne lui demande instamment :

— Tu es blessée ? Qu'est-ce qui ne va pas ?

— Ils... ils pensent que c'est *toi* qui m'a fait ça. Ils allaient t'arrêter ! lui cria-t-elle en serrant ses poignets aussi fort qu'elle le pouvait.

— Oui, j'ai compris ça environ deux secondes après qu'ils m'aient mis dans une pièce, répondit-il sèchement.

— Tu ne me ferais pas de mal. Jamais, dit-elle avec une conviction totale.

— Jamais, jura-t-il.

— Eh bien, je pense que nous nous sommes trompés, intervint l'un des officiers.

— Ça arrive plus souvent qu'on ne le pense, ajouta la femme officière. Les femmes arrivent avec leurs agresseurs, forcées de faire une fausse déclaration contre quelqu'un d'autre. Le protocole prévoit de séparer les parties pour s'assurer que la femme est en sécurité.

— Je suis en sécurité avec Mark, confirma Molly, en l'entourant de ses bras une fois de plus.

— Il y a manifestement eu un énorme malentendu, dit Mark, et Molly put sentir la tension dans son corps. Nous sommes venus pour signaler une agression de la part de son *ex*, souligna-t-il. Nous pensons également qu'il a participé au meurtre de Pauline et John Smith, ses grands-parents. Il y a eu un incendie il y a un mois environ, et leurs corps ont été retrouvés dans les décombres. Nous voulons également en savoir plus à ce sujet. Discuter de l'enquête.

Son ton était calme, mais aussi sévère et exigeant, et Molly ne put s'empêcher de remarquer la réaction des agents.

— Oh, et mon ami Léo Zanardi est ici quelque part. Un mètre quatre-vingt-treize, musclé, latino, vous ne pouvez pas le manquer. Il devrait aussi participer à cette conversation, insista Mark.

— Je me souviens de cet incendie et de la découverte des corps à l'intérieur. C'était vos grands-parents ? demanda l'un des officiers.

Molly acquiesça.

— Je suis désolé pour ce décès.

Elle acquiesça à nouveau, puis posa sa joue contre la poitrine de Mark. Le son de son cœur battant sous son oreille la calma, la ramena à la raison.

— Nous allons trouver votre ami, lança quelqu'un.

— Si vous nous suivez, nous pourrons résoudre ce problème, dit un homme en pantalon et chemise blanche.

Molly ne l'avait pas vu avant, mais il était évident qu'il était une sorte de superviseur ou d'enquêteur ou quelque chose comme ça. Il les conduisit dans une pièce beaucoup plus confortable, une sorte de bureau.

Au lieu de prendre l'une des chaises devant le grand bureau, Mark s'assit sur le canapé sous la fenêtre, entraînant Molly avec lui.

Au bout d'une minute, Gramps apparut dans l'embrasure de la porte. Il fronça les sourcils.

— Mais qu'est-ce qui se passe ? grogna-t-il.

— Je te le dirai plus tard. C'est la poche de glace de Molly ? demanda Mark.

Gramps hocha la tête et la lui tendit.

Molly sursauta lorsque Mark la pressa doucement contre son œil avant de s'adosser de nouveau contre lui.

L'heure suivante passa rapidement pour Molly. Deux autres lieutenants les avaient rejoints, ce qui remplissait la pièce. Elle écoutait à peine lorsque Mark et Gramps racontaient aux officiers tout ce qu'ils savaient. Elle ajouta des détails ici et là. La mort de ses grands-parents avait été déterminée comme étant un homicide, et les lieutenants étaient très intéressés par ce qu'elle avait à dire sur Preston, car ils n'avaient pas beaucoup de pistes sur l'identité de leur meurtrier. Ils avaient pris de nombreuses notes, et elle ne pouvait qu'espérer qu'ils seraient en mesure de trouver une sorte de preuve contre son ex.

Ils parlèrent de ce qui s'était passé plus tôt, et de la façon dont Preston l'avait agressée. Gramps remit la caméra, et les lieutenants promirent de rester en contact avec tout ce qu'ils trouveraient.

— Nous vous conseillons de faire profil bas, lui confia un des hommes. Si ce Preston est aussi obsédé par vous qu'il le semble, une ordonnance restrictive ne suffira pas à l'éloigner.

— Je sais, répondit Molly.

— Elle sera avec nous à Indianapolis, les informa Mark. Elle sera en sécurité là-bas.

— Ne baissez pas votre garde, prévint l'un d'eux. Les traqueurs comme Weldon profiteront du moindre faux pas.

— Je suis au courant, dit Mark d'un ton bas et dur... un ton qu'elle n'avait pas entendu depuis le Nigeria.

Molly se souvint soudain qu'elle était assise avec Smoke, l'ancien soldat des Delta, l'homme qui traquait et tuait les terroristes et autres méchants.

Elle avait oublié ce côté de sa personnalité. Après avoir passé tant de temps avec lui, après avoir été témoin de sa gentillesse et de sa patience, de sa loyauté envers ses amis et ses employés, elle avait repoussé au fond de son esprit la véritable raison pour laquelle son équipe et lui étaient au Nigeria. Ils n'étaient pas en mission de sauvetage. Ils étaient partis pour tuer Shekau.

Mais elle n'avait pas peur. Pas le moins du monde. Smoke... Mark... ferait tout ce qui était en son pouvoir pour la protéger.

* * *

Molly Smith n'allait pas *le* larguer. Pas question, putain.

Preston Weldon faisait les cent pas dans son appartement. L'écran de son ordinateur se moquait de lui tandis qu'il se passait une main dans les cheveux, agité.

Elle s'était mise avec un putain de *mécanicien*. Peut-être qu'il n'était pas exactement mécanicien, mais il aurait tout aussi bien pu l'être. Le connard de propriétaire du camion dans lequel elle était arrivée travaillait dans un atelier de remorquage. Quel putain de loser !

Preston était un flic respecté. Un agent de sécurité n'était pas *exactement* un flic, mais c'était aussi proche qu'il pouvait l'être, à cause de ce connard de psychologue qui l'avait rejeté quand il avait postulé pour un poste d'agent de police à Chicago. Il *n'était pas* instable comme ce bâtard l'avait laissé entendre, pas le moins du monde. Il n'avait pas le droit de le juger comme ça. Il ne le connaissait même pas !

Il était meilleur que tous les flics dans la rue. Il n'avait pas peur d'utiliser son arme comme la plupart d'entre eux. Il aurait tiré sur un suspect entre les deux yeux sans hésiter s'il en avait eu l'occasion.

Preston attrapa la bouteille de bourbon sur la table en passant et en prit une longue gorgée tout en continuant à marcher. Son téléphone sonna, et après avoir vu que c'était son patron, il jeta l'appareil sur la table, refusant de lui parler.

Il était censé être au travail aujourd'hui, mais quand il avait reçu une notification sur l'application de la caméra de sécurité et qu'il avait vu que Molly s'était *enfin* présentée à la maison de ses putains de grands-parents, il n'avait pas pu laisser passer l'occasion de la confronter, de lui *montrer* qu'elle ne pouvait pas se cacher de lui. Il s'occuperait de son connard de patron plus tard, trouverait une autre excuse pour ne pas s'être présenté à son poste.

Il avait été très occupé. Il avait passé des mois à chercher cette stupide salope pour apprendre qu'elle était partie s'installer avec quelqu'un qui n'était pas digne de nettoyer ses bottes !

La pensée de Molly dans le lit d'un autre homme fit rougir Preston, et il frappa le mur de son salon, grognant contre la bosse satisfaisante dans la cloison sèche bon marché. Molly était *à lui*. Il n'avait même pas pu la baiser avant qu'elle n'essaie de le larguer.

Ce n'était pas comme ça que les choses fonctionnaient. Il était Preston Weldon. Les femmes le suppliaient de sortir avec lui. Elles respectaient son autorité, et n'essayaient jamais, *jamais* de se cacher de lui.

Molly allait payer pour l'avoir rendu vulnérable. Il s'était vanté de sa petite amie à tout le monde au travail, et quand de plus en plus de temps avait passé et que personne ne les avait vus ensemble, ils avaient pensé qu'il mentait. Plus il protestait, plus ils se moquaient de lui. Molly l'avait *humilié*.

Il l'aurait ramenée à Chicago en se débattant et en criant si ça avait été le cas. Elle ferait exactement ce qu'il voulait qu'elle fasse... ou elle souffrirait.

Après avoir avalé une nouvelle gorgée de bourbon, Preston s'assit devant son ordinateur, puis écrasa la bouteille sur la table à côté du clavier. L'alcool gicla, mais il ne s'en soucia pas. Il était déjà concentré sur le fait d'apprendre tout ce qu'il pouvait sur Mark Chamberlin.

Découvrir ses faiblesses et les exploiter.

C'était ce à quoi Preston était bon.

On l'avait traité d'intello au lycée, on s'était moqué de lui, mais maintenant il était un agent de sécurité respecté, pratiquement un flic. Les gens faisaient ce qu'il disait à cause de l'autorité qu'il exerçait.

Molly faisait aussi ce qu'on lui disait, sinon elle devait partir. Tout comme ses vieux grands-parents dégoûtants.

12

———

Après trente autres minutes de paperasse et autres détails administratifs, ils étaient de nouveau dans l'Explorer. Smoke était furieux contre lui-même. Il savait, d'après ce que Molly avait dit, que ce Weldon était une mauvaise nouvelle, mais il ne s'attendait pas à ce qu'il soit aussi fou. Et sa sous-estimation du gars avait blessé Molly.

Plus jamais.

Molly et lui étaient à nouveau sur le siège arrière, mais cette fois-ci, ils étaient tous les deux attachés, puisqu'ils retournaient à Indianapolis.

Molly était visiblement fatiguée, et Smoke pouvait voir qu'elle avait mal à la tête, car elle grimaçait à chaque choc, mais elle faisait aussi tout son possible pour ne pas s'endormir. Elle avait quelque chose en tête, et il attendait patiemment qu'elle le crache.

— Il a dit qu'il avait noté ton numéro de plaque d'immatriculation, informa doucement Molly.

— Bien, répondit Smoke. J'espère qu'il viendra à Silverstone pour me confronter.

— Il ne le fera pas, dit Gramps depuis l'avant.

— Je sais, grogna Smoke.

— Pourquoi non ? demanda Molly.

Smoke lui serra l'épaule. Il était assis avec son bras autour d'elle. C'était un peu gênant avec la ceinture de sécurité, mais il s'en fichait. Il ne pouvait pas s'empêcher de la toucher. Le son de sa terreur lorsqu'elle avait crié son nom dans le commissariat de police résonnait encore dans son esprit. Elle avait été complètement terrifiée... pour *lui*.

Il avait su ce que les deux flics avaient pensé à la seconde où ils l'avaient fait entrer dans la salle d'interrogatoire. Il ne s'était pas inquiété, sachant que la vérité éclaterait, mais quand il avait entendu Molly crier son nom, il avait poussé les officiers pour l'atteindre. Il avait eu de la chance qu'ils n'aient pas porté plainte contre lui. Il avait entendu le gars frapper le mur durement après que Smoke l'ait poussé hors du chemin.

— Parce que ton ex est un lâche, balança Smoke, répondant à sa question. Il ne veut pas me confronter parce qu'il sait que je peux lui botter le cul. Il n'a eu aucun problème à harceler et très probablement à tuer tes grands-parents parce qu'ils n'étaient pas une menace pour lui. Mais je le suis.

— Donc il va faire ce qu'il peut pour *te* harceler, pour essayer de te faire ramper vers lui par peur. Mais il ne compte pas sur Silverstone pour assurer tes arrières, dit fermement Gramps.

L'idée que Molly soit à la merci de son ex rendait Smoke fou. Il se sentait comme une merde parce qu'elle avait été blessée sous sa surveillance.

— Je voulais me battre contre lui, mais il était très fort, dit doucement Molly.

Smoke inspira profondément, reprenant le contrôle de lui-même avant de répondre.

— J'aimerais pouvoir te dire exactement ce que tu dois faire si une telle chose se reproduit, confia-t-il après un moment. Mais je ne peux pas. Chaque situation est différente. Certaines femmes échappent à quelqu'un qui les agresse en étant dociles et conciliantes. Certaines font en sorte que leurs agresseurs les voient comme des êtres humains. Elles peuvent mentionner leurs enfants, ou dire qu'elles manquent à leur mère. Mais dans d'autres cas, c'est une femme qui se bat aussi fort qu'elle le peut qui la sauve. Elle crie, se débat et ne laisse pas l'agresseur se détendre une seconde. Parfois, ils abandonnent pour trouver quelqu'un de plus facile à agresser.

Smoke se sentait malade rien qu'en parlant de ça, parce qu'au fond de lui, il pensait à Molly dans ce genre de situation. Mais il était évident qu'elle remettait en question ce qu'elle avait fait, et il détestait ça.

— Je ne suis pas sûre que j'aurais pu le combattre.

— Alors tu aurais dû acquiescer, lui répondit Smoke. Tu n'as rien fait pour le rendre plus furieux qu'il ne l'était déjà.

— J'allais frapper contre la maison pour attirer ton attention, mais c'est là qu'il vous a menacés, Gramps et toi.

Smoke se crispa, puis il fit consciemment ce qu'il pouvait pour se détendre.

— Bon, alors tu l'as laissé parler, et ça a joué en ta faveur. Si, et c'est un putain de gros si, reprit Smoke, quelque chose comme ça se produit à l'avenir, tu dois évaluer la situation. Si tu le peux, fuis ; c'est toujours ta meilleure chance. Y a-t-il des gens autour de toi pour t'entendre si tu cries et te bats ? Si c'est le cas, cela peut être une option. Mais si tu ne peux pas t'échapper et qu'il n'y a personne qui puisse te venir en aide, tu dois peut-être essayer d'être docile. Dis tout ce que tu dois dire pour le calmer. Mens comme une folle, dis-lui qu'il t'a manqué, que tu veux redevenir sa petite amie. Puis sois à l'affût d'une opportunité de t'échapper.

Molly leva les yeux vers lui. Il détestait la vulnérabilité qu'il lisait dans son regard.

— Pourquoi certains hommes sont si cinglés ? Je veux dire, on ne s'entendait même pas. Pourquoi voudrait-il de moi ? Pourquoi ne voudrait-il pas simplement se débarrasser de moi ?

— Je ne sais pas, admit Smoke. Ça n'a jamais eu de sens

pour moi non plus.

— Ma grand-mère est venue du Mexique aux États-Unis, intervint Gramps. Elle et mon grand-père ont traversé le désert à pied, le Rio Grande à la nage, et sont littéralement partis de rien. Ils étaient tout l'un pour l'autre. Ils s'aimaient tellement que je n'ai jamais vu l'un sans l'autre. On pourrait penser qu'avec ce genre d'exemple, leurs enfants seraient pareils. Mais mon oncle est en prison pour violences conjugales. Il a battu sa première femme et a fait de la prison. Puis il l'a harcelée quand il est sorti et a fait de la prison pour ça aussi. Elle a fini par déménager, et il s'est remarié. Et le cycle a continué.

Smoke savait que Gramps ne s'entendait pas avec son oncle, mais il n'en connaissait pas l'ampleur.

— Ma tante a le plus mauvais goût en matière d'hommes. Elle choisit les hommes qui la traitent comme de la merde, poursuivit Gramps. Elle s'en plaint, mais refuse de changer, de les quitter. Je n'ai jamais compris ça. Mes propres parents sont mariés depuis très longtemps, mais je ne pense même pas qu'ils s'apprécient. Ils vivent dans la même maison et pourtant ils ne se parlent pas beaucoup. Avant, ça me rendait fou, mais maintenant, ça me rend juste triste. Je veux ce que mes grands-parents avaient. Je me souviens encore d'être allée chez eux et de les avoir entendus se parler en espagnol. Ils étaient si affectueux. À l'époque, je trouvais ça dégoûtant... mais maintenant je peux regarder en arrière et ressentir un peu d'envie pour ce qu'ils avaient. Même quand ils n'avaient rien, littéralement rien, ils étaient ensemble.

Molly se pencha en avant et posa sa main sur l'épaule de Gramps. Il leva sa propre main et serra la sienne. Elle se retira et Smoke l'enveloppa dans ses bras une fois de plus.

— Tout ce que je dis, c'est que les gens sont câblés différemment. Pourquoi certains enfants trouvent-ils du plaisir à torturer des animaux ? D'où cela vient-il ? Et oui, bien souvent, ce sont les mêmes personnes qui, une fois adultes, prennent plaisir à blesser et même à tuer d'autres humains. Pourquoi certaines personnes s'accommodent-elles d'une rupture alors que d'autres deviennent littéralement folles ? Je ne le sais pas. Tout ce que tu peux faire, c'est rester positive, être en sécurité et vivre ta vie.

— J'essaie, dit Molly. Mais que faire si les autres ne *veulent* pas que tu vives ta vie ?

— Alors tu nous laisses t'aider. Et laisse le karma faire son travail, répondit Smoke avec fermeté.

Molly sourit alors.

— Et tu aides parfois le karma, n'est-ce pas ?

— Quand c'est nécessaire, oui, lui répondit Smoke. Ça ne te fait pas peur ?

— Non, dit Molly avec fermeté. Mais je dois admettre que Preston s'en prenant à toi, si.

— Tu ne m'as pas entendu tout à l'heure ? demanda Smoke. C'est un lâche et un tyran. Et les brutes s'en prennent à ceux qui sont plus faibles qu'elles. Il ne va pas me faire de mal.

— Mais qu'en est-il de Silverstone Towing ? Ou les autres employés ? Ou Taylor et Skylar ? Je ne me pardonnerais jamais si quelque chose arrivait à l'un d'entre eux.

Smoke prit une grande inspiration. Elle avait raison, mais il avait l'intuition que son ex allait faire de Molly sa seule cible.

— Regarde-moi, ordonna-t-il doucement.

Molly tourna son visage vers le sien.

— Fais confiance à Silverstone. Fais-*moi* confiance, le supplia-t-il. Je ne suis pas un homme qui croit normalement aux présages, aux âmes sœurs ou à ce genre de choses. Mais tu *as été mise* sur mon chemin pour une raison. Je suis Smoke. L'homme qui peut entrer et sortir de n'importe quelle situation sans être vu. Mais je n'ai pas vu le trou dans lequel tu étais avant qu'il ne soit trop tard. Ça ne me ressemble pas. Tu as été mise dans ma vie pour une raison, Molly, et je crois à cent pour cent que ce n'était pas juste pour que je puisse te voir être blessée ou tuée par ton ex. Je m'en occupe. D'accord ?

Elle hésita, et Smoke voulait plaider sa cause encore un peu plus, mais il se tut, la laissant réfléchir. Il fut récompensé par un petit signe de tête.

— Pourquoi ne pas fermer les yeux et te reposer, suggéra-t-il.

— Tu surveilleras la route pour t'assurer que nous ne sommes pas suivis ? demanda-t-elle nerveusement.

— Nous ne sommes pas suivis, confirma Gramps.

Molly soupira et se détendit.

Smoke la tint dans ses bras, croisant le regard de Gramps dans le rétroviseur après qu'elle ait commencé à ronfler légèrement contre lui.

— Il ne la touchera pas, dit Gramps à voix basse.

Smoke leva le menton vers son ami et serra Molly plus fort. Tout le monde devait rester en alerte jusqu'à ce que les officiers de Chicago trouvent les preuves nécessaires pour faire tomber Weldon pour le meurtre des grands-parents de Molly. Il n'était pas assez vaniteux pour croire que l'homme ne pouvait pas atteindre Molly. Il l'avait fait une fois, il était possible qu'il ait une seconde occasion. Smoke ferait tout ce qui est en son pouvoir pour que cela n'arrive pas, mais après avoir vécu ce que Skylar et Taylor avaient traversé, il savait qu'aucun système de sécurité n'était infaillible. Aucun plan n'était parfait.

Il devait espérer que Weldon était trop lâche pour venir à Indianapolis et tenter quoi que ce soit. Mais s'il ne l'était pas, s'il montrait son visage, il regretterait de ne pas l'avoir fait.

Si Preston Weldon osait s'en prendre à Molly, il était un homme mort. Point final. Silverstone le tuerait et ferait disparaître son corps. Personne ne le retrouverait, ni son assassin.

Il aimait Molly. C'était incroyable la vitesse à laquelle c'était arrivé, mais c'était comme ça. Il n'avait aucune idée de ce qu'elle ressentait, mais à la façon dont elle s'accrochait à lui, il savait qu'il y avait plus que de l'amitié et de la gratitude.

Il devait être patient. Si cela devait se faire – et il le pensait honnêtement, il n'était pas tombé dans ce trou par accident – cela se ferait en temps voulu.

13

Une semaine et demie s'était écoulée depuis leur retour de Chicago, et les choses semblaient très... normales. Molly avait marché sur des œufs au début, mais chaque jour avait passé tranquillement, comme celui d'avant. Soit Mark allait chez Silverstone Towing et elle l'accompagnait, soit ils restaient chez lui. Ils avaient ri, regardé la télévision et préparé des repas ensemble.

Mark avait planté la bouture du rosier de Nana dans son jardin, et elle semblait prospérer. Molly avait parlé à l'avocate, Maggie Melton, qui lui avait envoyé des documents à signer. Nana et Papa n'avaient pas un gros héritage, mais tout ce qu'il y avait lui reviendrait. Les assureurs l'avaient tranquillisée en lui disant qu'ils travaillaient sur son cas, mais en général, le processus de paiement d'une assurance prenait du temps, surtout pour quelque chose d'aussi cher qu'une maison.

Tout cela était très... *normal.*

Pourtant, elle aimait traîner avec Mark. Elle avait appris à le connaître encore plus, et il était de plus en plus difficile de cacher ses sentiments pour lui. Il n'était pas parfait, comme il l'avait prévenue. Il faisait des choses qui l'agaçaient, mais dans la vie, ce n'était pas si grave. Certains jours, elle avait l'impression qu'il voulait qu'elle soit plus qu'une simple colocataire ou amie, et d'autres jours, il semblait très distant. C'était déroutant... mais là encore, aucun des deux n'avait jamais vécu avec quelqu'un du sexe opposé.

Quoi qu'il en soit, malgré le fait que Mark ait dit ouvertement qu'il s'intéressait à elle lorsqu'ils étaient arrivés à Indianapolis, ces derniers temps, il la traitait avec des gants. Peut-être était-ce à cause de l'attaque de Preston... ou, pire encore, il avait changé d'avis sur le fait de vouloir être plus que des amis.

Il lui tenait la main, la prenait dans ses bras, lui donnait de chastes baisers sur le front, mais rien de plus intime. Molly craignait qu'il ait décidé de l'aider à se remettre sur pied avant de la renvoyer chez elle, en la traitant presque comme une sœur pour lui faire comprendre qu'il avait changé d'avis et qu'il ne voulait pas de relation amoureuse.

Cette pensée était trop déprimante pour qu'elle s'y attarde.

Molly avait prévu de passer du temps avec Taylor demain à Silverstone, et elle avait hâte de la voir, de sortir de ses pensées pendant un moment. Entre Taylor et Skylar, Molly se sentait rarement seule. Elles s'envoyaient des textos sans arrêt, et avoir des amies comme elles était quelque chose que Molly n'avait jamais connu. Elle avait hâte de se détendre avec Taylor pendant que les gars travaillaient.

Il n'y avait aucun signe de Preston, mais Molly savait qu'elle n'était pas assez chanceuse pour l'avoir vu pour la dernière fois. Il n'abandonnerait pas si facilement. Il réfléchissait, planifiait... elle le savait aussi sûrement qu'elle connaissait son nom. Et quand il allait frapper, ça allait mal se passer.

Mais elle refusait de vivre sa vie dans la peur. Mark lui avait appris ça. Il était convaincu qu'elle était en sécurité. Alors elle devait le croire.

En regardant l'horloge, Molly vit qu'il était presque 8 h 30. Elle était paresseuse, mais ne pouvait pas se résoudre à s'en soucier. Elle avait entendu Mark se lever il y a trois heures pour faire de l'exercice, et elle s'était volontiers rendormie. Maintenant, le soleil perçait à travers les fenêtres, ce qui lui remontait le moral. C'était merveilleux de s'étirer. Il n'y avait pas si longtemps, elle était encore coincée dans un trou minuscule avec peu de place pour bouger.

La porte de sa chambre s'ouvrit, donnant une peur bleue à Molly. Elle sursauta et se jeta immédiatement sur le côté du lit le plus éloigné de la porte.

— Molly ? Merde ! Je suis désolé. C'est moi ! lança Mark, le ton plein de remords.

Molly jeta un coup d'œil par-dessus le bord du matelas et prit une grande inspiration.

— Bon sang, Mark, tu m'as fait peur !

— Je suis vraiment désolé. J'avais prévu d'ouvrir ta porte discrètement, juste pour jeter un coup d'œil et voir si tu étais réveillée, mais je me suis pris les pieds dans la moquette et je suis un peu tombé dessus.

Molly ne put s'empêcher d'éclater de rire. Quand elle reprit le contrôle, elle lui dit :

— Le légendaire Smoke, l'homme qui se targue d'être le membre le plus sournois de son équipe, a trébuché sur le *tapis* ?

Il grimaça, mais comme il souriait, Molly savait qu'il ne s'était pas vexé. C'était l'une des douzaines de choses qu'elle avait apprises depuis son arrivée et qu'elle aimait chez lui. Sa surprenante maladresse... et sa capacité à rire de lui-même.

— Maintenant que tu es debout, tu veux faire quelque chose de sympa aujourd'hui ?

Molly savait que le moment viendrait où elle devrait décider de ce qu'elle ferait de sa vie. Si elle ne travaillait pas chez Apex comme ingénieure en environnement, elle devait décider ce qu'elle *voulait* faire. Le problème, c'était que la seule chose qu'elle voulait n'était pas vraiment une option pour le moment.

Repoussant cette pensée au fond de son esprit, elle se leva

et grimpa sur le lit. Elle s'assit en croisant les jambes et fit un signe de tête à Mark.

— Bien sûr. Qu'est-ce que tu as en tête ?

— C'est mon T-shirt ? demanda Mark au lieu de répondre à sa question.

Molly rougit. Elle avait commencé à porter son haut noir, celui qu'elle avait porté en sortant de la jungle, pour aller au lit. Elle ne savait pas pourquoi, si ce n'était qu'elle le trouvait réconfortant par sa familiarité. Elle avait repris une grande partie du poids qu'elle avait perdu, grâce à Mark qui lui donnait constamment des repas nutritifs, des shakers et des sucreries, mais elle nageait toujours dans ce T-shirt.

Elle remonta ses genoux et rabattit le vêtement sur eux.

— Oui, dit-elle, en relevant le menton pour feindre la confiance.

Il la dévisagea un long moment avant de dire :

— Je ne vais pas le reprendre, Mol. Je le préfère sur *toi*.

En se léchant les lèvres, Molly vit son regard se fixer sur sa bouche, et pendant une seconde, elle crut qu'il allait la rejoindre sur le lit et l'embrasser enfin comme elle en avait rêvé. Il fit même un pas en avant, mais sembla se contrôler à la dernière seconde.

— Je ne te dis pas où je t'emmène. C'est une surprise.

— Je ne suis pas douée pour les surprises, admit Molly. Si ce n'est pas quelque chose qui m'emballe, je dois faire semblant d'être surexcitée, et ça devient gênant.

— Je ne veux pas que tu me mentes. Si je t'emmène dans un restaurant que tu détestes, j'attends de toi que tu me le dises avant que nous franchissions les portes. Si je t'achète un cadeau dont tu sais que tu ne t'en serviras jamais ou que tu n'aimes pas, tu peux le rendre, et je ne me sentirai pas mal. La vie est trop courte pour prétendre que tu aimes quelque chose alors que tu ne l'aimes pas.

Le rythme cardiaque de Molly s'accéléra à l'idée qu'il lui offre des cadeaux à l'avenir. On *aurait dit* qu'il voulait qu'elle soit là pour longtemps, mais un cadeau peut être quelque chose d'aussi simple qu'un cadeau d'anniversaire ou une barre de chocolat qu'il avait trouvée quelque part.

— Je ne veux pas te blesser, lui confia-t-elle.

— Tu me blesseras encore plus si je découvre que tu détestes quelque chose que j'ai fait pour toi ou que je t'ai donné, fut sa réponse simple.

Il marqua un bon point.

— D'accord, mais tu dois faire de même. Je sais que j'ai acheté beaucoup de merdes, et d'une manière ou d'une autre, elles ont réussi à migrer dans ma chambre. Si tu n'aimes pas la couverture que j'ai laissée sur ton canapé, ou si tu détestes la photo de la tortue qui nage que tu m'as laissée mettre dans la salle à manger, tu dois me le dire.

— Ma maison ressemble plus à un foyer depuis que tu as emménagé, répondit Mark, avec une évidente sincérité bien audible.

Ils se fixèrent l'un l'autre pendant un moment, puis il dit :

— Mets un jean et une chemise confortable. Les chaussures que tu veux.

— OK.

— Prends ton temps pour te préparer. Il est encore tôt. Je vais nous préparer un petit déjeuner... Une omelette western pour toi ?

— Ça a l'air super, lui répondit elle, et c'était vrai.

Les œufs contenaient beaucoup de protéines, elle en mangeait donc souvent, mais Mark faisait tout pour que chaque plat soit différent afin qu'elle ne se lasse pas de manger les aliments dont son corps avait besoin.

— Merci, Mark. Sérieusement. Sans ta proposition généreuse de rester ici, je serais probablement en train de me recroqueviller dans une chambre d'hôtel à Oak Park, en me demandant quand Preston va m'attraper. Non seulement je me sens parfaitement en sécurité ici avec toi, mais tu m'as aidée à retrouver mes forces, tu as facilité ma transition vers le monde réel et tu m'as présentée à Taylor et Skylar. Je ne pourrai jamais te remercier.

— Je ne veux pas être remboursé, lui précisa-t-il. Je veux juste que tu sois heureuse, en bonne santé, en sécurité, et que tu puisses vivre la vie que tu veux.

Et avec ça, il se tourna et quitta la chambre d'amis. Il ferma la porte sans bruit derrière lui.

Molly l'écouta traverser le hall, puis descendre les escaliers. Elle retira ses genoux du T-shirt et se coucha en arrière. Elle s'allongea de tout son long sur le lit et regarda le plafond.

Vivre la vie qu'elle voulait. Mark aurait probablement été choqué s'il avait su ce qu'elle voulait *vraiment*.

Et à trente-cinq ans, le temps s'écoulait.

Elle avait l'habitude de penser qu'elle avait beaucoup de temps, mais au fur et à mesure que les années se succédaient, elle réalisait que son rêve ne se réaliserait probablement jamais.

Réalisant qu'elle s'enfonçait dans le marasme, Molly se força à quitter le lit et à se diriger vers la salle de bains. Mark n'avait pas plaisanté le premier jour où il l'avait ramenée à la maison quand il avait dit qu'il n'avait pas lésiné sur la rénovation des salles de bains. La seule pièce que Molly préférait à la salle de bains attenante à sa chambre était la salle de bains principale.

Un jour, elle avait pris un bain dans l'énorme baignoire de sa chambre. Elle pouvait pratiquement nager dans cette chose, mais les sièges le long du bord lui permettaient de garder facilement la tête hors de l'eau. Elle avait rempli la baignoire, en utilisant du bain moussant supplémentaire, et était restée dans l'eau chaude pendant presque une heure, se relaxant et lisant un livre que Taylor lui avait prêté. Les sols chauffants et les porte-serviettes, les comptoirs en marbre et les accessoires de luxe ne ressemblaient pas du tout à ceux de Mark, mais elle ne s'en plaignait pas.

Molly prit son temps pour se doucher et se préparer, et il

fallut une heure avant qu'elle ne descende les escaliers en direction de la cuisine. Elle s'arrêta au bord de la grande salle et observa Mark pendant un bref instant. Il n'était pas conscient de sa présence, et elle pouvait baver sur lui autant qu'elle le voulait sans qu'il le sache.

Il avait un jean noir qui épousait ses fesses. Sa chemise était gris chiné, et Molly pouvait juste apercevoir un peu de poils de poitrine à l'encolure. Les muscles de ses bras se gonflaient lorsqu'il bougeait, et lorsqu'il attrapait la salière sur le comptoir, son avant-bras se pliait, donnant à Molly l'envie de se pâmer. Ses cheveux bruns étaient coupés court, et il avait une barbe de fin de journée. Mais ça ne suffisait pas à cacher l'adorable fossette dans sa joue.

Elle dut faire du bruit, ou Mark avait senti qu'elle le fixait, car il leva les yeux et la prit sur le fait. Mais il ne l'interpella pas.

— Salut, dit-il doucement.

— Salut, lui répondit Molly, en se dégageant du mur et en marchant vers lui.

Il lui tendit le bras et ce fut tout naturellement qu'elle se jeta dans son étreinte. En posant sa joue contre sa poitrine, Molly réalisa une fois de plus qu'ils allaient parfaitement ensemble. Elle avait toujours eu l'impression d'être trop courte. Trop petite. Trop mince. Mais avec Mark, elle ne ressentait rien de tout ça, malgré sa taille.

— Je ne voulais pas commencer tes œufs avant que tu sois là, pour que ton omelette ne refroidisse pas. Tout le reste est prêt, cependant. Prends une tasse de café et assieds-toi, ton omelette sera prête dans cinq minutes environ.

Il la lâcha et Molly se dirigea vers le Keurig. Ils se déplaçaient dans la cuisine comme s'ils vivaient ensemble depuis des années et non comme s'ils avaient été réunis par les circonstances il y a quelques semaines.

Elle s'installa sur l'un des tabourets de bar de l'îlot en granit et sirota son café pendant que Mark cuisinait.

— Une fille pourrait s'habituer à ça, plaisanta-t-elle après un moment.

— Un homme aussi, répondit Mark.

Ce matin était... différent. Mark semblait calme, pensif. Il était aussi plus tactile que d'habitude. Molly aimait ça, mais ça la rendait aussi nerveuse. Se faisait-elle trop d'idées sur son comportement ? S'était-elle tellement sentie à l'aise chez lui qu'elle imaginait des choses qui n'étaient pas vraies ? Des choses qu'elle voulait croire ?

— Tu penses encore trop fort, intervint Mark en inclinant la poêle et en déposant une omelette parfaite dans l'assiette.

Il posa l'assiette devant elle, avec un pot de crème aigre et un pot de salsa. Il avait vite compris qu'elle aimait en badigeonner ses œufs.

Molly coupa une bouchée de son omelette après avoir mis les condiments et soupira de contentement en mâchant. Il semblait toujours mettre le ratio parfait entre la garniture et l'œuf.

— Tu as bien dormi ? demanda Mark en sirotant son café.

Molly savait qu'il avait déjà mangé, car elle avait vu son assiette vide dans l'évier. Elle déglutit, puis hocha la tête.

— Oui.

— Pas de cauchemars ?

— Non. Je n'en ai fait que quelques-uns quand je suis arrivée ici, mais maintenant, quand je m'endors, il semble que je *reste* endormie.

— Bien. Je suis passée te voir hier soir vers deux heures, et tu étais loin, dit Mark avec nonchalance.

Molly s'immobilisa avec la bouchée d'omelette à mi-chemin de sa bouche.

— Tu es passé me voir ? s'étonna-t-elle.

Le rose qui fleurit sur les joues de Mark la surprit. Elle n'avait pas l'intention de l'embarrasser.

— Si je me réveille la nuit, j'ai l'habitude de faire le tour de la maison pour m'assurer que toutes les portes sont fermées, que l'alarme est activée et que tout semble normal. Ta porte était entrouverte, et j'ai jeté un coup d'œil. Tu dormais sur le dos, les bras et les jambes écartés, comme d'habitude, confia-t-il avec un sourire.

— Tu as fait ce tour avant que je commence à rester ici ? demanda-t-elle.

Mark haussa les épaules.

— Oui, je suis un peu paranoïaque. Mais ça n'arrivait pas tous les soirs. Maintenant si.

— Je n'aime pas que tu fasses ça à cause de moi, admit Molly.

— Ce n'est pas *à cause de* toi, rétorqua Mark. Je le faisais aussi avant que tu arrives. Mais comme on ne sait pas ce que ton ex prépare, je me sens mieux de savoir qu'il ne peut pas t'atteindre sans déclencher mes alarmes.

— Moi aussi, admit Molly. Je sais qu'aucune maison ou système de sécurité n'est infaillible, mais après l'avoir déclenché accidentellement la semaine dernière, je sais maintenant à quelle vitesse tu réagis.

Elle était gênée d'avoir oublié l'alarme lorsqu'elle avait vu un petit troupeau de cerfs le long de la clôture à l'arrière de sa propriété. Elle avait ouvert la porte arrière pour sortir pendant que Mark était sous la douche, dans l'espoir de s'approcher pour prendre une photo – sans éteindre l'alarme.

Il n'y avait pas eu de sirènes hurlantes ou quoi que ce soit, mais quand elle était retournée à l'intérieur après avoir pris sa photo, Mark s'était précipité dans la chambre avec une petite serviette autour de la taille, trempé, l'air complètement effrayé.

Toute la situation avait été mortifiante, surtout le fait qu'elle avait dû admettre qu'elle avait simplement oublié l'alarme. Mais, malgré une courte leçon sur l'importance de rester en sécurité, Smoke s'était montré plutôt compréhensif, tout bien considéré.

— Tu sais ce que fait Silverstone, et je ne parle pas de l'activité de remorquage. Nous sommes prudents. *Très* prudents pour ne pas laisser notre travail nous suivre chez nous, mais je suis un connard paranoïaque. C'est pourquoi j'ai installé le système de sécurité en premier lieu. Mais je dois admettre que je suis aussi content qu'il te fasse te sentir protégée et en sécurité. Maintenant, finis ton petit déjeuner pour qu'on puisse y aller, ordonna-t-il.

Molly avait depuis longtemps posé sa fourchette de nourriture, mais la reprit devant son insistance. Elle commençait à trop aimer être dans la maison de Mark. Ça allait craindre quand elle devrait déménager.

Après qu'elle eut terminé son omelette, Mark mit son assiette et sa fourchette dans l'évier et remit la crème fraîche et la sauce salsa dans le réfrigérateur. Le fait de ne pas mettre d'eau sur les plats pour les faire tremper était l'une des petites choses qui l'agaçaient chez lui, mais elle laissa tomber, curieuse de savoir où il l'emmenait.

Elle enfila une paire de baskets, puis le rejoignit à la porte du garage. Il mit l'alarme et ferma la porte de la maison. Alors qu'il lui tenait la porte du côté passager, Molly repensa à la manière dont il était un gentleman. Et pas seulement en public, là où on l'attendait ou là où quelqu'un pouvait le voir. Il l'était *tout* le temps. Il cuisinait, tenait les portes ouvertes, se levait après s'être installé sur le canapé pour lui apporter une collation... les petites choses qui étaient tellement plus importantes que les grands gestes comme les fleurs.

Il sortit du garage et attendit que la porte se ferme avant de se diriger vers la longue allée. Lorsqu'il s'approcha de la barrière électronique, celle-ci s'ouvrit automatiquement lorsqu'il passa sur le capteur dans l'asphalte. Elle se referma immédiatement après que son pare-chocs ait franchi la barrière.

Molly sortit son téléphone, car elle n'avait pas pris la peine de consulter ses messages ce matin-là. Elle avait été trop occupée à reluquer Mark, ce qu'elle ne regrettait pas du tout.

Toujours souriante, elle déverrouilla son téléphone et regarda l'écran avec confusion.

Il n'était pas rare qu'elle reçoive dix ou vingt mails pendant la nuit. La plupart étaient des courriers indésirables qu'elle supprimait sans les ouvrir. Avant de partir au Nigeria, il y avait eu des jours où elle n'avait même pas pris la peine de vérifier ses mails. Mais ces derniers temps, elle s'était assurée de vérifier tous les jours au cas où la compagnie d'assurances ou l'avocat lui enverrait un mail demandant une signature, un document ou autre chose.

Mais à côté de son application de mails, il y avait le nombre 1523.

Elle avait reçu plus de mille cinq cents mails *pendant la nuit* ?

— Qu'est-ce qui ne va pas ? demanda Mark, en phase avec elle comme toujours.

— Je ne suis pas sûre, répondit Molly.

Elle reçut quelques notifications par texto, et elle supposa qu'elles provenaient de Skylar et Taylor. Pour l'instant, elle était trop curieuse de savoir pourquoi elle avait reçu un tel afflux de mails.

En ouvrant l'application, elle tressaillit quand elle vit certains des sujets des mails dans sa boîte de réception.

Stupide salope !

Va te tuer !

Tu te prends pour qui, putain ?

Crève !

Ils n'en finissaient pas. Molly sursauta, confuse et choquée.

— Molly, quoi ? demanda Mark, inquiet à présent.

L'ignorant, Molly cliqua sur le premier e-mail.

Tu es une stupide salope ! J'espère que tu ne vas pas te reproduire parce que n'importe lequel de tes enfants serait certainement aussi stupide que toi.

.   .   .

Les mots étaient blessants – et Molly n'avait aucune idée de ce qui avait pu faire d'elle la cible d'une telle méchanceté. Elle cliqua sur un autre mail.

Oh mon Dieu ! Les gens comme toi ne méritent pas de se promener sur cette Terre ! Pourquoi ne vas-tu pas te suicider ? Nous serions tous mieux avec toi morte.

Les larmes lui montaient aux yeux. Tant de haine, et seulement dans les deux premiers mails, était presque insupportable à lire.

Elle était quelqu'un de bien. Elle faisait de son mieux pour être gentille avec tous ceux qu'elle rencontrait. Mais après avoir été si longtemps la cible de l'animosité de Preston, ce genre de méchanceté la faisait se sentir encore plus vulnérable qu'elle ne l'était déjà. Et le fait qu'il y ait eu des *centaines* de mails, tous probablement remplis du même genre de dégoût et de haine...

C'était suffisant pour la pousser au bord du précipice.

Son téléphone lui fut arraché, et Molly leva les yeux au ciel, surprise. Elle n'avait même pas senti Mark s'arrêter sur le côté de la route. Il baissa les yeux sur son téléphone et se renfrogna.

— C'est quoi ce bordel ? marmonna-t-il en faisant défiler sa boîte de réception.

— Je ne sais pas, dit Molly. Je n'ai aucune idée de ce qui se passe.

Elle vit un muscle de la mâchoire de Mark se crisper en lisant certains des mails qu'elle avait reçus. Il sembla s'arrêter sur l'un d'eux pendant un long moment, puis il attrapa son propre téléphone.

— Mark ?

Il leva un doigt, lui demandant de patienter. Elle pressa ses lèvres l'une contre l'autre et s'essuya les yeux.

— Eagle ? C'est Smoke. Tu es au garage ? Bien. J'ai besoin de ton aide. Quelqu'un a posté une histoire méchante et fausse sur Molly dans un groupe de défense des animaux sur Facebook. Et qui que ce soit, il a aussi encouragé les gens à lui envoyer un mail pour lui dire ce qu'ils pensent de ce qu'elle a fait. Elle a reçu plus de mille cinq cents messages ce matin... non, mais tu peux te connecter à son compte et les lire toi-même. Au moins un d'entre eux mentionne le post. Je ne pense pas que ce soit un grand mystère de savoir qui a fait ça. J'ai besoin que tu trouves cette merde et que tu l'enlèves. Puis contacte les lieutenants d'Oak Park et informe-les de ce qui s'est passé.

C'est le travail de Weldon. Je parierais tout ce que j'ai sur ça, mais il ne sera pas assez stupide pour poster sous son propre nom. Je ne serai pas là aujourd'hui, j'emmène Molly s'amuser. Oui, c'est toujours d'accord pour demain et pour traîner avec Taylor au garage. On doit coincer ce connard. D'accord. Merci. Je t'enverrai son mot de passe pour que tu puisses accéder à son compte. À plus tard.

Mark raccrocha l'appel avec Eagle, puis tapota sur son clavier avant de la regarder.

— Quel est ton nom d'utilisateur et ton mot de passe ?

Molly ne pensa même pas à refuser de lui dire. Il l'aidait. Elle lui dit, et il envoya l'information par mail à Eagle. Puis il mit son téléphone *et* le sien dans le vide-poche de sa portière et serra le volant assez fort pour que ses jointures deviennent blanches.

— Mark ? demanda-t-elle timidement.

Elle avait du mal à comprendre ce que Mark venait de dire à Eagle.

— Je *déteste* ce connard, siffla-t-il entre ses dents serrées.

— Moi aussi, acquiesça immédiatement Molly. Preston a posté quelque chose sur moi sur Facebook ?

— Je suppose que c'était lui, oui.

— Qu'est-ce qu'il a dit ?

— Ça n'a pas d'importance.

— Ça en a pour moi, insista Molly.

Comme Mark ne disait rien, elle supplia :

— S'il te plaît ?

Soupirant, Mark finit par dire :

— L'un des mails contenait une capture d'écran du message. D'après ce que j'ai pu voir, il a posté une photo d'un sac de chiots morts... et a dit qu'il t'avait surprise en train de les mettre dans un grill pour les brûler, pour cacher le fait que tu les avais tués. Il a affiché ton adresse mail et a encouragé les gens à te dire ce qu'ils pensaient de tes actes.

Molly prit une grande inspiration. Le simple fait de penser à l'image que Mark avait décrite était suffisant pour lui donner envie de pleurer. Mais le fait de savoir que des milliers de personnes pensaient qu'elle était capable de faire quelque chose d'aussi odieux la bouleversa. Peu importait qu'ils soient inconnus. C'était toujours beaucoup de haine dirigée vers elle. Ça faisait mal. Tellement mal.

Molly ne ferait pas plus de mal à un chiot sans défense que de dire du mal de quelqu'un sur les réseaux sociaux. En regardant Mark, elle vit qu'il était sur le point de perdre la tête. Son visage était rouge, et ses biceps se contractaient encore et encore, comme si le volant était le cou de Preston.

Et plus elle le regardait, et plus elle y pensait, plus Molly était en colère.

Preston *était* une brute. Une excuse mesquine et pathétique pour un homme. Il ne pouvait pas supporter qu'elle le largue parce qu'il était un connard et un con qui voulait tout contrôler. Les gens qui lui envoyaient des mails avaient le droit d'être furieux à propos de cette histoire ; elle l'aurait été aussi, si elle l'avait découvert sur les réseaux sociaux. Mais ils ne *la* connaissaient pas. Ils ne savaient pas que Preston était un putain de menteur.

Pour le moment, sa colère passa au second plan. Elle avait besoin de calmer Mark.

Elle s'approcha et posa une main sur son avant-bras.

— Mark.

— Quoi ? grogna-t-il.

— Regarde-moi, supplia-t-elle.

Il tourna la tête, et Molly n'avait jamais vu une telle fureur dans les yeux de quelqu'un auparavant.

— Je vais bien, lui confirma-t-elle.

Mais il secoua la tête.

— Weldon est un tas de merde. Un enfoiré de lâche, vil et pusillanime.

Molly ne put s'en empêcher, elle éclata de rire.

— Qu'est-ce qui te fait rire, putain ? s'agaça Mark.

— Pusillanime ?

— Oui !

— C'est vrai. Mais Eagle s'en occupe. Et je suis sûre qu'il appellera Gramps et Bull s'il le faut. Je suis ici avec toi, et en sécurité. Preston est un lâche et un tyran, et s'il pense qu'inventer des histoires sur moi et faire en sorte que des étrangers inondent mon adresse mail va me donner envie de retourner avec lui, il est encore plus stupide que nous le pensions.

La fureur dans les yeux de Mark se calma un peu.

— Tu ne lis plus aucun de ces mails, lui ordonna-t-il.

— OK, accepta Molly.

Elle n'avait pas envie de les lire de toute façon.

— Nous allons devoir te trouver une nouvelle adresse mail. Tu pourras en informer ta compagnie d'assurances et Maggie plus tard.

— OK, dit-elle encore.

Mark saisit la main qui se trouvait sur son avant-bras et la porta à ses lèvres. Il embrassa sa paume, puis soupira.

La chair de poule envahit les bras de Molly. Mark l'avait embrassée plusieurs fois. Sur le dessus de la tête. Sur le front. Et elle l'avait embrassé une fois, juste au bord de sa bouche. Mais en sentant ses lèvres sur la peau tendre de sa paume, elle ressentit une décharge électrique entre ses jambes.

— Je ne sais pas quelle sera ma surprise aujourd'hui, mais tu ne peux pas dire à une fille que tu vas sortir avec elle, puis revenir sur ta parole, taquina-t-elle.

Elle vit les lèvres de Mark se contracter. Il secoua la tête.

— Trop forte putain, murmura-t-il, puis, plus fort ajouta, OK, Mol. Je ne changerai pas nos plans. Mais on ne sait pas si cette tête de nœud est dans les parages ou pas. Je ne vais pas prendre le moindre risque avec ta vie ou ton bien-être.

— Je suis d'accord avec ça.

— Tu feras ce que je te dis, dès que je te le dis, dit Mark sévèrement. Si je te dis de te *baisser*, tu te mets à plat ventre immédiatement. Peu importe que nous soyons dans un parking ou à l'intérieur d'un bâtiment. Compris ?

— Oui.

— Si je te dis de courir, tu cours. Si je te dis de ne pas bouger, tu ne bouges pas.

— OK, Mark. Je n'ai aucun problème avec tout ça.

Elle serra ses doigts. Il n'avait pas lâché sa main après l'avoir embrassée.

— Mais je veux quand même qu'on s'amuse. Si tu ne peux pas te détendre assez pour le faire, alors on peut aussi bien rentrer à la maison. Je préfère être enfermée derrière les murs de ta maison, où nous nous sentons tous les deux en sécurité, plutôt que de te voir stressé et trop prudent. Preston Weldon est un imbécile. Et il a essayé d'entrer dans ma tête. J'admets qu'il a réussi pendant une seconde, mais je suis plus forte que ça. Il ne me brisera pas.

Mark la regarda fixement pendant un long moment avant de fermer les yeux. Mais ils se rouvrirent presque immédiatement, et il dit :

— Folly Molly, mon cul. Tu as des nerfs d'acier.

— Pas vraiment. Seulement, je ne veux pas que ma surprise soit gâchée par ce crétin. Je suis sûre que je vais flipper plus tard, et tu devras me rappeler que j'essaie d'être une personne plus positive. Mais pour l'instant, je veux être normale. Je veux sortir et être Molly Smith, pas une victime.

— Tu es Molly Smith, et tu es la personne qui ressemble le

moins à une victime que j'ai jamais rencontrée, lui répondit Mark.

— Bon, on peut y aller, alors ? On est sur le bord de la route, et la dernière chose que je veux c'est de me retrouver sur *Live PD* quand les flics s'arrêteront pour vérifier ce qu'on fait.

Mark gloussa.

— Ils tournent à Lawrence, Molly, c'est au nord-est d'Indianapolis, loin de nous. Exactement à l'opposé de nous, dans la partie sud-ouest de la ville, en fait.

— On ne sait jamais, il pourrait y avoir une bande de flics de Lawrence en quête d'action pour la série, plaisanta Molly.

— Bien. Donc je ferais mieux d'y aller. Mais tu ne récupéreras pas ton téléphone aujourd'hui.

— D'accord. Mais tu peux demander à Bull et Eagle de dire à Skylar et Taylor ce qui se passe ? Je ne veux pas qu'elles pensent que j'ignore leurs textos.

— Je leur dirai, la rassura Mark.

Il regarda par-dessus son épaule et se remit sur la route, mais ne lâcha pas sa main. Molly n'avait aucun problème avec ça.

Il semblait que le répit dont elle disposait pour ne plus être harcelée par Preston soit terminé. Il avait fait la même chose avant qu'elle ne parte. Il avait commencé par des choses insignifiantes, lui avait donné le temps de baisser sa garde, puis avait recommencé. Elle n'avait aucun doute qu'il ferait la même chose maintenant. Elle était peut-être à Indianapolis, mais nulle part elle ne serait assez loin pour qu'il s'arrête, elle le savait. Molly espérait juste que Silverstone ou la police pourrait l'arrêter avant qu'il n'aille trop loin.

14

Smoke faisait de son mieux pour mettre sa fureur derrière lui, mais c'était extrêmement difficile. Il avait vu le choc et l'horreur dans les yeux de Molly quand elle avait lu les saletés que les gens lui avaient envoyées. Il savait sans l'ombre d'un doute que Weldon n'avait rien à faire d'une ordonnance de protection. Il l'avait probablement vue comme un défi. Et avec cette action, il acceptait le défi. Smoke lui avait donné une chance de s'enfuir la queue entre les jambes, mais c'était maintenant le match.

— Du bowling ?

Molly était tout excitée quand il se gara sur le parking de leur destination.

Quand il était venu la voir au milieu de la nuit, il avait eu une forte envie de l'emmener dehors. Elle avait été un tel soldat, ne se plaignant jamais de ne pas aller ailleurs que chez Silverstone Towing et chez lui. Il voulait la faire sortir de la maison, la laisser expérimenter les choses amusantes qu'Indianapolis avait à offrir. Ce qu'*il* avait à offrir.

Smoke voulait que Molly reste. Chaque jour, il se préparait à l'entendre dire qu'elle était prête à partir seule, à reprendre sa vie. Et chaque jour, il lui disait bonne nuit et la regardait monter les escaliers, souhaitant qu'elle se dirige vers la chambre principale et *son* lit.

Il essayait d'y aller doucement. De lui donner le temps de s'habituer à lui. Lui montrer qu'il n'était pas comme Weldon ou n'importe lequel de ses autres connards d'ex-petits amis.

Il aimait avoir ses affaires mêlées aux siennes dans la maison. Son doudou, la photo de la tortue, le mug mignon que Taylor lui avait acheté. Son garde-manger contenait plus de cochonneries qu'il n'en avait jamais vu, et il aimait ça aussi.

Molly Smith était la femme qu'il lui fallait... il fallait juste qu'elle ne veuille plus jamais partir. Et la prochaine étape pour y arriver était de l'inviter à sortir. Le bowling était une activité qu'il pratiquait tout le temps quand il était à l'armée, mais cela faisait presque cinq ans qu'il n'avait pas mis les pieds sur une piste de bowling. Smoke ne savait pas si Molly avait déjà joué au bowling, mais il y avait une première fois à tout.

Il gara son Explorer et inspecta le parking. Il ne vit aucun signe de quelqu'un qui le rendait nerveux. Gramps avait découvert que Weldon conduisait un vieux modèle de Crown Victoria. Il l'avait acheté à une vente aux enchères de la police. C'était une ancienne voiture de patrouille, dépouillée.

C'était Eagle qui avait découvert que l'ex de Molly avait postulé à l'académie de police et avait été refusé. L'homme avait définitivement un complexe d'infériorité quand il s'agissait des flics. Son travail dans la sécurité était probablement une tentative d'assouvir son ego, et maintenant son besoin de pouvoir s'était manifesté par une incapacité à lâcher Molly.

Mais tout semblait calme sur le parking du bowling. Smoke était sur les nerfs, mais il était aussi déterminé à faire de ce rendez-vous un bon moment. Il fit de son mieux pour détendre ses épaules et tendit la main.

— Grimpe sur la console, et sors de ce côté, lui dit-il.

Le simple fait de sortir et de faire le tour du SUV pour ouvrir sa porte pouvait donner à quelqu'un une chance d'arriver le premier et de l'enlever – ou de lui tirer quelques balles.

Molly leva un sourcil, mais ne protesta pas, au grand soulagement de Smoke. Comme elle était très mince, elle pouvait facilement grimper sur le siège. Il lui prit la main, l'aida à passer le volant et à sortir du véhicule.

— Je n'ai pas fait de bowling depuis des lustres ! s'exclama-t-elle joyeusement. Je dois te prévenir, j'étais plutôt bonne, dit-elle avec une étincelle dans l'œil.

— Moi aussi, renchérit Smoke.

— On fait un pari ? demanda-t-elle un peu effrontément.

— Tu es si bonne que ça ?

Smoke passa un bras autour des épaules de Molly et la maintint contre lui alors qu'il les pressait vers la porte. Si nécessaire, il pouvait la soulever et courir, ou la laisser tomber et la couvrir de son corps.

— Je suis très douée, se vanta Molly.

Ils entrèrent dans le bowling sans incident, mais Smoke savait qu'il ne se détendrait pas tant qu'il n'aurait pas vérifié l'absence de Weldon. Il prenait un risque en laissant Molly à la réception pour récupérer leurs chaussures, mais il devait faire un tour complet du bâtiment.

— Reste ici. Ne bouge pas. Je dois inspecter le bâtiment. Je ne veux pas te laisser ici, mais je ne veux pas non plus t'emmener. Si tu entends quoi que ce soit qui te rende nerveuse, prends mes clés, fiche le camp d'ici et va à Silverstone Towing. Compris ?

Elle hocha la tête avec de grands yeux en prenant les clés qu'il lui tendait.

Smoke prit une profonde inspiration et se retourna pour faire ce qu'il avait à faire.

Il était de retour à ses côtés en quatre minutes et demie. Il n'avait pas vu Weldon ou quoi que ce soit qui sorte de l'ordinaire. Il n'avait aucun moyen de savoir où ils allaient aujourd'hui, et Smoke se serait senti mieux d'annuler leur sortie et d'aller au garage ou de rentrer chez lui, mais honnêtement, il attendait avec impatience tout ce qui ressemblait à un rendez-vous depuis un certain temps, et il ne voulait pas gâcher cette journée.

Molly avait choisi la piste contre le mur du fond, ce qui lui fit plaisir.

— Tout va bien ? demanda-t-elle, un léger plissement du front étant la seule indication qu'elle était inquiète.

— C'est bon, lui répondit-il, en se penchant vers elle et en l'embrassant sur le sommet de la tête avant de s'asseoir à ses côtés et de prendre les chaussures qu'elle lui avait choisies.

— Si tu penses que c'est mieux que nous partions, je suis d'accord avec ça, lui dit-elle doucement.

— Eh bien, pas moi, lança Smoke, en se concentrant sur le laçage de sa chaussure.

— Il ne va pas s'arrêter.

Smoke leva les yeux au ciel.

— Il va s'arrêter, insista-t-il.

Molly pressa ses lèvres l'une contre l'autre.

Il posa une main sur son épaule et se pencha vers elle.

— Les gars sont sur le coup. Ils vont obtenir les informations dont ils ont besoin et les transmettre aux flics. Pendant ce temps, on va continuer à faire notre truc, et il va soit se lasser, soit être tellement énervé qu'il va passer à l'action. Et si c'est le cas, on l'attrapera, et il ira en prison. Ce que je ne vais *pas* faire, cependant, c'est te mettre en danger en attendant. Tu ne seras jamais un appât pour lui. Jamais. Ce n'est pas comme ça que Silverstone fonctionne. Compris ?

Molly acquiesça, et Smoke ne put manquer le regard de soulagement qui traversa son visage. Il regrettait de ne pas l'avoir rassurée sur ce point plus tôt.

— Je dois chercher un nouveau travail. Et s'il est temps pour moi de reprendre le travail et qu'il est toujours un connard en soi ? demanda Molly.

Smoke voulait sourire en entendant le choix de ses mots, mais il ne le fit pas.

— Tu n'as pas *besoin* de trouver un travail tout de suite, Mol.

Et avant de te plaindre que tu es une profiteuse, tu ne l'es pas. On en a déjà parlé. J'*aime* t'avoir dans ma maison. Tu fais plus que ta part du ménage, et l'argent n'est pas un problème.

Elle ne répondit pas, elle le regarda simplement fixement. Il pouvait pratiquement entendre son cerveau travailler.

— Pour aujourd'hui, tu n'as pas besoin d'y penser. Tout ce que tu dois faire, c'est *essayer* de me battre au bowling.

Ses mots firent ce qu'il espérait. Elle arqua un sourcil.

— Essayer ? demanda-t-elle d'un ton hautain.

— Oui.

— Je vais te faire ravaler ces mots, menaça-t-elle.

Smoke sourit alors qu'elle se levait et se dirigeait vers le stand pour choisir sa boule de bowling. Alors qu'il regardait autour de lui une fois de plus, son sourire diminua. Penser à ce que Weldon avait fait lui faisait bouillir le sang, mais ce n'était ni le moment ni l'endroit pour y penser. Il voulait sortir Molly et espérait lui faire oublier son connard d'ex pendant un petit moment.

* * *

Molly soupira de bonheur en s'installant dans l'Explorer. Mark et elle avaient joué cinq parties. Ce qu'elle avait le plus apprécié, c'était que Mark ne l'avait pas laissée gagner. Il était aussi acharné qu'elle à remporter la victoire. Il avait gagné quatre des cinq parties, mais seulement de quelques points chaque fois. Ils étaient bien assortis, et la matinée et l'après-midi avaient été très amusantes.

Ils avaient fait une pause après trois parties pour manger de la nourriture grasse de bowling, et pour la première fois depuis longtemps, elle n'avait pas l'impression d'être une dinde farcie après avoir mangé quelques bouchées seulement. Elle n'avait pas pensé à Preston depuis des heures – elle s'était plutôt détendue et avait passé un bon moment avec Mark.

Ils n'étaient pas à court de sujets de conversation, et elle aimait pouvoir le taquiner et être taquinée en retour sans craindre de le blesser.

— Nous devons trouver un tournoi, dit Mark, en lui souriant pendant qu'il conduisait. Ensemble, nous serions imbattables, c'est sûr.

— J'adorerais ça. Tu crois qu'il y en a ici ?

— Si ce n'est pas dans ce bowling, il doit bien en avoir quelque part.

Molly reposa sa tête sur l'appui-tête et se tourna pour le regarder.

— Merci pour cette belle journée, dit-elle.

— Tout le plaisir était pour moi, répondit Mark. Ça fait longtemps que je n'ai pas fait quelque chose d'aussi... normal. Tu veux sortir dîner ou manger à la maison ?

— À la maison, répondit Molly immédiatement. Depuis que tu as dit que tu n'aimais pas manger au restaurant et pourquoi, je n'arrive pas à me sortir ça de la tête. Et après avoir mangé toute cette merde au déjeuner, je pense que j'ai besoin de quelque chose de vert.

Mark gloussa.

— Oui, je vais payer pour avoir mangé tous ces nachos et les trois hot-dogs, mais ça m'a fait du bien de faire des folies.

— Alors... une salade pour le dîner ? demanda Molly.

— Ça me paraît bien.

Alors qu'ils rentraient chez lui, il questionna :

— Tu veux toujours aller à Silverstone Towing demain ?

— Oui. Taylor a dit qu'elle serait là, et j'aimerais bien passer un peu de temps avec elle... si tu penses toujours que c'est bon.

— C'est plus que bien, répondit rapidement Mark. Mais je comprendrais si tu voulais rester à la maison aussi.

— Je ne veux pas qu'il me détourne de mes activités normales, lui indiqua Molly. Je sais que je ne peux pas faire de longues promenades dans les bois, mais je me sens en sécurité chez toi et au garage. S'il est assez stupide pour faire quoi que ce soit pendant que je suis à l'un de ces endroits, il se fera prendre, et ce sera fini.

— Je suis fière de toi.

Molly haussa les épaules.

— Je fais ce que n'importe qui d'autre ferait dans ma situation, protesta-t-elle.

— Peut-être, peut-être pas, mais ton attitude à ce sujet est remarquable. Tu as parcouru un long chemin depuis la personne négative que tu prétendais être au Nigeria. Cette Molly qui se lamentait que tout ce que Weldon faisait était de sa faute et qu'elle le méritait.

Molly fut stupéfaite de réaliser que Mark avait raison. D'une certaine manière, au cours des dernières semaines, elle avait déjà changé de manière significative. Et elle avait le sentiment que c'était à force de fréquenter Mark et ses amis. Ils étaient tous si... satisfaits de leur vie. Ses parents et grands-parents n'étaient pas comme ça. Elle les avait aimés tendrement, et ils l'avaient aimée, mais ils avaient tendance à s'attarder sur les mauvaises choses de la vie plutôt que sur les bonnes. Malgré ce que Mark et les autres faisaient lors de leurs missions – *tuer* des gens qui faisaient des choses horribles aux autres – ils étaient toujours généralement positifs.

— Je pense que tu déteins sur moi, dit-elle honnêtement.

Elle reçut un énorme sourire en réponse. Et cette fossette. Bon sang, Molly aurait fait n'importe quoi pour la voir tous les jours pour le reste de sa vie.

Mark tourna sur l'allée de gravier menant à sa propriété. C'était à l'écart de la route principale, et continuait sur environ huit cents mètres avant le portail de sécurité.

Il arrêta son Explorer après seulement la moitié de cette distance et regarda fixement la route devant lui.

Molly plissa les yeux, essayant de comprendre ce qu'il regardait.

Quand elle comprit, elle sursauta.

Quelqu'un avait jeté des clous sur l'allée. Et pas seulement quelques-uns. On aurait dit des centaines.

Et il n'y avait qu'une seule personne qu'elle connaissait qui aurait fait quelque chose comme ça. Quelque chose de si mesquin et enfantin.

Preston.

Sans un mot, Mark tourna son volant brusquement vers la droite et quitta la route. La voiture subit des chocs et des secousses alors qu'il roulait dans l'herbe à quelques mètres des graviers.

— C'est Preston qui a fait ça, intima Molly à voix basse.

— Probablement, répondit Mark.

— Est-ce que ton appareil photo s'est déclenché ? demanda-t-elle, connaissant déjà la réponse.

Il ne s'était pas déclenché. Si c'était le cas, Mark aurait fait quelque chose. Mais il n'avait reçu aucune notification sur sa montre de toute la journée.

— Non. Il a été assez intelligent pour rester loin de la porte et des caméras.

Il la regarda.

— Il ne peut pas s'approcher de la clôture ou de la maison sans que je le sache. Tant qu'elle est réglée, mon alarme est presque infaillible. Je te garantis qu'il ne peut pas passer le portail sans que je sois averti.

Molly acquiesça.

Comme Mark l'avait suggéré, les clous sur la route ne furent posés que sur une courte distance avant que le gravier ne soit à nouveau dégagé.

— Je demanderai à Gramps ou à quelqu'un de passer et de dégager la route pour éviter de crever un pneu en partant demain, dit Mark.

Molly acquiesça.

Il s'arrêta devant le portail et entra rapidement le code incroyablement long. Le portail s'ouvrit, et Molly ne pensa pas avoir respiré normalement avant qu'il ne se referme derrière eux. La tête de Mark était constamment en mouvement, à l'affût de tout ce qui sortait de l'ordinaire alors qu'ils roulaient vers la maison avant d'entrer dans le garage. Une fois la porte fermée, il se tourna vers elle et prit sa main dans la sienne.

— Je l'ai dit une fois, et je le répète : tu es en sécurité ici, Mol.

— Je le sais.

— J'espère que tu le sais. Si je ne pensais pas que nous sommes en sécurité ici, je t'emmènerais à Silverstone Towing et t'enfermerais dans notre chambre forte jusqu'à ce que Weldon soit derrière les barreaux.

La façon confiante dont il parla fit hocher la tête de Molly.

— D'accord.

— OK. Allez, je ne sais pas pour toi, mais mon corps réclame de la graisse.

Elle lui sourit, appréciant le fait qu'il essayait de prendre à la légère ce que Preston avait fait – et le fait qu'il pouvait être dehors à les surveiller en ce moment.

Ils entrèrent, et Mark lui fit désarmer l'alarme, s'assurant qu'elle se souvenait du code. Chaque fois qu'elle activait ou désactivait ce système compliqué, elle se familiarisait avec lui. L'armer depuis l'intérieur de la maison était plus facile que de le désarmer. Tout ce qu'elle avait à faire était d'appuyer sur le bouton d'armement. Elle le fit et se retourna pour voir Mark lui faire un signe de tête approbateur.

— Tu veux prendre une douche avant le dîner ? demanda-t-il.

Elle n'avait pas l'impression d'avoir beaucoup transpiré en jouant au bowling, mais Molly comprit que Mark avait besoin d'appeler ses amis. Et elle était assez maligne pour comprendre qu'il ne voulait probablement pas qu'elle entende sa conversation. Elle décida de le laisser seul.

— Bien sûr.

— OK, monte. Je vais préparer des trucs pour qu'on puisse commencer à émincer quand tu auras fini.

En hochant la tête, Molly se retourna pour monter les escaliers, mais Mark prit sa main dans la sienne. Il la ramena vers lui et l'entoura de ses bras.

Molly adorait ses câlins. Elle ne se sentait jamais plus en sécurité que dans ses bras. Les battements de son cœur étaient forts et réguliers sous sa joue... et elle ne pouvait s'empêcher de se demander comment elle se sentirait si elle était tenue ainsi, sans rien entre eux.

— Ça va bientôt s'arrêter. Je te le promets. Tu pourras faire toutes les longues promenades que tu veux dans les bois, promit-il.

La gorge de Molly était serrée et elle ne voulait pas qu'il entende sa voix vaciller, alors elle hocha simplement la tête contre lui.

Il la tint dans ses bras un instant de plus, puis l'embrassa sur le front et s'éloigna. Sans un mot, Molly monta les escaliers jusqu'à la chambre qu'elle occupait. Elle ferma la porte et s'appuya contre elle, glissant pour s'asseoir sur la moquette épaisse et douce.

Parfois, elle avait l'impression que le Nigeria, c'était hier. Comme lorsqu'elle se réveillait au milieu de la nuit et oubliait où elle était pendant une fraction de seconde. Mais la plupart du temps, elle avait l'impression que *quelqu'un d'autre* avait été kidnappé et jeté dans un trou comme si elle n'était qu'un déchet.

Mark et ses amis lui permettaient d'avancer dans sa vie. De se sentir forte.

Elle voulait que Preston la laisse tranquille. Qu'il l'oublie. Pendant un moment, elle pensa que peut-être il l'avait fait pendant ses mois d'absence. Mais après l'avoir vu à Oak Park, elle avait compris qu'il n'abandonnerait *jamais*. Dans son esprit, elle était à lui. Cela n'avait aucun sens.

Elle espérait juste et priait pour que dans son processus de récupération – par la force physique, si nécessaire – il ne fasse pas de mal à quelqu'un qu'elle avait appris à aimer.

Mais il avait déjà tué Nana et Papa. Molly savait instinctivement qu'il ne laisserait personne d'autre s'opposer à ce qu'il voulait.

Prenant une profonde inspiration, elle se leva lentement et se dirigea vers la salle de bains pour prendre une douche. Pour ce soir au moins, elle était en sécurité. Enfermée derrière les murs de la maison de Mark. Elle allait vivre au jour le jour en espérant que Silverstone et la police trouveraient ce dont ils avaient besoin pour que Preston la laisse tranquille pour de bon.

* * *

Preston espionnait la maison à travers ses jumelles depuis sa cachette à quatre cents mètres de la clôture qui entourait la maison de ce connard. Il était à l'intérieur. Avec *sa* petite amie.

Et Molly était définitivement à lui. Il l'avait trouvée en premier.

Les caméras et la sécurité autour du périmètre de la propriété étaient un problème. Il en savait assez sur les deux pour savoir que l'installation était haut de gamme, ce qui était une mauvaise surprise à laquelle il ne s'attendait pas, surtout de la part d'un mécanicien stupide. Il ne serait pas capable d'y pénétrer et d'enlever Molly avant que les flics ou le connard lui-même ne soient sur lui. Il allait devoir être patient et attendre l'occasion.

La lumière clignotante de la caméra la plus proche de sa cachette le narguait. Lui faisant savoir que s'il s'approchait davantage, il serait filmé.

Molly allait souffrir pour l'avoir trompé. Il savait juste qu'elle était là à baiser ce connard. Il avait utilisé ses ressources pour rechercher la plaque d'immatriculation et appris tout ce qu'il devait savoir sur l'homme avec qui elle vivait.

Mark Chamberlin. Trente-huit ans, un mètre quatre-vingt-cinq, cheveux bruns, yeux bruns.

Presque *quarante ans*. Cependant, il était en bonne forme, ce qui énervait Preston encore plus.

Il fléchit son bras, heureux de voir à quel point il était musclé.

— Je pourrais le battre, prononça-t-il à voix haute. Cet enfoiré pense qu'il est tellement génial. Il ne serait pas de taille pour *moi*.

Il prit une autre bière dans le sac à ses pieds et la descendit. Il écrasa la canette vide dans son poing, en faisant jouer ses biceps, puis la remit dans le sac. Il savait qu'il ne fallait pas laisser traîner son ADN au risque que quelqu'un le trouve.

Jusqu'à ce qu'il puisse l'enlever, Preston prendrait plaisir à rendre fous Molly et son nouveau copain de baise. Il avait ri tout le temps qu'il avait étalé les clous dans l'allée. Il avait prévu de les étaler davantage, mais il avait trébuché et laissé tomber le sac entier en un seul morceau. Puis il avait essayé de les disperser avec son pied, mais ça avait pris trop de temps, et il avait eu peur que quelqu'un le voie.

Il avait espéré que le crétin avec qui Molly était ne ferait pas attention. Quand Preston l'avait vu manœuvrer autour des clous dans l'allée, ça avait gâché une partie de son plaisir.

Mais ça n'avait pas d'importance. Il allait la récupérer. Il n'en avait pas fini avec elle. Aucune salope ne lui avait *jamais* dit non. C'était lui qui décidait quand ils en avaient fini. Et il était loin d'en avoir fini avec Molly Smith.

Elle n'avait plus personne maintenant. Elle était seule au monde. Le gars qu'elle baisait ne comptait pas. Il en aurait assez d'elle bien assez tôt. Preston n'avait aucun doute là-dessus. Molly était une salope agaçante, mais ça ne voulait pas dire qu'elle devait prendre les décisions. Les femmes comme Molly devaient être remises à leur place.

Preston n'avait pas vraiment l'intention de tuer ses foutus grands-parents, mais ils ne voulaient pas lui dire où elle était, et il savait qu'ils avaient l'information. Même après qu'il eut giflé la vieille femme, essayant de faire craquer son mari, ils avaient continué à résister. Quand la femme avait commencé à crier, il avait dû faire quelque chose pour la faire taire, alors il l'avait frappée aussi fort qu'il avait pu, l'assommant.

Puis le vieil homme avait ouvert *sa* bouche.

C'était de leur faute s'ils étaient morts.

Il avait enroulé ses mains autour de la gorge du vieil homme, et le sentiment de *puissance* qui l'avait envahi alors qu'il regardait l'homme lutter pour respirer... Preston n'avait jamais rien ressenti de tel. Quand l'homme était mort, il s'était tourné vers la femme. Elle commençait à revenir à elle, alors il l'avait étranglée aussi. Puis, sachant que son ADN était probablement partout sur la scène, il avait incendié la maison.

Preston était *sûr* que lorsque Molly apprendrait la mort de ses précieux grands-parents, elle rentrerait à la maison.

Mais elle ne l'avait pas fait. Pas pendant plus d'un mois. C'était frustrant et exaspérant. Mais finalement, elle s'était montrée, comme il l'avait prévu.

Il était ravi de la revoir, sauf qu'elle était accompagnée non pas d'un, mais de *deux* hommes. Il n'aurait pas été surpris qu'elle les baise tous les deux !

Preston s'empara d'une autre bière, la vida tout aussi rapidement et la fit suivre d'un verre de bourbon caché dans son sac. La punition de Molly pour avoir osé se donner à quelqu'un d'autre serait sévère.

Malgré sa fureur à l'idée qu'elle se soit mise à fréquenter un autre homme, ou d'autres hommes, il avait été soulagé de la voir après avoir échoué à la retrouver pendant si longtemps. Elle avait perdu du poids, mais son apparence n'avait pas d'importance. Il la baiserait de toute façon.

Il reporta son attention sur les jumelles, sur la maison au loin. Les rideaux ou les stores étaient tous fermés, il ne pouvait donc pas voir ce qui se passait à l'intérieur. Alors qu'il regardait et buvait, le dégoût et la rage l'envahirent. Il *détestait* que sa salope de copine le trompe, mais il la punirait pour ça.

Puis il la convaincrait qu'il avait mis tout ça derrière lui. Qu'ils étaient bien...

C'était amusant de lui faire perdre la tête. Il savait qu'elle avait dû paniquer après avoir vu ses mails ce matin-là. Il n'avait aucune idée du nombre de personnes qui l'avaient contactée, mais si l'on en croyait les réponses à son message, il devait y en avoir beaucoup. La simple pensée de sa panique et de sa confusion le faisait sourire.

Bien que s'amuser de sa tête soit agréable, il devait être prudent à cause de la foutue ordonnance de protection qu'elle avait placée sur lui. Il ne pouvait pas être surpris en train de communiquer avec elle, ou filmé n'importe où près d'elle. Mais un jour ou l'autre, elle ou ce connard avec qui elle vivait allait merder, et il serait là.

Souriant, Preston murmura :

— Bientôt.

Il retourna à l'endroit où il avait laissé sa voiture, à quatre cents mètres de là, un peu moins stable sur ses pieds. Lorsqu'il arriva, il prit une grande gorgée de la bouteille de whisky qu'il avait laissée sous le siège passager avant de démarrer le moteur et de s'engager sur la route. Il devait retourner à Chicago. Mais il reviendrait, prêt à ramener sa Molly là où elle devait être.

15

___

Molly s'était réveillée tôt le lendemain et avait poussé un soupir de soulagement en vérifiant son téléphone et en constatant que des milliers de mails ou de textos horribles ne l'attendaient pas. Elle avait créé une nouvelle adresse mail la nuit précédente et ne l'avait envoyée qu'aux quelques personnes qui en avaient besoin.

Le seul texto de la matinée était celui de Taylor, qui demandait s'ils étaient toujours d'accord pour traîner à Silverstone Towing.

Molly l'avait rassurée et s'était levée pour prendre une douche. Elle était descendue avant que Mark ne termine sa séance d'entraînement dans le garage, et son shaker protéiné l'attendait à son retour dans la maison.

Elle devait admettre qu'elle aimait l'expression de plaisir sur son visage quand il la voyait. Il était monté prendre une douche, et Molly ne pouvait s'empêcher de fantasmer sur la façon dont il serait nu avec l'eau tombant en cascade sur son corps.

Après qu'il fut redescendu, ils avaient discuté de la journée à venir. Lorsqu'ils étaient partis, l'allée avait déjà été débarrassée de ses clous, et Molly avait vu Mark regarder attentivement autour de lui lorsqu'il s'était engagé sur la route. Comme ses muscles étaient restés détendus, elle s'était dit que Preston ne les suivait pas.

Ils venaient d'arriver à Silverstone sans incident, et Mark se tourna vers elle avant qu'ils ne sortent de sa voiture.

— Fais-moi savoir quand tu seras prête à partir.

— Je ne veux pas te presser si tu as du travail à faire. Je peux traîner aussi longtemps que tu en as besoin. La dernière chose que je souhaite, c'est d'interrompre ce que vous êtes en train de faire avec ton équipe. Je sais personnellement combien c'est important.

Elle ne put lire le regard sur le visage de Mark.

— Quoi ? demanda-t-elle.

— Beaucoup de femmes ne seraient pas aussi compréhensives ou patientes, répondit-il.

— Beaucoup de femmes ne sont pas retenues captives dans un trou au milieu de la jungle, sachant que personne ne les cherche, plaisanta Molly.

— Bon point, souffla Mark tranquillement.

— Si tu dois rester ici toute la nuit, à discuter de plans et à étudier des cartes, je peux dormir dans l'une des chambres à l'étage. Je ne veux jamais te presser, car ta sécurité est en jeu. Je suis consciente que ce que tu fais est dangereux. Prends le temps qu'il te faut – je ne me plaindrai jamais si tes réunions avec les autres durent trop longtemps.

Mark s'approcha alors d'elle. Il posa une main sur sa nuque et la tira vers lui. Molly s'appuya sur la console entre eux. Il posa son front sur le sien et la tint simplement dans ses bras pendant un moment. Molly sentait son souffle chaud sur ses lèvres, et elle ne voulait rien d'autre que de presser sa bouche contre la sienne, mais la peur la retenait. Elle avait peur que, malgré le nombre de fois où il la touchait, elle se méprenne et qu'il ne soit qu'un ami qui la soutenait.

Être près de Mark et prétendre qu'elle ne l'aimait pas la tuait, mais ne pas être près de lui lui ferait encore plus mal.

— Tu es unique en ton genre, intervint Mark après une minute.

Puis il se retira.

— Viens, je suis sûr que Taylor t'attend.

Molly mit une seconde à retrouver son équilibre, mais elle sortit de son côté du camion et marcha jusqu'à Mark, qui l'attendait à l'avant de sa voiture. Ils entrèrent côte à côte dans Silverstone, prenant au passage leurs badges sur le panneau métallique à côté de la porte.

Dès qu'ils entrèrent dans la grande salle, Shawn les salua depuis la cuisine. L'odeur des petits pains à la cannelle était omniprésente dans l'air, et Molly avait de nouveau faim, même si elle venait de prendre son petit déjeuner il y a peu.

Taylor s'approcha d'eux, et Molly vit ses yeux se poser sur leurs badges. Au début, c'était un énorme changement de savoir que Taylor ne savait pas qui elle était chaque fois qu'elle la voyait, mais c'était à peine perceptible maintenant. Taylor était qui elle était, et Molly adorait passer du temps avec elle.

— Salut, dit Taylor, en donnant un câlin à Molly.

Puis Mark prit Taylor dans ses bras, en souriant quand il se retira.

— Je crois que tu es de plus en plus enceinte chaque fois que je te vois, remarqua-t-il.

Taylor posa une main sur son petit ventre.

— Peu importe. Je crois que le petit gars grandit très vite.

Molly ressentit une pointe de jalousie, mais elle la repoussa. C'était Taylor, son amie, et elle était ravie pour elle.

— Un gars ? demanda-t-elle en haussant un sourcil.

Taylor haussa les épaules.

— Nous avons décidé de ne pas connaître le sexe du bébé. Certains jours, je suis convaincue que c'est un garçon, surtout quand il me donne des coups de pied, et d'autres fois, je suis sûre que c'est une fille. Aujourd'hui, c'est un jour de garçon.

— Je ne pense pas que je serais capable de supporter l'attente. J'aurais besoin de savoir ce que j'ai, rebondit Molly.

— J'ai été plutôt bonne à ce sujet... jusqu'à présent. Viens, dit Taylor en prenant la main de Molly. Shawn a fait une fournée de petits pains extra-cannelle pour toi.

— C'est un mot ? demanda Molly.

Taylor haussa les épaules.

— Je suis choquée qu'une folle de grammaire comme toi ose utiliser un faux mot, plaisanta Molly.

— Hé, quand Shawn dit qu'il a doublé la quantité de sucre à la cannelle dans les pâtisseries parce qu'il sait à quel point tu es gourmande, j'ai le droit d'inventer des mots pour décrire ces délices, lui répondit Taylor. En plus, cette semaine, j'ai envie de sucré, alors j'en profite aussi.

Molly entendit Mark glousser derrière elle. Il les suivit jusqu'aux abords de la cuisine, puis lui prit la main.

— Je vais descendre avec les gars. Si tu as besoin de moi, envoie un SMS ou frappe à la porte, d'accord ?

— OK.

On aurait dit qu'il allait dire autre chose, mais Shawn l'interrompit en apportant un plateau rond de petits pains à la cannelle les plus décadents que Molly avait jamais vus de sa vie.

— Putain de merde, souffla-t-elle, excitée.

— Seigneur, si tu tombes dans un coma sucré, essaie d'atteindre un lit avant de t'effondrer.

Elle gloussa et leva les yeux vers Mark.

Il la regardait avec une expression d'amusement et, osa-t-elle le penser, d'affection.

— Passe une bonne journée avec Taylor.

Puis il se pencha, embrassa le haut de sa tête, et se dirigea vers le couloir qui menait à la cage d'escalier du sous-sol.

— Madaaaaaaaaaame, dit Taylor après son départ.

Molly se retourna et trouva Shawn et Taylor en train de lui sourire.

— On dirait que notre journée va être très divertissante, reprit Taylor.

Sachant qu'elle allait être interrogée sur ce qui se passait entre Mark et elle, Molly fronça le nez. Si elle savait ce qui se passait, elle serait ravie de le dire, mais elle était toujours aussi confuse.

— Tiens, le sucre améliore toujours les choses, lui indiqua Shawn en lui tendant une assiette avec un mélange de glaçage et de pâtisserie.

— Merci, lui répondit Molly.

— Et voici un énorme gobelet d'eau, tu vas en avoir besoin, dit Taylor avec un sourire, en le passant à Molly.

Molly prit le gobelet offert pendant que Taylor prenait son assiette et sa boisson. Au bout de quelques minutes, elles étaient assises sur les chaises confortables du sous-sol, dégustant leurs friandises sucrées.

Les deux femmes commencèrent leur conversation en parlant des mails que Molly avait reçus. Taylor en avait évidemment entendu parler par Eagle, et était outrée comme il se doit. Elles parlèrent ensuite de la grossesse de Taylor et de son évolution.

— J'ai peur, admit Taylor.

— De quoi ? De la naissance elle-même ? interrogea Molly.

— Non.

— Tu ne peux pas avoir peur qu'Eagle devienne père. Il t'adore. Il va aimer ce bébé plus que tout. Il sera si protecteur que l'enfant ne pourra *rien* faire sans qu'il le surveille.

— Je sais, ce n'est pas génial ? répliqua-t-elle. Il a déjà dit qu'il n'avait aucun problème à être celui qui se lève au milieu de la nuit. Je veux dire, je devrai nourrir le bébé, mais Eagle l'amènera *à* moi plutôt que de devoir toujours me lever.

Molly mit une main sur sa poitrine et ferma les yeux.

— Trop mignon.

Taylor s'esclaffa.

— N'est-ce pas ?

— Alors, qu'est-ce qui te rend nerveuse ? demanda Molly.

— Tu es au courant de ma maladie. J'ai peur que mon

enfant ait la même chose. C'est courant dans les familles. Et même s'il ne l'a pas... je ne reconnaîtrai pas mon propre bébé.

Molly se pencha en avant.

— Je ne doute pas que tu trouveras un moyen de faire en sorte que ça marche. Tu es une personne extraordinaire, Taylor. Eagle et toi aimez déjà ce bébé plus que tout. Je ne sais pas tout ce qu'il y a à savoir sur la prosopagnosie, mais je *sais* que l'amour qu'Eagle et toi partagez fera que tout s'arrangera.

— Merci, dit doucement Taylor.

— De rien.

— Assez parlé de moi. Parlons de *toi*, relança Taylor avec un sourire.

— On est obligés ? demanda Molly en gémissant.

— Parle-moi de ton travail. Tu es ingénieure en environnement, non ?

— Je l'étais, oui.

— Étais ? s'étonna Taylor.

— Je veux dire, je le suis, rétorqua Molly.

— Je pense que ta première réponse était plus honnête. Tu as été virée ?

— Pas exactement. Mais je n'arrive pas à trouver de l'enthousiasme pour ce travail. J'ai déjà appelé mon patron pour lui dire que je ne reviendrais pas. Le soulagement que j'ai ressenti après avoir passé cet appel était presque paralysant.

— As-tu pensé à écrire un livre sur ce qui t'est arrivé ? demanda Taylor.

Molly regarda son amie avec de grands yeux.

— Quoi ?

— Un livre. Une autobiographie en quelque sorte.

— Je crois que ça n'intéresse personne.

— Ce n'est pas vrai, soutint Taylor. *Moi*, ça m'intéresse.

Elle prit une profonde inspiration avant de poursuivre.

— Tu n'en as pas beaucoup parlé, et je peux respecter cela. Je n'aime pas penser à ce tueur en série qui me chasse. Mais je pense vraiment que les gens seraient intéressés par ce qui t'est arrivé. Les chaînes qui diffusent toutes ces séries policières à la télé sont super populaires. Les gens se font aspirer par ce genre de choses. Ils veulent connaître tous les détails. Tu te souviens d'Elizabeth Smart ? Les gens voulaient désespérément savoir ce qui lui était arrivé quand elle était retenue par ce psychopathe pendant toutes ces années. *Elle* a écrit un livre. Et Jaycee Dugard a un livre sur sa vie. Les filles qui ont été retenues par Ariel Castro ont écrit des livres. Il y a même beaucoup de livres écrits par d'anciens prisonniers de guerre. Tu te souviens de la femme soldat qui a été faite prisonnière en Turquie ? Celle que la presse a surnommée la princesse américaine ? Parfois, on l'appelait aussi la princesse de l'armée. J'ai relu son livre, et il a été sur la liste des best-sellers pendant des *semaines*.

— Je ne veux pas être un objet de fascination morbide, répondit Molly.

Taylor s'assit en avant sur sa chaise et posa une main sur le genou de Molly.

— Je ne pense pas vraiment que ce soit ce dont il s'agit. Je pense que nous sommes fascinés par la façon dont certaines personnes survivent aux situations terribles dans lesquelles elles se trouvent. Je pense aussi que les gens sont fiers de la force des hommes et des femmes qui s'en sortent dans des situations aussi horribles. Nous ne pouvons pas imaginer que cela nous arrive, mais nous espérons que nous serons aussi forts que les personnes dont nous lisons les histoires si nous nous trouvons un jour dans une situation similaire. Ce qui t'est arrivé au Nigeria était horrible, et c'était un truc de fou. J'ai parlé à l'auteur de ce livre de princesse, et elle a dit que c'était cathartique de l'écrire. Et je connais beaucoup de gens dans l'industrie. Si tu ne veux pas l'écrire toi-même, on peut te trouver un prête-plume. Mais je pense que c'est important de faire connaître ton histoire.

Molly n'arrivait pas à croire qu'elle envisageait d'écrire sur son expérience. D'un côté, elle voulait oublier ce qui s'était passé, mais de l'autre, elle voulait aider les autres à être forts.

D'autant plus qu'elle n'avait jamais pensé qu'elle était si courageuse ou forte elle-même. Mais elle s'en était sortie vivante.

— Je vais y réfléchir, dit-elle finalement à Taylor.

— Bien. Et bien sûr, je le relirai pour toi.

Molly roula des yeux et sourit.

— Bien sûr.

Taylor ouvrit la bouche pour dire autre chose, mais elle fut interrompue par l'ouverture de la porte de la chambre forte. Bull, Eagle, Mark et Gramps sortirent en courant vers la cage d'escalier.

— Qu'est-ce qui se passe ? demanda Molly, mais les hommes étaient déjà partis.

— Aide-moi à me relever, demanda Taylor en tendant la main.

Molly la tira de son siège et elles suivirent les hommes dans les escaliers. Ils étaient tous debout dans la petite salle d'expédition en train de parler avec José, qui était de service ce matin-là.

— Quand lui as-tu parlé pour la dernière fois ? demanda Bull.

— Il y a une heure environ. Il a dit qu'il allait manger un morceau et qu'il me ferait savoir quand il reprendrait son poste. Honnêtement, je l'ai oublié jusqu'à ce qu'on reçoive un appel, et j'allais le lui assigner. Il n'a pas répondu à la radio. J'ai appelé son portable, et il n'y a pas de réponse non plus, expliqua rapidement José.

— As-tu tracé sa dépanneuse ? demanda Eagle.

— Oui, elle est dans un parking entre la Cinquième et Main.

— Appelle la police. Fais-leur savoir que nous avons besoin d'une vérification, ordonna Gramps à José.

José hocha la tête et attrapa le téléphone.

Les hommes de Silverstone se retournèrent tous en tandem, s'arrêtant net lorsqu'ils virent Taylor et Molly dans le couloir.

— Qu'est-ce qui ne va pas ? demanda Taylor.

— On n'arrive pas à joindre Bart, lui répondit Eagle. On va aller le voir.

— Vous tous ? demanda-t-elle.

— Je reste, informa Mark. Les autres iront. Eagle peut conduire. S'il est blessé, Bull pourra ramener le camion ici, et Gramps ira à l'hôpital avec Eagle et Bart. Je resterai ici pour surveiller la situation, et je pourrai appeler sa famille si nécessaire.

Les hommes acquiescèrent tous, approuvant le plan de Mark, et se rangèrent derrière Molly et Taylor.

Suivant derrière eux, Molly vit Eagle embrasser Taylor, puis se diriger vers la porte avec les autres. Elle se tourna vers Mark.

— Si tu dois aller avec eux, vas-y. Je serai bien ici.

— Je sais, mais honnêtement, je me sentirais mieux en restant ici avec toi. Nous ne savons pas si c'est l'œuvre de Weldon ou quelque chose d'autre. Je préfère ne pas prendre de risques.

Molly avala de travers. C'était sa pire crainte qui se réalisait. Que Preston s'en prenne aux autres à cause d'elle.

Puis quelque chose d'autre lui vint à l'esprit. Personne n'avait hésité à agir quand ils avaient réalisé que Bart avait disparu. Ils avaient agi sans réfléchir. L'essentiel était que Bart était l'un des leurs, et Silverstone prenait manifestement soin de ses employés.

Contrairement à ce qui lui était arrivé.

Peut-être qu'elle n'était pas juste, mais il n'avait pas semblé qu'Apex avait fait autre chose que de fuir après qu'elle eut été enlevée. Ils n'avaient laissé personne derrière eux pour mener une équipe de recherche, ou pour essayer de travailler avec le gouvernement nigérian. Ils l'avaient simplement laissée derrière eux.

— Tu peux nous donner une seconde ? demanda Mark à Taylor.

Elle hocha immédiatement la tête et alla dans la cuisine pour parler avec Shawn.

— À quoi tu penses ? questionna Mark, en mettant son doigt sous le menton de Molly et en croisant son regard avec le sien.

Elle aimait la sensibilité dont il faisait preuve à l'égard de ses sentiments.

— Je ne peux pas m'empêcher de comparer la réaction de Silverstone à celle d'Apex... mon ancien employeur. Ont-ils au moins essayé de me retrouver ? Je ne pense pas qu'ils l'aient fait. Bart n'a même pas été injoignable pendant une heure, et vous faites tout pour le retrouver.

— Écoute-moi. Est-ce que tu m'écoutes ?

Molly hocha la tête.

— Je ne peux pas changer le passé. J'aurais aimé te connaître avant que tu partes à l'étranger. Mais j'étais sacrément inquiet pour toi avant même de te connaître. Tu peux demander aux gars si tu veux. Quand on a appris qu'une Américaine avait été enlevée avec les écolières nigérianes, je n'étais *pas* content. Je les ai poussés à partir plus tôt que nous étions honnêtement prêts, mais je ne pouvais pas supporter l'idée que tu sois quelque part dehors. Notre travail était Shekau... mais mon esprit était avec *toi*. Apex est stupide de ne pas réaliser que ses plus grands atouts sont les gens qui travaillent pour eux. Et qu'ils valent n'importe quelle somme d'argent pour assurer leur sécurité. Silverstone Towing n'est rien sans ses employés. Mais Bart est plus qu'un simple employé. C'est un ami. Un ami que nous aimons et respectons tous. S'il a décidé de prendre une pause extra longue et a oublié de prendre sa radio, très bien. Il sera embarrassé, et ne le refera plus jamais. Mais s'il a été volé, s'il est blessé, ou si quelque chose d'autre s'est produit, nous ferons tout ce qu'il faut pour l'aider.

— Je sais, et je vous respecte beaucoup pour ça.

— Rassure-toi, Molly, maintenant que je te *connais*, rien ne nous empêchera, moi et le reste de Silverstone, de *te* retrouver si tu gardes le silence radio.

Ses mots la rassurèrent d'une manière dont elle ne savait même pas qu'elle avait besoin.

Une fois de plus, elle se retrouva dans son étreinte. Elle avait serré Mark dans ses bras plus souvent ces dernières semaines qu'elle n'avait serré quiconque auparavant, sauf peut-être ses grands-parents. Cela aurait dû la surprendre, mais elle se sentait tout simplement bien.

Ce furent quarante-cinq minutes tendues alors qu'ils attendaient des nouvelles de Bart de la part des autres gars. Quand le téléphone de Mark sonna enfin, Shawn, Taylor et Molly écoutèrent sans broncher.

— Tu l'as trouvé, Eagle ? demanda Mark. Bien !

Tous les muscles du corps de Mark se détendirent et Molly soupira de soulagement.

— Je vais te mettre sur haut-parleur, attends, dit Mark. OK, vas-y. Que s'est-il passé ?

— Les flics étaient sur place quand nous sommes arrivés. On dirait que son taux de sucre dans le sang était trop bas. Il a décidé de faire une petite sieste au lieu de manger – ce qu'il ne fera plus, crois-moi. Gramps est en route pour l'hôpital avec lui pour s'assurer qu'il va bien. Bull et moi devrions bientôt être de retour. Taylor ?

— Je suis là, répondit-elle à son mari.

— Tu vas bien ?

— Oui, Eagle. Je vais bien.

— Donc rien ne semble déplacé ? Trafiqué ? demanda Mark à son ami.

— Non. Ses portes étaient verrouillées, et je suppose que les flics ont mis du temps à le réveiller suffisamment pour les déverrouiller. Ce n'était pas Weldon. Je parierais toute ta fortune là-dessus.

— Parier *ma* fortune, hein ? gloussa-t-il. OK, ça me fait me sentir mieux. Merci.

— Je serai bientôt de retour au garage.

— OK. Conduis prudemment.

— Toujours.

Mark raccrocha le téléphone et sourit à Molly.

— L'excitation de la journée semble être terminée. Du moins, espérons-le.

Molly acquiesça.

— C'est sûr.

— Je vais commencer à préparer des boîtes à lunch pour les chauffeurs, dit Shawn. J'aurais déjà dû y penser. Ils pourront toujours faire une pause et manger, mais si Bart a besoin de sucre immédiatement, il n'aura pas à choisir entre un fast-food ou une sieste.

— Merci, Archer. Je suis sûr que tout le monde appréciera.

— Et je m'assurerai que le déjeuner soit prêt pour Eagle et Bull à leur retour. Pour Gramps aussi, quand il rentrera de l'hôpital. J'ai pensé faire une salade de poulet grillé au citron. C'est bon ?

— C'est parfait, le rassura Mark. Tu veux rester ? demanda-t-il à Molly.

Elle acquiesça.

— Si c'est possible.

— Bien sûr. Retourne en bas avec Taylor. Je vais vous apporter le déjeuner à toutes les deux.

— Tu es sûr ?

— Oui.

— Merci.

— Quand tu veux.

Et Molly avait le sentiment que Mark le pensait vraiment. Taylor le remercia aussi, et elles retournèrent au sous-sol.

Ce ne fut qu'une heure et demie plus tard, après que les garçons furent rentrés, que Molly et Taylor aient mangé, que Bull et Gramps soient partis pour la journée et qu'Eagle soit à l'étage en train de parler à Shawn, que les deux femmes reprirent leur conversation.

— Je sais que je m'étais éclipsée à l'étage, mais je n'ai pas pu m'empêcher d'entendre ce que tu as dit sur ton ancienne entreprise, confia Taylor à Molly. J'ai été aussi surprise que toi quand j'ai découvert à quel point les employés de Silverstone s'en sortent bien. Ils n'ont littéralement aucun roulement. C'est du jamais vu. Mais tous ceux qui travaillent ici savent à quel point ils sont bien lotis. Ils travaillent comme des fous aussi. Je n'ai pas été surprise que les gars se soient immédiatement dirigés vers Bart. C'est juste ce qu'ils sont.

Molly hocha la tête.

— Je suis d'accord. Ils n'étaient pas obligés de m'emmener avec eux après m'avoir trouvée. Ça aurait été plus facile, et ils seraient rentrés plus tôt, s'ils ne l'avaient pas fait.

— Alors... tu ne veux plus travailler pour Apex. Je t'ai peut-être convaincue d'écrire un livre sur tes expériences. Mais alors... quoi ? Que veux-tu *vraiment* faire ?

Molly jeta un regard inquiet à la porte de la chambre forte.

— C'est insonorisé. Smoke ne peut pas t'entendre, si c'est ce qui t'inquiète, la rassura Taylor.

C'était ce qui la rendait nerveuse. Mais faisant confiance à Taylor, elle prit une profonde inspiration pour admettre son désir le plus profond.

* * *

Après avoir trouvé Bart, l'équipe n'avait plus été capable de se concentrer pleinement sur la recherche de leur prochaine mission. Ils avaient donc décidé de s'arrêter là et de réessayer bientôt. Smoke était resté dans la chambre forte, laissant à Taylor et Molly le temps de continuer à se connaître. Il était ravi qu'elles s'entendent si bien. Il savait que Molly avait accepté de se rendre dans la classe de Skylar à l'école mater-nelle dans un avenir proche. Il espérait que les deux femmes contribueraient à ce que Molly reste dans la région. Le fait d'avoir des amies proches ici à Indianapolis devait sûrement la dissuader de partir, non ?

Son téléphone reçut un texto, et Smoke baissa les yeux.

Eagle : Vérifie que Taylor va bien pour moi, tu veux ? Je veux m'assurer qu'elle va vraiment bien après tout ce qui s'est passé. Le stress n'est pas bon pour le bébé.

Smoke : OK. Mais tu pourrais descendre les escaliers et le faire toi-même.

Eagle : Je pourrais. Mais elle m'a dit que j'étais trop protecteur ces derniers temps, alors j'essaie d'arrêter.

Smoke : Alors tu veux me causer des problèmes ?

Eagle : Tu peux utiliser la caméra. Vérifie juste qu'elles vont bien. S'il te plaît ?

Smoke : Bien. Mais tu m'en dois une.

Ce n'était pas vraiment difficile de vérifier que les femmes allaient bien ; Smoke n'hésitait pas à s'assurer que Molly allait bien après tout ce qui s'était passé. Il se dirigea vers la banque d'écrans d'ordinateur et fit apparaître la caméra de sécurité du sous-sol. Les deux femmes semblaient à l'aise, et Taylor n'avait pas l'air stressée.

Il s'apprêtait à l'éteindre et à faire un rapport à Eagle... quand quelque chose que Molly disait à Taylor le fit hésiter.

— Vivre avec Mark a été à la fois la meilleure et la pire chose qui me soit arrivée dans ma vie.

Smoke fronça les sourcils. Il n'avait pas pensé que Molly était malheureuse le moins du monde.

Sachant qu'il dépassait les bornes en écoutant une conversation qu'elle pensait privée, mais incapable de bouger de sa place devant la caméra, Smoke se pencha pour ne pas manquer un mot.

— Qu'est-ce que tu veux dire ? s'étonna Taylor. Je croyais que tu étais heureuse là-bas.

— Je le suis ! Je veux dire, c'est génial. Je me sens en sécurité. Mark a assez de sécurité là-bas pour garder le président. C'est juste... qu'il est incroyable. Et drôle. Et tellement beau. Chaque fois qu'il me sourit avec cette fossette, mes genoux faiblissent.

— Et c'est une mauvaise chose ? demanda Taylor, les sourcils levés en signe de scepticisme.

— Non. Mais... Je suis presque sûre que je suis amoureuse de lui, Taylor. Et ça me tue de penser qu'il est juste gentil. Qu'il protégerait les gens s'ils en avaient besoin.

La bouche de Smoke s'ouvrit.

Molly était amoureuse de lui ?

Et *merde* ! Il avait essayé d'y aller doucement pour ne pas la faire paniquer en lui montrant à quel point *il* était amoureux d'*elle*. Quel gâchis.

Taylor rit et secoua la tête.

— Si tu crois que Smoke laisserait n'importe quelle femme emménager chez lui, tu es folle. C'est aussi *son* endroit sûr. On est tous allés chez lui plus souvent depuis que tu as emménagé qu'avant leur départ au Nigeria. Il pourrait faire tout ce qu'il peut pour aider quelqu'un d'autre qu'il a sauvé d'une situation horrible – trouver un appartement pour eux, mettre en place un système de sécurité, etc. –, mais il ne les ferait pas emménager chez lui.

— Vraiment ? questionna Molly.

— Vraiment. Maintenant, arrête de tourner autour du pot, et réponds à ma question. Qu'est-ce que tu veux *vraiment* faire de ta vie ? Tu vis avec un homme que tu crois aimer, tu ne sais pas ce qu'il ressent pour toi, et tu as quitté ton travail. Vas-tu retourner à Chicago ? Vas-tu trouver un autre emploi d'ingénieure en environnement après avoir écrit ton livre ? N'y pense pas. Dis-moi simplement ce que ton cœur veut faire.

Écrire un livre ? Smoke n'avait aucune idée de ce dont Taylor parlait, mais il n'eut pas le temps de se poser la question avant que Molly ne reprenne la parole.

— Tu vas penser que je suis complètement folle.

— Non. Fais-moi confiance.

Molly prit une grande inspiration et regarda la porte de la chambre forte. Smoke se sentait mal d'avoir écouté, mais il ne pouvait pas éteindre la caméra *maintenant*. Pas avant d'avoir entendu ce que Molly voulait vraiment.

— Je veux être mère, admit-elle doucement.

Si doucement qu'il faillit ne pas entendre.

— Je pensais avoir beaucoup de temps. Mais je suis au milieu de la trentaine, et je jure que j'entends le tic-tac de mon horloge biologique. C'est peut-être ridicule et antiféministe, mais je pensais que je serais déjà mariée. Je n'ai jamais voulu travailler longtemps pour Apex. Je pensais rencontrer quelqu'un, me marier, tomber enceinte, puis démissionner pour rester à la maison et élever notre enfant.

Elle s'arrêta un long moment, puis mit une main sur ses yeux.

— C'est stupide, je sais !

— Ce n'est *pas* stupide, protesta Taylor. Tu as le droit de désirer ce que tu veux.

— Tant de femmes auraient tué pour arriver là où j'étais à Apex. J'ai l'impression que c'est mal vu pour les femmes de *ne pas* vouloir travailler dans la société d'aujourd'hui. De vouloir être une mère au foyer. Mais... depuis que j'ai perdu mes propres parents, je veux donner à quelqu'un d'autre le genre d'amour qu'ils m'ont donné.

— Et tu ne penses pas que tu peux le faire maintenant ? demanda Taylor.

— Comme je l'ai dit, je ne rajeunis pas. Et maintenant... Je ne suis pas sûre de pouvoir imaginer avoir des enfants avec quelqu'un d'autre que Mark. Ce qui est dingue, puisque je suis sûre qu'il me voit juste comme une fragile demoiselle en détresse, avec tous ses baisers sur le front.

Smoke n'arrivait pas à croire ce qu'il entendait.

Non seulement Molly l'aimait, mais elle voulait des *enfants* avec lui ?

Il dut se retenir pour ne pas bondir de sa chaise, faire irruption dans la cave, jeter Molly par-dessus son épaule et courir vers le lit le plus proche.

— Il ne te voit *pas* comme une demoiselle en détresse, soutint Taylor. Si tu me demandes, l'homme veut plus que tu restes.

— Tu le penses vraiment ? J'ai pensé que peut-être, mais...

Molly secoua la tête.

— Non, tu es juste gentille.

— Non. Bon sang, avec mon handicap, je ne comprends même pas toujours les expressions du visage. Mais Smoke ne te quitte pas des yeux, Molly. Et tu ne m'as pas dit tout à l'heure qu'il t'avait emmenée au bowling ? Ça, c'était un *rendez-vous*. Sans parler du fait qu'il devient fou quand il pense à ton ex qui te harcèle. Les hommes qui ne considèrent une femme que comme une amie, ou comme quelqu'un qui a juste besoin de protection, n'agissent pas comme ça.

Smoke sourit. Il avait pensé être sournois jusqu'à présent en surveillant Molly quand elle n'était pas au courant, mais apparemment il n'avait pas été aussi lisse qu'il l'avait pensé. Taylor l'avait bien remarqué.

— Tu veux mon avis ? demanda Taylor.

Molly hocha la tête.

— Dis-lui ce que tu veux.

— Lui dire que je l'aime et que je veux avoir ses bébés ? rebondit Molly, les yeux écarquillés d'incrédulité. Hum... *non !*

Taylor gloussa.

— OK, peut-être pas tout à fait comme ça. Mais si aucun de vous ne fait le premier pas, vous allez continuer à être malheureux.

— J'ai cherché des appartements que je pourrais louer, admit Molly tranquillement.

Tous les muscles du corps de Smoke se tendirent. Elle n'*allait* pas déménager de chez lui, pas après qu'il eut appris ce qu'elle ressentait vraiment pour lui.

— Sérieux ? demanda Taylor.

— Oui. J'ai décidé que je voulais rester dans la région d'Indianapolis, mais je ne peux pas vivre avec Smoke pour toujours. Et je redoute déjà le jour où il me demandera de déménager. Et que Dieu me pardonne s'il rencontre une femme avec qui il veut sortir d'ici là. Je ne pourrais pas faire face à ça. Donc c'est juste plus intelligent de faire le premier pas.

— Fais-moi une faveur et parle-lui avant de faire quelque chose de fou comme signer un bail, répondit Taylor.

— Bien sûr, dit Molly. Il doit savoir quels quartiers de la ville sont plus agréables que d'autres pour les locataires.

— Oui, ça aussi, répliqua Taylor sèchement.

Smoke en avait assez. Il éteignit l'appareil photo. Si Molly pensait qu'elle allait déménager de chez lui, elle se trompait lourdement. Elle était loin d'être aussi en sécurité ailleurs. Et si elle voulait des bébés, il ferait volontiers de son mieux pour les lui donner. Elle avait probablement raison à propos de son horloge biologique, et s'ils devaient avoir des enfants, ils devaient s'y mettre le plus tôt possible.

Il n'avait aucun problème avec ça.

Smoke éteignit tous les ordinateurs de la pièce et s'assura que tout le matériel sensible à la sécurité était enfermé avant de se diriger vers la porte. Il ne savait pas si les femmes avaient fini de parler, mais il était temps qu'il ait un entretien à cœur ouvert avec Molly. À la maison. Là où ils ne pouvaient pas être interrompus.

Les deux femmes levèrent les yeux vers lui avec surprise quand il entra dans la cave. Molly rougit... et il ne put s'empêcher de se demander si elle n'était pas devenue toute chose en rougissant.

Il avait hâte de le découvrir.

— Tu es prête à rentrer à la maison ? demanda-t-il.

— Hum... oui. Est-ce que tout va bien ? demanda Molly en se levant.

— Oui.

— Oh, OK.

Elle se tourna vers Taylor et la prit dans ses bras. Smoke vit Taylor lui murmurer quelque chose à l'oreille, et Molly hocha la tête. Puis elle se tourna vers lui.

— Je suis prête.

Smoke lui tendit la main et se détendit quand elle la prit. Ils montèrent tous les escaliers et entrèrent dans la grande salle au moment où Eagle arrivait de l'extérieur.

— Eagle, tu tombes bien. Je rentre à la maison avec Molly, dit Smoke à son ami.

Il ne lui avait pas répondu par texto pour lui faire savoir que les femmes allaient bien, mais il s'était dit qu'Eagle pourrait le constater par lui-même.

— OK. Salut, Fleur, dit Eagle en se dirigeant vers sa femme.

Smoke ne ralentit même pas alors qu'il tirait Molly vers la porte. Il était impatient de la ramener à la maison. Maintenant qu'il savait ce qu'elle ressentait pour lui, rien n'allait l'empêcher de passer à l'action.

16

Molly était nerveuse pour une raison quelconque. Peut-être parce qu'elle avait avoué tout haut ses désirs les plus profonds. Ou peut-être parce que Mark n'avait pas dit grand-chose sur le chemin du retour.

Il entra dans le garage et attendit qu'elle fasse le tour de la voiture. Il prit sa main et la traîna pratiquement à l'intérieur. Il s'arrêta devant le clavier d'alarme le temps de le désarmer, puis de l'armer à nouveau, avant de la tirer à travers la grande salle, de monter les escaliers et d'entrer dans sa chambre.

Molly n'avait aucune idée de ce qui se passait.

Mark la tira jusqu'au lit et l'assit sur le côté. Puis il s'agenouilla en face d'elle et posa ses mains sur ses genoux. Il avait l'air extrêmement sérieux... et Molly se lécha les lèvres nerveusement.

— Je vais juste le dire pour que ce soit clair, se lança Mark. Eagle m'a envoyé un texto pour que je vérifie si Taylor allait bien. J'ai allumé la caméra de sécurité. Tu sais que nous en avons dans chaque pièce du garage, n'est-ce pas ? Toutes les pièces sauf les salles de bains.

Molly hocha la tête. Elle le *savait*. Il le lui avait dit la première fois qu'il lui avait fait visiter Silverstone Towing.

— Bien. Je ne voulais pas écouter aux portes... mais je *devais* savoir ce qui te déplaisait dans le fait de vivre avec moi pour pouvoir y remédier.

Molly haleta.

— Oh merde ! chuchota-t-elle.

Les mains de Mark se crispèrent.

— Ne panique *pas*, ordonna-t-il.

— Trop tard, rétorqua Molly, se souvenant de tout ce qu'elle avait dit à Taylor.

— Pourquoi crois-tu que j'ai gardé cette maison ? lui demanda-t-il.

Elle était troublée par ce brusque changement de sujet, mais soulagée aussi.

— Parce que c'était celle de ton oncle.

— Non. Je veux dire, j'aimais ce vieux fou, mais j'aurais pu vendre la propriété et acheter une maison avec beaucoup moins d'entretien. Je n'avais pas besoin d'une maison avec cinq chambres. Je l'ai rénovée et j'ai ajouté deux salles de bains... parce que les enfants sont très désordonnés, et quand ils sont adolescents, ils mettent une éternité à se préparer.

Molly fixa Mark, respirant à peine.

— Je voulais des enfants, Molly. Une grande famille. Je voulais remplir cette vieille maison de rires, de sœurs criant sur leurs frères, et d'une tonne de pagaille. Mais chaque année qui passait, je réalisais que je n'aurais probablement jamais rien de tout ça.

Ils se regardèrent fixement pendant un long moment. Molly avait du mal à croire ce qu'elle entendait.

— J'ai une proposition à te faire, lâcha Mark avec légèreté, rompant le silence.

La bouche de Molly était sèche, alors elle ne dit rien et attendit simplement d'entendre ce qu'il allait proposer.

— Je te donnerai tous les enfants que tu veux, confia-t-il sans ambages. Mais je veux être impliqué dans leur vie et dans la tienne. Je sais que les choses entre nous ont commencé sur une base inhabituelle, mais t'avoir ici, dans ma maison, me rend heureux. Plus heureux que je ne l'ai été depuis très longtemps. Je ne veux pas te faire peur, mais… tu es *faite* pour moi, Mol. Tu es tout ce que j'ai toujours voulu chez une femme, et je n'ai pensé qu'à te prendre dans mes bras et à te faire l'amour chaque fois que tu te mets au lit, chaque nuit. Laisse-moi t'aimer. Te donner des enfants. Tu peux rester ici avec moi, avoir nos enfants, et ne plus jamais avoir à travailler.

Molly savait qu'elle avait la bouche ouverte, mais elle ne put s'en empêcher.

— Tu ne peux pas être sérieux.

— Je suis très sérieux, répliqua-t-il.

Il bougea brusquement, la poussant en arrière jusqu'à ce qu'elle soit allongée sur le lit, Mark planant au-dessus d'elle. Elle sentait son sexe dur contre sa cuisse et, inconsciemment, elle écarta les jambes, voulant profiter davantage de son poids.

— Je t'aime, Molly. Et je ne dis pas ça seulement parce que tu l'as dit en premier. C'est à cause de ce que tu es. Tu es tout ce que j'ai toujours voulu chez une partenaire. Reste avec moi. Laisse-moi te faire l'amour. Laisse-moi te donner les enfants que nous voulons tous les deux.

Elle voulait dire oui. Elle le voulait tellement… mais ça semblait trop rapide.

Son cœur battait à cent à l'heure, et elle haletait, comme si elle venait de courir un marathon. Toute sa vie, elle avait été prudente, surtout après la mort de ses parents. Elle ne prenait pas de risques. Aller au Nigeria était le plus grand risque qu'elle ait jamais pris, et regardez comment ça s'était passé.

— J'ai été trop blessée dans ma vie pour croire que c'est vrai, chuchota-t-elle honnêtement.

— J'admets que je n'aurais probablement rien dit ce soir si je n'avais pas entendu votre conversation, répondit Mark. Mais ça ne change rien au fait que je me lève au milieu de la nuit juste pour voir comment tu vas. Pour te regarder dormir dans ton lit et souhaiter pouvoir te rejoindre. Ça ne change rien au fait que je m'excite sous la douche tous les matins depuis deux semaines. C'est nouveau pour moi aussi, Molly. Ça me fait peur de voir à quel point je t'aime déjà. L'idée que Weldon pose ses mains sur toi *me rend fou.* Nous voulons tous les deux la même chose, mais si pour une raison quelconque, nous réalisons dans le futur que nous ne nous aimons plus, nous pouvons toujours être coparents. J'ai assez d'argent pour m'assurer que toi et nos enfants ne manquerez de rien. Et je peux te donner autant de temps que tu veux pour te décider – rien ne doit se passer à cette seconde.

Molly déglutit et se lécha les lèvres. Elle resserra sa prise sur son biceps. Elle pouvait pratiquement entendre Taylor lui crier « Dis oui ! » dans l'oreille.

Le fait qu'elle envisageait sérieusement de le faire était dingue. Mais elle ne pouvait pas nier qu'il lui offrait tout ce qu'elle avait toujours voulu.

Mark lui offrait le désir de son cœur sur un plateau d'argent – et son amour aussi.

— D'accord, chuchota-t-elle.

— D'accord ? demanda-t-il. Tu vas me laisser te donner un bébé ?

Molly hocha la tête.

— Tu veux attendre ?

— Non.

Ses yeux se dilatèrent, et Molly sentit son membre tressaillir contre sa jambe.

— Je suis *clean.* Ça fait longtemps que je n'ai pas été avec quelqu'un, et j'ai fait le test juste après cette relation, juste au cas où je rencontrerais quelqu'un avec qui je voudrais être, informa Mark.

Molly fronça le nez. Elle détestait cette partie. La discussion sur le sexe était inconfortable et gênante, mais ils étaient des adultes. Il fallait le faire.

— Moi aussi. Je veux dire, ça fait quelques années pour

moi, et j'ai dû faire un million de tests avant de partir à l'étranger pour m'assurer que j'étais en bonne santé.

— Pour être clair, reprit Mark d'un ton bas qui lui donna la chair de poule sur les bras. Je vais te prendre à nu. Tout de suite. Je n'ai jamais – et je dis bien *jamais* – fait l'amour à une femme sans préservatif. Je voulais peut-être des enfants, mais je ne voulais pas les avoir avec la mauvaise personne.

— Comment sais-tu que je suis la bonne personne ? lâcha Molly, ayant encore du mal à comprendre ce qui se passait.

— Parce que je le sens ici, répondit Mark en mettant une main sur son cœur.

Puis il prit une de ses mains et la posa sur sa poitrine.

— Tu sens ça ? Tu sens comme mon cœur bat fort ? C'est pour toi, Mol. J'ai hâte de m'enfoncer en toi comme j'ai rêvé de le faire pendant tant de nuits. Tu me fais rire, tu me fous la trouille et tu m'as rendu plus heureux que jamais.

Il la tuait.

— Tu es sûr de ça ? Je veux dire, on ne s'est même pas embrassé. Comment peut-on s'aimer alors qu'on n'a même pas fait plus que s'embrasser ? demanda-t-elle.

Mark se pencha et posa son front contre le sien.

— J'aime comment, quand tu dors, tu prends autant de place que tu peux dans le lit. J'aime la façon dont tu te mords la lèvre quand tu te concentres. J'aime la façon dont tes yeux s'illuminent quand tu vois les cerfs qui aiment se promener sur ma propriété. J'aime la façon dont tu t'occupes de Papa et Nana, la façon dont tu savoures ta première tasse de café le matin, et la façon dont nous pouvons avoir de longues discus-sions sur tous les sujets, de la politique à la question de savoir si les pingouins sont capables de voler, sans nous énerver l'un l'autre. J'aime que tu aimes le bowling et que tu sois prête à essayer de nouvelles choses simplement parce que je te les recommande. J'aime que tu aimes mes amis et que tu t'intègres bien à eux. Mais surtout, j'aime ce que je ressens quand je suis avec toi. Comme si j'avais enfin trouvé la raison pour laquelle je fais ce que je fais... pour te protéger de tout ce qui est mauvais dans le monde.

— Mark, murmura Molly, bouleversée.

— L'amour, c'est plus que du sexe, poursuivit-il. Mais crois-moi, je n'ai aucun doute sur le fait qu'on sera super ensemble. Encore une fois, je suis désolé d'avoir écouté ta conversation avec Taylor, mais je ne suis pas désolé que cela nous ait amenés à ce point. Ça nous a évité de perdre beaucoup plus de temps. Je t'aime, Molly. J'ai trente-huit ans. Je sais ce que je ressens. Je regrette seulement qu'il nous ait fallu si longtemps pour nous trouver.

Molly ferma les yeux et soupira.

— J'ai peur, admit-elle, puis elle ouvrit les yeux et croisa le regard de Mark.

Il s'était retiré et la regardait avec inquiétude.

— Mais je t'aime vraiment. Je n'ai jamais rencontré quelqu'un comme toi. Tu me prends comme je suis, avec tous mes défauts. Je suis terrifiée à l'idée que tu te réveilles un jour et que tu te demandes ce que tu fais avec moi. Tous ceux que j'ai aimés m'ont quittée. Si tu le fais aussi, ça me brisera.

— Je ne vais pas te quitter, répondit Mark sur le ton le plus sérieux qu'elle ait jamais entendu de sa part. J'ai attendu longtemps pour toi. Je serais idiot de te laisser partir maintenant que je t'ai trouvée.

Molly ouvrit la bouche pour dire qu'il pourrait changer d'avis plus tard, mais elle n'en eut pas l'occasion. Il se déplaça vers le haut pour se mettre à cheval sur ses hanches. Ses mains rassemblèrent le tissu de sa chemise, et il ordonna :

— Lève les bras.

Elle était tellement surprise qu'elle fit ce qu'il lui demandait sans réfléchir. Puis elle se retrouva sous son corps, ne portant que son soutien-gorge.

Mais ça ne ralentit pas Mark.

— Cambre ton dos.

Elle le fit, il dégrafa son soutien-gorge et le fit glisser le long de ses bras.

Ses tétons se dressèrent, à cause de l'air frais et du regard plein de convoitise qu'il avait dans les yeux. Mais il ne les toucha pas. Ses mains allèrent vers son jean. Il défit habilement le bouton et le dézippa. Il se redressa sur ses genoux et poussa le pantalon, avec sa culotte, le long de ses cuisses. Molly enleva ses chaussures avec les orteils, puis se déhancha hors du pantalon.

Puis Mark s'immobilisa au-dessus d'elle, et Molly paniqua. Elle avait repris une grande partie du poids qu'elle avait perdu, mais elle n'avait toujours pas beaucoup de courbes. Ses seins n'étaient qu'un bonnet A, et elle avait entendu bien trop de commentaires dans sa vie sur le fait qu'elle devait manger plus pour être à l'aise nue devant Mark.

— Putain, souffla-t-il.

Ses mains se dirigèrent vers ses seins et les recouvrirent. Ses mains étaient si grandes qu'elles couvraient presque toute sa poitrine. Il pinça un téton, et Molly faillit sortir de sa peau. Elle se cambra contre lui et gémit. Elle s'accrocha à ses poignets, s'accrochant à sa vie. Il continua à jouer avec ses tétons, et quand elle leva les yeux vers lui, elle vit un énorme sourire sur son visage. Sa satanée fossette semblait lui faire un clin d'œil.

— Ils sont sensibles, lâcha-t-il, l'air bien trop content de ça.

— Ils sont petits, rétorqua Molly.

— Ils sont parfaits, putain, corrigea Mark, puis il se pencha et remplaça ses doigts par ses lèvres, et elle faillit perdre la tête une fois de plus.

Molly se tortilla contre lui, incapable de rester tranquille. Lorsque ses mains glissèrent le long de ses bras et rencontrèrent le tissu, elle gémit en signe de protestation.

Elle essaya d'enlever sa chemise, mais ne réussit pas à avancer, car il ne voulait pas lâcher son téton assez longtemps pour qu'elle puisse la faire passer par-dessus sa tête.

— Mark, pleurnicha-t-elle.

— Oui ? demanda-t-il distraitement.

— Je te veux nu aussi.

Cela sembla le faire sortir de sa transe. Il se mit à genoux et arracha sa chemise par-dessus sa tête. Molly regarda ses putains d'abdominaux en tablette de chocolat, qui fléchirent alors qu'il se tenait debout près du lit.

Il enleva le reste de ses vêtements, puis ordonna :

— Pousse-toi.

Molly se déplaça jusqu'au centre du lit et baissa les couvertures pour être allongée sur le drap de dessous. Puis il revint vers elle, en rampant à quatre pattes, comme s'il traquait une proie.

Il grimpa le long de son corps et ne s'arrêta pas avant d'être à nouveau au-dessus d'elle. Mais cette fois, il descendit pour que sa chair se presse contre la sienne. Molly pouvait sentir à quel point elle était mouillée quand il se blottit entre ses jambes.

Elle n'arrivait pas à croire que cet homme l'aimait. Ça n'avait aucun sens... mais elle le croyait. Il ne lui avait jamais menti, il avait même avoué qu'il les avait espionnées, elle et Taylor.

— Je voulais y aller doucement, mais l'idée d'être à l'intérieur de toi à nu m'a tellement excité que je pense que si tu me touches, je vais exploser, admit-il.

Molly ouvrit la bouche pour lui dire qu'il n'avait pas besoin d'y aller doucement quand sa main se déplaça entre leurs corps et effleura son clitoris.

Ses hanches se soulevèrent immédiatement. Elle en voulait plus.

Mark grimaça.

— Putain, j'adore à quel point tu es sensible.

Elle voulait se retenir, être timide, mais elle ne pouvait pas. C'était comme si Mark avait des petites sondes électriques reliées à ses doigts. Chaque fois qu'il la touchait, elle se tortillait et en redemandait. Il plongea son doigt plus bas, récupérant un peu du jus qui s'écoulait d'elle, et lubrifia son clitoris nonchalamment.

— Mark, protesta-t-elle. Encore.

Il se déplaça sur le côté, s'appuya sur un coude et regarda son corps pendant qu'il commençait à jouer avec elle. Son doigt ne lui donna jamais vraiment ce qu'elle voulait. Il la taquina, en le faisant courir le long d'un côté de son clitoris, puis en jouant dans ses plis, avant de remonter pour faire le tour de l'autre côté.

Molly pensait qu'elle allait sortir de sa peau. Quand il baissa la tête et prit une fois de plus un téton dans sa bouche, elle hurla pratiquement de frustration.

— S'il te plaît, supplia-t-elle. S'il te plaît, j'ai besoin de toi en moi !

* * *

Smoke ne tenait plus qu'à un fil à son contrôle. Molly était un vrai chat sauvage. Elle se tortillait et gémissait, le touchant partout où elle le pouvait. C'était tout ce qu'il pouvait faire pour la retenir. C'était excitant, et quelque chose qu'il avait expérimenté avec peu de femmes auparavant. Trop souvent, elles étaient dociles et soumises à son égard.

Pas sa Molly. Il savait que si elle en avait la force, elle l'aurait déjà renversé sur le dos et aurait fait ce qu'elle voulait de lui.

Cette idée lui plaisait aussi. Il l'imaginait au-dessus, prenant son membre dans son corps, puis le chevauchant vite et fort, ses cheveux tombant autour d'elle, ses petits seins rebondissant sur sa poitrine.

— Putain, murmura-t-il alors que son sexe était agité et que le liquide préséminal suintait de son extrémité.

Il perdait la bataille pour garder le contrôle. Il avait besoin d'être à l'intérieur de Molly. Maintenant.

Il leva la tête de sa poitrine et regarda son corps. Elle était mince, oui, mais il en aimait chaque centimètre. Il la trouvait parfaitement constituée. Il arrêta de la taquiner et commença à travailler son clitoris furieusement, en espérant qu'il ne faudrait pas trop longtemps pour qu'elle dépasse les limites. Il fit attention à ce qu'elle semblait aimer, et ce ne fut que quelques minutes avant que sa bouche ne s'ouvre, et que son corps ne commença à trembler.

Elle était si belle pendant son orgasme. Smoke savait qu'il voudrait la voir comme ça tous les soirs.

Il bougea alors qu'elle essayait de fermer ses cuisses. Elle gémit longuement et faiblement alors que Smoke utilisait ses genoux pour garder ses jambes ouvertes. Il plaça la tête de son sexe suintant contre ses plis trempés et la pénétra.

La première sensation de sa chaleur chaude contre la peau nue de son membre le fit presque gicler prématurément. Il attrapa la base de son sexe et serra fort, empêchant son propre orgasme.

— Putain, Mol, gémit-il.

Ses mains trouvèrent ses fesses et elle le tira vers elle, avec force. Grognant devant sa force inattendue, Smoke dut mettre ses deux mains contre le matelas pour se retenir et ne pas l'écraser.

— Encore ! supplia-t-elle en enroulant ses jambes autour de lui, accrochant ses chevilles ensemble sur ses fesses.

Il pouvait sentir de petits tremblements dans son corps dus à l'orgasme qu'il venait de lui donner, et alors qu'il s'enfonçait jusqu'aux bourses dans son corps, il gémit, ferma les yeux et rejeta la tête en arrière. Elle le brûlait vif. Il n'avait jamais ressenti un plaisir aussi intense en faisant l'amour à une femme. Jamais.

Il ouvrit les yeux et regarda Molly. Elle lui souriait et avait un air très satisfait. Ses cheveux étaient en désordre sur son oreiller... et il se jura qu'elle ne passerait plus jamais une nuit loin de lui. Sa place était ici. Dans son lit. Sous lui, sur lui, à côté de lui.

— À moi, grogna-t-il en s'enfonçant plus profondément en elle.

Ses yeux s'écarquillèrent et elle inspira brusquement.

— À toi ! acquiesça-t-elle. Et tu es à moi. Personne d'autre n'aura ça.

Smoke ne put s'empêcher de sourire.

— Je suis sérieuse, répondit-elle férocement.

— Je suis à toi, et tu es à moi, clama-t-il, en se retirant, puis en poussant fort.

Encore une fois, il voulait y aller doucement, mais maintenant qu'il était en elle, et que c'était la chose la plus incroyable qu'il ait jamais ressentie dans sa vie, il en était incapable. Plus tard, il l'adorerait comme il se doit. Il la mangerait et sentirait son orgasme sur sa langue. Puis il la prendrait par-derrière, la laisserait le chevaucher, et la baiserait sous la douche.

Mais pour l'instant, il ne pensait qu'à la remplir de son sperme.

Elle voulait un bébé ? Il allait lui en donner un.

— Tiens bon, ça va être dur et rapide, prévint-il.

— Baise-moi, souffla Molly.

Le gros mot qui sortait de ses lèvres et le fait qu'elle déclarait qu'il était à elle poussèrent Smoke à bout. Il s'agenouilla et attrapa ses hanches, la tenant immobile pour ses coups de reins. Il glissa facilement dans et hors de son corps, car elle était trempée par son orgasme précédent. Ses seins se balançaient à chaque poussée, et Smoke aurait aimé avoir une autre paire de mains pour presser et pincer ses tétons pendant qu'il la prenait.

Il ne savait pas combien de temps il avait baisé sa femme, mais il savait que c'était loin d'être suffisant. Ce ne serait *jamais* assez. Une seconde, il appréciait la façon dont elle se sentait autour de lui, et la suivante, c'était fini.

Des litres de sperme jaillirent de son sexe, le recouvrant et rendant encore plus facile l'action de glisser dans et hors de son corps. Étonnamment, Smoke resta semi-dur après ça. Il supposait que c'était parce qu'il avait attendu si longtemps pour baiser Molly, que même son membre ne voulait pas s'arrêter.

— Putain de merde, Mark, haleta-t-elle en s'agrippant à ses bras.

Regrettant qu'elle n'ait pas joui une deuxième fois, il ordonna :

— Touche-toi. Je veux te sentir jouir autour de moi.

Sans hésiter, elle déplaça une de ses mains entre eux. Il pouvait sentir le dos de sa main contre ses poils pubiens tandis qu'elle se touchait le clitoris.

— Oui, comme ça. Mon Dieu, c'est tellement sexy, murmura-t-il en regardant entre eux.

Il continua ses va-et-vient, bien qu'il ne soit plus aussi désespéré qu'avant.

Molly n'était pas docile non plus. Ses doigts bougeaient aussi vite que l'éclair sur son paquet de nerfs. Ses hanches montaient et descendaient au rythme de ses mouvements, son corps entier se tordait sensuellement sous le sien.

— Je suis proche ! souffla-t-elle.

Mark voulait continuer à pousser, mais il se força à aller le plus loin possible et à rester immobile. Molly gémit bruyamment, et elle étrangla presque son sexe. Ses muscles internes se resserraient si fort autour de lui qu'il avait l'impression qu'il ne pourrait pas se retirer d'elle... non pas que ça le dérangerait de rester dans Molly pour toujours.

Elle se tordit sous son corps et il lui fallut ses deux mains sur ses hanches pour le maintenir à l'intérieur de son corps alors qu'elle le pressait de toutes ses forces. Quand son orgasme se calma, il recommença à la baiser vite et fort. Il ne fallut qu'une douzaine de coups de reins avant qu'il ne jouisse une deuxième fois. Pas aussi fort qu'avant, mais tout aussi satisfaisant.

Ils étaient tous les deux en sueur, essoufflés... et Smoke ne pensait qu'à l'amour qu'il portait à cette femme.

La tenant contre lui pour ne pas être délogé, Smoke roula jusqu'à ce que Molly soit à califourchon sur lui. Elle s'assit un peu pour le regarder. Smoke sentait leurs jus combinés couler sur ses bourses, mais il ne se souciait pas du fait qu'il serait bientôt sur un drap humide.

— Je t'aime, lui confia-t-il en la regardant dans les yeux.

Il vit une lueur de larmes les remplir, mais elle ne détourna pas le regard.

— Je t'aime aussi, chuchota-t-elle.

Smoke la tira vers le bas pour que sa tête repose sur son épaule.

— Je devrais me lever et me nettoyer.

— Non, dit Smoke rapidement. Reste. Mes petits nageurs doivent rester là où ils sont pour l'instant.

Molly gloussa contre lui.

— Tu sais que les chances que je tombe enceinte après une seule fois sont faibles, hein ?

Smoke haussa les épaules.

— Alors on devra recommencer plus tard.

Molly releva la tête.

— Tu es sûr ? demanda-t-elle.

— À cent pour cent. Je déteste les circonstances qui t'ont fait fuir jusqu'au Nigeria, mais je ne peux pas regretter que tu sois là, avoua-t-il honnêtement. Tu as changé ma vie pour le meilleur. Et si tu tombes enceinte, ce sera le plus beau jour de ma vie. Tu as peut-être toujours souhaité être une mère, mais j'ai toujours désiré être un père aussi.

Molly reposa sa tête sur son épaule, et il pouvait sentir l'humidité de ses larmes contre sa peau. Il ne dit rien, car *il* avait l'impression qu'il allait pleurer lui-même.

Allongé là avec Molly, il se sentait enfin complet. Toute sa vie, il avait voulu une femme qui partageait ses rêves de grande famille, et maintenant, elle était là. Et elle *l'*aimait. Son sexe était toujours profondément enfoncé en elle, son sperme le recouvrait tout entier, à l'intérieur de son corps, à la recherche d'un ovule à féconder, et il était vraiment, béatement heureux.

— Je vais te laisser de l'espace pour t'écarter dans une seconde, chuchota-t-il, mais à sa grande surprise, il entendit Molly ronfler légèrement.

Il baissa les yeux vers elle sans bouger et vit qu'elle dormait profondément. Elle s'était évanouie sur lui.

Se disant qu'elle bougerait quand elle serait mal à l'aise, Smoke soupira. Molly se sentait parfaitement bien là où elle était.

Il était encore tôt – le soleil ne s'était même pas encore couché – mais il ne résista pas à l'envie de fermer les yeux. Il devait nourrir sa femme dans une heure ou deux, et il avait hâte de la voir se balader dans sa maison dans un seul de ses T-shirts. Il l'avait travaillée dur – et avait prévu de la laisser faire le travail la prochaine fois – mais pour l'instant, il se contentait de s'endormir avec son souffle dans son cou et son poids léger qui le clouait au matelas.

17

———

— C'est ça... plus fort, Mol ! ordonna Mark.

Molly appuya ses mains sur la poitrine de Mark et le chevaucha plus rapidement, le soleil commençant tout juste à éclairer la pièce autour d'eux. Le bruit de leurs peaux qui se heurtaient l'une contre l'autre était intense dans cette matinée autrement calme.

Elle baissa les yeux alors qu'elle faisait l'amour à l'homme dont elle était éperdument amoureuse, et ne put s'empêcher de sourire. Il fixait l'endroit où ils étaient unis pendant qu'elle bougeait, et elle imaginait ce qu'il voyait. Elle avait fait la même chose quand il lui avait fait l'amour la nuit dernière. La vue de son sexe couvert de leur jus glissant dans et hors de son corps avait été érotique et excitante comme l'enfer.

Comme elle s'y attendait, Mark ne la laissa pas longtemps diriger. Ce n'était pas dans sa nature. Il contracta les muscles de son estomac et la fit basculer sur le dos, la pénétrant encore plus fort et plus vite qu'elle n'avait pu le faire. En moins d'une minute, il poussa en elle si loin que ça lui faisait presque mal, et se retint pendant qu'il jouissait.

Elle avait perdu le compte du nombre de fois qu'il avait joui en elle. Ses hanches étaient douloureuses, son vagin était douloureux, même ses mamelons après qu'il eut joué avec eux plus tôt, mais elle n'aurait pas pu être plus heureuse.

Elle n'avait aucune idée de l'endroit où elle se trouvait dans son cycle, si c'était même possible pour elle d'être enceinte en ce moment, mais si elle ne portait pas déjà son enfant, ce n'était pas faute d'avoir essayé.

Mark l'avait époustouflée la veille quand il lui avait proposé de lui donner les enfants qu'elle voulait. Puis il l'avait encore plus époustouflée en admettant qu'il l'aimait.

Elle avait tout ce qu'elle voulait dans sa vie, juste là, dans ses bras. Et elle était terrifiée à l'idée de le perdre. De faire quelque chose de stupide pour que Mark regrette son offre. De Preston ruinant ce qu'elle avait trouvé.

— Pas de pensées négatives quand je suis en toi, ordonna Mark.

Molly sourit.

— Désolée.

— Ça va marcher. *On* va y arriver, insista-t-il, comme s'il pouvait lire dans ses pensées.

Molly était reconnaissante qu'il ne la harcèle pas quand elle commençait à avoir des pensées négatives. Il l'aidait simplement à ajuster ses pensées.

— Oui. C'est presque effrayant de voir à quel point nous nous connaissons bien après si peu de temps, commenta-t-elle.

Mark se déplaça, ne se retirant pas d'elle alors qu'ils se câlinaient.

— Parle-moi de ce livre que Taylor veut que tu écrives.

Molly réalisa qu'ils n'avaient jamais eu l'occasion d'en parler la veille. Après une courte sieste, Mark l'avait réveillée, et ils avaient préparé le dîner ensemble. Puis il l'avait ramenée dans sa chambre, où il l'avait mangée jusqu'à atteindre deux orgasmes, avant de lui faire à nouveau l'amour.

Il l'avait réveillée au milieu de la nuit pour la prendre par-derrière, puis ce matin, en insistant pour qu'elle *le* chevauche cette fois.

— Elle pense que je devrais écrire un livre sur mon kidnapping.

Molly attendait qu'il fronce les sourcils et lui dise que ce n'était pas une bonne idée. Mais au lieu de ça, il hocha la tête.

— Je pense que c'est une excellente idée. Les gens sont fascinés par ce genre de choses.

— Je ne parlerais pas de vous les gars... enfin, pas par votre nom, lui confirma-t-elle.

— Et nous apprécions cela. Nous pouvons mener à bien nos activités parce que les gens ne savent pas qui nous sommes et ne nous attendent pas. Nous ne sommes que quatre hommes, mais cela joue souvent en notre faveur et nous agissons ainsi plus rapidement sans demander d'autorisation, notamment gouvernementale, qui nous imposerait des délais pour la paperasse.

— Je suis fière de toi, lui confia Molly.

— Merci. Tu n'as pas idée de ce que cela représente pour moi. La plupart des gens penseraient que nous sommes des meurtriers.

— C'est tout simplement stupide, rebondit Molly avec chaleur. Vous rendez service au monde, et si les gens ne le voient pas, c'est leur problème, pas le vôtre.

Molly poussa un cri de surprise quand il la fit rouler, puis s'assit avec elle dans ses bras. Il la porta ensuite dans ses bras et se dirigea vers la salle de bains.

— Je peux marcher, protesta Molly, même si elle se blottit contre sa poitrine.

— Je sais. Mais pourquoi marcher quand je peux te porter ?

— Tu vas me gâter.

— Bien. Tu as besoin d'être gâtée, répondit Mark sans hésiter.

Il l'assit sur le comptoir, et Molly grimaça en sentant le marbre froid sous ses fesses. Il posa ses mains de chaque côté de ses hanches et se pencha vers elle. Molly plaça ses mains sur ses côtés et s'accrocha à lui.

— C'est drôle, chaque fois que je t'ai vue dormir, tu occupais le plus de place possible dans le lit. Étendue comme un aigle. Tes membres étaient tendus vers chaque coin du lit. Je pensais que j'allais devoir m'habituer à dormir sur un petit bout du matelas, tout au bord. Mais chaque fois que tu t'endors dans mes bras, tu ne bouges pas d'un pouce. Tu t'es accrochée à moi la nuit dernière comme si j'étais un ours en peluche. Pas de membres écartés. Tu n'as pas pris toute la place dans le lit. Je dois dire... J'adore ça, Mol. J'aime que tu t'accroches à moi comme si tu ne voulais pas que je m'éloigne de toi d'un iota.

Molly savait qu'elle rougissait, mais elle fit de son mieux pour croiser son regard.

— Je ne sais pas trop quoi répondre à ça.

— Tu n'as pas besoin de dire quoi que ce soit. Je veux juste que tu saches à quel point j'aime t'avoir dans mon lit. Je vais ouvrir l'eau pour qu'elle se réchauffe. Brosse-toi les dents, utilise la salle de bains... mais sache que je vais te reprendre quand nous serons sous la douche. On dirait que je n'en ai jamais assez de toi. Je vais peut-être avoir des ampoules sur mon sexe, mais tu es si incroyable qu'on s'en fiche. Venir en toi fait ressortir l'homme des cavernes en moi. Je suis désolé.

— Ne t'excuse pas, lui répondit Molly. J'aime bien ton homme des cavernes.

Il sourit, et sa maudite fossette la fit mouiller instantanément une fois de plus.

— Bien. Moi Tarzan, toi Jane. Maintenant, bouge ton cul et va prendre ta douche.

Molly rit et roula des yeux.

— Si tu te recules, je peux bouger.

Mais Mark ne s'éloigna pas d'elle. Son visage perdit son air taquin, et il se pencha pour l'embrasser.

Ils avaient partagé leur premier baiser la nuit dernière, après qu'elle eut dit, alors qu'ils préparaient le dîner, qu'ils avaient fait l'amour, mais ne s'étaient toujours pas embrassés. Mark avait fait en sorte de remédier à cela. Il l'avait embrassée si passionnément que ses genoux avaient faibli et qu'ils avaient presque fait brûler leur dîner.

Depuis lors, il l'avait fait tout son possible pour l'embrasser autant que possible.

Le baiser qu'il lui donna à ce moment-là n'était pas passionné, il était affectueux.

— C'est le premier jour du reste de notre vie, souffla-t-il doucement. Je ne peux pas te promettre que je ne t'irriterai pas, parce que je suis sûr que je le ferai. On se disputera, on se chamaillera, on en aura marre l'un de l'autre. Nous nous demanderons ce que nous faisons et si nous sommes aptes à être parents. Mais quoi qu'il arrive, je ne cesserai jamais de t'aimer. Je remuerai ciel et terre pour que toi et nos enfants soyez en sécurité. Personne ne te fera de mal. Personne ne leur fera de mal. Tu comprends ?

Molly acquiesça.

Puis il l'embrassa sur le front et fit un pas en arrière. Il fit couler l'eau de l'immense douche et se dirigea vers le lavabo situé sur le côté gauche de la salle de bains. Ils avaient déménagé ses affaires dans la salle de bains après le dîner, et Molly sauta du comptoir pour aller vers « son » lavabo. Elle aurait pu se sentir gênée de se promener nue, mais Mark avait déjà fait en sorte qu'elle sache sans l'ombre d'un doute qu'il aimait son corps.

Après s'être brossé les dents, Molly entra dans la douche, où Mark l'attendait déjà. Il l'attira vers lui, et elle ne put s'empêcher de remercier sa bonne étoile de lui avoir envoyé cet homme.

* * *

— Quels sont tes plans pour le reste de la semaine ? lui demanda Molly.

Smoke n'avait pas fait de sport ce matin-là, pour des raisons évidentes, et il avait préparé à Molly son omelette préférée. Ils venaient de terminer de manger et étaient encore assis côte à côte à la table de la salle à manger.

— Ça dépend de toi, vraiment.

— Je suis sûre que tu as des choses dont tu dois discuter avec ton équipe, protesta-t-elle.

Et c'était le cas. Willis avait envoyé un énorme paquet d'informations sur une situation en Jamaïque qui, selon lui, devait retenir leur attention. Ils n'avaient pas encore eu l'occasion d'y réfléchir.

— Tu vas aller à l'école de Skylar pour l'aider dans sa classe ? demanda-t-il.

— Oui, je pense que nous le ferons dans les deux prochains jours. Elle m'a dit qu'ils terminaient une unité sur les couleurs en vus de la préparation d'un énorme projet artistique. Apparemment, ça va être le bazar, et Skylar a dit qu'elle aurait besoin de toute l'aide qu'elle pourrait trouver.

Smoke ricana.

— Je peux l'imaginer.

— Oui, des maternelles et de la peinture, je ne suis pas sûre de cette combinaison.

— Tu vas vraiment écrire ce livre ? questionna-t-il.

Molly haussa les épaules.

— Je ne sais pas. Mais je dois admettre que le fait d'écrire tout ce qui s'est passé, et ce que j'ai ressenti au cours de cette expérience, est séduisant. Je n'en fais plus des cauchemars, mais je ne peux pas m'empêcher de penser que coucher tout ça sur papier pourrait être cathartique.

— Je suis d'accord. Tu sais que tu peux me parler de tout si tu en as besoin. Ou si tu n'es pas à l'aise avec ça, je peux te trouver un psychologue à rencontrer.

— Je sais, et je te remercie. Le fait est que je pense que je suis plus bouleversée par la mort de Nana et Papa que par ce qui m'est arrivé. C'était horrible, et j'ai été battue une fois, mais je n'ai pas été agressée sexuellement. On m'ignorait la plupart du temps. Je ne sais pas si les flics découvriront un jour comment mes grands-parents sont morts exactement... et je ne suis pas sûre de vouloir le savoir s'ils le font. Je ne supporterais pas d'entendre leurs dernières minutes sur Terre. Ça pourrait me détruire.

Smoke repoussa sa chaise et tendit une main.

— Viens ici.

Molly passa immédiatement de sa chaise à la sienne et s'installa sur ses genoux. Elle posa sa tête sur son épaule et se blottit contre lui. Il adorait ça. Il aimait pouvoir la serrer contre lui quand il le voulait. C'était un énorme changement par rapport à l'obligation de se retenir, comme il l'avait fait jusqu'à présent. C'était une telle bénédiction.

— Je suis vraiment désolé pour Nana et Papa. Je sais que je l'ai déjà dit, mais je le suis. Je regrette de n'avoir jamais pu les rencontrer. De n'avoir jamais pu leur dire à quel point ils t'ont bien élevée. Qu'ils ne verront jamais comme je te traite bien, ni ne rencontreront leurs arrière-petits-enfants.

Smoke sentit Molly inspirer profondément contre lui.

— Moi aussi, dit-elle doucement. Ils t'auraient aimé. Mais, plus important encore, ils t'auraient aimé pour *moi*.

Ses mots lui firent du bien. Vraiment beaucoup de bien.

— Et si, pour l'instant, on continuait à alterner le temps passé à la maison et à Silverstone Towing ? Je peux travailler là-bas, et tu peux commencer à écrire tes souvenirs sur l'ordinateur. Taylor peut t'aider à organiser et arranger l'histoire, et je suis sûr qu'elle peut trouver quelqu'un pour réécrire si nécessaire.

— Si les gars ont besoin de toi, tu y vas, n'est-ce pas ? demanda Molly.

— *Nous* irons. Je ne veux pas te laisser seule ici, lui confia Smoke.

Elle le regarda.

— Je suis en sécurité ici.

Smoke aimait qu'elle se sente comme ça. Mais quoi qu'il en

soit, avec Weldon toujours à ses trousses, il n'était pas prêt à la laisser seule.

— Je sais, mais…

Il déplaça sa main vers l'intérieur de sa cuisse et la caressa à travers le pantalon de coton qu'elle avait enfilé après leur douche, à sa grande déception.

— J'aime être avec toi.

Molly roula des yeux.

— Moi aussi, j'aime être avec toi, mais on ne peut pas rester à la maison et baiser tout le temps.

Smoke sourit.

— Je savais que tu sourirais à ça, lâcha-t-elle.

— En fait, je souris car tu appelles ça *la maison*, admit Smoke. Même si la partie baise était bien aussi.

— On va vraiment faire ça ? interrogea doucement Molly. C'est réel ?

— Oui. Et oui, lui répondit Smoke. Et pour info, je veux t'épouser, Molly. Mais je ne voulais pas te faire peur hier soir. J'ai pensé que l'histoire du bébé était suffisante. Je suis prêt à attendre le temps qu'il faudra pour que tu sois à l'aise avec ça, à condition que tu le sois avant la naissance de notre premier enfant.

Molly le regarda avec de grands yeux.

— C'était une proposition ?

— Non. C'était une déclaration d'intention, lui affirma Smoke.

— Oh, c'est tellement moins stressant, répondit-elle en roulant des yeux.

— Regarde-moi, ordonna Smoke, secrètement ravi lorsqu'elle croisa immédiatement son regard. Je t'aime. Ça ne changera pas dans un jour ni dans neuf mois. Je sais ce que je veux, et c'est toi.

— Et si je n'arrive pas à être enceinte ? Et si quelque chose n'allait pas ? demanda-t-elle.

— Cela ne va pas me faire t'aimer moins. Et nous ferons

face à ça si nous en avons besoin. Je vais faire un test pour m'assurer que mon sperme est viable, et tu peux faire le même test. Nous voulons tous les deux être parents, et nous y parviendrons d'une manière ou d'une autre. Adoption, mère porteuse, traitement de fertilité, tout ce qu'il faut. J'ai l'argent pour que nos rêves deviennent réalité, Molly. Je me plierai en quatre pour te rendre heureuse, mais je veux que tu sois Mme Molly Chamberlin quand on sera parents pour la première fois.

— Je ne pense pas être encore prête pour ça, lui répondit-elle.

Mark acquiesça.

— Je sais. Et c'est pour ça que je te le dis, pour que tu puisses y réfléchir et te faire à l'idée. Je suis là pour le long terme. On a peut-être commencé notre relation de manière intense, mais ça ne rend pas mon amour moins réel.

— Tu me fais peur, Mark.

— Tu l'as dit hier soir. Tu vas apprendre que tu n'as rien à craindre de moi. Avec toi, je suis une mauviette.

— Oh oui, *ça*, je n'y crois pas. Tu es plus comme un grizzly. Tu prends ce que tu veux, quand tu veux, et tu t'en fiches des conséquences.

— Eh bien, quand ce que je veux, c'est toi, c'est sûr, renchérit Smoke.

— Et si on allait à Silverstone aujourd'hui, et qu'on restait à la maison demain, suggéra-t-elle.

Smoke fit la moue.

— Je voulais rester à la maison aujourd'hui.

Molly gloussa.

— Je sais. Mais je suis endolorie. Et au moins, si on prend quelques heures de repos après s'être fait du bien l'un l'autre, je peux être prête à recommencer ce soir.

Smoke fronça les sourcils.

— Je t'ai fait mal ? Tu aurais dû dire quelque chose.

Molly posa sa main sur sa joue.

— Tu ne m'as pas fait mal, Mark. Je te le promets. J'ai juste besoin d'une petite pause.

— On peut rester ici. Je peux garder mes mains loin de toi. Je pense.

Le dernier mot fut ajouté doucement.

Elle sourit.

— Je n'ai pas confiance *en moi*, admit-elle, en faisant courir ses mains le long de sa poitrine. Tu es plutôt sexy.

— Bon, le garage, c'est OK, dit Smoke, en se levant brusquement et en mettant Molly debout devant lui.

Elle gloussa pendant qu'ils apportaient leurs plats dans la cuisine.

— Je vais appeler Skylar pour savoir quand elle veut que je vienne dans sa classe.

Smoke mit ses plats dans l'évier et attira Molly contre lui.

— Merci, souffla-t-il.

— Pour quoi ? demanda-t-elle.

— Pour m'avoir fait confiance. D'être là. D'être toi, tout simplement.

— Je ne sais pas comment être autre chose. Et honnêtement, je devrais être en train de flipper pour Preston. M'inquiéter de ce qu'il prépare. Mais je te fais confiance, à toi et à ton équipe, pour vous occuper de lui. C'est un gros problème pour moi de laisser tomber ça. Donc merci *à toi*.

Puis elle monta sur la pointe des pieds et l'embrassa avant de le serrer fort dans ses bras.

— Je vais aller à l'étage et me changer.

— Déplace toutes tes affaires dans mon placard, clama-t-il alors qu'elle se dirigeait vers les escaliers.

Elle se retourna.

— Tu es sûr ?

Smoke voulait secouer la tête en signe d'incrédulité, mais répondit simplement :

— Oui !

— D'accord. Ça pourrait me prendre un peu de temps. J'ai

l'air d'avoir accumulé beaucoup de choses pour quelqu'un qui n'avait rien il n'y a pas si longtemps.

— Tu veux que je t'aide ? demanda-t-il.

— Non, c'est bon. Merci quand même.

Puis Molly se retourna et monta les escaliers. Elle s'arrêta à mi-chemin et lança :

— Mark ?

— Oui, Mol ?

— Ça ne me dérange pas que tu nous aies espionnées, Taylor et moi. Pas le moins du monde.

Puis elle tourna sur elle-même et monta les escaliers deux par deux jusqu'à ce qu'elle soit hors de vue.

Smoke soupira de soulagement. Elle aurait pu être très en colère contre lui pour avoir envahi sa vie privée, même s'il n'en avait pas l'intention au départ. Mais au lieu de cela, elle était aussi reconnaissante que lui que leur relation ait progressé. C'était une femme extraordinaire, et Smoke savait qu'il avait beaucoup de chance de l'avoir.

Maintenant, il devait juste trouver cette merde de Weldon et s'assurer que cet homme l'oublie. Il devait contacter la police d'Oak Park et voir s'ils avaient pu relier Weldon à la mort de ses grands-parents. Voir ce qu'ils avaient trouvé sur le harcèlement par mail qu'elle avait subi. Weldon était manifestement intelligent... mais pas plus que Silverstone.

— Si tu touches à ma femme, tu es un homme mort, jura-t-il avant de se consacrer au lave-vaisselle.

18

———————

Deux jours plus tard, Molly était assise sur le sol, entourée d'un groupe d'enfants, et lisait un livre sur les couleurs. Ils avaient passé la matinée avec les peintures, et ça avait été le chaos total, mais Molly avait adoré ça.

Elle s'était surtout amusée parce que Skylar était une enseignante formidable. Elle ne s'était pas énervée quand Becky avait renversé un pot de peinture. Elle n'avait pas pété les plombs quand Muhammad avait décidé de peindre son voisin au lieu de son papier. Elle n'avait même pas élevé la voix quand Abby et Sarah avaient déclenché une guerre de peinture en envoyant leurs pinceaux sur l'autre.

Ceux qui pensaient que les maternelles étaient un jeu d'enfant se trompaient lourdement. Mais Skylar avait tout géré avec patience et gentillesse. Le respect de Molly pour l'autre femme était monté en flèche.

Les peintures des enfants étaient toutes suspendues pour sécher afin d'être exposées plus tard, puis à la fin de la semaine prochaine, les enfants les ramèneraient chez eux.

Molly avait passé une grande partie de son temps avec une petite fille noire nommée Leteisha et sa meilleure amie, Lena. Lena était originaire du Vietnam, et Skylar avait expliqué que lorsqu'elle avait commencé la classe, la petite fille n'avait presque jamais parlé. Mais après avoir rencontré Leteisha, elle s'était rapidement ouverte, et les deux filles bavardaient maintenant comme des petites pies. Les filles étaient aussi différentes que le feu et l'eau, mais elles étaient liées à un niveau que Molly n'avait jamais vu chez des enfants aussi jeunes. Leteisha était aveugle, et Lena l'avait prise sous son aile, littéralement. Les deux filles ne faisaient rien séparément, Lena tenant souvent la main de Leteisha et aidant son amie à naviguer dans le monde des voyants. Cela faisait chaud au cœur, et voir leur douce amitié redonnait à Molly un peu d'espoir en l'humanité.

Un garçon nommé Rob grimpa sur ses genoux pendant qu'elle lisait, et le cœur de Molly fondit presque. Il mit son pouce dans sa bouche et s'appuya contre elle. Elle ne pouvait s'empêcher de penser à son propre enfant assis comme ça un jour.

Et aux efforts de Mark pour la mettre enceinte.

Elle savait que ce qu'ils faisaient était fou, mais elle n'avait jamais été aussi heureuse qu'en ce moment.

Molly ferma le livre au moment où Rob éternua dessus et sur sa main. Gloussant, elle prit un mouchoir et l'aida à se moucher. Le pauvre avait toussé et éternué toute la journée.

En y réfléchissant, beaucoup d'enfants de la classe avaient le nez qui coulait. Molly avait essuyé les nez et aidé les enfants à se laver les mains toute la journée.

— C'est l'heure de la récréation ! lança Skylar à la classe.

Les enfants se levèrent d'un bond autour d'elle, et Molly aida Rob à se lever avant de se lever elle-même. Puis elle aida les enfants à se mettre en rang, souriant en voyant Lena et Leteisha main dans la main. Ils se dirigèrent vers l'extérieur, et Molly ne put s'empêcher de rire lorsque les enfants se mirent à courir dès qu'ils touchèrent l'herbe de la cour de récréation.

Une agente de sécurité se promenait dans le périmètre de

l'aire de jeu, et la femme salua et dit bonjour à certains des enfants.

— Elle a été engagée après que Sandra et moi avons été enlevées, prononça doucement Skylar à côté d'elle.

Elles étaient debout près de la porte, surveillant la classe comme des faucons.

— L'administration rechignait à payer un agent de sécurité à plein temps, et je ne leur en veux pas. Mais avec toute la violence dans le monde, c'était quelque chose qui devait être envisagé. Smoke s'est imposé et a donné l'argent pour le salaire de la femme.

— Il l'a fait ? demanda Molly avec surprise.

— Oui. Et il a insisté pour que la commission scolaire engage quelqu'un de jeune et de très motivé. Il ne voulait pas d'un policier à la retraite ou de quelqu'un qui voulait juste un peu plus d'argent dans sa poche. Ils ont engagé l'officier Williams après une recherche intensive et un processus d'entretien. C'était une officière de la police de Memphis qui voulait un changement de rythme pour elle et son fils.

Molly regarda l'officier. Ses tresses noires étaient tirées en arrière, et elle avait un énorme sourire sur le visage alors qu'elle s'agenouillait près de la clôture pour parler à Lena et Leteisha. Elle portait un pantalon cargo noir et un polo jaune avec le logo de l'école primaire. Elle avait une ceinture utilitaire complète avec tout ce qu'un officier de police à plein temps porterait. Alors même qu'elle parlait aux filles, Molly pouvait voir ses yeux parcourir le terrain, à la recherche d'un danger.

— Tous les enfants aiment Destiny, poursuivit Skylar. Tout comme nous, les enseignants. Elle nous fait tous nous sentir plus en sécurité. Elle part toujours après nous. Je me souviens de toutes les fois où j'étais la dernière à partir d'ici, et comment il était un peu effrayant de marcher jusqu'à ma voiture sur le parking dans l'obscurité. Sans la générosité de Smoke, je sais que nous serions tous un peu plus sur les nerfs.

Molly savait que Mark était généreux, mais chaque jour qui passait lui montrait à quel point il était un philanthrope.

— J'adore ta classe, confia Molly à Skylar.

— Merci. Ce sont de sacrés numéros. Beaucoup plus énergiques que ceux de l'année dernière. Sandra, ainsi que le reste de la classe, m'ont gâtée, c'est sûr. Mais c'est comme ça que ça marche. Certaines années sont plus faciles que d'autres, mais j'adore voir leur joie de vivre.

Molly acquiesça.

— Il y avait beaucoup d'enfants dehors aujourd'hui, non ? Je veux dire, tu n'as pas l'habitude de n'en avoir que dix dans ta classe, n'est-ce pas ?

— Non. J'en ai quinze. Cinq ont été absents à cause de la grippe. J'essaie vraiment de convaincre les parents de garder leurs enfants à la maison s'ils ont de la fièvre, mais beaucoup d'entre eux ne peuvent pas se permettre de prendre un congé pour cela, alors ils finissent quand même par venir à l'école. Nous faisons de notre mieux pour contrôler avec les lingettes désinfectantes et le lavage des mains, mais les enfants sont des petites boîtes de pétri. C'est un miracle que je ne sois pas plus malade que ça. Mais encore une fois, je me fais vacciner contre la grippe chaque année, et je me lave constamment les mains. Tu t'es fait vacciner, n'est-ce pas ? demanda Skylar.

Molly haussa les épaules.

— J'ai été vaccinée contre tout ce qui existe sous le soleil avant de partir au Nigeria. Je suis sûre que c'était probablement l'un d'entre eux.

— Bien. Je pense que j'ai développé une sorte d'immunité depuis que je suis entourée d'enfants tout le temps.

— Taylor m'a dit quelque chose, et j'espère que tu ne me trouveras pas impolie... mais tu ne veux pas d'enfants ? demanda Molly.

— Ne te méprends pas. J'aime mon travail, et j'aime les enfants. Mais j'aime aussi être seule. Je ne peux pas imaginer être entourée d'enfants toute la journée, puis rentrer à la maison pour en avoir d'autres. Certaines personnes me traiteraient d'égoïste, mais j'aime ma vie. Je n'ai juste jamais ressenti cet instinct maternel. Tu en veux ?

— Oh oui, répondit Molly dans un soupir en regardant Rob courir après Maria dans la cour de récréation.

— Avec quelqu'un en particulier ? la taquina Skylar.

Molly savait qu'elle rougissait et se retourna pour sourire à son amie.

— Mark et moi sommes... Je suppose qu'on pourrait dire... qu'on sort ensemble.

Skylar poussa un cri de joie, elle rebondit même sur ses orteils, et elle applaudit légèrement.

— Oui !

Molly ne put s'empêcher de rire. Puis elle demanda :

— Tu ne penses pas que c'est trop rapide ? Ou bizarre ?

— Non ! répondit immédiatement Skylar. Écoute, chaque relation évolue à son propre rythme. Quand tu t'entends avec quelqu'un, tu t'entends. Je sais que Bull et moi sommes allés très vite aussi. Ne t'embourbe pas dans ce que tu penses que ta relation est *censée* être. Elle est ce qu'elle est.

— Il dit qu'il veut des enfants. C'est l'une des raisons pour lesquelles il a gardé la grande maison de son oncle, admit Molly.

— Je suis contente pour toi, avoua Skylar, la sincérité étant facile à entendre dans son ton. Sérieusement, vous êtes parfaits l'un pour l'autre. Et comme tu vis déjà avec lui, ça rend les choses plus faciles.

— Oui, il est, euh... engagé à cent pour cent dans cette histoire de bébé, admit Molly.

Les yeux de Skylar s'écarquillèrent, puis elle sourit.

— Tu vas être en cloque avant la fin du mois, prédit-elle. Nos hommes Silverstone sont tellement masculins que je crains parfois que mes ovaires ne se fécondent spontanément rien qu'en regardant Bull.

Molly renifla.

— Sérieux ?

— Bull me demande tous les jours de l'épouser, admit Skylar. Mais j'ai repoussé cette demande.

— Pourquoi ?

— C'est justement ça... Je ne suis pas sûre. J'aime cet homme plus que tout au monde, mais je continue à penser que... Je ne sais pas... peut-être qu'il va changer d'avis ? Ça semble dramatique, mais je crois que je mourrais littéralement s'il décidait qu'il ne veut plus être avec moi. Je crois que je me retiens parce que j'ai peur que ça change notre relation.

— D'après ce que je vois, il n'y a aucune chance que Bull change d'avis à ton sujet. Je suis nouvelle dans le cercle de Silverstone, mais il n'a d'yeux que pour toi. Le fait d'être marié ne va pas changer ça, je ne pense pas. La société met beaucoup de pression sur les couples pour qu'ils se marient. Mais au final, je ne pense pas que cela doive changer quoi que ce soit aux relations. Elles marchent ou elles ne marchent pas. Une bague et un bout de papier n'ont rien à voir avec ça, répondit Molly.

Skylar acquiesça.

— Au fond de moi, je le sais. Mais ça aide de l'entendre de la bouche de quelqu'un d'autre. Merci.

— De rien.

C'était bon de pouvoir aider son amie. Molly avait l'impression que c'était elle qui prenait tout, alors c'était bien d'être celle sur qui on s'appuyait pour une fois.

— Et toi et Smoke ? Vous allez vous marier ?

— Mark a dit qu'il voulait m'épouser, mais qu'il attendrait que je sois à l'aise avec cette idée. Mais il m'a aussi prévenue que si je tombe enceinte, il veut que je porte sa bague au doigt avant la naissance de notre bébé.

Skylar éclata de rire.

— Donc vous serez mariés avant la fin de l'année. C'est bon à savoir. Tu ferais mieux de commencer à réfléchir au type de cérémonie que tu veux. Quelque chose de rapide et facile ? Ou la grande fête avec 15 demoiselles et garçons d'honneur ?

— Oh Seigneur, non. Je ne connais même pas autant de personnes, lâcha Molly en frissonnant. Je pense que c'est quelque chose entre les deux extrêmes. Je n'ai pas vraiment d'autres amis que vous et les personnes qui travaillent à Silverstone. Alors peut-être quelque chose de discret, mais où je pourrais quand même porter une robe fantaisie. Oh, et je veux la fête. Peut-être qu'on pourrait même la faire à Silverstone.

— Je pense que c'est une excellente idée, répondit Skylar en souriant.

— Et... peut-être, si tu veux... on pourrait faire une double cérémonie, reprit timidement Molly. Je veux dire, Mark ne m'a même pas officiellement demandé, mais je sais que je serais super nerveuse avec toute cette attention sur moi. J'aimerais partager un jour de mariage avec quelqu'un.

Les yeux de Skylar s'agrandirent.

— Sérieusement ?

— Eh bien, oui, sauf si tu veux ta propre cérémonie. Je sais que beaucoup de gens aiment avoir toute l'attention sur eux pour le grand jour.

— Pas moi, dit Skylar en secouant la tête. C'est tellement gentil. Merci !

— Regarde-nous en train de planifier nos mariages alors qu'aucune de nous n'a dit oui, rit nerveusement Molly. Ça porte malheur, non ?

— Rien de tout ça, répondit Skylar. Je sais que tu essaies d'être plus positive, donc tu ne peux même pas penser ça. De plus, apparemment, ce n'est qu'une question de temps avant que Smoke ne te passe la bague au doigt et ne mette son bébé dans ton ventre.

Molly adorait l'idée de ces deux choses.

Une forte cloche interrompit leur conversation, et Skylar s'avança immédiatement et leva la main. Les enfants couraient vers elles de tous les coins de la cour de récréation. Skylar se retourna pour regarder Molly.

— J'adorerais partager un jour de mariage avec toi. Ça me touche beaucoup que tu me le demandes. Je suis heureuse que Smoke t'ait trouvée ; je pense qu'on va te garder.

Elle sourit.

Molly ouvrit la bouche pour répondre, mais elles furent submergées par des enfants qui riaient et parlaient de la joie qu'ils avaient eue à la récréation.

À la fin de la journée, elle était épuisée. Elle se sentait comme si elle avait couru un marathon.

Mark était arrivé pour la récupérer, et après qu'elle fut montée dans son SUV, il se pencha vers elle et l'embrassa.

— Comment c'était ?

— Épuisant, chaotique et très amusant, répondit Molly.

— Tu as changé d'avis sur ta future carrière ? lui demanda-t-il avec un sourire.

— Oh non, rebondit Molly. Je préfère rester à la maison avec un bébé, ou deux, ou trois, plutôt que de m'occuper d'une salle de classe pleine de bébés cinq jours par semaine.

— Les bébés peuvent être plus difficiles que les élèves de primaire, dit Mark en sortant du parking.

— Et comment le sais-tu ?

— Recherches, lui lança-t-il.

Molly voulait en savoir plus, mais elle se sentait tout à coup un peu timide en sa présence. Parler de bébés la rendait nerveuse. Elle se pinçait encore parce que sa vie semblait aller si bien.

— Comment s'est passé le travail aujourd'hui ?

Mark soupira.

— Dur.

Molly posa sa main sur son bras.

— Je suis désolée.

Elle savait qu'il valait mieux ne pas demander de détails. Ce que lui et Silverstone faisaient était dangereux, et elle savait qu'il ne *la* mettrait pas en danger en lui disant où ils allaient se rendre ensuite, ou en la bouleversant avec des détails sur ce qu'un monstre faisait aux autres.

— Merci, dit Mark. Nous avons été en contact avec le FBI, qui nous a fait savoir qu'il y avait eu un développement dans l'un des cas sur lesquels nous avons fait des recherches, et il va nous envoyer plus d'informations.

— Cela signifie-t-il que vous allez bientôt partir en mission ? demanda Molly.

— Mais nous sommes tous d'accord pour dire que nous ne voulons pas partir tant que cette histoire avec Weldon n'est pas terminée, répondit Mark.

Elle était choquée.

— Mais Preston pourrait décider de faire profil bas pendant des semaines.

Mark haussa les épaules, apparemment indifférent.

— Tu ne peux pas simplement arrêter ce que tu fais pendant des semaines, argumenta-t-elle.

— Pourquoi pas ? demanda-t-il.

— Parce que ! Il y a peut-être quelqu'un d'autre dehors qui a besoin d'aide. Et si tu avais attendu des semaines pour aller au Nigeria ? Je n'aurais peut-être pas pu m'en sortir. Et d'autres de ces écolières auraient pu être vendues. Tu n'as pas le droit d'attendre, lui rétorqua Molly. Si quelque chose se présente, vous devez y aller. Je m'en sortirai. Je me suis occupée de Preston dans le passé, et je m'occuperai de lui s'il décide de faire quelque chose pendant que vous êtes partis.

Les lèvres de Mark étaient serrées, et il ne dit rien alors qu'ils traversaient son allée. Il tapa le code du portail, et quand il entra dans le garage, il éteignit la voiture et sortit.

Molly était nerveuse, car il n'avait pas répondu à ce qu'elle avait dit, mais il était évident qu'il y pensait lorsqu'il lui prit la main et l'entraîna dans la maison. Il s'occupa de l'alarme, puis la traîna pratiquement dans les escaliers. Il faisait ça souvent, mais ça ne la dérangeait pas.

Il mit ses mains autour de sa taille et la souleva, la jetant pratiquement sur le lit. Puis il se positionna rapidement sur elle.

— Écoute-moi, Molly. Est-ce que tu m'écoutes ?

Elle était un peu inquiète parce qu'il ne l'avait jamais malmenée de la sorte auparavant. Il ne l'avait pas du tout blessée, mais il ressentait visiblement quelque chose de très intense en ce moment. Elle acquiesça.

— Bien. Parce que j'ai besoin que tu entendes ça. Weldon est un connard, et je ne vais pas lui donner l'occasion de t'atteindre en partant. Toute l'équipe est d'accord sur ce point. Nous savons qu'il est là dehors. Observant et attendant de faire quelque chose. Cet homme *a tué* tes grands-parents quand ils n'ont pas voulu lui dire où tu étais. Je déteste que quelqu'un attende notre aide, mais je ne te laisse pas seule. Je sais que ma sécurité est excellente, mais tout ce dont Weldon a besoin, c'est d'un petit faux pas, et il en profitera. Je t'aime, Molly. Et maintenant que je t'ai trouvée, je ne veux pas te perdre. Nous avons des décennies devant nous. Tu pourrais être enceinte en ce moment même.

Sa main descendit pour se poser sur son ventre plat, et le cœur de Molly fondit.

— Nous avons eu une discussion à ce sujet. Nous sommes tous d'accord, même Gramps, nos familles passent en premier. Skylar, Taylor, toi, les enfants qu'on aura, ils passent *tous* avant Silverstone. Si on en arrive là, on arrêtera de partir en mission. On finira par être trop vieux de toute façon. C'est important pour nous de faire notre part pour rendre le monde plus sûr, mais les gens que nous aimons sont encore *plus* importants. Tu comprends ?

Molly acquiesça et ferma les yeux, submergée par l'émotion.

Mark baissa la tête et caressa son cou, lui donnant une chance de retrouver son calme.

Puis elle ouvrit les yeux et s'exclama :

— J'ai dit à Skylar qu'elle et Bull pourraient partager le jour de notre mariage.

Il releva la tête et lui sourit.

— D'accord.

— Tu n'es pas contrarié ? Je ne t'ai même pas demandé.

— Bull est l'un de mes meilleurs amis. Et si tu penses au jour de notre mariage et au genre de cérémonie que tu veux, cela signifie que tu vas dire oui quand je te demanderai de m'épouser. Donc, non, je ne suis pas contrarié.

— Je pourrais *te* le demander, balança-t-elle, juste pour être contradictoire.

— Si tu le faisais, je dirais oui, répondit-il, toujours souriant, sa fossette la rendant absolument folle de désir.

Molly attrapa sa nuque et l'attira vers elle. Elle l'embrassa avec tout l'amour qu'elle avait dans l'âme. Quand ils se séparèrent, elle dit à bout de souffle :

— Regarde-nous. Dans un lit. Qu'allons-nous faire ?

Il éclata de rire. Il recula la tête et Molly ne put que le regarder dans un brouillard de désir. Elle sentait son sexe contre sa cuisse, et avait soudain envie de lui en elle plus que de sa prochaine respiration.

— Celui qui se déshabille le premier choisit la position, déclara-t-elle.

Et ce fut tout ce qu'il fallut. Les vêtements volèrent, et en quelques secondes, ils étaient tous les deux nus.

— Qui a gagné ? demanda-t-elle lorsqu'il retomba sur elle, son corps chaud et dur lui donnant des frissons.

— On a gagné tous les deux, répondit Mark, puis il se glissa le long de son corps, ses intentions étant claires.

Molly ouvrit les jambes pour lui faire de la place et elle gémit au premier contact de sa langue.

Plus d'une heure plus tard, ils étaient tous les deux rassasiés et il sortit finalement du lit pour aller chercher des collations afin de refaire le plein d'énergie. Molly était épuisée, mais complètement satisfaite.

Rencontrer Mark avait été la meilleure chose qui lui soit arrivée.

En fermant les yeux, elle tomba dans un profond sommeil avant qu'il ne revienne.

* * *

Preston fixait la maison au loin. Alors que la nuit tombait, la fichue lumière rouge clignotante de la caméra de sécurité au-dessus du portail continuait à se moquer de lui, tout comme la dernière fois qu'il était venu ici. Il avait parcouru tout le périmètre de la propriété, remarquant les mêmes fichues lumières clignotantes tout autour de la clôture.

Il aurait eu du mal à passer la porte, à prendre Molly, puis à s'échapper avant l'arrivée de la police. Il connaissait bien le fonctionnement des systèmes de sécurité et savait qu'il devrait attendre le moment et l'endroit parfaits pour reprendre ce qui lui appartenait.

Le moment viendrait. Il devait être patient, même s'il détestait attendre. Il avait attendu pendant des mois ! Il *détestait* cette stupide salope de lui faire subir cette merde ridicule, mais ce n'était pas à elle de décider de la fin de leur relation. *C'était lui* qui décidait.

Il renversa la bouteille de whisky qu'il avait apportée et faillit tomber en buvant fortement. Il ne ressentait aucune douleur après tout l'alcool qu'il avait consommé cet après-midi-là. Il en avait besoin. Il avait besoin d'être ivre pour surmonter la douleur de savoir que *sa* femme baisait quelqu'un d'autre.

Il voyait la façon dont ils se tenaient la main. Comment ils s'étaient embrassés cet après-midi-là quand il était allé la chercher à l'école primaire. Ils étaient probablement en train de le faire en ce moment même, ce qui rendait Preston furieux.

Elle allait payer pour ça aussi. Elle devait payer pour tellement de choses, qu'il ne pouvait même pas s'en souvenir à ce moment-là.

En vacillant et en se balançant, il retourna vers sa voiture. Sa précieuse Crown Vic. Il avait été si excité de la gagner à la vente aux enchères de la police. Il n'avait peut-être pas été accepté à l'académie de police, mais il était toujours un flic. Les gens s'inclinaient devant son autorité. Il avait l'arme, l'uniforme et la voiture.

Molly le respecterait avant qu'il en ait fini avec elle. Il allait s'en assurer.

Il fit les huit cents mètres qui le séparaient de la station-service où il avait garé sa voiture, trébuchant de temps en temps, et tomba pratiquement sur le siège du conducteur. Il s'était garé à l'arrière, là où il n'y avait pas de caméras de sécurité... il avait vérifié. Il fallut plusieurs tentatives pour mettre la clé dans le contact. Une fois que la voiture démarra, il finit le whisky et jeta la bouteille sur le plancher du côté passager.

Il ramassa son arme, qui était posée sur le siège à côté de lui, et la caressa affectueusement, comme s'il s'agissait d'un être vivant et respirant.

— Si elle ne me respecte pas, elle *te* respectera, marmonna Preston en caressant l'arme.

Il la jeta sur le siège une fois de plus et passa la vitesse, sortant lentement de la station-service pour se rendre au motel de merde où il avait séjourné.

Son argent s'épuisait lentement. Il allait devoir bouger bientôt. Il n'avait plus de travail – il avait manqué plusieurs postes, et son patron en avait finalement eu assez. Mais l'homme l'avait toujours détesté parce qu'il savait que Preston était tellement meilleur que lui. Il était jaloux de l'apparence de Preston, de son autorité et de ses compétences évidentes en tant qu'officier.

Ses pensées flottant dans sa tête, Preston se sentait étonnamment calme, compte tenu de la situation avec Molly. Il était venu à Indianapolis après que deux inspecteurs de la criminelle d'Oak Park avaient frappé à sa porte à Chicago. Ils voulaient qu'il vienne au poste de police pour parler, mais il connaissait ses droits. À moins qu'ils ne l'arrêtent, il n'avait pas à faire la moindre connerie. Les connards pensaient qu'il ne connaissait rien à la loi, mais il savait. Il l'avait étudiée. Il aurait fait un meilleur officier que ces deux-là réunis.

Les inspecteurs lui avaient posé quelques questions, essayant manifestement de lui faire admettre ce qu'il avait fait, mais il leur avait donné un alibi bidon et les avait envoyés promener, sachant que le temps qu'ils vérifient son histoire – et découvrent qu'il avait menti – il serait déjà loin. Il n'allait pas être jeté en prison, en aucun cas. Pas à cause d'une salope stupide.

Les détenus étaient connus pour ne pas aimer les flics. Et Preston était pratiquement un officier de police. La seule raison pour laquelle il n'avait pas le badge officiel était que le psychologue ne l'aimait pas et l'avait évincé.

Preston pensait qu'il s'en était sorti en tuant les grands-parents inutiles de cette salope, mais évidemment elle l'avait dénoncé. Il se vengerait pour ça, comme pour tous ses autres méfaits.

Son plan était de régler les derniers détails de sa vie – à savoir, une certaine Molly Smith – puis de sortir dans une gloire flamboyante.

Les flics étaient à ses trousses, et après mûre réflexion, Preston avait décidé d'abandonner l'idée de perdre du temps à embêter Molly. C'était une salope stupide, elle lui avait dit non, elle avait disparu, elle s'était mise avec un putain de loser.

Mais *il* n'était pas stupide, même s'il avait du mal à penser correctement avec tout l'alcool qu'il avait dans les veines. Il n'avait pas de femme, pas de travail, pas de maison. Il ne pouvait pas retourner à Chicago. Et même s'il le pouvait, il savait comment les flics travaillaient. Ils n'abandonneraient pas. Ils continueraient à le traquer où qu'il aille.

Son nouveau plan était d'éliminer Molly Smith une fois

pour toutes, puis de forcer la main à la police. Voir si ces tapettes pouvaient même se servir de leurs armes. Et faire de son mieux pour tuer quelques-uns de ces enculés avant qu'ils ne le tuent. Pour se venger du refus de son badge.

Oui, c'était un bon plan.

Si Preston ne pouvait pas avoir Molly, personne ne pouvait l'avoir.

Elle allait payer pour l'avoir rejeté. Tout comme les flics.

Personne ne rejetait Preston Weldon.

Il se gara sur le parking du motel, roulant sur deux trottoirs au passage, et réussit à placer sa voiture presque entre les lignes blanches de la place de parking. Il s'arrêta au bout de la rangée, sachant qu'il valait mieux ne pas mettre sa voiture juste devant sa chambre. Seuls les idiots qui ne savaient pas comment fonctionnent les enquêtes de police faisaient ça. Et Preston n'était pas un idiot. C'était un officier de police dur à cuire qui devait être craint.

Il sortit de sa voiture en titubant jusqu'à sa chambre. Une fois à l'intérieur, il tomba la tête la première sur le lit, l'odeur de la couette pas si propre étant à peine perceptible dans son état d'ébriété. La dernière chose à laquelle il pensa avant de s'évanouir fut que s'installer avec un connard était la pire chose que Molly Smith ait jamais faite. Preston s'en assurerait.

19

———

Molly était en train de mourir. C'était tout ce qu'il y avait à dire.

— Comment te sens-tu, Mol ? demanda Mark.

Elle ne pouvait que gémir.

— J'espérais que tu irais mieux aujourd'hui, dit-il doucement.

Il s'assit à côté d'elle sur le canapé et lui frotta légèrement l'épaule.

Molly était sur le côté, recroquevillée en une petite boule. Elle se sentait comme une défunte réchauffée. Elle détestait être malade. Elle détestait ça. Et pourtant, elle était là, morte de froid alors qu'elle avait trente-neuf de fièvre, entourée de mouchoirs, toussant et éternuant, et elle avait même un foutu bol à vomi posé sur le sol près du canapé. C'était pathétique, et tout ce qu'elle voulait, c'était mourir.

Sans ouvrir les yeux, elle répondit :

— Non.

— Je vois ça.

Molly avait campé sur le canapé plus tôt ce matin-là après s'être levée pour prendre un Sprite dans la cuisine. Elle n'avait pas l'énergie pour monter au lit ou dans l'une des chambres d'amis. Elle ne voulait pas non plus rendre Mark malade, même s'il était probablement trop tard de toute façon. Ils avaient partagé beaucoup plus que le même air depuis un jour ou deux, depuis qu'elle avait aidé dans la classe de maternelle de Skylar, avant qu'elle ne tombe malade. Il était évident que le vaccin contre la grippe n'avait pas été l'un des vaccins qu'elle avait reçus avant de partir à l'étranger, après tout.

Mark avait voulu l'emmener chez le médecin, mais elle avait refusé ; elle avait eu suffisamment de grippe pour savoir que le virus avait juste besoin de faire son chemin dans son système. Mark avait accepté de lui donner un jour de plus, mais si elle n'allait pas mieux, il l'emmènerait chez le médecin, *quoi qu'elle* veuille.

Molly était également déterminée à rester sur le canapé pour le reste de sa misérable vie.

— Tu as besoin de quelque chose ? lui demanda Mark gentiment.

— Non.

— Je déteste te voir comme ça.

— Je déteste *être* comme ça.

— Je serai dans mon bureau si tu as besoin de moi.

Puis il se pencha, embrassa sa tempe et se leva.

Molly ne le regarda même pas partir. Elle ferma les yeux et essaya de se mettre à l'aise. Chaque muscle de son corps lui faisait mal, et elle ne pensait pas qu'elle aurait de nouveau chaud un jour. Elle ne pensait pas avoir dormi, *vraiment* dormi, plus d'une heure ou deux à la fois en deux jours. La grippe, ça craignait. Vraiment.

* * *

Smoke s'assit dans son bureau après ce qui semblait être la centième fois qu'il avait vérifié l'état de Molly. Elle était dans la même position que la dernière fois qu'il l'avait vue. Sur le côté, roulée en boule. Mais cette fois, elle gémissait dans son sommeil. Il détestait la voir malade, il aurait aimé pouvoir prendre sa place.

Skylar s'était sentie mal quand elle avait appris que Molly était malade. Elle avait manifestement attrapé la grippe des enfants de sa classe. Avec le recul, Smoke regrettait de ne pas avoir pensé à la faire vacciner contre la grippe avant qu'elle ne vienne la voir. Tout ce qu'il pouvait faire maintenant était d'essayer de la garder hydratée et d'espérer que sa fièvre tombe rapidement.

Il entendit Molly se secouer et se leva pour aller la rejoindre, mais son téléphone sonna. Il y jeta un coup d'œil, espérant ignorer qui c'était, mais il vit que c'était Gramps qui appelait.

— Quoi de neuf ? dit-il en guise de salutation.

— Nous avons reçu les dernières informations de Willis. Nous devons nous rencontrer.

— Maintenant ? interrogea Smoke.

— Oui. Je sais que Molly est malade, mais c'est important. C'est grave, Smoke, sinon je ne t'aurais pas demandé de venir. Nous serions venus te voir... mais ce sont les affaires de Silverstone.

Smoke soupira. L'équipe avait pris la décision, il y a longtemps, de ne parler de leur travail à Silverstone nulle part, *jamais*, sauf dans leur pièce sécurisée. Même si Molly était au courant de ce que lui et ses amis faisaient, tout comme Skylar et Taylor, ils étaient encore réticents à ce qu'elles soient au courant des détails exacts de leurs missions.

Il savait aussi, sans que Gramps ait eu besoin de le dire, que ce que Willis avait envoyé était quelque chose d'important, si son ami lui demandait de venir quand Molly était malade. Depuis plusieurs semaines, ils suivaient l'affaire d'un trafiquant de drogue notoire en Jamaïque. Les dealers de drogue n'étaient pas nouveaux. Malheureusement, il y en avait à la pelle. Mais ce type était vraiment une mauvaise nouvelle. Genre, neuf ou dix sur leur échelle de mauvaises nouvelles, et il était évident que les informations que Willis avait envoyées étaient préoccupantes.

— OK. Laisse-moi lever Molly. On sera là dès qu'on pourra.

— Je suis désolé, dit encore Gramps. Est-ce qu'elle se sent mieux aujourd'hui ?

— Non. J'espère que c'est le pire aujourd'hui, cependant. Si on arrive à surmonter cette épreuve et à faire baisser sa fièvre, je pense qu'elle ira bientôt mieux.

— OK. Eagle laisse Taylor à la maison – non pas qu'elle en soit heureuse. Il ne veut pas qu'elle soit près de Molly à cause du bébé. Il ne veut pas risquer qu'elle tombe malade et que ça nuise à l'enfant.

— Compris. Je ferais la même chose, affirma Smoke, pas du tout offensé.

— Mais je crois que Skylar va venir avec Bull. Aujourd'hui, c'est un jour administratif à son école, et elle a déjà assisté aux réunions obligatoires, alors elle a pu sortir plus tôt cet après-midi. Je suis sûre que ça ne la dérangerait pas de s'occuper de Mol jusqu'à ce qu'on ait fini.

— J'apprécie. Je vous ferai savoir quand nous serons en route.

— Conduis prudemment.

— Oui. À plus tard.

Smoke éteignit son téléphone et se passa une main dans les cheveux. Convaincre Molly qu'elle devait se lever et l'accompagner à Silverstone Towing n'allait pas être facile.

Il entra dans le salon et son cœur se brisa à nouveau lorsqu'il la regarda. Ses joues étaient rouges et ses sourcils étaient froncés, comme si elle souffrait.

Il s'accroupit près du canapé et posa sa main sur son épaule.

— Mol ?

— Hummm ?

— Je dois aller à Silverstone. Il y a quelque chose qui est arrivé et dont l'équipe doit discuter.

— Amuse-toi bien, marmonna-t-elle.

— Je veux que tu viennes avec moi pour que je puisse te surveiller.

— *Non.*

Les sourcils de Smoke se levèrent en signe de surprise. Son ton était presque féroce.

— Ce ne sera pas si mal. On peut t'installer dans une des chambres.

Ses yeux s'ouvrirent en fentes, et elle le regarda fixement.

— Je ne bougerai pas de ce canapé, Mark. Peut-être même jamais.

Smoke sourit, mais effaça l'humour de son visage quand il vit que Molly ne plaisantait pas.

— Je sais que tu te sens mal, mais je dois vraiment y aller et m'occuper de ça.

— Alors, vas-y.

— Je ne veux pas te laisser seule ici.

Molly bougea, se tenant sur un coude. Smoke vit la façon dont ses muscles tremblaient alors qu'elle faisait de son mieux pour être forte tout en discutant avec lui.

— Mark, je me sens mal. Je ne peux pas tenir plus de trente minutes sans avoir des haut-le-cœur. Je suis gelée, et j'ai mal à la tête. Quand je me lève pour faire pipi, la pièce tourne sur elle-même. Je ne vais aller nulle part si tu pars. Je vais rester ici sur le canapé et essayer de ne pas mourir. Je suis célibataire depuis longtemps, et j'arrive à être malade toute seule. Je t'aime, mais rôder autour de moi ne m'aide pas à me sentir mieux. En fait, ça me fait me sentir encore plus mal parce que je sais que tu te sens impuissant.

Smoke prit une profonde inspiration et la regarda se baisser à nouveau sur le canapé et frissonner. Il tendit la main et remit les couvertures autour de ses épaules. Il ne pouvait pas supporter de voir la misère dans ses yeux et souhaitait qu'il y ait quelque chose qu'il puisse faire pour qu'elle se sente mieux.

— Je suis en sécurité ici, prononça-t-elle doucement. Je ne

vais rien faire d'autre que dormir. Promis. Pars sans moi. Je t'en prie. Ne m'oblige pas à me lever et à t'accompagner. Je ne veux pas non plus infecter qui que ce soit à Silverstone. C'est mieux si je reste ici.

— Que dirais-tu si Skylar passait par ici ? demanda Smoke.

Molly soupira.

— Ce n'est pas nécessaire, Mark.

— Je sais, mais elle se sent coupable que tu sois si malade. Je suis sûr qu'elle aimerait prendre de tes nouvelles.

— Est-ce que ça te ferait te sentir mieux ? demanda Molly.

— Oui.

— Si je suis d'accord, ça veut dire que je peux rester ici ?

— Oui, répéta Smoke.

— Alors d'accord. Mais honnêtement, je vais être de mauvaise compagnie. La dernière chose que je veux, c'est que quelqu'un d'autre me regarde vomir. Mais si ça veut dire que je n'ai pas à bouger d'ici, alors d'accord.

— OK, Mol. Ton téléphone est complètement chargé. Il est juste là sur la table à côté de toi. Je peux réinitialiser l'alarme quand je partirai, mais tu devras te lever quand Skylar arrivera pour la désactiver afin qu'elle puisse entrer. Je lui donnerai le code de la porte, mais tu devras répondre à la porte.

— OK.

— Tu penses que tu peux te lever pour faire ça ?

— Oui, dit Molly avec un petit signe de tête. Je vais probablement avoir besoin de faire pipi dans peu de temps de toute façon.

— Très bien. Je l'enverrai dès que j'arriverai au garage. Je t'aime, et je suis vraiment désolé que tu te sentes mal.

— Dans la maladie et la santé, hein ?

Ces mots allèrent droit au cœur de Smoke.

— Absolument.

Puis il l'embrassa à nouveau.

— Je t'aime, Mol.

— Je t'aime, lui répondit-elle.

Smoke se leva et regarda sa femme pathétique. Elle semblait encore plus petite que d'habitude sous les couvertures. La plupart du temps, il oubliait à quel point elle était petite. Mais la voir malade lui donnait envie de la prendre dans ses bras et de la bercer comme un bébé.

Il monta à l'étage pour se changer, et quand il revint dans le salon, Molly semblait endormie. Il lui glissa son téléphone dans la main, car elle aurait besoin de l'entendre sonner lorsque Skylar arriverait, afin de pouvoir se lever pour éteindre l'alarme et laisser entrer son amie.

Smoke pensa une deuxième et une troisième fois à ne pas partir, mais il savait qu'elle n'allait rien faire d'autre que ce qu'elle avait dit... rester allongée et essayer d'aller mieux.

— Je ramènerai de la glace à la vanille, murmura-t-il contre sa tempe.

— Merci. Conduis prudemment. Je t'aime, marmonna-t-elle, se réveillant un peu.

— Je t'aime.

Puis Smoke se força à se lever et à se diriger vers le garage. C'était déjà la fin de l'après-midi. Plus vite il partait, plus vite il pouvait la retrouver. Il s'assura que l'alarme était réglée avant de sortir du garage, mais l'inquiétude au creux de son estomac ne disparaissait pas. Il n'avait aucune idée si c'était parce qu'il se sentait mal de quitter Molly alors qu'elle était si malade, ou si c'était quelque chose de plus.

Se disant qu'il reviendrait dès que possible et que son système de sécurité l'alerterait si quelque chose se passait mal, Smoke fit de son mieux pour se concentrer sur la route.

Molly sentit son téléphone vibrer contre ses doigts et entendit la sonnerie à travers ce qui lui semblait être des oreilles bouchées.

— Allo ? marmonna-t-elle dans le combiné.

— C'est moi, Skylar. Je suis devant ta porte.

— OK, j'arrive dans une seconde, répondit Molly à son amie.

Elle raccrocha le téléphone et le reposa sur la table à côté du canapé. Elle avait pensé que Mark venait littéralement de partir. Mais elle avait manifestement somnolé depuis. En se redressant, Molly attendit que la pièce cesse de tourner pour se mettre lentement debout. Elle s'appuya sur le dossier du canapé, puis sur une chaise de la table, puis sur le comptoir de la cuisine pour garder son équilibre, et se dirigea vers le clavier de l'alarme. Elle tapa les chiffres, ne se trompant qu'une fois, mais heureusement sans déclencher l'alarme, puis elle se traîna lentement vers la porte d'entrée.

Après avoir laissé Skylar entrer, elle retourna au panneau d'alarme et réarma le système. Skylar passa son bras autour de la taille de Molly et l'aida à retourner sur le canapé.

— Seigneur, Mol, je ne savais pas que tu te sentais *aussi* mal.

Elle essaya de sourire à son amie. Elle avait vraiment envie de se recoucher, mais se força à rester assise pour le moment.

— J'ai dit à Mark en termes très clairs que je ne quitterais pas cette maison.

Skylar acquiesça.

— Je ne te blâme pas. Taylor voulait vraiment venir, mais Eagle a dit non à cause du bébé.

— Je lui aurais botté le cul si elle était venue ici, répondit Molly. Je suis sûre que j'irai mieux bientôt. C'est juste la grippe.

— Quand même, oh, se désola Skylar.

— Ça doit être à cause des éternuements des enfants.

— Oui, il y a eu cinq autres enfants cette semaine, dit Skylar en hochant la tête. Je peux t'apporter quelque chose ?

Molly regarda la petite table.

— Peut-être un peu plus de Pedialyte ?

— Bien sûr, répondit Skylar, en prenant le gobelet en plastique dans lequel Molly avait bu. Tu veux que je te fasse de la soupe ou autre chose ?

À l'idée de manger, l'estomac de Molly se serra. Elle compressa les lèvres et secoua la tête.

— Bon. OK, je reviens tout de suite.

Dès que Skylar entra dans la cuisine, l'estomac de Molly se rebella. Elle se pencha et attrapa le bol en plastique que Mark avait laissé pour elle. Elle cracha dans le bol en priant pour ne pas recommencer à avoir la nausée. Son estomac lui faisait déjà mal, et la dernière chose qu'elle voulait était de faire ces horribles bruits de vomissement devant son amie.

Heureusement, le temps que Skylar revienne avec une tasse pleine d'eau électrolytique, la nausée était passée pour le moment. Mais la pièce tournait à nouveau, alors Molly s'allongea.

— Il fait froid ici ou c'est moi ? demanda-t-elle.

— C'est toi, répondit immédiatement Skylar en posant la tasse sur la table.

Molly ferma les yeux et pria pour que la pièce cesse de tourner.

— Seigneur, qu'est-ce que je fais ici ? demanda Skylar. Tu n'as pas envie de parler, je le vois bien. Je peux faire autre chose pour toi ?

Molly secoua la tête, mais n'ouvrit pas les yeux.

— Je suis désolée que tu te sentes si mal, confia Skylar. Je sais que Smoke voulait que je vienne pour veiller sur toi parce qu'il ne peut pas... mais tu te sens mal. Et ma présence ici ne va pas t'aider. Je sais que quand je suis malade, je ne veux parler à personne.

— Tu peux rester, dit Molly, mais il n'y avait pas beaucoup d'énergie derrière ses mots. Et j'irai mieux.

Skylar gloussa un peu.

— Je sais que tu iras mieux. Tu vas dormir. Je vais retourner au garage et dire à Smoke que tu vas bien. Dors. Assure-toi de boire autant de liquide que tu peux. Si tu te déshydrates trop, tu devras aller à l'hôpital, et je sais que tu ne veux pas ça.

Molly força ses yeux à s'ouvrir.

— Merci d'être venue me voir. J'apprécie vraiment.

— Je sais. Tu dois me laisser sortir ?

— Merde, oui. Donne-moi une seconde, répondit Molly.

Elle aimerait pouvoir fermer les yeux et dormir, ou du moins essayer, mais elle devait se lever et laisser Skylar sortir, puis remettre l'alarme en marche. Elle se redressa une fois de plus. La nausée revint, mais elle voulut l'ignorer.

— Je vais t'aider, dit Skylar, en tendant la main.

— N'oublie pas d'utiliser un gel antibactérien quand tu retourneras à ta voiture, intima Molly en prenant la main de son amie. Et ne touche pas ton visage pendant un certain temps.

— OK, la rassura Skylar.

— Les gars vont-ils être furieux que tu ne sois pas restée longtemps ? interrogea Molly.

— Non. Et s'ils le sont, tant pis. Les garçons aiment peut-être qu'on les surveille de près quand ils ont un petit rhume, mais quand on est vraiment malade, comme toi, dormir et être seul dans sa misère est la meilleure chose qui soit.

— Amen, ma sœur, ricana Molly.

Elle fit un détour par le panneau d'alarme près du garage et éteignit le système, puis se dirigea vers la porte d'entrée, où Skylar l'attendait. Elle essaya de lui sourire.

— Merci encore d'être venue. Sérieusement.

Sa bouche se remit à saliver et Molly espéra que son malaise ne se voyait pas sur son visage.

— Bien sûr. Appelle-moi quand tu te sentiras plus humaine.

— Je le ferai.

— Au revoir, Mol.

— Au revoir.

À la seconde où la porte se referma derrière Skylar, Molly

sut qu'elle allait encore vomir. Elle fit trois pas rapides vers la salle de bains, mais ne réussit pas avant que son estomac ne se resserre. Elle se pencha dans le couloir, frissonnant et faisant de son mieux pour ne pas tomber sur la tête alors que son estomac se gonflait. Le peu d'eau qu'elle avait réussi à avaler depuis la dernière fois qu'elle avait vomi remonta.

Les yeux larmoyants, et ayant l'impression de se trouver au milieu de l'Antarctique sans manteau, Molly se dirigea vers la cuisine. Elle prit des serviettes en papier et fit de son mieux pour nettoyer le désordre qu'elle avait fait dans le couloir.

Heureusement qu'elle n'avait rien mangé qui puisse la faire vomir, Molly se balançait sur ses pieds. Elle était à deux secondes de tomber à plat. Le canapé semblait être à quinze kilomètres de là. Se déplaçant lentement, priant pour que la nausée ne revienne pas, Molly s'y dirigea. Ça lui sembla prendre un an, mais elle atteignit finalement son nid de couvertures et d'oreillers. Allongée et remontant les couvertures jusqu'au menton, Molly frissonna pendant plusieurs minutes avant de se dire qu'elle n'allait peut-être pas mourir de froid.

Se tournant sur le côté, elle ramena ses genoux contre sa poitrine.

Fermant les yeux, elle oublia tout, sauf son mal-être. Si elle ne se sentait pas mieux quand Mark rentrait, elle allait lui dire qu'elle était prête à aller chez le médecin. Elle ne voulait pas se lever. Elle ne voulait pas partir. Mais elle se faisait peur en se sentant si mal. Et la dernière chose qu'elle voulait, c'était que Mark tombe malade lui aussi.

Les pensées de tous les deux se retrouvant misérables et malades lui traversèrent l'esprit alors que Molly tombait dans un état de semi-conscience sur le canapé.

* * *

Preston était à nouveau ivre. Il avait été ivre pendant ce qui semblait être des jours. Mais il s'en fichait. Il se foutait de tout. Enfin… à part de mettre la main sur la salope qui l'avait snobé.

Il regardait de sa place dans les arbres, près du portail qui menait à la maison du connard qui lui avait volé sa copine, quand une voiture s'arrêta et descendit l'allée. Il reconnut la femme. Sa Molly traînait avec elle parfois.

Il était encore en train d'avaler son whisky, pensant à toutes les façons dont il allait punir Molly pour ses péchés contre lui, quand il vit la femme remonter l'allée peu de temps après son arrivée.

Il était en train de ruminer sa propre haine quand il leva les yeux sur la caméra du portail après qu'elle se trouve de nouveau sur la route.

Preston ne pouvait pas croire ce qu'il voyait.

Il se frotta les yeux, espérant qu'il n'avait pas d'hallucinations.

Non, ce n'était pas le cas.

La caméra ne clignotait pas.

Elle n'était pas allumée.

Il regarda de la caméra à la maison, puis de nouveau vers la caméra. Preston ne savait pas combien de temps il avait, mais il savait qu'il devait agir vite. Il ne se souvenait pas d'un moment depuis qu'il traquait Molly où le système d'alarme n'avait pas été activé. Il avait vu le connard partir plus tôt, avant que l'autre femme n'arrive. Il n'était pas sûr qu'il y ait quelqu'un d'autre dans la maison – il ne le pensait pas – mais en fin de compte, ça n'avait pas d'importance. Il allait tirer sur tous ceux qui s'étaient mis entre lui et Molly.

Il était temps qu'elle paie pour ce qu'elle lui avait fait subir. Pour avoir disparu sans lui. Pour l'avoir rejeté. Pour *tout* ça.

Preston tituba aussi vite qu'il put jusqu'à sa voiture. Il conduisit dans l'allée et regarda nerveusement la caméra à une distance sûre. Elle était toujours éteinte.

Souriant malicieusement, il prit une autre gorgée de whisky, puis une grande inspiration.

Il appuya sur l'accélérateur.

En grognant de douleur, sa tête cogna le volant quand il heurta la barrière. Preston leva les yeux. Il avait plié la barrière métallique, mais ne l'avait pas vraiment traversée. Maudit soit cet homme et sa putain de sécurité !

Il fallut quelques essais supplémentaires, Preston reculant et percutant la barrière, mais il poussa un cri de triomphe lorsque sa Crown Vic finit par passer et dévala l'allée de gravier.

Le fait que l'alarme soit éteinte lui avait peut-être donné un peu de temps, mais il devait quand même travailler rapidement. Entrer, tuer qui il devait, prendre Molly et partir. C'était le plan.

Après ça, il quitterait Indianapolis et trouverait un bon endroit pour se cacher... et montrerait à Molly *exactement* à quel point elle avait eu tort de le rejeter.

Il s'arrêta devant la maison, bondit, faillit tomber et fit le tour jusqu'au coffre. Il prit un pied de biche et se dirigea vers la porte. Molly allait venir avec lui, d'une manière ou d'une autre. Cela allait être amusant.

20

Smoke n'arrivait pas à croire ce qu'il voyait. Gramps, habituellement si calme, faisait en fait les cent pas dans la salle des coffres de Silverstone Towing, manifestement agité.

— Je la *connais*, avoua Gramps à voix basse. Cassidy Hewitt. Elle a grandi à El Paso, et nous sommes allés dans le même lycée pendant un an. Elle était en seconde quand j'étais en terminale. Elle était dans la fanfare, jouait de la flûte et était drôle comme tout. Mes parents et les siens se connaissaient et fréquentaient les mêmes cercles.

— Qu'est-ce qui lui a pris d'aller en Jamaïque ? interrogea Bull. Et de travailler pour Michael Coke, le plus célèbre dealer que le pays ait jamais eu ?

— Je n'en sais rien ! aboya Gramps. La dernière fois que j'ai eu de ses nouvelles, c'était il y a des années. Elle s'était mariée avec ce type, puis avait divorcé. Ils avaient un fils, je crois. Il doit avoir dix ou onze ans maintenant. C'est vraiment la merde.

C'était foutu. Smoke baissa les yeux sur la copie de la lettre dans sa main. Elle était écrite à la main, les lettres étaient féminines et ornées. La laideur des mots était en désaccord avec la beauté de l'écriture.

. . .

À qui de droit,

Je m'appelle Cassidy Hewitt. Je viens d'El Paso, au Texas. Je travaille à la propriété de Michael Coke à Kingston, en Jamaïque. Je n'avais aucune idée de qui il était quand j'ai accepté ce travail d'éducatrice à domicile. Je veux partir, mais je sais qu'il nous tuera, mon fils et moi, si nous essayons de nous échapper. Je suis prête à faire tout ce qu'il faut pour que mon fils sorte d'ici vivant. Je sais comment fonctionne le réseau de Coke, où sont les entrepôts de la drogue, qui travaille pour lui. Je sais tout. Je vous dirai tout si vous nous aidez à nous échapper. S'il découvre que j'ai posté cette lettre, il torturera mon fils et me fera regarder. Il me tuera de toute façon. Je le sais. S'il vous plaît, aidez-moi.

Sincèrement,

Cassidy, une citoyenne américaine désespérée

Silverstone étudiait Coke et son réseau de drogue depuis des semaines. Le père de Coke avait créé le Shower Posse, un gang de drogue violent, et l'avait transmis à ses enfants. Il avait été tué plusieurs années auparavant, tout comme le frère et la sœur de Michael. Michael était encore plus impitoyable et paranoïaque que ses frères et sœurs. Cela l'avait bien servi, car ses ennemis et les autorités n'étaient pas parvenus à s'approcher de lui.

Il avait des centaines de fidèles qui étaient prêts à faire n'importe quoi pour lui, y compris assassiner toute personne assez bête pour poser trop de questions et enlever des enfants de leur domicile pour les forcer à travailler pour son organisation. La rumeur voulait qu'il ait fait vivre des dizaines d'enfants dans sa vaste propriété de West Kingston. Qu'il faisait un lavage de cerveau aux enfants, leur disant que leurs parents les avaient vendus, qu'il était maintenant leur père.

— Comme je l'ai dit, je l'ai connue il y a longtemps, reprit Gramps. Je l'aimais bien. Beaucoup même. Nous avons même échangé des lettres pendant un certain temps quand j'étais à l'armée. C'est le genre de fille qu'on aimerait présenter à ses parents. Pour s'installer et se marier. Une fille *bien*. Je savais qu'elle était tellement loin de moi que ce n'était même pas drôle. Puis elle s'est mariée, et c'était fini. Toute chance d'être avec elle s'est envolée, lâcha Gramps.

Smoke rétrécit ses yeux. Il n'avait jamais entendu parler de cette Cassidy, jamais. Et le fait que Gramps soit visiblement bouleversé était très surprenant. Il était toujours imperturbable. Le plus stable d'entre eux.

— Mais savoir qu'elle vit avec cette ordure, qu'elle a peur... ça me touche. Profondément, ajouta Gramps.

— Ce n'est pas comme la plupart de nos missions, dit doucement Eagle. Coke est presque impossible à atteindre. En raison du taux de chômage et de la pauvreté en Jamaïque, les personnes qu'il emploie sont extrêmement fidèles... surtout parce qu'elles ne veulent pas perdre leur source de revenus, mais quand même. Beaucoup de gens ont essayé de faire tomber Coke au fil des ans, sans y parvenir.

Gramps grogna, se pencha et prit la lettre sur la table. Il se pencha vers Eagle et agita le papier devant lui.

— Donc Cassidy et son fils ne sont pas indispensables ?

— Je n'ai pas dit ça, répondit Eagle à Gramps.

— Putain ! cria Gramps, jetant le papier sur la table et reprenant son souffle.

— Écoutez, je crois que nous sommes tous d'accord pour dire que Coke doit partir, affirma calmement Bull.

Tout le monde acquiesça.

— Et que si nous décidons d'accepter cette mission, elle sera différente de toutes celles que nous avons faites auparavant.

Ils acquiescèrent à nouveau.

— C'est une affaire personnelle pour Gramps. Je ne me souviens pas d'une fois où nous sommes partis en mission en connaissant personnellement quelqu'un qui était affecté. Nous pouvons voir des photos des victimes, ou savoir que notre cible détient des otages. Ou on peut tomber sur quelqu'un comme Molly qui a besoin de notre aide, mais là, c'est différent. Je suis prêt à relever le défi. Qu'est-ce que vous en pensez, les gars ?

Les trois autres hommes approuvèrent immédiatement.

— Ça va demander beaucoup de recherche et de planification, avertit Eagle.

— À quoi *tu* penses ? demanda Smoke à Gramps.

— Sous couverture, lâcha Gramps. Willis peut aider avec ses relations. Je sais qu'ils ont déjà des agents infiltrés là-bas. C'est comme ça qu'on a obtenu certaines des informations qu'il nous a déjà envoyées.

Eagle fronça les sourcils.

— C'est dangereux à mort, répondit-il.

— Je sais. Mais comme c'est personnel, j'y vais seul, lança Gramps.

— C'est ça, putain !

— Pas question, putain !

— Ça n'arrivera pas !

Bull, Eagle et Smoke parlèrent tous en même temps.

— Écoutez, vous avez des familles maintenant. Aucun d'entre vous ne peut faire ça.

— D'accord, mais tu ne vas pas faire ça tout seul, grogna Eagle. On est une putain d'équipe. On travaille en équipe. Il se trouve que je suis d'accord sur le fait que certains aspects de cette opération pourraient être mieux exécutés par une seule personne, mais ça ne veut pas dire que tu vas te rendre tout seul en Jamaïque pendant que nous restons assis sur nos fesses ici dans l'Indiana.

Les quatre hommes se fixèrent les uns les autres. Smoke était d'accord avec Eagle, mais il savait aussi que Gramps avait raison. Il *serait* plus facile pour un seul homme d'infiltrer le réseau de Coke. Il retint son souffle en attendant la réaction de Gramps.

Finalement, il hocha la tête.

— Je... tu ne connais pas Cassidy. Je veux dire, je suppose que je ne la connais plus vraiment non plus. Mais l'imaginer effrayée et tout risquer pour envoyer une lettre au FBI... Mon Dieu... ça me rend fou.

Smoke se leva et posa une main sur le bras de Gramps.

— On va faire tout ce qu'on peut pour les faire sortir, elle *et* son fils.

Gramps poussa un gros soupir.

— J'apprécie.

— Asseyons-nous tous et passons en revue tout ce que Willis nous a dit jusqu'à présent, proposa Bull. Maintenant que nous savons que nous ne faisons pas qu'y penser, que nous le faisons vraiment, nous pouvons poser des questions précises. Demander des informations plus détaillées. Nous devons connaître tous les associés de Coke, savoir qui travaille pour lui, quelle est la disposition de son manoir, quelle est sa routine. *Tout* ça. La connaissance est le pouvoir, et si nous devons envoyer Gramps dans la fosse aux lions, nous devons savoir à quoi nous nous attaquons et où frapper au mieux. D'accord ?

Tout le monde acquiesça, et Gramps sembla un peu moins enthousiaste maintenant qu'il savait que Silverstone était sur la même longueur d'onde pour sauver la femme dont il était autrefois proche.

Une fois tous réunis autour de la table, Bull leva le menton vers Smoke.

— Skylar est de retour, dit-il en montrant son téléphone. Elle dit que Molly va bien, mais qu'elle voulait juste dormir. Elle l'a laissée saine et sauve, se reposant sur ton canapé.

— Merci, répondit Smoke à son ami.

Il était soulagé de savoir que Molly allait bien, mais l'envie lancinante de rentrer chez lui et de voir par lui-même qu'elle était en sécurité ne voulait pas disparaître.

— Commençons par le début, reprit Eagle. Avec le père de Coke et comment il a créé son empire.

Sachant qu'ils allaient probablement rester là-bas plus

longtemps qu'il ne le souhaitait, Smoke se força à détourner ses pensées de Molly. Elle n'aurait probablement aucune idée de la durée de son absence de toute façon – elle dormirait tout l'après-midi et, avec un peu de chance, se sentirait mieux lorsqu'il rentrerait.

* * *

Preston regarda par l'une des fenêtres à l'avant de la maison et vit une table de salle à manger formelle. Il n'y avait pas d'autres obstacles s'il cassait la fenêtre et grimpait à l'intérieur.

Prenant une profonde inspiration, il vérifia sa montre. Il ne savait pas combien de temps il avait. Même si l'alarme n'était pas activée, il pouvait y avoir un système de caméra séparé. Il devait entrer, prendre Molly et se barrer.

Il retira son bras et frappa la fenêtre avec le pied de biche.

Étonnamment, la fenêtre ne se brisa pas. Elle se fendilla, mais tint le coup.

Du verre trempé. *Putain !*

Il brisa la vitre plusieurs fois, sans se soucier que quelqu'un puisse l'entendre, jusqu'à ce qu'il puisse pousser le cadre entier dans la maison. Preston se fraya un chemin à l'intérieur, respirant déjà lourdement, tombant sur ses mains et ses genoux.

— Ce satané verre trempé ne sert qu'à *une* chose, marmonna-t-il.

Heureusement qu'il ne s'était pas coupé en morceaux en tombant. Il se releva rapidement et trébucha dans la pièce suivante.

Molly était sur le canapé, assise et regardait autour d'elle avec confusion.

Il sortit le Glock de son étui latéral et le pointa sur elle.

— Lève-toi, aboya-t-il.

— Preston ?

— Oui, chérie. C'est moi ! Maintenant, lève-toi.

— Comment es-tu entré ?

Énervé qu'elle n'obéisse pas immédiatement, Preston se dirigea vers le canapé et la frappa avec son pistolet. Elle cria et tomba de côté sur le canapé.

Avec une douce sensation de contrôle, il contourna le canapé et attrapa son bras.

— J'ai dit, *lève-toi* !

Il la souleva d'un coup sec jusqu'à ce qu'elle soit debout. Puis il pointa l'arme entre ses yeux et se pencha.

— Tu vas faire ce que je dis, quand je le dis, si tu veux vivre, compris ?

Il vit Molly avaler de travers, puis hocher la tête.

— Bien.

Donnant un coup de pied dans un bol en plastique, Preston fit tourner Molly pour être dans son dos et passa un bras autour de sa poitrine en diagonale. Il appuya l'arme contre sa tempe.

— Maintenant, marche.

Sans un mot, elle fit ce qu'il dit.

Sans trop savoir pourquoi il n'avait pas fait ça avant, savourant l'énorme montée d'adrénaline due à la puissance qu'il ressentait à ce moment-là, Preston sourit alors qu'ils se dirigeaient vers la porte.

— Déverrouille-la. Et ne fais rien de tentant, menaça-t-il.

Molly tendit la main et défit le verrou. Puis la chaîne. Elle ouvrit la porte.

Il la poussa avec son corps, riant quand ses jambes faillirent lâcher sur les marches. Seule sa prise sur elle l'empêcha de tomber sur le visage. Il la précipita vers sa voiture et ouvrit la porte arrière, la poussant à l'intérieur.

Puis Preston fit une joyeuse gigue d'ivrogne dans l'allée.

Il l'avait fait ! Il l'avait eue ! Elle ne pouvait pas sortir du siège arrière. Pas avant qu'il ne la laisse sortir. Le vieux véhicule qu'il avait acheté avait été dépouillé de certains éléments de police après avoir été mis hors service, mais il avait payé cher pour les restaurer. Siège en plastique moulé à l'arrière, fil de fer séparant l'arrière de l'avant. Des portes qui ne s'ouvraient pas de l'intérieur.

Alors qu'il regardait autour de lui, son cerveau confus se rappelant enfin qu'il devait se tirer de là, Preston ouvrit sa portière et entra. Il se retourna vers Molly et sourit. Elle avait du sang qui suintait d'une coupure sur sa tempe, là où il l'avait frappée, et elle avait l'air absolument terrifiée.

Il *aimait* ça, putain.

— Tu n'es plus aussi sûre de toi maintenant, n'est-ce pas ? demanda-t-il avant de s'emparer de sa bouteille de whisky.

Il avala quelques gorgées, frissonnant sous l'effet de l'alcool qui circulait dans son sang, puis il fit demi-tour et repartit dans l'allée.

Il avait volé sa femme à la loyale. Il avait hâte de lui donner quelques leçons... et de lui faire regretter de l'avoir humilié.

* * *

Une heure et demie plus tard, Smoke avait terminé. Ils avaient encore beaucoup de travail à faire, mais son malaise n'avait fait que croître. Il devait rentrer voir Molly.

— Je m'en vais, annonça-t-il à ses amis. J'ai dit à Molly que je m'arrêterais en chemin pour lui acheter de la glace.

Il regarda Gramps.

— Je suis désolé pour Cassidy. D'après tout ce que tu nous as dit, elle a l'air d'avoir la tête sur les épaules. Elle ira bien jusqu'à ce qu'on puisse la rejoindre.

— Je l'espère, répondit Gramps.

Vérifiant sa montre pour la millième fois, Smoke vit qu'il n'avait reçu aucune notification de son système d'alarme. Soulagé, il décida de vérifier les caméras sur l'application de son téléphone. Il ne l'avait pas fait depuis son arrivée à Silverstone. Il avait été trop absorbé par leurs recherches sur le gang Shower Posse et le monde de Coke en Jamaïque.

Il cliqua sur l'application et attendit qu'elle démarre. La première caméra qu'il vérifia était à la porte.

Ce qu'il vit lui glaça le sang.

La porte était démolie, froissée et ne tenait plus qu'à un seul gond.

—Smoke ? Qu'est-ce qu'il y a ? demanda Eagle, remarquant clairement la panique sur son visage.

— *Putain* ! jura Smoke.

Il fit rapidement apparaître d'autres caméras et n'en revenait pas de ce qu'il voyait. Quelqu'un avait cassé la fenêtre de la salle à manger à l'avant de sa maison... et la porte d'entrée était grande ouverte.

Il composa immédiatement le numéro de Molly, jurant à nouveau lorsqu'il sonna dans le vide et qu'il tomba sur la messagerie vocale.

— Weldon a Molly, lâcha Smoke en se levant si vite que la chaise sur laquelle il était assis vola.

Il se retourna et se dirigea vers la porte sans un mot, mais Bull lui prit le bras.

— Tu ne peux pas partir comme ça. Nous avons besoin d'informations, dit-il.

— Et merde ! Il *l'a eue*, cria Smoke. Je ne sais pas pourquoi l'alarme ne s'est pas déclenchée.

Il arracha son bras de l'emprise de Bull et ouvrit la porte de la chambre forte. Il traversa le sous-sol en courant et prit les escaliers deux par deux, ses amis sur ses talons.

Skylar était assise à l'étage et regardait la télé. Elle se leva lorsque les quatre hommes se précipitèrent dans la pièce.

— Est-ce que Molly a remis l'alarme en marche quand tu es partie ? demande-t-il sans préambule.

Dès que la question sortit, il savait que Skylar ne le saurait pas. Il paniquait, ce qui ne lui ressemblait pas.

— Hum... Je ne sais pas. Je pense que oui. Je veux dire, elle l'a allumée quand je suis arrivée, et l'a éteinte juste avant que je parte.

Smoke n'avait pas besoin d'en entendre plus. Ce qui s'était passé n'avait pas d'importance. Ce qui comptait, c'était que Molly avait des ennuis.

— Allez avec lui, ordonna Gramps à Eagle et Bull. Je vais appeler les flics, leur donner une description de la voiture de Weldon. Ils peuvent lancer un avis de recherche.

— Appelle aussi les conducteurs, dit Bull. Ils peuvent garder les yeux ouverts pendant qu'ils sont sur les routes.

Gramps acquiesça.

— Je conduis, dit Eagle à Smoke. Donne-moi tes clés.

Smoke les lui remit. Il n'en avait rien à foutre de qui conduisait, même s'il savait au fond de lui que ce serait mieux si ce n'était pas lui. Il aurait probablement tué quelqu'un dans sa précipitation à rentrer chez lui ou à trouver la Crown Vic de Weldon.

En quelques secondes, ils étaient dans son Explorer et se dirigeaient vers sa maison. Le trajet prit moitié moins de temps que d'habitude, car Eagle conduisait comme une chauve-souris de l'enfer.

La destruction de son portail de sécurité était encore pire que ce qu'il avait imaginé en regardant les caméras. Quelqu'un l'avait manifestement enfoncé. Quelqu'un de déterminé... car Smoke *savait* que ça n'avait pas été facile.

— Ça a dû laisser une marque, nota Eagle. L'avant de sa voiture doit être foutu.

Smoke était d'accord, mais ses dents étaient serrées si fort qu'il n'arrivait pas à sortir un mot.

L'Explorer vola sur les graviers et Eagle dérapa jusqu'à s'arrêter devant la maison. Smoke sortit et courut vers la porte avant que quiconque puisse l'arrêter.

—Smoke ! Arrête ! Laisse-*moi* entrer ! hurla Bull, mais Smoke l'ignora.

Il savait que son ami essayait simplement de le protéger. De l'empêcher de voir Molly si elle était décédée, mais il s'en fichait. Il ne pouvait pas s'empêcher d'y aller.

Il cria « Molly ! » dès qu'il fut à l'intérieur, mais il savait déjà qu'elle n'était pas là. La maison semblait vide. Elle l'avait remplie de sa présence depuis qu'elle avait emménagé, et maintenant, elle semblait déjà froide et stérile.

Il passa devant la cuisine et regarda le canapé où il avait vu Molly pour la dernière fois. Les couvertures sous lesquelles elle s'était blottie étaient à moitié sur les coussins et à moitié relevées. Le bol qu'elle avait utilisé pour vomir était renversé, et son téléphone était toujours posé sur la table. Toute chance de la retrouver grâce au téléphone était nulle.

Puis quelque chose d'autre attira son attention. Se penchant pour regarder de plus près, Smoke se figea.

Du sang.

Il ne le toucha pas, sachant que les enquêteurs auraient besoin de prendre des photos, mais cela fit bouillir son propre sang.

Il se leva brusquement et se dirigea vers la porte d'entrée une fois de plus.

—Smoke ? l'interrompit Bull. Il faut fouiller la maison.

— C'est inutile. Elle n'est pas ici. Weldon l'a enlevée, et je parierais tout ce que je possède qu'il la ramène à Chicago.

— Oui, c'est là qu'il est le plus à l'aise, dit Eagle. C'est son terrain de jeu.

— J'appelle la police de Chicago, compléta Bull alors qu'ils se dirigeaient à nouveau vers l'Explorer.

— Préviens Gramps. Il voudra venir aussi, ajouta Eagle.

Smoke entendait ses amis planifier, mais il n'écoutait pas vraiment. Il ne pensait qu'à Molly et à la peur qu'elle devait ressentir. Il lui avait promis qu'elle serait en sécurité chez lui, mais ce n'était pas le cas.

Il n'aurait jamais dû la quitter. Il l'avait su dès qu'il avait franchi la porte. Il ne douterait plus jamais de son propre jugement. Smoke la ramènerait à la maison, même si c'était la dernière chose qu'il ferait.

Il s'installa sur le siège du passager et serra ses mains sur ses genoux, les regardant fixement tandis qu'Eagle faisait demi-tour et se dirigeait vers l'autoroute. Il pensa à l'aspect de ces grandes mains sur le petit corps de Molly. Comment ses doigts étaient entrelacés avec les siens. Comment il avait posé sa main sur son ventre avant qu'elle ne tombe malade, se demandant si elle était déjà enceinte...

Weldon était un homme mort. Il avait fait du mal à sa femme. Peu importe le temps que cela prendrait, ou le nombre de lois qu'il devrait enfreindre, Smoke s'assurerait que l'homme souffre pour avoir osé poser la main sur Molly.

Il n'y avait aucun endroit où Preston pouvait se cacher de lui. Ses jours étaient comptés.

21

Molly frissonnait sur le siège arrière de la voiture de Preston. Le siège était inconfortable. Elle avait déjà essayé d'ouvrir la portière lorsqu'ils étaient à un feu rouge, mais elle n'avait pas bougé. Ils étaient maintenant sur l'autoroute en direction du nord, vers Chicago.

Chaque muscle du corps de Molly lui faisait mal. La nausée était revenue en force maintenant qu'elle était dans un véhicule en mouvement, et sa fièvre était toujours aussi élevée. Comme si le fait d'avoir été kidnappée par son ex-petit ami fou n'était pas suffisant, elle était en plus mortellement malade.

Folly Molly.

Le vieux surnom lui traversa l'esprit, mais elle fit de son mieux pour le repousser. Elle ne pouvait pas se laisser entraîner dans son ancienne façon de penser en ce moment. Elle devait être aussi lucide et positive que possible pour essayer de s'en sortir. Molly ne doutait pas non plus que Mark serait à sa recherche. Elle se rappelait comment lui et ses amis avaient tout laissé tomber pour retrouver Bart. Ils feraient la même chose pour elle. Elle le savait aussi bien qu'elle connaissait son nom.

Se souvenant de la conversation qu'elle avait eue avec

Mark sur le fait de se battre contre un ravisseur ou d'essayer de s'en sortir par la parole, Molly prit une profonde inspiration. Elle ne pouvait pas se battre, pas quand elle était coincée sur le siège arrière de Preston, mais elle pouvait parler.

— Preston, qu'est-ce qui se passe ?

— Qu'est-ce qui se passe ? répéta-t-il. Tu m'as manqué de respect. *Personne* ne fait ça, Molly !

— Je suis désolée, dit-elle aussi contrariée que possible.

— Tu le seras, répondit Preston d'un ton sombre.

Molly frissonna. Elle ne savait pas si c'était un effet secondaire de la fièvre ou parce que Preston avait l'air si effrayant. Elle le regarda prendre une autre gorgée de la bouteille à côté de lui. Il fit une embardée pour franchir la ligne médiane, puis un mouvement excessif dans l'autre sens, allant sur l'accotement avant de revenir dans sa voie. Merde, il allait les tuer tous les deux dans un accident de voiture.

— Merci d'être venu me chercher, dit-elle doucement, tâtant le terrain pour voir si elle pouvait le convaincre de la croire.

Il se retourna vers elle, et Molly eut peur qu'il fasse à nouveau une embardée sur l'autoroute. Il se concentra sur la route et gloussa. Le son était glacial, et la chair de poule se leva sur ses bras.

— C'est trop tard pour ça, salope ! lui cria-t-il. Tu ne peux pas me tromper en étant toute gentille et douce maintenant. Premièrement, tu as rompu avec moi. Ensuite, tu es partie sans me dire où tu allais. Pendant des *mois* ! Et pour info, au début, j'ai demandé gentiment à tes grands-parents où tu étais. S'ils me l'avaient dit, ils seraient encore en vie aujourd'hui. Mais au lieu de cela, ils m'ont *manqué de respect* ! Ils m'ont dit de sortir de leur maison. Qu'ils n'arrêteraient jamais de te protéger, même si c'était la dernière chose qu'ils faisaient. Et tu sais quoi ? C'était le cas !

Preston éclata de rire. Il rejeta sa tête en arrière et frappa sa main sur le volant, comme si ce qu'il venait de dire était la chose la plus drôle qu'il ait jamais entendue dans sa vie.

Molly ne put s'en empêcher, la nausée l'envahit. Elle pensait à ce que son ex avait fait subir à ses pauvres grands-parents, à la peur qu'ils avaient dû ressentir, et aux va-et-vient que Preston faisait en conduisant. Elle se pencha sur le côté et soupira. Comme d'habitude, rien ne sortit, sauf un peu de Pedialyte qu'elle avait essayé de boire.

— C'est l'avantage d'un siège en plastique… Peu importe ce que tu fais derrière… c'est facilement nettoyable ! se vanta Preston. On peut se chier dessus, pisser partout, et vomir tant qu'on veut… mais tout ce que j'ai à faire, c'est de passer un tuyau d'arrosage à l'arrière, et c'est parti. Pouf ! Aucune preuve ADN de ta présence ici. Alors, fais ce que tu veux. Ça ne changera pas ce qui va t'arriver.

Molly s'essuya la bouche avec le dos de sa main et essaya de ne pas s'évanouir. Elle avait des vertiges et l'impression qu'elle allait s'effondrer et mourir d'une seconde à l'autre. Être malade, ça craignait dans la vie de tous les jours. Quand votre ex vous kidnappe et vous menace de faire toutes sortes de choses horribles, c'était encore pire.

— Qu'est-ce que tu vas faire de moi ? demanda-t-elle, décidant qu'elle n'avait rien à perdre.

— Puisque tu le demandes si gentiment, je vais te le dire, répondit Preston. Au début, je pensais te ramener à Chicago. Chez moi. J'allais te montrer à quel point nous pouvions être bien ensemble. J'allais te traiter comme ma reine, te prouver que nous étions faits l'un pour l'autre. Que tu avais tort de vouloir rompre avec moi. Mais maintenant que tu as laissé quelqu'un d'autre souiller ton corps, que tu m'as *trompé*, que tu as parlé aux flics et qu'ils se sont méfiés de moi, j'ai changé d'avis.

Molly frissonna de nouveau. Elle ne se doutait pas que Preston était aussi fou. Si elle l'avait su, elle l'aurait évité et n'aurait pas été à un seul rendez-vous. Elle avait tellement de regrets, mais rien ne pouvait changer ce qui se passait en ce moment même.

— Maintenant, je vais trouver une sortie isolée, conduire jusqu'à ce que je trouve l'endroit parfait, puis te tuer comme j'ai tué tes précieux grands-parents. Qu'est-ce que tu penses de ça ?

Molly avait toujours peur... mais à ce moment-là, elle était aussi en colère. Comment *osait-il* penser qu'il pouvait la tuer, comme si elle n'était qu'un déchet ?

— Je n'aime pas ça, répondit-elle sans détour.

Pendant une seconde, elle crut qu'elle l'avait rendu encore plus furieux. Mais alors il rit une fois de plus. Il prit une autre gorgée d'alcool et la montra du doigt.

— Je m'en fous que tu aimes ça ou pas. Et je te donnerais bien un peu de mon whisky, mais je ne peux pas le faire passer à travers les barreaux. Désolé ! lui balança-t-il. C'est une honte, vraiment. On aurait pu être si bien ensemble. Mais je ne voudrais pas de toi maintenant, même si tu ne m'avais pas manqué de respect en ne nous donnant aucune chance, en pensant que tu pouvais rompre avec moi. Tu as baisé un autre *homme* alors que tu étais *à moi*. Ça, je ne peux pas le pardonner, putain !

Molly ouvrit la bouche pour répondre, mais il continua.

— Où es-tu allée, salope ? J'exige que tu me le dises ! Je t'ai cherchée *partout* ! J'ai volé le courrier de tes grands-parents à la recherche d'une quelconque lettre. J'ai traqué Apex, et tu n'allais pas travailler. Sais-tu à quel point c'était embarrassant pour moi d'affronter mes collègues ? Je leur avais tout dit sur ma belle et douce petite amie, combien elle m'aimait, et puis tu as disparu ! Ils voulaient te rencontrer. Je me suis vanté par rapport à toi, puis je n'ai pas pu te présenter. Ils ont cru que je t'avais inventée ! Tout le monde a commencé à parler dans mon dos. Je les surprenais quand j'entrais dans une pièce, puis ils se taisaient tous. Tu m'as ruiné et ce n'est *pas juste* ! J'aurais été accepté à l'académie de police si tu n'avais pas tout gâché !

Molly fit la sourde oreille à Preston, ne lui disant rien. Tout ce qu'il disait était un mensonge. Et il se faisait des illusions. Il avait postulé à l'académie de police bien avant de la rencontrer. Elle n'avait rien à voir avec le fait qu'il n'avait pas été accepté. Dieu merci, celui qui recrutait avait réalisé que quelque chose n'allait pas chez lui. La pensée de Preston dans une position de pouvoir sur les autres était horrifiante. Son travail d'agent de sécurité lui avait apparemment fait croire qu'il était intouchable.

Quand Preston fit une nouvelle embardée, manquant de percuter une autre voiture, Molly chercha sa ceinture de sécurité. Réalisant avec consternation qu'il n'y en avait pas, elle ferma les yeux et pria pour qu'ils n'aient pas d'accident. Bien que ce serait probablement la meilleure chose qui pourrait lui arriver en ce moment. La police serait appelée, et peut-être pourrait-elle s'enfuir si les vitres des fenêtres étaient brisées.

— Est-ce que tu m'écoutes ? cria Preston.

— Oui, répondit-elle automatiquement.

— Bien sûr que tu m'écoutes, grogna-t-il avec satisfaction.

Il continua à fulminer contre elle, Oak Park, ses grands-parents, les flics, et même la couleur du ciel en ce moment. Il était vraiment fou, et Molly avait le sentiment que ça n'allait pas bien se terminer pour elle.

Elle n'avait aucune idée du temps qu'ils avaient roulé. Le temps passait, dépourvu de sens. Elle était semi-éveillée par la fièvre, mais Molly remarqua qu'il faisait complètement nuit maintenant. Le soleil commençait tout juste à se coucher quand Preston l'avait enlevée de la maison de Mark. Elle supposa qu'ils devaient être plus proches de Chicago que d'Indianapolis, qu'ils avaient probablement conduit pendant deux heures.

Molly leva les yeux quand elle réalisa qu'ils avaient ralenti. Comment Preston n'avait pas encore eu d'accident était un mystère total. Pendant un moment, la voiture avait semblé aller de plus en plus vite, et les embardées n'avaient rien arrangé à ses nausées. Preston ne s'était pas non plus tu une seule fois, continuant à boire et à divaguer, et la seule façon de le garder semi-apaisé était d'approuver ce qu'il disait avec des « hum hum » et des « je suis désolée » occasionnels.

Molly se crispa quand elle réalisa que Preston avait quitté l'autoroute et roulait à toute allure sur une route très sombre et très déserte.

— Preston, on peut tout recommencer. Faire en sorte que les choses entre nous fonctionnent, souffla-t-elle en désespoir de cause.

— C'est trop tard, bredouilla-t-il. Tu as souillé ton jardin en laissant entrer un serpent poisseux.

Elle avait envie de rire de cette analogie ridicule, mais il n'y avait vraiment pas de quoi rire. Molly mit une main sur son ventre et ferma les yeux. Elle ne savait pas si elle était enceinte, mais si c'était le cas, sa mort, ainsi que celle de leur enfant, allait détruire Mark.

Preston conduisait sur les routes de campagne de l'Indiana pendant ce qui lui sembla une éternité. Il semblait perdu, et être bourré ne l'aidait pas à s'orienter. Molly pria pour que sa voiture soit bloquée et qu'il doive aller chercher de l'aide, mais elle n'eut pas cette chance.

Il s'arrêta finalement et coupa le moteur.

— Ça y est, marmonna-t-il.

Puis il sortit de la voiture, laissant ses phares briller vers un grand champ envahi par la végétation. Il y avait un petit bosquet d'arbres au-delà du champ... et aucune autre lumière nulle part.

La tête de Preston glissa hors de vue, et Molly devina qu'il était tombé sur le cul. Elle pria pour qu'il soit trop ivre pour se tenir debout, mais elle pleura presque quand il se releva.

Folly Molly.

Elle dit mentalement à son cerveau de la fermer et quand Preston ouvrit la porte arrière, elle bougea.

Se jetant sur Preston, elle espérait le faire sursauter suffisamment pour pouvoir se cacher dans l'obscurité.

Mais même ivre, Preston était étonnamment agile... et elle non. Avec le virus qui se propageait dans son corps, elle était faible et instable sur ses pieds. Elle réussit à frapper Preston, mais au lieu de tomber en arrière loin d'elle, ses bras entourèrent Molly, et il l'emmena au sol avec lui. Il roula jusqu'à ce qu'elle soit sous son corps.

Il se pencha pour que ses lèvres touchent pratiquement les siennes. Molly tourna le visage, mais elle pouvait encore sentir le whisky dans son haleine, ce qui lui fit serrer l'estomac.

— Tu ne m'échapperas plus jamais, lui confia-t-il.

Molly ne put s'en empêcher, elle s'étouffa. La peur, le mouvement de sa tentative d'évasion, l'odeur de l'alcool... Tout jouait contre elle.

Preston agit rapidement, il se leva et la poussa pour qu'elle ne puisse pas lui vomir dessus. Bien sûr, il n'y avait plus rien à vomir dans son ventre, mais il ne le savait pas.

— Dégueulasse, marmonna-t-il alors qu'elle vomissait sec dans la terre sous elle.

Quand elle eut fini, il la redressa et commença à la faire marcher de force à travers le champ noir.

Molly n'avait aucune idée d'où ils étaient, mais elle savait que c'était le moment. Il allait la tuer et laisser son corps pourrir ici. Elle ne pouvait qu'espérer que quelqu'un la trouve rapidement. La pensée de Mark déprimant sur ce qui lui était arrivé était plus douloureuse que tout ce à quoi elle pouvait penser.

La mort de ses grands-parents avait été extrêmement difficile, mais elle ne pouvait pas imaginer que Mark soit là un jour et qu'il disparaisse le lendemain. Se demander ce qui s'était passé était plus qu'elle ne pouvait supporter, et elle détestait que Mark puisse ressentir un dixième de cette même angoisse pour elle.

Elle trébucha sur le sol irrégulier, se sentant complète-

ment gelée. Elle portait le T-shirt noir que Mark lui avait donné lorsqu'il l'avait rencontrée dans ce trou. Il l'avait réconfortée quand elle était malade, et maintenant il la réconforterait dans la mort. Elle n'avait pas de chaussures, seulement une paire de chaussettes duveteuses. Elle avait l'impression qu'il faisait froid dehors, mais elle savait que c'était à cause de la fièvre.

— Preston, lâcha-t-elle, n'ayant aucune idée de ce qu'elle allait dire, mais ayant besoin d'essayer une fois de plus de l'atteindre.

— Tais-toi, salope, aboya-t-il. Voilà qui est bien, déclara-t-il, en la tirant jusqu'à l'arrêt. Mets-toi là, marmonna-t-il d'un ton menaçant.

Les muscles de Molly étaient figés. Elle ne pouvait pas bouger d'un pouce. Elle était dos à Preston, et elle pensa à s'enfuir, mais elle était littéralement trop malade pour faire autre chose que rester là et trembler.

Elle ferma les yeux et pensa à Mark. À quoi il ressemblait la dernière fois qu'il lui avait fait l'amour. Ses pupilles dilatées, ses joues rougies, chaque muscle de son corps dur et tendu comme s'il avait joui. Il était la meilleure chose qui lui soit jamais arrivée, et ce n'était pas juste qu'elle lui soit enlevée si tôt. Qu'elle ne puisse pas faire l'expérience de la maternité. Mais pour la première fois de sa vie, elle avait eu un endroit où elle pouvait être elle-même et ne pas être jugée. Elle avait trouvé de nouveaux amis et avait fait l'expérience de ce que devrait être une vraie relation amoureuse.

Molly n'était pas sûre de savoir ce que Preston attendait. Elle pouvait l'entendre respirer lourdement derrière elle, mais elle n'osait pas se retourner.

— Tu n'aurais pas dû essayer de rompre avec moi, lâcha finalement Preston d'un ton étonnamment calme et lucide. J'en aurais eu assez de toi assez rapidement et je t'aurais mis de côté. Tu n'es pas assez bien pour moi, tu ne l'as jamais été. Mais il a fallu que tu me manques de respect. Tu m'as dit que tu voulais qu'on soit amis. Les hommes et les femmes ne peuvent pas être *amis*. Au revoir, Molly.

L'idée de ce qui allait se passer suffisait à lui donner la nausée. La bile envahit sa gorge et Molly ne put la retenir.

Elle ouvrit la bouche et se pencha vers le bas juste au moment où le coup de feu partit.

La douleur explosa dans sa tête, et elle bascula en avant, tombant sur le visage.

Un autre coup de feu retentit, mais Molly n'entendit ni ne sentit plus rien.

* * *

Eagle conduisait à près de cent soixante kilomètres-heure. Bull avait allumé l'application de radio de la police d'État sur son téléphone, et ils écoutaient une demi-douzaine de gendarmes sur les traces d'un conducteur ivre que quelqu'un avait signalé. En temps normal, Smoke n'aurait pas eu à se soucier d'une telle poursuite, mais comme la voiture en question était un vieux modèle de Crown Victoria avec la plaque d'immatriculation de Weldon, il ne pouvait pas respirer.

La voiture était apparemment en train de se faufiler dans le trafic, essayant d'échapper à la police. Tout ce que Smoke pouvait penser était que Molly était dans la voiture avec lui.

Les policiers savaient déjà que la personne qui conduisait avait peut-être un otage, et ils faisaient tout ce qu'ils pouvaient pour rester sur sa trace sans l'agiter suffisamment pour qu'il perde le contrôle. De toute évidence, ils n'y étaient pas parvenus. Ils roulaient à une vitesse de cent dix ou plus, et Smoke ne pouvait même pas avaler, tant sa bouche était sèche.

Personne ne disait rien, tous les occupants du véhicule étaient tendus et écoutaient la course-poursuite. Étonnamment, ils n'étaient pas si loin derrière Weldon. Smoke n'avait aucune idée de ce qu'il avait fait, pourquoi il n'était pas déjà à

Chicago. Il ne voulait pas penser à ce qu'il aurait pu faire à Molly.

Les policiers essayaient de s'arranger pour que des barrages de clous soient placés en travers de l'autoroute. Ils perceraient les pneus de Weldon, et l'air s'échapperait lentement, rendant impossible pour lui de continuer à rouler à grande vitesse.

Tout semblait se dérouler comme prévu, mais ce fut alors que l'enfer se déchaîna.

— Il fait une embardée. Ah merde, il a traversé le terre-plein central ! Le suspect roule en direction du nord sur les voies du sud... Reculez ! Repliez-vous ! Dix cinquante, dix cinquante ! Démarrez le SAMU !

Smoke ne pouvait pas respirer. Il savait qu'un dix cinquante signifiait un accident. Weldon avait conduit du mauvais côté de la route et il avait eu un accident.

Il ferma les yeux et pria plus fort qu'il ne l'avait jamais fait auparavant.

Les conversations à la radio étaient difficiles à comprendre, les policiers aboyant des informations à leurs collègues et au dispatching. En quelques minutes, Smoke put voir des lumières rouges et bleues clignoter dans l'obscurité devant lui. Le trafic était à l'arrêt, mais Eagle ralentit à peine. Il se décala sur le bas-côté gauche et passa devant les véhicules arrêtés.

Bien sûr, Eagle savait à quel point Smoke était désespéré de se rendre sur les lieux et de trouver Molly. Rien que la pensée de sa femme, de son amour, brisée et en sang ou piégée dans la voiture de Weldon... La peur était presque écrasante.

— Elle va s'en sortir, murmura-t-il.

Bull s'avança et posa une main sur son bras depuis la banquette arrière.

— Bien sûr qu'elle va s'en sortir. Quoi qu'il arrive, on va s'occuper d'elle.

Smoke hocha la tête. Il était heureux que Molly et lui aient des amis qui les soutiennent autant.

Eagle freina brusquement, et Smoke sortit de la voiture en

courant vers la scène chaotique qui les attendait. Il y avait des voitures de police partout et la circulation était arrêtée des deux côtés de l'autoroute. Il repéra le véhicule démoli de Weldon sur le terre-plein central. Il avait manifestement fait plusieurs tonneaux.

Il jeta un coup d'œil autour de lui, les phares des véhicules arrêtés révélant une glissière de sécurité endommagée de l'autre côté des voies opposées. Smoke supposa que Weldon avait heurté la glissière, avait rebondi de l'autre côté, et avait fait plusieurs tonneaux sur le terre-plein central, avant de s'arrêter dans l'herbe au milieu des quatre voies de circulation. Miraculeusement, il semblait qu'aucun autre véhicule n'avait été endommagé. D'une manière ou d'une autre, Weldon avait évité de heurter un autre véhicule.

Mais quelle horreur pour Smoke, la Crown Vic était en feu.

Les sauveteurs faisaient de leur mieux pour ouvrir la portière côté conducteur, mais même si Smoke les regardait, ils reculaient rapidement lorsque les flammes s'élevaient.

— Non ! s'écria Smoke en courant vers la voiture, qui était déjà complètement engloutie.

Il se fit plaquer par-derrière et vola en avant, son menton heurtant l'herbe du terre-plein assez fort pour qu'il se morde la langue. Smoke se débattit immédiatement pour se relever.

— Stop ! cria Gramps.

Smoke savait que son coéquipier les avait suivis dans sa propre voiture, mais il ne ressentit pas de soulagement à l'idée qu'il soit là.

— Lâche-moi ! cria Smoke. Je dois aller voir Molly !

— C'est trop tard ! répondit Gramps en hurlant. Tu ne peux pas l'aider !

Smoke se débattit plus fort, puis réalisa qu'Eagle et Bull avaient rejoint Gramps pour le retenir.

Plaqué sur le ventre, ses amis assis sur lui, il regardait, agonisant, les flammes atteindre le réservoir d'essence et exploser dans une boule de feu spectaculaire.

Des larmes coulèrent de ses yeux tandis qu'il contemplait, incrédule, le carnage.

— Molly, souffla-t-il en laissant tomber sa tête.

Son front atterrit dans l'herbe fraîche et odorante, et il sentit son cœur se briser en mille morceaux.

Il l'avait laissée tomber. Combien de fois avait-il dit à Molly qu'elle était en sécurité ? Qu'il la protégerait ?

Trop de fois. Et maintenant, elle était morte.

Smoke sentit ses amis s'éloigner de lui, mais il ne bougea pas. Il ne pouvait pas. C'était comme s'il était paralysé. Un sanglot remonta le long de sa gorge et il sentit son corps tout entier se convulser en le quittant. Des larmes coulaient de ses yeux tandis qu'il s'allongeait sur le sol et pleurait la perte de la femme qu'il aimait plus que la vie elle-même.

* * *

Smoke ne pouvait pas se résoudre à quitter les lieux. Eagle, Bull et Gramps étaient restés à ses côtés à chaque heure insupportable, lui apportant le soutien inconditionnel dont il avait besoin. Les pompiers étaient arrivés, et il leur avait fallu du temps pour éteindre le feu. Quand ils avaient fini, il ne restait presque plus rien du véhicule.

La nuit était tombée depuis des heures, et Smoke regardait de loin les policiers et les lieutenants de la ville la plus proche examiner chaque centimètre de la Crown Vic de Weldon, mettant en sac les preuves qu'ils pouvaient. Pour Smoke, il semblait que le travail était atrocement lent.

Lui et ses amis avaient été autorisés à rester après que leur contact au FBI, Willis, avait passé quelques coups de fil et graissé quelques rouages. Smoke savait que Gramps avait arrangé ça, et il était reconnaissant. Parce qu'il ne pouvait pas partir. Il ne pouvait pas détourner le regard. Il devait être là quand ils trouveraient le corps de Molly.

Quelqu'un sortit un drap et en recouvrit les restes de

Weldon sur le siège avant. Il avait été brûlé vif dans l'explosion. Plus tôt, quand Smoke avait vu un officier mettre en sac une bouteille de whisky, ses ongles s'étaient enfoncés dans ses paumes assez fort pour faire couler le sang. Ce n'était pas suffisant que Weldon ait kidnappé Molly, mais en plus il était complètement bourré ? C'était un miracle qu'il n'ait pas tué quelqu'un d'autre.

Mais cette pensée ne réconfortait pas Smoke pour le moment.

Après ce qui lui avait semblé être une éternité, il vit finalement les pompiers ouvrir le coffre...

Et Smoke fronça les sourcils de confusion quand ils s'éloignèrent de la voiture quelques secondes plus tard.

Il regarda vers Eagle.

— Qu'est-ce qui se passe ?

— Je ne sais pas.

Il garda les yeux sur le véhicule. Ils n'avaient pas pris un autre drap... ni couvert les restes d'un autre corps.

Pour la première fois depuis des heures, une étincelle d'espoir traversa Smoke.

Cela signifiait-il que Molly *n'était pas* à l'intérieur ?

— Je m'en occupe, dit Bull, qui se précipitait déjà vers les officiers.

Smoke avait envie de bouger. Il voulait aller écouter ce que l'officier disait à Bull, mais il était figé sur place. Tous ses muscles étaient tendus. Impatient d'entendre ce qui avait été trouvé dans le coffre de Weldon.

Après ce qui lui sembla être une éternité, Bull revint en courant vers eux.

— Il n'y avait qu'un seul occupant dans la voiture, lança-t-il sans préambule. Personne dans le coffre. Personne sur le siège arrière.

— Elle n'était pas là ? souffla Smoke.

— On ne dirait pas, acquiesça Bull.

Pendant un instant, Smoke fut soulagé, mais la panique s'installa.

— Alors où est-elle et qu'a-t-il fait d'elle ? demanda-t-il.

— Je ne sais pas, mais nous allons la trouver, répondit Gramps.

Quand Molly reprit connaissance, il faisait encore nuit. Il lui fallut un moment pour se souvenir de ce qui s'était passé.

Gémissant, elle se retourna et tâta sa tête. Ses cheveux étaient collants, et elle savait sans aucun doute que Preston lui avait tiré dessus. Elle avait un horrible mal de tête, mais ne ressentait pas grand-chose d'autre. Ses lèvres s'entrouvrirent en prenant une profonde inspiration, et Molly grimaça lorsque la douleur traversa son visage, même à ce léger mouvement. En touchant son visage avec précaution, elle sentit du sang près de sa mâchoire. C'était comme si on lui avait tiré deux fois dans la tête, mais elle n'était pas morte. Cela semblait impossible.

D'une manière ou d'une autre, probablement parce qu'elle avait bougé pour vomir, la balle n'avait pas atteint son cerveau.

Elle essaya de se retourner, mais une douleur encore plus atroce dans sa jambe la figea.

Alors qu'elle restait allongée, haletante et essayant de se repérer, elle écouta pour déterminer si Preston se cachait toujours quelque part dans les environs. Elle n'entendit rien d'autre que le bruit des cigales.

Sachant qu'elle ne pouvait pas rester là – Preston pouvait revenir pour s'assurer qu'il l'avait bien tuée – Molly se força à se retourner et à s'asseoir. Il lui fallut presque cinq minutes pour se mettre à quatre pattes. Son mollet la brûlait, comme si quelqu'un la poignardait avec un tisonnier chaud, mais elle fit de son mieux pour l'ignorer. Il fallait qu'elle bouge. Elle mourrait si elle restait dans ce champ.

Elle commença lentement à ramper. En avançant une main,

puis un genou. Puis l'autre main et le genou opposé. Elle avançait centimètre par centimètre dans l'herbe et la terre, sentant à peine les cailloux qui s'enfonçaient dans la peau de ses paumes et de ses genoux. Entre la fièvre du virus qui rongeait son corps et les coups de feu, elle était presque engourdie. Presque.

Elle rampa pendant cinq minutes, puis s'allongea sur le ventre pour faire une pause. Elle se releva de force et rampa pendant six autres minutes avant de se reposer à nouveau. Elle comptait chaque seconde de chaque minute, s'occupant l'esprit en gardant la trace du temps qu'elle rampait avant de s'autoriser à s'arrêter. De temps en temps, elle levait les yeux pour voir si elle pouvait apercevoir quelque chose ou quelqu'un.

Tu t'en sors bien, Molly. Je suis fière de toi.

La première fois qu'elle entendit la voix de Mark, elle crut vraiment qu'il était là.

Elle se retourna, excitée de le voir, mais ne trouva que l'obscurité.

— Je suis en train de perdre la tête, marmonna-t-elle.

Mais entendre sa voix, même si c'était juste dans sa tête, lui donna la force de continuer.

Son énergie commença rapidement à diminuer. Elle voulait se lever, marcher – ce serait tellement plus rapide – mais la première fois qu'elle essaya, la douleur dans sa jambe était trop forte.

Elle s'effondra sur le sol, en sanglotant.

N'abandonne pas. Je sais que tu peux le faire.

— Je ne peux pas, chuchota-t-elle.

Tu peux le faire. Fais-le pour nos bébés.

Pensant que c'était un coup bas, Molly prit quand même une grande inspiration et se remit à quatre pattes. Elle jurait que l'obscurité ne semblait pas aussi envahissante, mais elle se dit que c'était un vœu pieux. Elle ne voyait pas où elle allait, et une fois elle crut qu'elle tournait en rond en entrant dans un bosquet d'arbres, mais elle réalisa finalement que tous les arbres se ressemblaient.

Quand elle vit pour la première fois ce qu'elle pensait être une lumière, Molly crut qu'elle hallucinait. Elle ferma les yeux, puis les rouvrit.

La lumière était toujours là.

Ça lui redonna un nouvel espoir. Ce n'était peut-être rien, et qui lui ouvrirait une porte au milieu de la nuit, mais elle devait essayer.

Tu y es presque. Je t'aime, tu vas y arriver.

La voix de Mark était la seule chose qui la faisait tenir à ce moment-là. Elle n'avait aucune énergie, tremblait à cause de la fièvre qui ravageait son organisme et savait qu'elle avait perdu une bonne quantité de sang. Elle avait si froid.

Lorsqu'elle réalisa que ce qu'elle voyait était une ferme, elle se convainquit presque que ce n'était que le fruit de son imagination. Il n'y avait littéralement rien d'autre aux alentours. Une allée en terre qui menait probablement à une route, mais Molly n'avait plus la force de s'y rendre. Si personne n'était à la maison, ou s'ils refusaient de l'aider, elle savait qu'elle allait mourir.

Tu ne vas pas mourir.

— Mark... J'ai besoin de toi !

Il ne répondit pas.

Molly n'arrivait plus à penser correctement. Elle ne savait plus ce qui était réel et ce qui ne l'était pas. Plusieurs fois, elle se coucha et décida de dormir jusqu'au matin, mais elle entendit Mark lui ordonner de se lever. De continuer. Elle n'en avait pas envie. C'était trop dur. Trop douloureux. Mais chaque fois, elle avait fait ce que Mark lui avait demandé. Elle aurait fait n'importe quoi pour lui. Même continuer alors que chaque cellule de son corps lui disait d'arrêter.

Tu y es presque, Mol. Tu peux le faire !

En regardant les marches qui menaient à la porte d'entrée de la ferme, Molly faillit abandonner à nouveau. Après tout ce qu'elle avait vécu, ces escaliers lui semblaient insurmontables.

Quand tu seras en haut, je te trouverai, murmura la voix de Mark.

Et ce fut ce qui lui donna la force de grimper, un pas douloureux à la fois.

Finalement, elle atteignit la porte. Molly leva une main et la frappa faiblement contre la surface.

Ça fit à peine un bruit. Elle allait devoir faire mieux.

Après avoir serré le poing, Molly réalisa à quel point sa paume lui faisait mal. Elle la regarda et ne vit que du sang. C'était comme si elle regardait la main de quelqu'un d'autre. Comme si ce n'était pas *elle* qui était allongée sous le porche de la maison d'un inconnu.

Frappe encore, Molly. Fais-le. Fais-le maintenant !

Détestant Mark à ce moment-là, elle serra le poing et tapa sur la porte.

Plus fort !

— Autoritaire, marmonna Molly, mais elle frappa à nouveau, plus fort, en utilisant toutes ses forces.

Elle s'allongea devant la porte et ferma les yeux.

— J'ai réussi, chuchota-t-elle.

Tu as bien fait, Mol. Tellement bien, putain...

Cela aurait pu être des minutes ou des secondes, mais une lumière s'alluma au-dessus d'elle, et Molly grimaça. Même à travers ses paupières fermées, elle avait l'impression que la lumière lui brûlait la rétine.

— C'est quoi ce bordel ? s'exclama une voix masculine après que Molly eut entendu la porte s'ouvrir. Carol ! Appelle la police !

— Qu'est-ce qui ne va pas ? demanda une voix féminine de quelque part à l'intérieur de la maison.

— C'est une fille ! Elle est blessée. Couverte de sang. Merde, vous m'entendez ? demanda l'homme.

Dis-lui d'appeler Silverstone.

Molly voulait dire à Mark de la fermer. Qu'elle était fatiguée et qu'elle avait besoin de dormir, mais au lieu de cela, elle ouvrit les yeux en petites fentes. La lumière était encore assez vive pour faire mal, mais étrangement, elle ne ressentait plus vraiment de douleur dans son corps.

— Silverstone Towing…, chuchota-t-elle.

— Quoi ? demanda l'homme en se penchant sur elle.

— Appelez Silverstone Towing, répéta Molly.

— Qu'est-ce qu'elle a dit ? demanda la femme, d'une voix plus proche maintenant.

— Je ne sais pas. Silver quelque chose ou autre, répondit l'homme.

— Voici une couverture, enroule-la autour d'elle, ordonna la femme.

La couverture fut drapée sur elle, et Molly gémit presque de plaisir. Elle avait si froid. Si froid, putain, et cette couverture était incroyable.

— Tiens, appelle les flics, dit la femme, et Molly sentit une main sur son épaule. Vous m'entendez ?

Molly hocha la tête. Du moins, elle le pensait.

— La police arrive. Quel est votre nom ?

— Appelez Silverstone Towing, réussit-elle à articuler une fois de plus.

C'est bien.

Molly ferma les yeux, ignorant l'agitation autour d'elle. Mark était fier d'elle – c'était tout ce qu'elle avait besoin de savoir pour se reposer. Elle était fatiguée de souffrir. Fatiguée d'être malade. Elle voulait dormir. Elle n'avait pas mal dans son sommeil.

* * *

Smoke ne savait pas dire à Eagle où aller. Molly était là quelque part, mais sans indices, ils n'avaient rien pour avancer. Mais il ne pouvait pas retourner à Indianapolis. Il ne pouvait pas aller à l'hôtel pour dormir un peu. Pas tant que Molly avait besoin de lui. Et il savait sans aucun doute qu'elle avait besoin de lui.

Il pouvait pratiquement sentir son désespoir.

Quoi que Weldon ait fait, il n'avait pas réussi à la tuer. Il le savait sans aucun doute. Peu importait ce que les probabilités lui disaient, son *instinct* lui disait que Molly était vivante.

Fermant les yeux, il fit de son mieux pour lui envoyer des pensées positives.

Tu t'en sors bien, Molly. Je suis fière de toi.

N'abandonne pas. Je sais que tu peux le faire.

Fais-le pour nos bébés.

Je t'aime, tu vas y arriver.

Tu ne vas pas mourir.

— Je pense qu'il l'a laissée quelque part, dit Eagle. On doit appeler les flics et voir où ils ont récupéré la poursuite. Comme Molly n'était pas dans la voiture, il a dû la laisser quelque part avant que les flics ne le voient faire des embardées sur la route. Ça nous donnerait au moins un point de départ pour la chercher.

C'était une bonne suggestion, mais Smoke savait que c'était encore loin d'être gagné. On ne savait pas combien de temps Weldon l'avait eue. Où il aurait pu la laisser.

Le soleil allait bientôt se lever. C'était difficile de croire que tant de temps avait passé. Cela semblait une éternité depuis qu'il avait découvert que Molly avait disparu. Et il ne voulait surtout pas penser à ce que Weldon avait pu faire à Molly avant de la laisser quelque part. Ils cherchaient une aiguille dans une botte de foin, et Smoke avait besoin d'un miracle.

Son téléphone sonna, ce qui lui colla la trouille. En baissant les yeux, il vit que c'était Archer de Silverstone Towing. La dernière chose dont ils avaient besoin était une sorte d'urgence à la maison.

— Ici Smoke.

— Smoke, Dieu merci, je te tiens ! cria Archer, ses mots étaient rapides et essoufflés. On a reçu un appel. D'une femme près d'un endroit appelé Deer Park, dans l'Indiana. Elle a dit qu'elle et son mari avaient trouvé une fille ensanglantée sur le pas de leur porte. Elle n'a pas dit comment elle s'appelait, elle leur a juste dit d'appeler Silverstone Towing.

— C'est Molly ! hurla Smoke qui s'arrêta presque de respirer. Où est-elle *exactement* ?

— La femme a dit que l'ambulance était là, et qu'ils la transportaient par avion au Mont Sinaï à Chicago.

— Tu as eu son nom ? La femme qui a appelé ? demanda Smoke.

— Nom et numéro.

Smoke soupira mentalement de soulagement. Le couple allait recevoir un sacré cadeau de remerciement, mais pour l'instant, il devait se rendre à cet hôpital.

— Merci, Archer.

— Tu penses vraiment que c'est Molly ? demanda-t-il.

— Sans aucun doute, répondit Smoke. J'appellerai quand j'en saurai plus, dit-il à son employé, puis il raccrocha.

— Ils l'ont trouvée ? demanda Eagle.

— Oui. À Deer Park. Elle est transportée par avion au Mount Sinai à Chicago. Dans quel délai peux-tu m'y emmener ?

Sans réponse verbale d'Eagle, Smoke sentit l'Explorer avancer à toute allure.

— Deer Park n'est pas loin d'ici, dit Bull. Weldon a fait une embardée peu de temps après l'avoir larguée.

Smoke grimaça à cette phrase, mais ne dit rien.

— Je vais dire à Gramps ce qui se passe, ajouta Bull en portant son téléphone à son oreille.

Smoke n'écoutait qu'à moitié ce que Bull disait à leur coéquipier. Il n'aimait pas savoir que Molly saignait quand elle s'était présentée sur le pas de la porte de ce couple, mais elle était vivante. C'était tout ce qui comptait.

J'arrive, Molly. Accroche-toi.

22

───────

Molly fronça les sourcils en entendant le bip incessant. C'était agaçant, et elle voulut attraper son téléphone pour éteindre l'alarme, mais elle réalisa presque immédiatement que bouger n'était pas une bonne idée. Chaque muscle de son corps lui faisait mal. Elle ne savait pas pourquoi.

Gémissant un peu, elle essaya d'ouvrir les yeux, mais même cela semblait lui faire mal.

— Mol ? Dieu merci ! C'est ça, ouvre les yeux... tu peux le faire.

La voix de Mark était rauque et il avait l'air fatigué. Fronçant les sourcils, Molly voulait lui demander pourquoi il était si fatigué. Lui dire qu'il avait travaillé trop dur et qu'il avait besoin de se reposer.

— Mark ?

Son nom n'était rien de plus qu'un croassement. Mon Dieu, pourquoi était-ce si difficile de parler, et pourquoi se sentait-elle si faible ?

— Je suis là, Molly. Je suis là, chuchota-t-il. Peux-tu ouvrir tes beaux yeux marron pour que je puisse les voir ?

Plissant les yeux, Molly fit de son mieux pour répondre à la demande de Mark. Elle les ouvrit en fentes et put le regarder pour la première fois.

Il avait une sale tête. On aurait dit qu'il ne s'était pas rasé depuis des jours. Peut-être une semaine ou plus. Il avait des cernes sous ses yeux injectés de sang.

— Tu as une sale gueule, lâcha-t-elle.

Mais au lieu de s'énerver contre elle, il sourit. Et la fossette qu'elle aimait tant était encore à peine visible à travers sa pilosité faciale.

— Et tu es tellement belle, putain, que je ne peux pas le supporter, lui dit-il. Comment te sens-tu ? Tu as mal ?

En avalant, Molly hocha la tête.

— Oui. Où suis-je ?

— Dans un hôpital de Chicago. Que te rappelles-tu de ce qui s'est passé ?

Elle fut prise de panique. À *Chicago* ? Elle ne voulait pas être à Chicago ! C'était là que se trouvait Preston !

— C'est bon. Concentre-toi sur moi, Molly. De quoi te souviens-tu ? interrogea Mark.

— Hum... Je... j'ai la grippe, dit-elle. Est-ce que ça a empiré ?

— Oui, ça a empiré, mais Weldon t'a kidnappée. Tu te souviens de ça ? demanda Mark.

À la seconde où ses mots furent prononcés, elle se rappela.

Ses yeux s'écarquillèrent, et elle ignora la douleur causée par la lumière dans la pièce.

— Il m'a tiré dessus ! s'exclama-t-elle.

— Oui, deux fois, répondit Mark solennellement. Mais c'est un tireur de merde. Une balle est entrée dans l'arrière de ta tête, mais l'angle était extrême, et elle est ressortie juste devant ton oreille, manquant à peu près tout ce qui est vital. En gros, elle a frôlé juste le long de ton crâne. Mais ça a saigné comme un fils de pute. L'autre balle est allée dans ton mollet.

— Il était bourré. Et je me suis effondrée pour vomir, admit Molly. C'est là qu'il m'a tiré dessus pour la première fois. Je me suis évanouie et je ne me souviens pas de la seconde.

Mark ferma les yeux et prit une profonde inspiration. Puis il baissa les yeux vers elle.

— Dieu merci, il était trop ivre pour tirer correctement.

— Où est-il ? Je veux témoigner, dit fermement Molly.

— Tu n'auras pas à le faire. Les flics l'ont trouvé quand il est revenu sur l'autoroute, et il s'est enfui. Il a retourné sa voiture, et elle a pris feu.

Molly ne pouvait que regarder Mark avec incrédulité.

— Quelqu'un d'autre a été blessé ?

— Comment je pouvais savoir que tu t'inquiéterais pour tout le monde sauf toi ? Non, par miracle, il n'a croisé personne d'autre. Mais pendant quelques heures, j'ai cru que tu étais morte dans le véhicule avec lui. Quand le feu a pris, Gramps a dû me plaquer pour m'empêcher de me jeter sur la voiture en feu.

— Oh, Mark, chuchota Molly, qui avait mal pour lui.

— Tu étais si malade quand tu es arrivée ici, les médecins étaient extrêmement inquiets. Tu avais plus de quarante de fièvre. On t'avait tiré dessus deux fois, mais ils craignaient surtout que cette putain de grippe ne t'emporte, avoua Mark en secouant la tête.

Il prit sa main et en embrassa le dos, et Molly remarqua pour la première fois qu'elle était bandée.

— Les flics ne sont pas sûrs de la distance sur laquelle tu as rampé, car ils n'ont pas trouvé l'endroit où Weldon t'a tiré dessus, mais tu as ravagé tes mains et tes genoux. Ils vont guérir, cependant. Tu es libérée de lui, Molly. Il ne peut plus te faire de mal, ni à personne d'autre.

Molly sourit faiblement. Un poids qu'elle avait inconsciemment porté depuis qu'elle avait fui le pays s'allégea de ses épaules.

— Je ne suis pas désolée qu'il soit mort, lâcha-t-elle.

— Bien. Je ne le regrette pas non plus. En fait, s'il avait vécu, j'aurais trouvé un moyen de le tuer moi-même, lui confia Mark.

Sa colère ne l'effrayait pas. Au contraire, il la faisait se sentir aimée.

Ses yeux se fermèrent, et il lui fallut une minute pour les rouvrir.

— Tu es fatiguée, dit Mark. Dors.

— Je t'ai entendu, tu sais, confia Molly.

— Quoi ?

— Quand je rampais, à la recherche de quelqu'un pour m'aider. Je t'ai entendu dans ma tête. Me disant de ne pas abandonner. De continuer à avancer. Tu étais la seule raison pour laquelle je ne me suis pas couchée et endormie.

Les yeux de Mark se mirent à pleurer et Molly en fit de même.

— Je ne savais pas où tu étais, mais je n'allais pas arrêter de chercher jusqu'à ce que je te trouve, répondit Mark. La seule chose que je pouvais faire après avoir appris que tu n'étais pas dans sa voiture était de t'envoyer mentalement autant d'ondes positives que possible.

— Je les ai entendues, le rassura Molly.

Mark se pencha en avant et posa sa main sur son ventre.

— Tu n'es pas enceinte, alors Dieu merci, nous n'avons pas eu à craindre que ce connard assassine notre enfant. Mais je veux remédier à cela dès que possible. Après ta guérison, bien sûr.

Molly lui lança un sourire endormi.

— Bien sûr.

— Je t'aime, Molly. Tu ne sauras jamais à quel point.

— Je *le sais*, parce que je t'aime tout autant, lui répondit-elle.

— Dors. Il y a beaucoup de gens qui attendent de te voir, lui dit Mark. Bull, Skylar, Eagle, Taylor et Gramps se sont relayés dans la salle d'attente.

— Ça fait combien de temps que je suis là ? demanda Molly.

— Six nuits. C'est le septième jour.

— Vraiment ?

— Oui. Vraiment.

— Tu dois aller te doucher. Et dormir. Et manger, gronda-t-elle.

— Je le ferai, maintenant que je sais que tu vas bien, accepta-t-il.

— Quand est-ce qu'on peut rentrer à la maison ?

Mark gloussa.

— Tu viens juste de te réveiller ! Je suis sûr que les médecins vont vouloir te garder ici quelques jours de plus pour s'assurer que tu vas bien.

— OK, marmonna-t-elle, se sentant extrêmement épuisée tout d'un coup.

Parler était un trop grand effort.

Molly sentit les lèvres de Mark sur son front.

— Je t'aime, Molly.

— Je t'aime, marmonna-t-elle, puis tout devint noir et elle sombra dans un sommeil réparateur.

* * *

Pour la première fois depuis une semaine, Smoke avait l'impression de pouvoir respirer à pleins poumons. Molly allait s'en sortir. Elle avait quelques cicatrices qui pourraient la gêner plus tard, mais ils pourraient s'en occuper. Les policiers allaient aussi vouloir lui parler, entendre sa version des faits.

Smoke avait déjà offert une généreuse récompense au couple qui l'avait aidée. Il leur avait parlé au téléphone, et ils avaient insisté sur le fait qu'ils avaient simplement fait ce que toute personne de cœur aurait fait, mais il s'en fichait. Ils avaient aidé sa Molly quand elle en avait le plus besoin et, plus important encore, ils n'avaient pas ignoré ses divagations à propos de Silverstone Towing, avaient fait une recherche sur Google et appelé. Leur appel lui avait permis d'être aux côtés de Molly presque immédiatement. Il ne pourrait jamais rembourser complètement cela.

Eagle, Bull et Gramps avaient été à ses côtés pendant tout ce temps, et Skylar et Taylor étaient également venues en voiture pour être avec eux. Molly avait fait peur à tout le monde, mais maintenant qu'elle était réveillée et qu'il savait qu'elle allait s'en sortir, il pouvait enfin respirer à nouveau.

Il entra dans la salle d'attente, dont Silverstone avait pratiquement pris possession, et dit :

— Elle s'est réveillée. Elle se souvient de tout, et elle va aller très bien.

Skylar et Taylor pleurèrent. Bull, Eagle et Gramps sourirent de soulagement.

— Est-ce que ça veut dire que tu vas enfin nous laisser t'emmener à l'hôtel pour prendre une putain de douche ? râla Gramps. Tu pues, mon frère.

Tout le monde rit, y compris Smoke.

— Oui, je suis affamé aussi. On pourrait peut-être trouver une bonne pizzeria sur le chemin ?

Bull s'approcha et serra Smoke dans ses bras. Puis il se retira, laissant ses mains sur ses épaules.

— Je suis content pour toi, Smoke.

— Merci.

Eagle les rejoignit, mettant un bras autour de Smoke et l'autre autour de Bull.

— Ta femme est sacrément forte.

— Elle l'est, reconnut Smoke.

Gramps compléta le cercle en rejoignant ses amis.

— Je vous jure que notre travail a l'air plutôt inoffensif en ce moment.

Tout le monde gloussa.

Smoke était d'accord avec Gramps. Ces derniers temps, il semblait que la plupart des drames dans leurs vies se déroulaient dans leur propre cour, pour ainsi dire, et ne résultaient pas des missions qu'ils effectuaient pour éliminer des hommes ou des femmes maléfiques.

Le mal était tout autour d'eux, et il avait touché la plupart d'entre eux de la manière la plus intime possible.

Les quatre hommes restèrent ainsi pendant un long moment, s'imprégnant de la camaraderie qui avait commencé il y a des années dans l'armée, lorsqu'ils étaient des soldats de la Delta Force. Ils avaient l'impression d'avoir survécu à une nouvelle bataille et d'être sortis intacts de l'autre côté.

Skylar se glissa sous le bras de Bull et le serra dans ses bras, et Taylor fit de même avec Eagle.

— Quand est-ce qu'on pourra la voir ? demanda Taylor.

— Elle dort en ce moment, et je sais que le docteur voudra l'examiner pendant notre absence. Nous allons chercher quelque chose de décent à manger, je vais prendre une douche, puis nous reviendrons et nous verrons si elle est réveillée et peut recevoir des visiteurs, lui répondit Smoke.

— Bien. Elle m'a manquée, admit Skylar.

— Moi aussi, dit Smoke. Moi aussi.

* * *

— Tu dois arrêter de me traiter comme si j'étais une invalide, se plaignit Molly quand Mark la souleva de son Explorer et la porta dans leur maison.

— Je sais que tu ne l'es pas, dit Mark. C'est juste que j'aime bien te porter.

Molly voulait lever les yeux au ciel, mais elle devait admettre qu'*elle* aimait tout autant qu'il la porte. Il se pencha vers elle et elle désarma l'alarme, puis la réarma immédiatement. Il la porta dans la cuisine et l'assit sur le comptoir.

Cela faisait cinq mois que Preston l'avait enlevée de la maison et avait essayé de la tuer. Les choses étaient généralement merveilleuses... mais de temps en temps, Molly retombait dans ses vieilles pensées négatives. Elle était sûre que tout ce qui s'était passé était de sa faute.

Elle aurait dû dire non quand Preston l'avait invitée à sortir la première fois.

Elle n'aurait pas dû aller au Nigeria.

Si elle ne l'avait pas fait, peut-être que Nana et Papa n'auraient pas été assassinés.

Elle avait oublié de réarmer l'alarme après le départ de Skylar ce jour-là, donnant à Preston la chance qu'il attendait.

Mais chaque fois qu'elle avait déprimé, Mark avait été là pour la rassurer. Pour lui dire qu'il l'aimait. Lui rappeler qu'elle n'était pas responsable des actions de Preston. Et rassembler leurs incroyables amis autour d'elle.

Mais aujourd'hui était un bon jour. Ils venaient de rentrer de l'hôpital. Taylor avait donné naissance à un magnifique petit garçon. Molly n'oublierait jamais ce moment de tendresse dont elle avait été accidentellement témoin. Rien que d'y penser, elle avait envie de pleurer.

Mark et elle étaient montés dans la chambre de Taylor pour rendre visite à la nouvelle famille, quand il avait été arrêté par quelqu'un qu'il connaissait dans le personnel. Le laissant discuter, Molly avait continué dans le couloir et avait poussé discrètement la porte. Elle les entendait derrière le rideau d'intimité tendu dans la pièce.

— Tu crois que ça va s'estomper ? demanda Taylor à son mari.

— Honnêtement, je ne sais pas, répondit Eagle. Est-ce que ça te dérange ?

— Me déranger ? lâcha Taylor avec incrédulité. Cette tache de naissance sur sa joue est un miracle, Eagle ! Je peux regarder notre fils et le *reconnaître*. Il va probablement détester ça quand il sera plus grand, mais savoir que je peux regarder le visage de notre fils et *savoir* qui il est...

Puis sa voix s'éteignit. Quand Molly jeta un coup d'œil derrière le rideau, elle vit Taylor et Eagle pleurer en silence.

Leurs têtes étaient serrées l'une contre l'autre et ils regardaient leur fils nouveau-né avec un tel amour sur leurs visages qu'elle avait l'impression que faire irruption pour dire bonjour était complètement indiscret.

Molly avait quitté la pièce en silence et informé Mark qu'ils iraient voir leurs amis plus tard. Il s'était inquiété, mais avait vite compris quand elle lui avait dit ce qu'elle avait entendu.

— Je suis allé chercher un cadeau pour toi aujourd'hui, lui annonça Mark en attrapant un sac en papier posé sur le comptoir.

Molly ne l'avait pas remarqué avant et elle se demandait quand il avait fait ses courses. Il avait peut-être envoyé un de ses employés à Silverstone Towing pendant qu'ils traînaient au sous-sol. Elle y avait passé beaucoup de temps récemment ; elle pouvait se détendre complètement à Silverstone.

Elle avait également commencé à travailler sur son livre, sur ce qui lui était arrivé, à la fois au Nigeria *et* avec Preston. Elle avait accepté ce travail au Nigeria pour s'éloigner de lui, après tout. Et à la fin, elle avait dû faire face à ce qui l'avait poussée à fuir en premier lieu. Le Nigeria semblait être une autre vie, et les événements d'il y a quelques mois n'étaient rien comparés au fait de se faire tirer dessus deux fois par son ex.

— Qu'est-ce que c'est ? demanda Molly, les yeux brillants.

Elle adorait recevoir des cadeaux de Mark... enfin, ceux qui n'étaient pas trop chers. Elle essayait toujours d'obtenir de lui qu'il se détende quand il s'agissait de lui acheter des choses. Quelque chose de complètement farfelu, comme un porte-clés ou une tomate de forme amusante à l'épicerie, était une chose, mais la Volvo XC90 toute neuve était un peu trop.

Bien qu'elle ne puisse pas nier qu'elle aimait son nouveau SUV. À tel point qu'elle ne s'était pas plainte lorsque Mark l'avait équipé de toutes les améliorations possibles, y compris tous les dispositifs de sécurité qu'il pouvait obtenir.

— Ouvre-le et regarde, dit Mark avec un sourire tendre.

Il lui avait écarté les jambes et se tenait aussi près d'elle que possible alors qu'elle était assise sur le comptoir, lui donnant un frisson. Molly avait perdu patience avec lui plusieurs semaines après sa sortie de l'hôpital. Il avait refusé de la toucher sexuellement, même après que le médecin lui eut confirmé que tout allait bien. Elle avait dû se faufiler dans sa douche, se mettre à genoux pour le sucer, avant qu'il ne perde son sang-froid.

Il l'avait emmenée au lit et ne l'avait pas laissée partir pendant les douze heures suivantes. Molly ne s'était pas plainte. Il lui avait fait l'amour tendrement, puis presque désespérément. Elle avait eu très mal quand ils avaient quitté la chambre, mais elle ne l'avait jamais dit à Mark. Chaque douleur en valait la peine.

Molly sortit une petite boîte en carton du sac.

— Un test de grossesse ? demanda-t-elle.

Mark acquiesça.

— Oui. Tu ne te sens pas bien le matin ces derniers temps, et tes papilles gustatives ont changé. Tu as mangé des œufs presque tous les matins depuis que tu as emménagé... jusqu'à récemment. Aussi, tes seins sont gonflés et tu es plus émotive que d'habitude.

— Et tu penses que c'est parce que je suis enceinte ? demanda Molly.

Elle essaya de refouler son excitation, mais elle n'était pas sûre d'y parvenir. Elle commençait aussi à se demander si elle était enceinte, parce qu'elle se sentait tout simplement... ailleurs, mais c'était à son petit ami ultra-observateur de remarquer tous les autres petits changements.

— Oui, répondit-il.

Il attrapa sa taille et la souleva du comptoir.

— Allez, on y va.

Il lui prit la main et la tira vers les escaliers.

Molly rit. Elle ne pensait pas qu'elle se lasserait un jour que Mark la traîne partout. Ils entrèrent dans leur chambre et elle leva une main.

— Je peux faire pipi sur le bâton sans ton aide.

Elle savait qu'il voulait se plaindre, mais il s'abstint sagement.

— OK. Fais-moi savoir quand tu auras fini et on pourra attendre que ça change ensemble.

Molly acquiesça et alla dans la salle de bains. Ses mains tremblèrent lorsqu'elle ouvrit l'emballage. Mark n'avait pas parlé de se remarier, mais elle savait qu'il en avait envie. Elle l'avait surpris avec Bull en train de parler de ce qu'ils voulaient pour leur cérémonie commune. Elle n'avait pas pensé que les hommes se souciaient beaucoup des détails de leur mariage, mais visiblement ce n'était pas le cas de Bull et de Mark.

Sachant que Mark était probablement sur le point de faire irruption dans la petite pièce si elle ne se dépêchait pas, Molly lut les instructions, qui étaient assez simples, et fit ce qu'elle avait à faire.

Elle posa un gant de toilette sur le comptoir à côté du lavabo, y plaça le bâtonnet, se lava les mains, puis se tourna vers Mark qui entrait dans la salle de bains. Il ne pouvait manifestement pas attendre une seconde de plus et posa immédiatement ses bras autour d'elle.

— Mark, je peux te demander quelque chose ? demanda Molly.

— Bien sûr. Tu peux me demander n'importe quoi. Tu le sais bien, lui répondit Mark.

Molly sourit.

— Veux-tu m'épouser ?

Mark la regarda fixement, la bouche entrouverte. Elle fut ravie d'avoir pu le choquer.

— Je veux dire, je veux t'épouser, que je sois enceinte ou non. Je t'aime, et même si nous n'avons jamais d'enfants, je voudrais toujours passer le reste de ma vie avec toi.

— Mon Dieu, Molly, chuchota Mark en la soulevant contre lui.

Molly enroula ses jambes autour de sa taille et s'accrocha à lui tandis que leurs fronts se touchaient et qu'elle voyait les émotions tourbillonner dans les yeux de Mark. Finalement, il releva la tête et la regarda profondément dans les yeux.

— Oui, je veux bien t'épouser. Je t'aime tellement, tu ne peux pas imaginer. Et nous allons avoir la famille que nous avons toujours voulue, peu importe ce que nous devons faire pour l'avoir.

Il sortit de la salle de bains, en la portant toujours. Il s'assit sur le côté du lit, Molly chevauchant ses genoux, et attrapa le tiroir de sa table de nuit.

Il en sortit un écrin noir et le tendit entre eux.

— Si ce n'est pas ce que tu veux, on peut trouver autre chose, mais je pensais que c'était parfait.

Molly ouvrit la boîte avec des mains tremblantes et fixa en silence la bague à l'intérieur.

Elle avala de travers, mais cela ne put empêcher les larmes de couler. Elle saisit délicatement la bague ancienne et la brandit.

— Qu'est-ce que... ? Comment... ?

— C'est la bague de ta grand-mère, lui répondit inutilement Mark.

Molly aurait reconnu la bague n'importe où. Elle avait joué avec plus de fois qu'elle ne pouvait le compter, la faisant tourner autour du doigt de sa grand-mère alors qu'elle était assise à côté d'elle, lui tenant la main. Elle avait mémorisé l'histoire de Papa qui avait demandé à Nana de l'épouser et lui avait offert cette même bague.

— Quand l'affaire de la mort de tes grands-parents a été bouclée, après que l'enquête a été terminée et l'affaire emballée, les objets servant de preuve ont été envoyés ici. J'ai regardé dans la boîte, et il n'y avait rien qui valait la peine d'être gardé... sauf les bagues. Je détestais te les cacher, mais j'attendais le bon moment pour te demander en mariage. J'ai aussi la bague de ton grand-père, et si tu es d'accord, j'aimerais la porter quand on sera mariés.

— Oh mon Dieu, Mark ! Oui ! Mille fois oui ! s'écria Molly.

Il lui prit la bague et la fit glisser le long de son annulaire gauche. Elle lui allait parfaitement, comme elle le savait. Nana l'avait laissée l'essayer plusieurs fois, et elle lui allait toujours.

Puis Mark la serra dans ses bras une fois de plus.

Elle n'arrivait pas à croire que c'était sa vie. Qu'elle avait trouvé un homme qui la faisait passer en premier. Qui faisait tout ce qu'il pouvait pour la rendre heureuse. Elle n'avait pas besoin de possessions matérielles, même si avoir les bagues de ses grands-parents était un miracle auquel elle ne s'attendait pas.

Mark bougea alors, et Molly s'attendait à ce qu'il la fasse rouler sur le dos dans leur lit et lui fasse passionnément l'amour, mais au lieu de cela, il la ramena vers la salle de bains.

— Hum... qu'est-ce qu'on fait ? demanda-t-elle.

Il ne répondit pas, il desserra simplement ses bras et la laissa glisser le long de son corps jusqu'à ce qu'elle soit de nouveau debout.

— Tu es prête à regarder ? lui demanda-t-il.

Molly mit un moment avant de se souvenir du test de grossesse. En voyant la bague de sa grand-mère, elle l'avait complètement oublié. Le ventre gargouillant, elle acquiesça. Ils se penchèrent tous les deux sur le comptoir pour voir les résultats.

Deux lignes.

Pendant une seconde, Molly n'avait aucune idée de ce que cela signifiait. Puis elle vit l'explication imprimée sur l'appareil en plastique. Une ligne pour ne pas être enceinte. Deux pour une grossesse.

Elle leva les yeux vers Mark et vit la magnifique fossette dans sa joue. Il souriait d'une oreille à l'autre. Sa main couvrit son ventre et il dit avec révérence :

— Je le savais. Je t'ai engrossée !

C'était tellement masculin, Molly ne put que rire.

— Oui, tu l'as fait.

Puis il la souleva une fois de plus et retourna dans la chambre. Cette fois, il la *déposa* sur le lit avant de se tenir au-dessus d'elle.

— Je t'aime, future Molly Chamberlin.

— Et je t'aime, Mark Chamberlin.

Ils sourirent l'un à l'autre pendant un moment, puis Molly dit :

— Le premier à se déshabiller choisit la position.

Les vêtements volèrent, et Molly se mit à rire joyeusement. La vie avec Mark ne serait jamais ennuyeuse, et il serait le meilleur mari et père qu'une femme puisse demander.

Folly Molly, en effet.

C'était la femme la plus chanceuse du monde.

* * *

À qui de droit :

C'est encore Cassidy. Recevez-vous ces lettres ? S'il vous plaît, je vous en supplie. Pas pour moi, mais pour mon fils. Ils vont le faire tuer. Ils le forcent à livrer de la drogue maintenant, et j'ai peur à mort. Je ferai tout ce que vous demandez, si seulement vous le sauvez de cet enfer. Si vous ne m'aidez pas, je vais devoir essayer de sortir d'ici toute seule. Je sais que je me ferai probablement prendre, car tout le monde dans cette enceinte aime Michael et lui est loyal... mais je suis désespérée. Je serai à l'affût de toute personne que vous pourriez envoyer pour m'aider, et je ferai tout ce que je peux pour vous aider. Mais s'il vous plaît, venez à notre secours !

Cassidy Hewitt

Gramps relut la dernière lettre pour la centième fois. Le désespoir de Cassidy le rongeait. Elle ne méritait pas ça. Elle avait demandé de l'aide à son gouvernement et, pour autant qu'elle le sache, elle était ignorée. Il détestait ça.

Mais il était temps. Silverstone avait travaillé en étroite collaboration avec Willis et avait mis en place un plan. Il avait fallu des mois de préparation, et il était *enfin* temps d'agir. Gramps allait y aller sous couverture. Il allait se faire passer pour un dealer de Dallas, quelqu'un qui voulait rencontrer Michael Coke et entrer dans son réseau de distribution.

C'était très risqué, et quelque chose que Silverstone n'avait jamais fait auparavant, mais Gramps était prêt. Cassidy et son fils attendaient que quelqu'un vienne les secourir, et Silverstone pouvait ainsi éliminer un autre être humain méprisable. Bull, Eagle et Smoke seraient aussi en Jamaïque, mais ils auraient un rôle secondaire. Ils seraient des renforts. Il serait seul quand il entrerait dans la fosse aux lions, pour ainsi dire.

Fermant les yeux, Gramps se rappela la dernière fois qu'il avait vu Cassidy. Il était retourné à El Paso pour rendre visite à sa famille. Ses parents avaient commencé à se disputer, comme d'habitude, et il avait besoin d'une pause dans leurs chamailleries. Il était allé dans un des bars près de chez eux, et Cassidy était là avec un ami. C'était génial de rattraper le temps perdu avec elle. Rire. Parler.

Ils n'avaient rien fait d'autre, mais l'attraction entre eux était toujours là.

Ils avaient toujours tourné autour de leur attirance. Il l'avait laissée seule au lycée parce qu'il pensait être trop vieux pour elle. Mais il l'avait vue de temps en temps au fil des ans, et chaque fois, il avait caressé l'idée de lui demander de réchauffer son lit. De passer une nuit ensemble. Pour voir s'ils pouvaient confirmer la connexion folle qu'ils semblaient avoir. Mais chaque fois, il s'était dégonflé, ne voulant pas ruiner leur amitié facile.

Il se souvenait d'une lettre particulière qu'il avait reçue d'elle lorsqu'il avait été mobilisé. Gramps pensait qu'elle avait dû obtenir l'adresse de ses parents à un moment donné. Cette lettre n'était pas la première qu'elle envoyait, mais elle lui disait à quel point elle était malheureuse dans son mariage. Elle disait que la seule bonne chose qui en sortait était son fils.

Mario.

Il avait onze ans maintenant. C'était un âge délicat, où les enfants étaient facilement influençables. S'il subissait un lavage de cerveau par Coke et sa bande, il finirait en prison.

Sa mâchoire se durcit, Gramps inspira profondément. Ils allaient bientôt partir pour la Jamaïque. Il mettrait Cassidy en sécurité ou mourrait en essayant. Il espérait juste qu'elle ne le démasquerait pas dès qu'elle le verrait.

Cassidy Hewitt était un joker dans cette opération. Elle pouvait être la clé pour que tout le monde s'en sorte en un seul morceau, ou elle pouvait être sa perte. Mais elle valait le risque. Gramps n'allait pas quitter la Jamaïque sans elle et son fils.

* * *

Procurez-vous le prochain livre de la Silverstone série, *Pour la confiance de Cassidy,* disponible dès maintenant!

DU MÊME AUTEUR

<u>Autres livres de Susan Stoker</u>

Silverstone

Pour la confiance de Skylar

Pour la confiance de Taylor

Pour la confiance de Molly

Pour la confiance de Cassidy (1 Mars 2024)

Sauvetage à Eagle Point

Un sauveteur pour Lilly

Un sauveteur pour Elsie

Un sauveteur pour Bristol

Un sauveteur pour Caryn

Un sauveteur pour Finley

Un sauveteur pour Heather

Un sauveteur pour Khloe

Le Refuge

Un soutien pour Alaska

Un soutien pour Henley

Un soutien pour Reese

Un soutien pour Cora

Un soutien pour Lara

Un soutien pour Maisy

Un soutien pour Ryleigh

Delta Force Deux

Un refuge pour Gillian

Un refuge pour Kinley

Un refuge pour Aspen

Un refuge pour Jayme

Un refuge pour Riley

Un refuge pour Devyn

Un refuge pour Ember

Un refuge pour Sierra

Forces Très Spéciales : L'Héritage

Un Sanctuaire pour Caite

Un Sanctuaire pour Brenae

Un Sanctuaire pour Sidney

Un Sanctuaire pour Piper

Un Sanctuaire pour Zoey

Un Sanctuaire pour Avery

Un Sanctuaire pour Kalee

Un Sanctuaire pour Jane

Hawaï : Soldats d'élite

Un paradis pour Élodie

Un paradis pour Lexie

Un paradis pour Kenna

Un paradis pour Monica

Un paradis pour Carly

Un paradis pour Ashlyn

Un paradis pour Jodelle

Mercenaires Rebelles

Un Défenseur pour Allye

Un Défenseur pour Chloé

Un Défenseur pour Morgan

Un Défenseur pour Harlow

Un Défenseur pour Everly

Un Défenseur pour Zara

Un Défenseur pour Raven

Ace Sécurité

Au Secours de Grace

Au Secours d'Alexis

Au Secours de Bailey

Au Secours de Felicity

Au Secours de Sarah

Forces Très Spéciales Series

Un Protecteur Pour Caroline

Un Protecteur Pour Alabama

Un Protecteur Pour Fiona

Un Mari Pour Caroline

Un Protecteur Pour Summer

Un Protecteur Pour Cheyenne

Un Protecteur Pour Jessyka

Un Protecteur Pour Julie

Un Protecteur Pour Melody

Un Protecteur pour l'avenir

Un Protecteur Pour Les Enfants de Alabama

Un Protecteur Pour Kiera

Un Protecteur Pour Dakota

Delta Force Heroes Series

Un héros pour Rayne

Un héros pour Emily

Un héros pour Harley

Un mari pour Emily

Un héros pour Kassie

Un héros pour Bryn

Un héros pour Casey

Un héros pour Wendy

Un héros pour Mary

Un héros pour Macie

Un héros pour Sadie

Un héros pour Annie

Autre

Un moment suspendu : Recueil de nouvelles

AUDIO

Un paradis pour Élodie

À PROPOS DE L'AUTEUR

Susan Stoker est une auteure de best-sellers aux classements du New York Times, de USA Today et du Wall Street Journal. Elle a notamment écrit les séries Badge of Honor: Texas Heroes, SEAL of Protection et Delta Force Heroes. Mariée à un sous-officier de l'armée américaine à la retraite, Susan a vécu dans tous les États-Unis, du Missouri jusqu'en Californie en passant par le Colorado, et elle habite actuellement sous le vaste ciel du Tennessee. Fervente adepte des fins heureuses, Susan aime écrire des romans où les sentiments laissent place au grand amour.

http://www.StokerAces.com

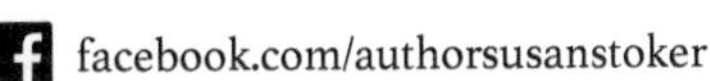 facebook.com/authorsusanstoker

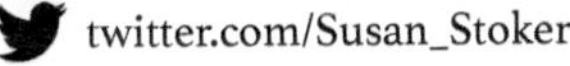 twitter.com/Susan_Stoker

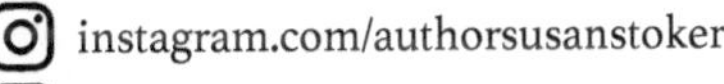 instagram.com/authorsusanstoker

 goodreads.com/SusanStoker

www.ingramcontent.com/pod-product-compliance
Lightning Source LLC
Chambersburg PA
CBHW060316100726
47907CB00002B/424